Le boogie des rêves perdus

Du même auteur
chez le même éditeur

Prisonniers du ciel
Black Cherry Blues
Une saison pour la peur
Le Bagnard
Une tache sur l'éternité
Dans la brume électrique avec les morts confédérés
Dixie City
La Pluie de néon
Le Brasier de l'ange
Cadillac juke-box
La Rose du Cimarron
Sunset Limited
Vers une aube radieuse
Puple Cane Road
Heartwood
Jolie Blon's Bounce

James Lee Burke

Le boogie des rêves perdus

Traduit de l'anglais (États-Unis)
par Freddy Michalski

Collection dirigée
par François Guérif

Rivages/noir

Retrouvez l'ensemble des parutions
des Éditions Payot & Rivages sur

www.payot-rivages.fr

Titre original : *The Lost Get-Back Boogie*
(Louisiana State University Press)

106, boulevard Saint-Germain – 75006 Paris

ISBN : 2-7436-1493-5
ISSN : 0764-7786

À John et Judy Holbrook,
Frank et Linda Loweree
et Dexter Roberts

Vous savez, le blues, c'est pas quelque chose qui est facile à bien comprendre. C'est comme la mort, tout comme. Je vais vous dire, pour le blues. Le blues, ça vous habite, ça vit avec vous, tous les jours, partout. Tenez, vous pouvez avoir le blues pasque vous êtes sans le rond. Vous pouvez avoir le blues pasque votre nana est partie. Le blues, ça vous arrive de tellement de façons différentes que c'est dur à expliquer, comme qui dirait. Mais chaque fois que vous vous sentez triste, vous pouvez aller dire au monde entier que ce que vous avez, c'est le blues. Et rien d'autre.

Sam « Lightning » Hopkins

Chapitre 1

La silhouette du capitaine sur son cheval se détachait sur fond de soleil comme un morceau de métal brûlé. Il avait baissé le bord de son chapeau de paille pour abriter son visage à la peau brunie, et il tenait la crosse de son fusil de chasse à double canon scié en appui sur sa cuisse pour éviter de toucher le métal. Nous tranchions à la hache les racines des souches, le dos luisant et hâlé, crénelé de vertèbres, tandis que gémissaient les tronçonneuses qui sectionnaient en rondins les arbres abattus. Nos pantalons à rayures vertes et blanches, délavés par l'eau de Javel, étaient salis aux genoux par la sueur et les terres sableuses du fleuve, et les insectes qui bouillonnaient dans les herbes nous collaient à la peau pour s'enfouir dans les replis moites de notre cou. Personne ne parlait, pas même pour avertir son voisin de se reculer pour éviter la trajectoire d'une hache ou la chaîne rugissante d'une McCulloch en train de déchiqueter une souche dans un nuage blanc de copeaux et de sciure. Le travail était entendu, il s'accomplissait à un rythme régulier, sans heurts ni hésitations, avec la certitude, née d'années de pratique, qu'il ne varierait jamais d'un iota. Chaque fois que nous accrochions nos chaînes de traction à une souche avant de claquer les rênes aux flancs des mules pour la dégager du sol en une explosion brutale de racines et de terre, nous nous rapprochions du vaste méandre du Mississippi et de sa ligne de saules pleureurs jetant son mouchetis d'ombres sur la berge.

— O.K., un coup de flotte et pissez un bock, dit le capitaine.

Nous avons laissé tomber haches, barres à mine et pelles pour suivre le cheval du capitaine et sa queue en panache mouvant, et descendre la berge jusqu'aux saules, là où nous attendaient, dans l'herbe haute, la citerne à eau et la louche accrochée à son flanc. La vaste étendue des eaux brunes du fleuve miroitait de reflets ternes sous le soleil et, sur la rive opposée, là où commençait le monde des hommes libres, des aigrettes blanches nichaient dans le sable. À cet endroit, le Mississippi faisait presque huit cents mètres de large, et une histoire courait parmi les détenus nègres : dans les années quarante, juste avant le décompte au camp H, un prisonnier de confiance unijambiste du nom de Wooden Unc avait engagé sa mule dans le fleuve d'un claquement de fouet, et s'était accroché à la queue de l'animal pour finir sur la berge opposée. Mais chez les hommes libres, on disait que Wooden Unc n'était qu'un Négro mythique, un vieillard syphilitique dont on avait amputé la jambe à l'hôpital de La Nouvelle-Orléans et qui avait fini aveugle à force de boire du julep (mélange de mélasse, maïs en grains, eau, levure et essence à briquet que les Nègres faisaient bouillir dans une boîte sur le radiateur pendant la nuit) avant de tomber dans le fleuve où il s'était noyé sous le poids de la jambe artificielle que lui avait donnée l'État. Et je croyais ce que disaient les hommes libres, car je n'avais jamais connu de prisonnier ni entendu parler de quiconque aurait réussi à se faire la belle à Angola.

Nous avons roulé nos cigarettes, tabac Bugler mêlé de Virginia Extra et papier maïs, cadeaux de l'État, et ceux d'entre nous qui avaient commandé par correspondance, auprès d'une compagnie de Memphis, leurs machines à rouler à un dollar cinquante, ont sorti leurs boîtes de Prince Albert aux cigarettes bien nettes et proprement collées, aussi belles que celles qui se vendaient toutes faites dans le commerce. Dans la citerne à eau flottait encore un bloc de glace zébré de strates minérales. Nous vidions la louche au-dessus de notre bouche et de notre poitrine en laissant la froideur de l'eau couler à l'intérieur de notre pantalon. Le capitaine confia son cheval à l'un des Nègres pour qu'il l'emmène dans les hauts-fonds et il s'assit contre un tronc d'arbre, le culot de sa pipe au creux de sa main en coupe, posée sur l'énorme bourrelet de son abdomen sous le ceinturon-cartouchière. Il portait des demi-bottes sans chaussettes, et la peau au-dessus des chevilles était glabre et patinée, couleur de coquillage mort.

Il vivait dans une petite maison de plain-pied à ossature en bois, non loin du portail de l'entrée, au milieu des autres hommes libres, et chaque soir le voyait retourner au bercail où il retrouvait une baptiste convaincue originaire du Mississippi, qui enseignait le catéchisme le dimanche aux détenus du Bloc. À l'époque où j'étais dans l'équipe placée sous sa surveillance, je l'avais vu tuer un détenu, un jeune Nègre à moitié débile expédié là par l'asile psychiatrique de Mandeville. Nous étions occupés à défricher un champ non loin de la Red Hat House, et le gamin avait libéré ses poignets des lanières de la charrue pour s'avancer à travers les sillons vers le fleuve. Le capitaine avait crié par deux fois, juché sur sa selle, puis il s'était redressé avant de viser et de lâcher sa première cartouche. La chemise du jeune gars avait tressauté à l'épaule, comme gonflée par une brise soudaine, mais il avait continué à traverser les sillons, ses brodequins sans lacets battant à ses pieds comme des galoches en caoutchouc. Le capitaine avait raffermi la position de sa crosse contre son épaule avant de faire feu de nouveau. Le jeune garçon avait trébuché et était tombé en avant, en travers des sillons, tandis qu'un jet écarlate fusait juste sous la limite de ses cheveux crépus et mal coupés.

Une camionnette à plateau conduite par l'un des jeunes matons arriva dans un nuage de poussière par la route en lacets qui traversait les champs. Elle se dirigeait vers moi. Les pierres claquaient sous les ailes et les typhas rabougris des fossés d'irrigation se couvraient de poussière. J'éteignis ma cigarette Virginia Extra contre la semelle de ma chaussure avant d'en déchirer le papier le long du trait de colle pour laisser le tabac s'envoler dans le vent.

— Je crois bien qu'il s'agit de ton ticket de sortie, Iry, dit le capitaine.

Le maton ralentit et immobilisa sa camionnette tout à côté de la Red Hat House avant de donner un coup de klaxon. Je récupérai ma chemise, posée sur une branche de saule le matin même à l'appel de huit heures.

— Combien tu dois recevoir d'argent à ta libération ? demanda le capitaine.

— Environ quarante-trois dollars.

— Prends ce billet de cinq, tu me le renverras par la poste, et garde tes miches loin de cet endroit.

— Ça ira, chef.

— Des clous, oui. Tu vas te retrouver à l'Armée du Salut quand ton pognon te sera sorti par la queue, en bière et en femmes.

Je l'observai en train de faire son vieux numéro, comme s'il y croyait lui-même, le coin vert d'un billet de cinq dépassant de son portefeuille aux bords lacés fabriqué par les prisonniers. Il ouvrit le porte-billets d'un pouce épais et le présenta un instant avant de le replier dans sa paume. C'était son rituel de générosité préféré, lorsqu'un détenu s'était acquis une remise de peine pour bonne conduite dans son équipe et recouvrait la liberté.

— Débrouille-toi pour ne pas violer ta conditionnelle et te retrouver dans cette ferme-prison, Iry, dit-il.

Je lui serrai la main et traversai le champ jusqu'à la camionnette. Le maton fit demi-tour et nous traversâmes la section basse de la ferme-prison en direction du Bloc par une route aussi défoncée qu'une tôle ondulée, recuite par le soleil. Je contemplai par la lunette arrière la bâtisse trapue, laide et blanche qu'on surnommait la Red Hat House, la maison des Chapeaux rouges, qui diminuait petit à petit sur fond de saules au bord du fleuve. Elle avait reçu ce nom-là dans les années trente, lorsque les « grosses rayures » (les violents et les fous) s'y trouvaient enfermés. À cette époque-là, avant qu'on construise le Bloc et son quartier de haute sécurité, les détenus dangereux portaient des vareuses à rayures blanches et noires et des chapeaux de paille peints en rouge. À la nuit, à leur retour des champs, ils devaient se déshabiller complètement pour une fouille au corps et on leur balançait leurs vêtements une fois qu'ils étaient entrés. Par la suite, le bâtiment avait servi à abriter la chaise électrique et quelqu'un avait peint sur un mur en lettres discontinues : C'EST ICI QU'ON TE DÉBARRASSE DU FEU QUI TE BRÛLE LES MICHES.

Nous traversâmes des hectares de jeune maïs, de canne à sucre et patates douces, divisés en carrés parfaitement désherbés aux rangs d'une rigueur toute mathématique, chaque chose ordonnée et bien à sa place, avant de longer le camp H et ses bâtiments en pierre, délabrés et sans toit, remontant à la guerre de Sécession, les rangées de baraquements de plain-pied du camp I, puis la dalle de béton fissurée, envahie de mauvaises herbes au milieu d'un champ vide du camp A, où les deux cages en acier qui s'y trouvaient jadis avaient été démolies au bulldozer au début des années cinquante. Je fermai le déflecteur qui n'envoyait qu'un flux d'air chaud et roulai une cigarette.

— Qu'est-ce que tu vas faire une fois dehors ? demanda le maton.

Il mâchait un chewing-gum et ses yeux bleus délavés au milieu d'un visage maigre, tanné par le soleil, me regardèrent sans expression lorsqu'il me posa sa question. Sa chemise kaki amidonnée était remontée en manchettes soigneusement repliées sur ses biceps. Il était nouveau, ce qui lui donnait parmi nous le même statut qu'une bleusaille, le détenu qui entame sa première peine de prison.

— Je n'y ai pas encore réfléchi, dis-je.

— Il y a plein de boulot pour l'homme qui veut travailler.

Le regard était jeune et peu amène, la voix juste assez chargée de cette conviction baptiste vertueuse que l'on rencontre encore dans le nord de la Louisiane pour vous donner à réfléchir à deux fois avant de répondre.

— C'est ce que j'ai entendu dire.

— Ça prendra pas longtemps pour te recoller les miches au trou si tu travailles pas, dit-il.

Je mouillai d'un coup de langue le bord collant de ma feuille à cigarette, avant de la replier du pouce et d'en pincer les extrémités.

— Z'avez une allumette, chef ?

Son regard détailla mon visage, comme s'il essayait d'en peler la peau pour atteindre au plus profond de l'insulte que je lui avais faite, en lui attribuant un titre qui ne se donnait qu'aux vieux matons travaillant au pénitencier depuis des années. Il sortit une allumette de sa poche de chemise et me la tendit.

Je la craquai sur l'ongle du pouce et aspirai en une bouffée flamme, colle et goût noir et corsé du tabac Virginia Extra. Nous longeâmes le cimetière du pénitencier, ses planchettes tombales au bois grisâtre, ses boîtes de conserve aux fleurs fanées, et la tombe d'Alton Bienvenu. L'homme avait passé trente-trois ans à Angola et détenait le record des jours enfermé dans les cages du camp A (vingt-deux, au mois de juillet, avec juste assez d'espace pour que genoux et fesses se bloquent contre les flancs de la cage, et un trou du diamètre d'un cigare foré dans la porte en fer). Il était mort en 1957, trois ans avant mon arrivée, mais même lorsque j'étais dans le quartier des bleus (les trente jours réservés à l'enregistrement et à la classification qu'on passe bouclé en cellule individuelle avant de rejoindre le gros de la population carcérale), j'avais entendu parler de l'homme qui, à l'époque où il était encore jeune vagabond, le baluchon à l'épaule, s'était évadé à deux reprises de l'équipe trimant sur la levée du Mississippi, encaissant en solitaire les passages à tabac et la torture de la fourmilière et qui, à un âge plus avancé, par l'intermédiaire d'un oncle employé par le gouvernement local, obtenait pour d'autres des mises en liberté conditionnelle alors que lui-même n'en aurait jamais, apprenait à lire aux illettrés, faisait entrer en fraude des cachets de morphine depuis la section pénitentiaire de l'hôpital public de La Nouvelle-Orléans pour les offrir à un camé condamné à frire sur la chaise, et qui, devant un comité du gouverneur à Baton Rouge, avait témoigné sur les raisons susceptibles de pousser des détenus de la ferme-prison d'Angola à se sectionner les tendons d'Achille. Après sa mort, la légende pénitentiaire l'avait canonisé, elle en avait fait un saint auréolé avec lequel seul pouvait rivaliser l'apôtre Pierre, qu'on avait crucifié tête en bas dans une arène de Rome, ses entraves étirées entre ses jambes.

Le monticule de la tombe d'Alton Bienvenu était couvert d'une croix en fleurs, bouquet épais aux teintes mauve, blanc et or de violettes, pétunias, primevères et boutons d'or cueillis dans les champs. Un prisonnier de confiance dégageait l'herbe en bordure du monticule à l'aide d'une truelle de jardinier.

— Qu'est-ce que tu penses de ça ? dit le maton.

— Ça doit être difficile de garder une tombe propre, je dirais, répondis-je en écrasant les braises de ma cigarette contre la peinture de ma portière.

— Sacrée connerie, pas vrai ? Aller mettre des fleurs sur la tombe d'un mec qui est déjà en enfer.

Il cracha son chewing-gum par la fenêtre, conduisant le camion d'une main sur les cassis et les ornières, les phalanges serrées sur le volant, comme s'il visait le carré clos de verdure appelé Bloc, au loin, près de la grille principale.

Le vent était frais à l'ombre entre les parois de béton du passage couvert tandis que nous nous dirigions à pied vers mon dortoir. Les prisonniers de confiance arrosaient la cour où l'herbe et les séries de haltères luisaient au soleil. Nous arrivâmes à la première grille fermée que le maton fit coulisser en manœuvrant une série de leviers. Les équipes de ménage du samedi matin lavaient murs et sol dans mon dortoir avec leurs seaux d'eau savonneuse mélangée à un désinfectant astringent qui brûlait l'intérieur de la tête quand on le respirait. La poussière de mes bottes se redéposait en plaques sur le sol mouillé, sans soulever le moindre signe de protestation ou d'agacement sur les visages. Parce que le maton marchait à mon côté, il devait exister quelque vague raison pour qu'ils refassent une partie du travail, et ils essorèrent leur serpillière dans les seaux, les cendres tombant de la cigarette vissée à leurs lèvres, avant de nettoyer mes traces boueuses, les yeux aussi vides qu'une plaque de verre.

— Tu peux garder tes sous-vêtements et tes chaussures, dit le maton. Mets le reste de tes vêtements et tes draps en tas devant la cellule. Roule ton matelas et ne laisse rien derrière toi. Je passerai te prendre au foyer quand tu auras terminé et je te conduirai au greffe.

J'ôtai ma combinaison de travail, enfilai mes mules et empruntai le couloir en direction des douches. Je laissai l'eau froide bouillonner sur ma tête et mon visage jusqu'à me couper le souffle. Un homme de l'équipe de ménage s'était arrêté en plein ouvrage et me regardait par l'ouverture sans porte ménagée dans la cloison de la douche. C'était une tante de la section Magnolia qui terminait son second séjour derrière les barreaux pour agression sexuelle sur des enfants. Il avait les fesses en relief en forme de poire, gardait sa chemise toujours boutonnée au col et ne se lavait jamais.

— Tire-toi, Motton. Y a pas de spectacle aujourd'hui, mon coco, dis-je.

— Je te demande rien du tout, dit-il avant de rincer sa serpillière dans le seau, son ventre mou débordant par-dessus le ceinturon.

— Faites gaffe à ce foutu plancher ! entendis-je quelqu'un gueuler dans le couloir.

Puis me parvint le bruit des premières équipes qui rentraient, leur travail dans les champs terminé.

— On l'a déjà lavé deux fois. Enlevez vos foutues godasses.

À mon retour, le couloir était zébré d'empreintes de pieds nus, et mon compagnon de cellule, W.J. Posey, était allongé torse nu sur sa couchette, les genoux remontés, occupé à tirer sur le bout détrempé de sa roulée sans l'ôter d'entre ses lèvres. Son crâne dégarni au sommet était hâlé par le soleil et moucheté de lambeaux de peaux sèches, tandis que les articulations noueuses de ses coudes et de ses épaules comme les reliefs osseux de sa poitrine affichaient la couleur d'une carpe morte. Il purgeait une peine de cinq à quinze ans, était déjà tombé trois fois pour émission et usage de faux chèques, et au cours de l'année où nous avions partagé cette cellule, trois mandats avaient été lancés à son nom dans trois autres États. La peau fanée de ses bras était couverte de tatouages aux couleurs passées, exécutés dans les pénitenciers de Lewisburg et Parchman, et ses ongles épais, jaunis par la nicotine, ressemblaient à des griffes d'animal.

J'enfilai le costume brillant et les chaussures jadis marron qu'avait apportés la veille dans ma cellule le responsable du décompte des prisonniers. Je balançai draps, couvertures et le reste de mes uniformes et bleus de prisonnier dans le couloir, avant de mettre mes sous-vêtements, brodequins de travail et trois nouvelles chemises et paires de chaussettes dans la boîte qui avait contenu le complet.

— Tu veux les porte-monnaie et les portefeuilles, W.J. ?

— Ouais, file-les-moi. Je pourrai toujours les échanger à la fiotte du H contre quelques cocottes.

— Fais gaffe à toi, coco. Et ne va plus rien suspendre à ta corde à linge.

— Ouais. Envoie-moi une carte quand t'auras gagné ton premier million, dit-il.

Il laissa tomber son reste de cigarette dans le mégotier posé à côté de sa couchette et se mit à gratter les ongles de ses orteils.

J'empruntai le couloir, laissant derrière moi la rangée de cellules ouvertes et les hommes qui se dirigeaient, la taille ceinte d'une serviette, claquant des pieds dans leurs sandales en bois, vers le fracas d'eau ruisselante et les cris des douches. Le vent qui soufflait dans le passage couvert rafraîchissait mon visage et mon col encore humide. J'attendis devant la deuxième grille que le maton voulût bien l'ouvrir.

— Tu sais que le foyer n'ouvre pas avant midi trente, Paret, dit-il.

— M. Benson a dit qu'il voulait que je l'attende là-bas, chef.

— Ben, t'es pas censé y être, c'est tout.

— Laisse-le passer, Frank, dit l'autre maton de service.

La grille coulissa dans le ronron discret de son système hydraulique. J'attendis dans l'espace neutre entre les deux grilles que le maton daignât manœuvrer à nouveau ses leviers.

Notre foyer disposait de plusieurs tables de jeu pliantes, une cantine où l'on pouvait acheter des sodas Kool-Aid et de la limonade, ainsi qu'une petite bibliothèque dont les livres sans intérêt avaient été offerts par l'Armée du Salut. Tout ce qui pouvait, même vaguement, évoquer pornographie, violence et, tout particulièrement, racisme, se voyait comme dévoré au cours d'un processus de censure qui devait commencer le jour de la donation pour se terminer à la grande grille de l'entrée. En tout cas, la censure en question était efficace et ne laissait rien passer : difficile de trouver un livre qui ne tombait pas des mains même du plus crétin d'entre nous. Je m'assis à une table couverte de brûlures pareilles à des insectes en plastique qui auraient fondu et me roulai une cigarette avec mon reste de tabac Virginia Extra.

J'entendis le sifflement de la serrure qui s'ouvrait, puis retentirent les bruits de pas des premiers hommes empruntant le sas entre les grilles et l'écho de leurs voix, brièvement répercutés par les murs en pierre, tandis qu'ils se dirigeaient vers le foyer pour y attendre l'ouverture du réfectoire à midi quarante-cinq. Ils arboraient tous une tenue propre : pantalon de toile bleu et veste rayée, cheveux mouillés plaqués en arrière, peigne dans la pochette de chemise, bananes et rouflaquettes luisant de brillantine et de lotion après-rasage, et répondaient à des noms comme Popcorn, Snowbird et Git-It and Go, marqués à l'eau de Javel dans le tissu des pantalons.

— Hé, Willard, sors donc les guitares, dit l'un d'eux.

Chaque samedi après-midi, notre groupe country jouait sur la bande de pelouse qui séparait les deux premiers bâtiments du Bloc. Nous disposions d'une steel guitar et d'amplis, de micros pour les deux guitares à table plate, et le violoneux comme la mandoline jouaient directement dans le micro, de sorte que nous pouvions diffuser *Orange Blossom Special* et *Please Release Me, Darling* par-delà le champ de canne à sucre jusqu'au camp I.

Willard, le prisonnier de confiance, ouvrit le placard aux instruments et nous tendit les deux Kay à table plate. Celle dont je jouais possédait, sur la seconde case du manche, un capodastre fabriqué à partir d'un crayon et d'un morceau de chambre à air. West Finley, dont le frère prénommé East se trouvait également à Angola, me tendit la guitare, maladroitement, comme à son habitude, son énorme main serrée sur les cordes, sa mauvaise dentition révélée par un grand sourire autour de son cigare.

— T'as l'air sapé comme un prince, mon pote. Ces fringues de civil, ça en jette. Nom de Dieu, j't'avais pris pour une vedette de cinéma, dit-il.

— T'as recommencé à aller renifler l'essence des réservoirs, West.

— Sans déconner, mec. Avec des fringues pareilles, ça va être l'émeute chez les femmes à la gare routière.

Son visage maigre d'habitant des collines de la cambrousse était plein de bonne humeur, sa bouche large brunie par le jus de tabac.

— Joue-moi ma petite chanson, coco, pasque je vais pas pouvoir l'entendre jouer correctement pendant bien longtemps.

Les autres firent le cercle autour de nous, bras croisés, un grand sourire sur le visage, la cigarette au bec, attendant que West attaque la meilleure partie de son numéro.

— Pas d'onglet, dis-je.

— Merde, dit-il, de cette manière si singulière des gens du delta du Mississippi, en redoublant la voyelle pour en faire deux syllabes : mê-erde.

Il prit dans le cendrier une pochette d'allumettes vide, la plia en deux et me la tendit entre ses doigts calleux.

— Allez, on démarre, Iry. Le chef va arriver avec ses petits pois dans une minute.

L'homme qui occupait le poste de guitare rythmique dans notre groupe était assis devant moi, l'autre Kay en appui sur sa cuisse repliée. Je laissai glisser la pochette d'allumettes sur les cordes, fis sonner le la et le si, et tournai ma guitare face à lui pour qu'il puisse voir sur le manche mon accord de mi. Le morceau était une vieille chanson de Jimmie Rodgers qui commençait par : « Si t'aimes pas mes pêches, me secoue pas l'arbre. » Après cela, les paroles empiraient. Mais West fut magnifique. Il commença à s'agiter sur le parquet ciré, les bouts pointus des chaussures en alligator envoyées par sa nana accrochant la lumière au-dessus des éraflures du sol, il frappait et roulait des hanches tandis qu'il se lançait dans le boogie salace, sa chevelure en queue de canard brillantinée retombant sur son visage comme un filet noir. Un homme sortit un petit harmonica de sa poche de chemise et entama derrière nous le gémissement de basse d'un train qui passe, et West s'accrocha au tempo pour se mettre à défoncer l'air de grands coups de reins, bras écartés, tandis que les spectateurs sifflaient et tapaient des mains en se pelotant l'entrejambe. Entre deux épaules, j'aperçus le jeune maton qui franchissait les deux grilles et pénétrait dans le foyer. Je revins en glissant vers l'accord de mi et laissai filer doucement le reste du morceau sur les aigus.

Le visage de West transpirait, ses yeux brillaient. Il reprit son cigare posé sur le bord de la table, le souffle un peu court quand il s'adressa à moi :

— Quand t'arriveras à Nashville et que tu verras toutes les poulettes à l'Opry, dis-leur que le grand guincheur de Bogalusa est fin prêt et qu'il commencera à répondre à la demande dans six mois. Dis-leur aussi que je me fais plus payer. J'ai laissé tomber mes façons d'égoïste pour ce qui est de donner mon corps en partage. Elles ont pas non plus besoin d'être des Marylin. Ch'suis pas snob, coco.

Grand rire dans l'assistance sur les bouches édentées, pleines de plombages d'or et d'argent. Puis la sonnerie retentit à l'extérieur, et la troisième grille, qui commandait l'accès à la dernière section du passage couvert, coulissa dans un sifflement d'air aspiré.

— Faut que j'aille à la graille, quéquette a besoin de protéines. Fais-toi plaisir cette nuit, et fais ça pour moi, dit West en m'envoyant une pichenette sur le bras de deux doigts frottés sur l'ongle du pouce, lorsqu'il passa à côté de moi pour aller vers la grille en compagnie des autres hommes.

— Laisse la guitare sur la table, c'est tout, dit le maton. Le fourgon part à une heure.

Je ramassai ma boîte et le suivis pour passer la grille. Au gardien qui manœuvrait les leviers d'ouverture, il présenta ma feuille de libération, ce qui n'était pas nécessaire dans la mesure où la grille était déjà ouverte et où tous les vieux chefs d'équipe le long du passage couvert savaient de toute manière que je sortais ce jour-là. Mais tandis que je le suivais des yeux qui marchait devant moi, sa chemise kaki amidonnée changeant de forme à chacun de ses pas telle une feuille de métal, je me rendis compte qu'il allait passer le restant de son existence à présenter ainsi ses feuilles de papier, ses refus ou permissions de mise en liberté, dans un claquement de phalanges blanches et crispées.

— Bouge-toi un peu si tu ne veux pas être obligé de rejoindre la grand-route à pied, me dit-il à mi-chemin par-dessus son épaule.

Nous allâmes au greffe, et il attendit pendant que le prisonnier de confiance affecté là passait en revue les rangées d'enveloppes en kraft fourrées dans les casiers et munies d'une étiquette ronde accrochée à une ficelle. L'homme laissa glisser ses doigts raidis le long d'une rangée verticale dans un bruissement de papier collé et dégagea de la liasse une enveloppe aplatie dont il chassa de la paume la poussière déposée sur la face supérieure. Le maton mordilla une allumette et consulta sa montre.

— Vérifie et signe la décharge, dit le prisonnier de confiance. T'as droit à quarante-trois dollars comme prime de libération et t'en as cinquante-huit sur ton compte de cantine. Je n'ai plus que des billets de cinq et de un dollars à te donner, et des pièces d'argent. Ils m'ont complètement nettoyé ce matin.

— Ce n'est pas un problème, dis-je.

J'ouvris l'enveloppe en kraft et en sortis ce que je portais sur moi à mon entrée dans la prison de la paroisse de Calcasieu deux ans et trois mois auparavant, après que j'eus tué un homme : une balle minié tout émoussée, perforée d'un trou, que j'utilisais en guise de plomb de pêche quand j'étais gamin, sur Bayou Teche et à Spanish Lake ; l'oignon en or que mon père m'avait donné en cadeau pour mon baccalauréat ; un couteau de l'armée suisse avec ouvre-boîte, tournevis et scie capable de vous bâtir une cabane à lui seul ; un dé, unique rescapé d'une paire et seule chose que j'avais ramenée après treize mois de Corée, parce qu'on m'avait séparé du groupe de seize gars qui étaient montés à l'assaut de Heart Break Ridge pour y rester à jamais en grand tas de cendres inutiles ; et un portefeuille avec ses papiers sous celluloïd si importants pour nous, aujourd'hui périmés avec leurs plis et leurs craquelures, inutile définition de l'identité du porteur.

Nous sortîmes du Bloc sous un soleil lumineux, et le maton nous conduisit sur la route qui passait devant la prison, le long des petites maisons basses à bardeaux où vivaient les hommes libres. Le linge qui séchait sur les cordes se redressait avant de retomber avec le vent, les jardins minuscules étaient plantés de chrysanthèmes et de massifs de rosiers, et des ménagères en robe imprimée apparaissaient brièvement dans l'embrasure des portes-moustiquaires pour crier après les enfants dans la cour. On aurait pu croire à une scène de quartier ouvrier, transplantée là d'un coup de bistouri, n'était la présence des prisonniers de confiance nègres en train d'arroser le gazon ou de désherber un potager.

Puis apparurent la grille d'entrée, ses trois rangs de barbelés inclinés à l'oblique vers l'intérieur et sur un côté le mirador en bois avec son garde armé. La route huileuse s'étirait de l'autre côté, surmontée d'un halo brillant qui la faisait danser comme une vague, avant de franchir une rangée d'arbres et la végétation qui poussait sur le rebord des fossés. Je sortis de la voiture, ma boîte en carton sous le bras.

— Paret est libéré, dit le maton.

Je savais qu'il allait essayer de me serrer la main

pendant que l'on ouvrirait le portail au-dessus de la grille à bestiaux encastrée dans le sol, aussi gardai-je mon attention fixée sur la route en fouillant de ma main libre la poche de ma chemise en quête d'une cigarette. Le maton secoua son paquet de Camel et en sortit une qu'il m'offrit.

— Merci, monsieur Benson, dis-je.

— Garde le paquet. J'en ai d'autres dans la cage.

Je fus bien obligé de lui serrer la main, au bout du compte. Il remonta dans son camion, le masque métallique de son visage éclairé d'un soupçon de lumière, sa fonction un peu plus fermement établie.

Je franchis la grille à bestiaux et entendis le bruit de ferraille du portail qui se verrouillait derrière moi. Quatre autres hommes, chacun avec sa boîte en carton, vêtus du même costume que moi (nous avions le choix entre trois modèles à notre libération), étaient assis sur le banc de bois près de la clôture. Ils attendaient, le corps barré par le carré d'ombre déformé que projetait sur eux le mirador.

— Le fourgon devrait être là dans une minute, Paret, dit le gardien à la grille.

C'était un homme de la vieille école, un vestige des années trente, et il avait probablement tué et enterré plus d'hommes dans la levée du Mississippi que tous les autres matons du pénitencier. Aujourd'hui, il avait presque soixante-dix ans, le corps bouffi de graisse, ce lard blanc qui vient des années passées à boire du whisky de maïs, et il n'y avait pas, dans toute la Louisiane ou le Mississippi, une seule ville où il pût se retirer pour ses vieux jours en toute sécurité, à cause de tous les prisonniers qu'il avait maltraités en les collant sur des fourmilières ou en les obligeant à monter et à redescendre au pas de course, en poussant une brouette, la levée de terre qui endiguait le fleuve, jusqu'à ce qu'ils s'effondrent à quatre pattes.

— Je crois que je vais me faire ça à pinces, dis-je.

— Ça fait trente kilomètres jusqu'à la route, mon gars.

Et il ne dit pas cela méchamment. Le mot lui était venu aux lèvres automatiquement, comme tout ce qui sortait de lui, après trente-cinq années passées derrière ses barreaux, à tirer son temps, un temps presque identique à la peine que nous purgions.

— Je le sais, chef. Mais faut que je me dérouille les guibolles.

Je ne me tournai pas vers lui pour répondre, mais je savais que ses yeux gris-vert couleur d'ardoise me poignardaient le dos avec un mélange de ressentiment et d'impuissance, en voyant ainsi un élément de sa propriété personnelle franchir la ligne qui le séparait d'un monde dans lequel il était incapable de fonctionner.

L'eau stagnante dans les fossés en bordure de la route était couverte de nénuphars, et des libellules aux ailes violettes voletaient par à-coups au-dessus des fleurs fraîchement écloses. Les feuilles des arbres étaient couvertes de poussière, et la terre d'un rouge noirâtre autour des racines portait la marque des vers qui sortent la nuit. Je transpirais sous ma veste. Je l'ôtai d'une main et la coinçai sous la ficelle qui entourait la boîte en carton. J'avais parcouru près de deux kilomètres lorsque j'entendis les pneus du fourgon de l'État couiner avec un bruit de caoutchouc brûlé sur la surface huileuse de la chaussée. Le véhicule ralentit en seconde à côté de moi et le maton se pencha en avant au-dessus de son volant pour s'adresser à moi malgré la présence de son passager.

— C'est une vraie saleté, cette chaleur, pour marcher, et tu réussiras probablement pas à faire du stop sur la grand-route.

Je souris, les saluai de ma main ouverte, et après que le véhicule eut accéléré dans un nuage jaune brillant de gravillons, de poussière et d'huile, je vis un doigt d'honneur se dresser à mon intention par la vitre arrière.

Je balançai la boîte en carton dans le fossé et marchai cinq kilomètres de plus jusqu'à une taverne installée en retrait de la route dans un cercle de gravillons. Les flancs du bâtiment de bois à la couleur passée étaient couverts d'affiches électorales pourries (NE VOUS LAISSEZ PAS PRENDRE DE COURT — VOTEZ LONG — SPEEDY O. LONG, ESCLAVE DE PERSONNE ET SERVITEUR DE TOUS), panneaux publicitaires en tôle rouillée à la peinture écaillée vantant Hadacol et Carry-On, et autocollants pour Brown Mule, la levure chimique Calumet et le Laxatif indolore du docteur Tichner. Un énorme chêne vert, couvert de mousse espagnole, occupait un côté de la bâtisse, et ses racines avaient soulevé le mur du pignon au point de déformer l'huisserie de la fenêtre.

Il faisait sombre et frais à l'intérieur, un ventilateur aux pales en bois tournait au plafond, et dans la pièce vide le bar luisait à la lumière sourde des néons vantant des marques de bière. Cela me parut étrange de dégager la chaise poussée contre le comptoir et de la tirer en raclant ses pieds au sol afin de m'asseoir. Le barman se trouvait dans la cuisine où il parlait à une jeune Négresse. Il avait les bras couverts de tatouages sous un épais tapis de poils blancs, son ventre proéminent était ceint d'un tablier de boucher plié.

— Hé, *podna*, que diriez-vous de me servir une Jax ? lui dis-je.

Il se pencha par le passe-plat, ses bras épais croisés devant lui, sa tête glissée sous le rebord de l'ouverture.

— Sortez-la de la glacière, m'sieur, je suis à vous dans une minute.

Je passai derrière le comptoir et plongeai la main dans le bac profond, rempli de glace, pour en sortir une bouteille de Jax que j'ouvris au décapsuleur fixé tout à côté. J'avais mal au poignet et au bras à cause du froid et des morceaux de glace pilée collés à ma peau. La mousse bouillonna, débordant du col de la bouteille, et se mit à couler sur ma main, d'une manière qui me parut aussi étrange, en cet instant, que la chaise du comptoir, les enseignes au néon des marques de bière et leur lumière sourde, et la jeune Négresse qui raclait d'un air absent la plaque de cuisson du fourneau à l'aide d'une spatule. J'avais bu une autre Jax lorsque l'homme sortit de la cuisine ; je mangeai alors un maxi sandwich garni de crevettes, huîtres, feuilles de laitue et sauce, débordant des deux côtés de la miche de pain français.

— Venez juste de sortir ? demanda l'homme.

Il dit ces mots de ce ton neutre et banal dont usent la plupart des gens libres à l'égard des détenus, cette même qualité de voix qu'on retrouve derrière les lettres photocopiées adressées depuis Boston, qui demandent que l'on fasse don de ses yeux.

Je posai trois billets de un dollar sur le comptoir et me dirigeai vers le carré de lumière tout près de la porte d'entrée.

— Écoutez, mon pote, ça m'intéresse pas de savoir d'où vous sortez. Je disais juste que mon cousin pourra vous conduire jusqu'à la grand-route dans quelques minutes.

Je descendis la route huileuse sur quatre cents mètres et son cousin me fit monter dans son camion à ridelles pour me conduire jusqu'à la gare de Baton Rouge.

Chapitre 2

J'aurais pu prendre un car jusqu'à la maison, ou faire de l'auto-stop car le trajet ne durait que trois heures jusqu'à la côte, mais j'ai toujours aimé les trains, leurs rangées de sièges anguleux et tranquilles, le bruit de succion et le claquement à l'ouverture des portes du couloir, sans compter qu'à l'âge de trente ans il n'y a guère de dignité à faire de l'auto-stop. Les épiceries et tavernes en bardeaux et les chênes défilaient devant les fenêtres dans un cliquètement de lumière, et au-delà de la grand-route commençait le marais avec ses arbres gris. Des Nègres en chapeau de paille informe pêchaient au coup le long du canal, tandis qu'au-dessus des cyprès morts se levaient les grues blanches aux ailes dorées par la lumière du soleil. Dans l'allée centrale, le vendeur de journaux et friandises chancelait à chaque mouvement du train, chargé de son panier plein de revues, journaux, boîtes de jus de raisin, et prunes dans leur cône en papier. Je lui achetai un *Times-Picayune* et me rendis au bar.

Le porteur me servit une Jax et lorsque je fus lassé de la première page du journal qui traitait avec le plus grand sérieux des travaux de la législature de l'État, je sirotai ma bière en regardant défiler les champs de canne à sucre nouvelle et les bovins noirs de race Angus. Mais en approchant de La Nouvelle-Orléans, le paysage commença à changer. Quelqu'un avait dû sérieusement s'affairer au cours des deux dernières années écoulées ; ce secteur du delta n'avait plus rien d'agricole. Des panneaux de promoteurs immobiliers s'alignaient le long de la grand-route, en lieu et place des vieilles publicités pour médicaments en vente libre et nourriture pour animaux Purina, de vastes étendues de marécages avaient été nivelées et remblayées au bulldozer pour devenir des lotissements. Des mobile-homes servant de bureaux et ornés de drapeaux de couleurs étaient posés sur des parpaings au milieu de la boue, avec des hectares d'ordures en arrière-plan, déjà divisés en lots délimités par des poteaux de géomètre. Les mercantis des centres commerciaux avaient eux aussi bossé dur. Les vergers de pacaniers et les fermes laitières étaient devenus Food City, Winn-Dixie et Cash Discount.

Je dus changer de train à La Nouvelle-Orléans pour le reste du trajet jusqu'à la maison. Le train n'était plus très jeune, avec ses sièges poussiéreux, ses fenêtres jaunies étoilées par des plombs de carabine sur la face extérieure du double vitrage. Nous franchîmes le Mississippi, et j'eus le vertige en regardant depuis ma fenêtre la vaste étendue d'eau en contrebas. Les remorqueurs, les barges de la Standard Oil, les éraflures brunes du sillage que dessinaient leurs coques paraissaient miniaturisés, aussi plats que des symboles sur une carte. Le train franchit lentement le pont en cliquetant, puis la longue ligne droite de voie surélevée au-dessus de la digue bordée de vasières et de saules pleureurs, avant de prendre de la vitesse dans la courbe qui traversait le pays des bayous, le vert profond, d'une beauté douloureuse, des cyprès et des chênes couverts de mousse espagnole, dont les racines éclataient de champignons et de primevères.

La plupart des passagers de mon wagon étaient français, ils avaient déposé leurs valises en carton et leurs boîtes retenues par de la ficelle dans les filets à bagages. Un vieil homme en salopette et veste de costume s'adressait en français à son épouse dans le siège derrière moi, et je les écoutai, violant délibérément leur intimité, chose que normalement je n'aurais jamais faite. Mais, à Angola, les matons, originaires essentiellement de la Louisiane du Nord et du Mississippi, n'autorisaient jamais quiconque à parler français en leur présence, et même dans le Bloc on ne se servait pas de cette langue sauf s'il n'y avait pas de non-francophone à portée d'oreille, car le français était chargé du même parfum de clandestinité qu'un murmure privé entre deux indics.

Le train traversa Bayou Lafourche et je me penchai contre la fenêtre pour regarder les hommes en pirogue, flottant, immobiles, contre les racines des cyprès, leurs cannes à pêche ployées, martelées par la lumière tandis qu'ils bataillaient avec une brème sous les nénuphars. Avant que le train ne reparte pour s'engager dans ce long couloir d'arbres au milieu du marais, je vis un homme arracher de l'eau une grosse perche au travers d'une feuille déchirée, puis plonger vivement une main dans l'eau, sa canne en arc de cercle dans l'autre main, la pirogue presque renversée dans les hauts-fonds, avant de saisir la ligne entre ses doigts et de dégager lentement le poisson loin des nénuphars.

Puis nous retrouvâmes une longue section en ligne droite au milieu des arbres, qui franchissait les eaux mortes des canaux d'irrigation, avec, de temps à autre, des fermes qu'on apercevait au-delà du talus. J'allai jusqu'au wagon-bar et pris un bourbon à l'eau tandis que le train ralentissait à l'entrée de ma ville natale. Les panneaux de croisement et de stop marqués LOUISIANA LAW STOP à chaque passage à niveau défilèrent à leur tour, à mesure que décroissait la vitesse du train, jusqu'à ce que, brutalement, les visages levés des gens sur le quai se fixent sur le mien avant de se détourner vite, soudain déridés parce qu'ils avaient reconnu quelqu'un qui descendait le marchepied en bout de voiture.

Un camion de glace occupait la rampe de chargement, une bâche tendue sur les blocs de glace, et sous l'action du soleil le froid se changeait en vapeur au-dessus de la toile. Deux taxis stationnaient à l'ombre d'un chêne qui poussait au milieu du trottoir devant la gare.

— Savez-vous comment rejoindre la maison de Robert Paret ? dis-je.

— Qui ça ?

L'haleine du chauffeur de taxi m'arriva par la vitre, chargée de bière, et le bonhomme fumait une cigarette à bout filtre coincée dans un vide entre ses dents.

— C'est un peu plus haut que Joe's Shipyard Road. Vous pouvez m'emmener jusque-là ?

— Ça fait vingt-cinq kilomètres, *podna*. Je vais pas mettre le compteur pour vous mais ça vous coûtera dix dollars, et peut-être même un peu plus si j'éclate un pneu sur la route en rondins qui monte là-bas.

La ville avait changé. Ou peut-être changeait-elle depuis bien longtemps sans que je l'aie remarqué. Nombreuses étaient les boutiques à devanture en bois ou en vieilles briques à avoir mis la clé sous la porte ; l'hôtel affichait un panneau À LOUER dans sa baie vitrée poussiéreuse, et seules quelques voitures étaient garées devant la taverne-salle de billard au coin de la rue. Le bazar qui jadis attirait une foule de Nègres le samedi après-midi était presque vide. Nous passâmes devant la place carrée du tribunal, et les rangées de chênes qui ombrageaient les larges trottoirs et leurs bancs de bois sur lesquels les vieux avaient coutume de s'asseoir, ressemblaient aujourd'hui à un décor de cinéma mis au rebut. Le monument confédéré, gravé à sa base de la phrase : ILS SONT MORTS POUR DÉFENDRE UNE CAUSE SACRÉE, était moucheté de fientes de pigeons, et quelqu'un avait fourré du papier bon pour la poubelle dans la gueule du canon de la guerre de Sécession qui le jouxtait. Outre l'officine du prêteur de caution, seuls un ou deux bureaux étaient ouverts, et le bar du coin où l'on jouait aux cartes à l'étage était aujourd'hui obturé de planches.

— Où est passée la ville ? dis-je.

— Elle s'est juste desséchée après l'ouverture de la nouvelle route, dit le chauffeur. Les gens, y vont pas aller s'engager dans une ville quand y peuvent trouver tout ce qu'y veulent ailleurs. Vous venez de quitter l'armée, ou quoi ?

— J'ai été absent un moment.

— Bien, y a un tas d'argent à se faire ici. Du genre, je pourrais me faire deux fois mon salaire si le répartiteur m'avait pas affecté à la gare.

Il ravala un renvoi en fond de gorge et dégagea une boîte de bière du pack de six posé sur le siège. Il arracha l'anneau et la mousse déborda sur son pouce.

— On peut prendre des clients à l'aéroport

pour une course de huit cents mètres jusqu'au motel, et ce qu'on se ramasse en pourboires, ça fait plus d'argent que ce que je me fais en une après-midi à la gare. Vous pouvez vous prendre une bière si vous voulez.

— Merci, dis-je.

La bière était chaude, mais je la bus malgré tout.

Nous sortîmes de la ville et traversâmes le bayou sur le pont en bois qui prolongeait la chaussée goudronnée, avant de rebondir dans les ornières de la route jaune qui courait en bordure du chantier naval de Joe. Crevettiers, barges à pétrole rouillées et bateaux spécialement aménagés pour les analyses sismographiques étaient amarrés le long des quais dans l'eau stagnante, tandis que de petits Nègres pêchaient au coup, à l'affût des poissons-chats et des lépidostées parmi les typhas. Le chauffeur n'avait plus de bière, aussi nous arrêta-t-il à une taverne remplie de matelots, pêcheurs et ouvriers travaillant au sismographe, où je lui payai un coup à boire au comptoir et un pack de Jax pour faire bonne mesure.

La route suivait le bord du bayou, le long des cyprès aux ramures suspendues au-dessus des eaux. Le renflement des troncs à la surface était assombri par les vagues que laissait le sillage des bateaux de passage, et des aigrettes blanches nichaient dans le sable, leurs ailes délicates agitées de frissons tandis qu'elles agrandissaient leur trou. J'avais pêché là, brème, sac-à-lait, poisson-chat brun, sous tous les cyprès de cette berge, car les poissons revenaient toujours à l'ombre pour chercher leur nourriture au moment le plus chaud d'un après-midi estival, et l'un des arbres en particulier portait encore des chaînes d'amarrage rouillées clouées dans le tronc à l'aide de longues pointes forgées que l'écorce avait fini par recouvrir petit à petit jusqu'à ce que le bois ne laisse plus ressortir qu'une des boucles de la chaîne, pareille à une excroissance difforme. Mon grand-père disait que Jean Laffite amarrait jadis son bateau à cet endroit, à l'époque où il faisait la traite des Noirs, et qu'il avait enterré un trésor entre deux chênes à l'arrière de notre propriété. La terre autour desdits chênes était creusée de dépressions et de trous aux bordures déchiquetées que traversaient les racines, et lorsque nous étions gamins, mon frère et moi avions pioché à près de deux mètres de profondeur et raclé l'argile qui scellait un énorme chaudron en fer, dégageant l'excavation comme deux sculpteurs, avant de soulever le couvercle à l'aide de nos pelles en guise de leviers pour, au bout du compte, découvrir les os d'un sanglier qu'on avait fait bouillir pour les transformer en suif.

Nous arrivâmes à la section de route en planches et rondins que la Shell avait installée là trois ans avant que la chaussée soit une nouvelle fois inondée et que la paroisse refuse de l'entretenir plus longtemps, dans la mesure où les seules personnes à l'utiliser étaient mon père et deux ou trois compagnies de prospection par sismographe qui faisaient exploser leurs charges dans ce secteur. Les planches se tordaient sous les pneus et venaient claquer ensuite contre le carter d'huile du moteur, lorsque j'aperçus la boîte à lettres près du petit pont de bois qui enjambait la coulée.

Je payai le chauffeur et remontai le sentier gravillonné à travers les chênes. La maison avait été construite par mon arrière-grand-père en 1857, dans le style créole de l'époque, avec des cheminées en brique sur chaque mur-pignon et des colonnes également en brique soutenant la véranda en treillis du premier étage. Le toit à deux pentes était aujourd'hui couvert de tôle, et les fondations s'étaient affaissées d'un côté si bien que les colonnes en brique s'étaient fissurées et commençaient à se déliter. Les vestiges des quartiers d'esclaves étaient encore visibles dans l'herbe en bordure du bayou, et le puits en pierre d'origine, aujourd'hui rempli de sable et envahi de plantes grimpantes sauvages, ressortait du sol à l'oblique près du fumoir à viandes. Mon père s'était accroché à ses quinze hectares depuis la dépression, lorsque nous avions perdu la plus grande partie de la ferme, et il avait refusé de louer les droits minéraliers aux compagnies pétrolières (il les appelait les arnaqueurs du Texas, ils détruisaient votre terre, abattaient vos clôtures et vous offraient en retour un puits de pétrole juste bon à cracher du sable) mais au cours de ces dernières années, les seules cannes à sucre à avoir été semées l'avaient été par des Nègres en métayage. Sa camionnette à plateau Ford avec ses plaques de l'année dernière était garée sous le hangar et une vieille Buick stationnait sur l'herbe au bout de l'allée.

La balancelle sous la véranda oscillait doucement sur ses chaînes, dans la brise. Je frappai à la porte moustiquaire et essayai de percer la pénombre à l'intérieur de la maison.

— Salut !

J'entendis quelqu'un au bout du couloir du premier et j'entrai, avec au cœur l'étrange sentiment de commettre une inconvenance. La maison sentait la poussière et le manque de lumière. Pour une raison inexpliquée, la seule chose qui m'attira l'œil fut ses fusils, qu'il gardait dans le râtelier en bois de cervidé au-dessus du manteau de la cheminée. Le 30-40 Kraig avec son chargeur latéral, la Winchester à levier, et le calibre douze à double canon étaient mouchetés de poussière, couverts de toiles d'araignées tendues sur les pontets et les canons.

— Qu'est-ce que vous voulez ?

Je relevai la tête vers l'escalier, où se tenait une grosse Négresse en uniforme empesé d'infirmière. Ses bas blancs roulés semblaient vouloir éclater autour de ses cuisses noires.

— Je suis le fils de M. Paret.

Elle descendit l'escalier, la main sur la rampe pour soutenir son poids. Des mèches embroussaillées de cheveux gris couvraient le haut de son front et je compris qu'elle était beaucoup plus âgée qu'elle ne le paraissait.

— Z'êtes monsieur Iry ?

— Oui.

— Il se disait bien que vous alliez revenir cette semaine. Je viens de lui donner son sédatif et il ne pourra pas vous parler très longtemps. Quand il aura fait son premier somme et mangé son souper, il pourra bien mieux bavarder avec vous.

— Il va si mal que ça ?

— Y va pas bien. Mais vous feriez peut-être mieux d'attendre le docteur. Il vient ce soir, avec votre sœur. C'est elle qui reste avec lui la nuit où je suis de repos.

— Merci.

— Monsieur Iry, y cause un peu bizarre. C'est son médicament. Il va très bien après son souper.

Je montai l'escalier et entrai dans la chambre de mon père. Elle était sombre, et le seul éclairage provenait du reflet jaune du soleil sur les persiennes. De petits flacons d'urine s'alignaient sur la commode, et un bassin hygiénique étincelant était posé sur un tabouret à la tête du lit à baldaquin. Sa pipe courbe et sa blague à tabac s'appuyaient contre la lampe de chevet à abat-jour en carapace d'armadillo, sur la table de nuit. Je ne savais pas que son visage pouvait paraître aussi blanc, aussi ravagé. Le drap était remonté jusqu'à son menton, et ses mains noueuses ressemblaient à un paquet d'os tendus contre une peau. Il tapota son estomac d'un doigt et, devant la lumière brutale qui entrait par la porte, il plissa un œil bleuté, mouillé, un seul, et je vis qu'il ne parvenait pas à me reconnaître par ma silhouette. Je refermai doucement la porte derrière moi. Il sourit, de ses lèvres violacées comme celles d'une vieille femme. Il ôta la main de son estomac et tapota doucement le côté du lit.

— Comment t'ont-ils traité, fils ?

— Pas si mal.

— J'ai cru que t'allais arriver hier en lisant ta lettre. J'ai demandé à l'infirmière négresse de te faire ta chambre. Tes guitares sont sur le lit.

Sa voix accrochait quand il parlait, comme s'il avait un hameçon fiché dans la gorge.

— Comment te soigne-t-on, papa ?

— Ils aiment bien mon urine. Le docteur l'emporte tous les deux jours, une fois que l'infirmière y a collé plein d'étiquettes.

Un rire agita les profondeurs de sa poitrine, et une bulle de salive se forma à la commissure de ses lèvres.

— Ils ne doivent pas avoir grand-chose à faire à l'hôpital si ce n'est reluquer la pisse des gens.

— Papa, est-ce que c'est Rita et Ace qui t'ont mis à l'hôpital ?

— Ils ont leur propre famille, Iry. Ça coûte quinze dollars par jour pour garder cette Négresse ici. Y n'ont pas cet argent-là.

Je dus serrer mes doigts entre mes cuisses et détourner les yeux. Ma sœur et mon frère avaient épousé des gens suffisamment fortunés pour lui offrir le mieux qu'on pût.

— Regarde-moi, fils, et ne laisse pas ces lames de rasoir commencer à te charcuter de l'intérieur. La seule chose que je regrette, c'est que mes enfants ne se soient pas serré les coudes après la mort de ta mère. Je sais pas ce qu'on t'a fait au pénitencier, mais ne dirige pas ta colère contre eux.

Ses yeux bleus mouillés commençaient à se voiler sous l'effet du sédatif, et il devait se forcer pour que les mots passent l'obstacle de sa gorge. Je contemplai ses cheveux blancs sur l'oreiller, ses bras maigres étalés sur les draps, et je m'interrogeai sur ce que l'âge et la maladie étaient capables de faire aux hommes, et en particulier à celui-ci, qui, à Belleau Wood, dans le sifflement des bombes, avait bondi de sa tranchée pour s'aplatir de tout son long sur un conteneur de gaz moutarde.

— Pourquoi ne ferais-tu pas ton somme ? Je repasserai plus tard, dis-je.

— Je veux que tu fasses une chose pour moi ce soir. Va couper quelques azalées près de la véranda et va fleurir la tombe de ta mère.

— Très bien, papa.

— Je sais que tu n'aimes pas descendre jusque là-bas.

La lumière dans son regard faiblissait aussi vite qu'une petite étincelle bleue.

— J'y serais allé de toute façon, dis-je.

Ses yeux se fermèrent, ses paupières rouges tranchant sur la blancheur de papier de son visage.

J'avais entendu parler des effets d'un cancer intestinal, je savais avec quelle rapidité celui-ci pouvait consumer un homme et l'énergie d'une vie, malgré la radiothérapie et les injections de morphine pour effacer la douleur, mais il fallait voir cela de ses propres yeux pour en être convaincu.

J'empruntai le couloir et allai jusqu'à ma chambre, qu'il avait gardée telle qu'elle était le jour où j'avais repris la route avec mon orchestre pour finir au pénitencier. Mon fusil à canons superposés, l'un pour le .22 magnum, l'autre pour le .410, était posé debout dans le coin, mes vêtements pendouillaient sans grande tenue dans le placard, les plis marqués par les cintres couverts de poussière, et mon étui à deux guitares — la Martin à table plane et la Dobro — était posé sur le lit, avec l'inscription dorée en creux LE GRAND OISEAU TACHETÉ sur son gainage de cuir. J'ouvris l'étui, fabriqué sur mesure pour deux cents dollars à Dallas, et l'espace d'un instant, dans l'éclair écarlate un peu fripé du drapeau confédéré qui faisait office de doublure et les reflets du bois ciré des guitares, je me retrouvai dans la salle du bar au milieu des cris et des hurlements, le couteau mouillé de frais tout tremblant dans ma main.

Je me déshabillai complètement et enfilai un pantalon de toile, une chemise en jean et une paire de vieux mocassins. Je plaçai tout ce qui me venait d'Angola dans la veste de costume, en nouai serré les manches, et fourrai le tout dans la corbeille à papier.

Au rez-de-chaussée, je trouvai une bouteille de Ancient Age que mon père gardait toujours sous l'évier. Je m'en versai une bonne dose dans un gobelet en fer-blanc et le sirotai lentement en regardant, par la fenêtre, le soleil qui commençait à perdre de son intensité entre les chênes au-dessus des marais. Des nuages de pluie violets occupaient l'horizon, et des rais de soleil pareils à des bandelettes écarlates tranchaient net le sommet des cyprès. Je bus un autre verre, cette fois allongé d'eau, pris un couteau de boucher, emportai aussi la bouteille, et allai jusqu'aux buissons d'azalées près du pignon de la maison.

Je sectionnai une douzaine de branches chargées de fleurs rouges et descendis la pente vers le cimetière. Celui-ci était en bordure du bayou, et dix ans auparavant nous avions été obligés de placer des sacs de ciment contre l'escarpement de la berge et de pousser une vieille carcasse de voiture dans l'eau pour empêcher une plus grande érosion du méandre sous l'effet du courant qui risquait ainsi d'emporter la clôture en métal qui bordait le cimetière. Il y avait vingt-trois tombes au total, couvrant quatre générations de ma famille enterrées là sur leur terre d'origine, et les plus anciennes d'entre elles, des cryptes montées en brique et mortier, étaient aujourd'hui toutes fissurées, couvertes des feuilles desséchées de plantes grimpantes sauvages. Les tombes de ma mère et de ma sœur étaient côte à côte, avec une pierre commune à leur tête, divisée par un mince trait vertical entaillé au ciseau. Les mots qui s'y trouvaient inscrits étaient d'une simplicité brutale :

CLAIRE PARET ET FRAN
7 NOVEMBRE 1945

Une boîte en fer-blanc pleine d'eau rouillée et de tiges mortes était posée sur la tombe. Je la ramassai, vidai son contenu derrière moi dans les arbres et posai les azalées contre la pierre tombale dans la demi-lumière. Dix-sept années s'étaient écoulées mais je rêvais encore de l'incendie, lorsque j'avais couru jusqu'à l'arrière de la maison pour tenter de briser la porte verrouillée avec mes poings.

Par la fenêtre, j'avais vu ma mère, le flacon de détachant encore à la main, le visage saisi de convulsions comme celui d'une épileptique au milieu des flammes, Fran debout à côté d'elle, un halo de feu s'élevant au-dessus de son tablier. Alcide, le Nègre qui travaillait pour nous, m'avait projeté en arrière, loin de la véranda, avant d'éclater l'huisserie d'un coup de pioche dont le fer s'était enfoncé dans le bois jusqu'au manche. Mais le vent avait transformé l'intérieur de la maison en brasier, et Fran avait jailli des flammes, ses vêtements et sa chevelure en train de se dissoudre en une traîne qu'elle laissait derrière elle.

Je bus une gorgée à même la bouteille, descendis vers le bord de l'eau en traversant la laisse de vase et fis ricocher une pierre à la surface paisible du bayou. La pierre atteignit les feuilles de nénuphars en bordure de l'autre rive, et l'eau se creusa soudain de fossettes laissées par les petites brèmes. La lumière avait presque abandonné les arbres, et je m'assis, dos à un cyprès ; je bus à nouveau au goulot en me demandant ce que je pouvais bien faire là.

Lorsque j'approchai du sommet du talus près du fumoir à viandes, je vis une Cadillac garée près de la véranda côté façade, là où était rangée la voiture de l'infirmière à mon arrivée. Ça doit être Ace, me dis-je. Les préférences de Rita la portaient vers des voitures luxueuses mais plus petites, quelque chose de suffisamment conservateur pour ne pas déclencher de jalousie ni d'esprit de compétition chez les épouses des associés de son mari juriste. Ou peut-être étaient-ils venus ensemble, me dis-je, et je n'étais pas prêt pour l'instant à les affronter tous les deux.

J'apparus sur le côté de la véranda au moment où Ace ouvrait la porte moustiquaire à Rita. Le visage d'Ace était froid, aussi peu expressif que celui d'un croque mort, les commissures des lèvres tombantes lui donnaient le genre de masque présentable en toutes occasions, chose qu'il avait dû apprendre lors de quelque réunion de la chambre de commerce, et il arborait une cravate toute fanée qu'on aurait presque pu croire collée à sa gorge. Rita me vit la première et elle pivota dans l'embrasure de la porte moustiquaire à moitié ouverte, bouche béante au milieu d'une phrase, avant de me regarder sans ciller comme si ses yeux refusaient d'enregistrer ma présence. Elle était enceinte et s'était bigrement enrobée depuis que je l'avais vue. Elle avait toujours été jolie, avec ses cheveux châtains, ses petits seins et ses hanches minces à peine un peu trop marquées pour le reste de sa corpulence, mais aujourd'hui le visage s'était arrondi, les cuisses étaient larges, et la robe de grossesse étirée sur ses fesses rebondies.

Les choses n'allaient guère être plaisantes. Leur authentique ex-taulard était de retour au bercail, le seul et unique échec de la famille, celui que l'armée avait rendu à ses foyers avec un certificat de mauvaise conduite, le musicos joueur de guitare hillbilly dont la simple présence dans les environs leur causait de l'embarras.

Ace, au moins, fit un effort. Il descendit les marches du perron, la main tendue, comme si un interrupteur à l'arrière de sa tête venait de fermer le circuit en lui commandant d'avancer. Il avait dû vendre des centaines de contrats publicitaires avec ce même sourire de papier mâché.

Rita ne se montra pas aussi généreuse. À voir son visage, on avait l'impression qu'elle souffrait de nausée matinale.

Nous pénétrâmes dans la maison pour nous

planter dans l'entrée, aussi peu à l'aise que des gens qui se seraient juste rencontrés à un arrêt de bus.

— Que diriez-vous d'un verre ? dis-je.

— Je ne dirais pas non, répondit Ace.

Je sortis trois verres du placard et servis un fond d'alcool.

— Je n'en prends pas, dit Rita, le regard plongé dans son sac à main à la recherche d'une cigarette.

— Prends un verre. Ce n'est pas tous les jours qu'on voit ce garçon à la maison, dit Ace avant de pincer les lèvres.

— Je vais aller voir Papa, dit-elle, en mettant sa cigarette entre ses lèvres comme s'il fallait la visser en bouche.

— Prends un verre, Reet. L'infirmière lui a donné son sédatif il y a une demi-heure, dis-je.

— Je le sais.

— Alors trinque avec nous.

Les mots eurent du mal à sortir de ma gorge. Peut-être qu'un peu de bile amère se cachait derrière eux.

Elle alluma sa cigarette sans répondre et laissa tomber l'allumette dans l'évier. Parfois, sans même le vouloir, il arrive qu'on mette les pieds dans la merde, et on s'enfonce alors jusqu'aux genoux, me dis-je.

— Tu as des idées de boulot ? demanda Ace.

— Rien du tout.

— L'argent coule à flots par ici aujourd'hui.

— C'est ce que m'a dit le chauffeur de taxi.

— Je vends plus de contrats de pub que je peux en traiter. Et je crois bien que je vais me lancer un peu dans l'immobilier, parce que ce sera le secteur vraiment porteur dans les cinq années à venir.

— Est-ce que tu sais si des musiciens de mon

vieux groupe sont encore dans les parages? demandai-je.

Son visage se figea, ses yeux se mirent à fouiller l'air.

— Non, en fait, je ne les ai jamais bien connus.

— On est allés au lycée avec la plupart d'entre eux, dis-je.

Rita éteignit sa cigarette dans l'évier et monta au premier. Je finis mon verre et m'en servis un autre. Le whisky commençait à me monter à la tête.

— Entre nous, tu penses que ça te dirait de te lancer dans quelque chose de stable et de bien concret ? demanda Ace.

Il n'avait jamais su tenir l'alcool, et ses yeux commençaient à briller.

— Je crois que je vais juste prendre la route, Ace.

— Je ne te dis pas ce que tu dois faire, mais est-ce que ce n'est pas de cette façon que tu t'es attiré des ennuis par le passé ?

— J'ai fait une croix sur mes ennuis à compter de midi aujourd'hui.

Je lui servis une nouvelle dose d'alcool.

— Ce que je veux dire, c'est que tu es capable. Tu peux tirer ton épingle du jeu. J'ai des gamins qui travaillent pour moi et qui se font dix mille dollars par an.

— Tu n'es pas en train de m'offrir un poste de relations publiques, quand même ?

Il esquissa un sourire avant de reporter son regard sur mon visage. Rita revint dans la cuisine et ouvrit la porte du four pour vérifier la cuisson du plat de purée et de gruau que l'infirmière avait laissé pour mon père. Je n'aurais pas dû déclencher ce qui a suivi, mais j'avais l'impression de les voir tambouriner du bout des ongles sur un point sensible, et le whisky avait déjà brisé les limites de la bienséance.

— Vous avez vraiment pris soin du vieux, il n'y a pas à dire.

Rita se détourna du four, tenant le plat dans une moufle, et me regarda droit dans les yeux pour la première fois, avec une expression abominable. Ace commença à hocher la tête devant ce qu'il estimait être une manifestation automatique de gratitude de la part de la brebis égarée de la famille, mais l'interrupteur qu'il avait dans le crâne referma à nouveau le circuit et son visage se tendit comme une peau de tambour.

— Qu'est-ce que tu veux dire, Iry ?

Le bourbon dans son verre remuait d'avant en arrière.

— Eh bien, par exemple, Lourdes demande trop de pognon pour s'occuper de lui, parce qu'on y trouve les meilleurs médecins du sud-ouest de la Louisiane.

— Je crois que tu ne saisis pas bien toutes les implications du problème, dit Ace, le visage aussi expressif qu'une poêle à crêpes.

— Les urgences de Charity ressemblent à une boucherie le samedi après-midi. Je veux dire, va jeter un œil, tu verras le tableau. Les bébés naissent dans les couloirs, et l'odeur que dégage l'incinérateur suffirait à te faire jaillir les yeux des orbites. Pour l'amour du ciel, Ace, tu pourrais faire un chèque qui suffirait à assurer à notre vieux une année entière à Lourdes.

— C'est très bien de ta part, dit Rita. Il y a sans doute d'autres choses que nous avons faites de travers et dont tu voudrais nous parler. Merci également pour ta magnifique contribution pendant que tu étais à Angola.

— Très bien, mais vous n'étiez pas obligés de le placer à Charity.

— Tu n'es vraiment pas en phase avec les problèmes, Iry, dit Ace.

— Tu l'as apprise où, celle-là ? À un séminaire sur la vente d'espaces publicitaires ?

— Ridicule, dit Rita.

— Comment croyez-vous qu'il se sente, largué comme un malpropre en compagnie de tous les rebuts de la paroisse ? Il vous a même défendus, cet après-midi.

— Si tu t'intéresses tant que ça à son bien-être, pourquoi ne baisserais-tu pas d'un ton ? dit Rita.

Et alors Ace, maître ès relations publiques en toutes occasions, remplit mon verre et me le tendit. Je le reposai sur l'égouttoir, des picotements plein la tête, sous l'effet de la colère, de la chaleur du bourbon et des surprises de la journée.

— C'était une saloperie de faire ça, dis-je. Et vous le savez tous les deux.

Je sortis de la maison sous le crépuscule. Je me sentais stupide, la tête vide dans le vent qui soufflait du bayou, et une rigole de sueur coulait sur le plastron de ma chemise. Par la fenêtre de la cuisine, je les entendis décharger leur colère l'un sur l'autre.

Les arbres étaient remplis d'une lueur mauve, derniers vestiges des rayons du soleil, et je descendis au hangar où était garée la camionnette, les jambes flageolantes tandis qu'un signal lumineux me signifiant prudence se mettait à clignoter dans les zones encore sobres de mon esprit.

Mais les impulsions anciennes et leur inconséquence avaient plus de poids : je ramassai un peu de boue dans l'allée et l'étalai en couche épaisse sur les plaques périmées. Je fis faire demi-tour au camion et franchis le pont dans un grand fracas de tôles et de bois avant de mettre en seconde et de passer en trombe sur la route en planches, tandis que de part et d'autre les talus venaient se cogner aux ailes comme un défi d'ivrogne.

Je m'arrêtai au rade à bière près du chantier naval de Joe, occupé par une quinzaine de motards hors-la-loi accompagnés de leurs femmes. Ils portaient des jeans tachés de graisse, des demi-bottes avec chaîne décorative sur le côté et des vestes en toile bleue sans manches dont le dos portait cette inscription cousue :

DISCIPLES DU DIABLE
LA NOUVELLE-ORLÉANS

Leurs bras étaient couverts de tatouages, têtes de serpents, crânes, cœurs empalés sur des poignards sanglants. Je ne savais pas ce qu'ils faisaient dans le coin, bien loin de leur territoire de béton habituel, mais j'appris par la suite qu'ils avaient débarqué pour démolir des ouvriers manifestant pour les droits civiques.

Le bar était divisé en deux parties, avec d'un côté ouvriers du sismographe, manœuvres et travailleurs du pétrole, et de l'autre, les motards, parlant délibérément haut et fort, la barbe dégouttant de bière, tandis que leurs nanas exhibaient leur marchandise à l'ennemi.

J'achetai trois packs de Jax et une cartouche de cigarettes au comptoir puis me frayai un chemin entre les tables pour gagner la sortie. Quelqu'un avait monté le son du juke-box plein pot, et Little Richard hurlait toute sa furie à l'encontre de Long Tall Sally abandonnée dans l'allée. J'étais presque arrivé à la porte lorsqu'un des motards se bascula en arrière sur sa chaise qu'il me colla dans le ventre.

Sa chevelure pendait en boucles blondes sur son gilet en toile bleu, et il portait, tatouée entre les sourcils, la croix des pachucos. Barbe et moustaches étaient couvertes de mousse de bière, le regard baignant d'une lueur torve et malfaisante à la perspective de s'être trouvé une proie en chair et en os toute fraîche.

— Tu pourrais pas faire attention, tout simplement, mon pote ? dit-il en me soufflant une haleine épaisse chargée de marijuana.

Je soulevai le coude et le pack de bière au-dessus de sa tête en essayant de me faufiler dans l'espace laissé libre par sa chaise, qui s'enfonçait maintenant dans un coin de mon bas-ventre.

— Hé, citoyen, t'es sourd ou quoi ? T'as entendu ce que j'ai dit ?

Deux des filles à la table souriaient à belles dents à son adresse avec une expression entendue. Une vraie bagarre se préparait. Un des bons citoyens présents allait se faire remonter les miches entre les oreilles. Ou peut-être, et mieux encore, il allait avoir les chocottes et prendre la tangente.

Le seul avantage qu'un ex-taulard possède dans ce genre de situation, c'est qu'il les connaît, ces mecs-là, il les a vus et revus. Belles références à vrai dire, car ces adeptes de la force physique ont un comportement toujours prévisible lorsqu'on retourne contre eux leurs totems et leurs codes. En fait, il arrive parfois qu'on s'en délecte par avance.

Je sortis une boîte de bière du sac et la posai devant lui avant de me pencher, l'air de rien, vers son oreille, sa boucle en or à un souffle de mes lèvres, et de murmurer :

— Ne tourne pas la tête tout de suite, mais deux

de ces manœuvres du pétrole sont des flics des Stups, et ils savent que ce sont vos nanas qui gardent la came. L'un d'eux disait aux chiottes qu'il voulait t'entuber comme revendeur. Ça fait quinze ans à Angola, *podna*, aussi sûr que deux et deux font quatre.

Il pivota dans son fauteuil et me fixa de ses yeux jaunes injectés de sang. Je franchis la porte et montai dans ma camionnette avant qu'il recolle tous les morceaux bien en place dans sa tête.

Le Point était situé à cinquante kilomètres au sud de la ville, au bout d'une route goudronnée qui traversait en lacets des rangées de cyprès inondés et de cabanes de pêche montées sur pilotis. L'eau saumâtre entre les arbres était noire, des pirogues et des barges à moteur sur lesquelles s'empilaient des filets coniques étaient amarrées aux berges. Je bus mes bières l'une après l'autre en balançant les boîtes par la fenêtre dans le plateau de la camionnette, le visage fouetté par le vent salé tandis que défilaient en surplomb les grandes ramures des cyprès tendus de mousse espagnole.

Le Point s'enfonçait dans la baie en un long bec de sable plat, ses jetées et son ponton de pêche effondré pareils à des lignes noires nettement gravées sur fond d'eau grise tandis que les derniers rougeoiements du soleil disparaissaient en bouillonnant à l'horizon. La marée était basse, et des mouettes piquaient vers l'écume blanche le long du sable ; au loin, je voyais les torchères brûler sur les plates-formes pétrolières en pleine mer. Près du quai se trouvait un restaurant de fruits de mer et un pavillon-dancing où l'on pouvait s'asseoir sous une véranda fermée de moustiquaires et boire de la bière à la pression dans de grosses chopes givrées, le visage caressé par le vent qui balayait les eaux tranquilles. Je commandai un plateau d'écrevisses et de crabes à pointes bleues avec une demi-bouteille de vin et suçotai le jus brûlant des carapaces avant de tremper la chair dans une sauce tomate agrémentée de raifort.

Le pavillon était presque vide hormis quelques pêcheurs et des gamins arrivés en avance pour le bal du samedi soir. Manger n'avait pas été inutile, mais j'étais quand même passablement ivre, je n'en n'étais plus à me soucier d'une arrestation pour conduite en état d'ivresse et de sa signification, aux yeux de mon responsable de conditionnelle, pour mon premier jour hors du trou. Je commandai une nouvelle bière. L'horizon n'offrait plus qu'un mince bandeau de lumière violette, et je fixai avec intensité la bouée au loin qui marquait l'emplacement où un sous-marin allemand avait sombré en 1943. Il y avait bien des années, lorsqu'un ouragan avait entraîné la marée au-delà de la plate-forme continentale, on avait aperçu la pointe de la proue sortant des eaux. Les garde-côtes avaient bien essayé de faire sauter l'épave, mais ils n'étaient parvenus qu'à la déloger de sa niche de sable et à la faire sombrer plus profond sur l'escarpement du plateau continental.

J'avais travaillé jadis sur un bateau de détection sismographique dans la baie, et il nous arrivait de repérer de temps à autre les restes du sous-marin sur nos détecteurs, mais le submersible ne restait jamais à la même place. Il se déplaçait de deux kilomètres vers l'est ou vers l'ouest, et personne ne savait quelle distance il parcourait vers le golfe au sud avant de revenir. Et, assis sous cette véranda close de moustiquaires, la tête dans un brouillard de bière, j'éprouvai l'espace d'un instant cette peur ancienne de la folie du monde. L'équipage était encore dans cette coque tout aplatie avec sa croûte de coquillages, ces nazis qui s'étaient corps et âme engagés à transformer la terre entière en un lieu cerné par des rouleaux de barbelés et gardé par des miradors, leurs orbites vides aujourd'hui tissées d'algues, et ils naviguaient toujours, dix-neuf ans après avoir sombré dans un hurlement de bombes et de sirènes.

Les premiers musiciens arrivèrent et installèrent leurs instruments sur l'estrade de l'orchestre. Le serveur nègre emporta mon plateau et me servit une nouvelle bière tandis que j'écoutais le groupe accorder ses guitares et régler ses amplificateurs. Des essaims d'insectes se pressaient contre les moustiquaires, essayant d'arriver jusqu'à la lumière sous la véranda, et alors que je tambourinais des ongles contre mon verre en entendant les musiciens bavarder avec leurs accents français, comme lors des engagements d'un soir que j'avais moi-même connus pour avoir joué des centaines de fois de Biloxi à Port Arthur, mon esprit commença à se dissoudre dans l'ivresse au travers d'un long couloir lumineux pour atteindre à cet unique instant de folie furieuse dans mon existence, de retour vers ce rêve plein d'étranges distorsions et d'interrogations abominables qui m'avaient laissé trempé de sueur au beau milieu de la nuit au cours des deux années passées à Angola.

Nous avions accepté un engagement de deux semaines dans une boîte près de la base aérienne de Lake Charles. Elle était pareille à la plupart des bars-boîtes de nuit en bordure de cette section de la Highway 90, modèle château branlant à toit plat et bas de plafond, aux murs en bardeaux et toile goudronnée imitation brique, décor factice rose en façade et néons bleus qui annonçaient le programme, du genre Johnny et ses Harmonichats. À vingt-deux heures, l'épaisse fumée s'accrochait au plafond, et l'odeur des toilettes arrivait jusqu'en bordure de la piste de danse. La foule était bigarrée : aviateurs de la base, jeunes durs avec coiffure boogie ou queue de canard, ouvriers du pétrole, habitants d'un parc de caravanes de l'autre côté de la route, auxquels se mêlaient parfois quelques individus dangereux, qui s'installaient au comptoir, manches remontées sur des bras musculeux, attendant de dévaliser un homosexuel ou de casser la figure à quiconque se risquerait alors à reluquer le parking.

C'était un samedi soir, et comme on ne jouait pas le dimanche, on se prenait des bitures sur la scène et on allait téter de l'herbe derrière le bâtiment entre deux numéros. Vers deux heures du matin, notre chanteur ne se souvenait plus des paroles de certaines chansons, et il jouait à faire semblant en collant ses lèvres tout contre le micro pour rugir des sons incohérents vers la piste de danse. J'avais ma Dobro accrochée à plat, comme une guitare hawaïenne, la tranche de la caisse sur l'estomac, la sangle enroulée serré autour de mon bras, mais lorsque je faisais glisser le bloc le long des cases, la marijuana chantant dans ma tête, je cognais le sillet et la table d'harmonie avec un bruit de craie couinant sur une ardoise et les onglets que j'avais aux doigts s'accrochaient sous les cordes. L'un des amateurs de bagarre, assis au comptoir avec deux prostituées, ne cessait de revenir vers l'estrade en demandant *The Wild Side of Life*. Il avait de grosses mains carrées, comme on en voit chez les poseurs de pipeline, les doigts de l'une tatoués du mot LOVE, ceux de l'autre du mot HATE. Sa chemise explosait sous une force animale et cruelle, une rigole de sueur dégoulinant de ses cheveux pour finir sur le maxillaire luisant de lumière.

Notre chanteur, Rafe Arceneaux, le seul véritable envapé du groupe, avait acquiescé d'un signe de tête à deux reprises lorsqu'il était venu demander sa chanson, mais la troisième fois l'homme avait saisi la cheville de Rafe d'une main et il avait serré, juste assez fort pour montrer ce qu'il pouvait faire s'il le voulait sérieusement.

— Hé, va te faire foutre, mec, dit Rafe.

Il donna un coup de pied pour se libérer de la prise et bascula en arrière dans la batterie.

Sur la piste, les danseurs s'étaient arrêtés et nous regardaient à travers la fumée. La table de la Gibson électrique de Rafe s'était fissurée et le câble avait été arraché de la prise jack. Il se releva au milieu d'un fracas de tambours et de tintement de cymbales, la guitare entortillée autour du cou. Il n'était pas bien costaud, et il avait toujours craint les gros durs de l'école qui jouaient les tyrans. L'humiliation se lisait sur son visage en sueur.

— Tire ton cul d'ici, espèce de salopard, dit-il.

On entendait les raclements des tables et des chaises qu'on bousculait, certaines déjà renversées, et le tatoué disposait là d'un public qu'il ne retrouverait probablement jamais. J'entendis un bruit de verre brisé à l'avant du bâtiment ; puis, tout en muscles, une main sur la balustrade, l'homme se hissa sans effort sur l'estrade de l'orchestre et balança Rafe tête en avant dans le comptoir.

Rafe se cogna à l'obstacle comme un enfant qu'on aurait jeté d'une automobile. Une profonde entaille triangulaire lui marquait le front, à croire que quelqu'un avait pressé un pouce furieux dans l'os tendre. Il gisait au sol, un bras pris dans les pieds d'un tabouret de bar renversé.

Le bagarreur de service était toujours parmi nous, sur l'estrade, et ses narines avait reniflé l'odeur de sang d'un autre, juste assez pour qu'il en veuille davantage.

Il voulut ensuite s'attaquer à ma Martin, un grand sourire sur le visage, et l'expression du vainqueur qui sait que rien ni personne ne viendra s'interposer.

— C'est tes miches si tu la touches, *podna.*

Il enserra le manche d'une main et je le frappai d'un coup de poing à la tempe. Il recula en vacillant à distance de l'étui à guitare, les yeux vitreux, et défonça la fenêtre du fond d'un coup de coude. Je visai sa gorge pour le second coup, mais il baissa le menton et je le touchai en plein sur la bouche. Sa lèvre inférieure éclata contre les dents et alors que je restais planté là, immobile, regardant sang et salive qui lui coulaient sur le menton, il tendit le bras vers le rebord de la fenêtre dans son dos et sa main réapparut devant mon visage, armée d'une bouteille de bière.

Les choses allèrent très vite ensuite. Le cran d'arrêt italien était dans ma poche, et il bondit dans ma main sous l'action brutale du ressort avant même que je sache que je le tenais. Les deux côtés de la lame étaient crantés en dents de scie, et à l'instant précis où il m'assénait un coup de bouteille sur l'avant-bras, je me baissai sous sa garde et lui enfonçai dans le cœur les quinze centimètres de lame jusqu'à la garde du manche en os.

Lorsque je me réveillais en cellule, la tête encore pleine de hurlements, je me repassais toutes les équations possibles qui pouvaient justifier le meurtre d'un homme en de telles circonstances. Je parvenais presque à me libérer de ma culpabilité, mais alors il me fallait faire face à l'unique et inaltérable fait premier qui faussait tous mes syllogismes : *J'avais déjà le couteau dans la poche. J'avais déjà le couteau dans la poche.*

Chapitre 3

Mon père mourut deux semaines jour pour jour après mon retour à la maison. Nous l'enterrâmes sous une pluie d'orage zébrée de soleil dans le cimetière de famille en bordure du bayou. Il y avait là les oncles et les tantes en costumes de laine grattée bleue et robes de coton imprimées, les vieux de la ville avec lesquels il avait grandi, et les quelques Nègres qui vivaient sur l'arrière de notre propriété. Rita et Ace avaient laissé leurs enfants dans la voiture en raison de l'averse, et un vieux prêtre français lisait la prière des morts sous un parapluie tenu par un enfant de chœur.

Les membres de ma famille me saluèrent d'un signe de tête, et deux des vieillards vinrent me serrer la main, mais j'aurais pu tout aussi bien être un inconnu parmi eux. Après leur départ à tous, lorsque la dernière voiture eut franchi en grondant le pont de bois, je restai sous un chêne à regarder les deux fossoyeurs des pompes funèbres rejeter la terre sur le cercueil. Leurs vêtements en toile bleue mouillés collaient à leurs muscles. L'un d'eux, impatient de s'abriter de la pluie, commença à repousser de sa botte la terre du monticule.

— Fais ça correctement, mon gars, dis-je.

Je retournai à la maison ; la pelouse brillait d'eau

et de lumière. Je m'assis sur la balancelle de la véranda et restai là un moment, à fumer des cigarettes, un verre de bourbon à la main, en écoutant le coassement des grenouilles qui s'élevait du marais. L'air était frais après la pluie, et le vent soufflait en provenance du golfe, mais je ne faisais pas partie du paysage ; le whisky n'arrangeait pas les choses et la cigarette que je tenais entre les doigts se consumait toute seule. Je montai au premier et essayai de dormir. La maison était sombre, et le chant des grenouilles arboricoles gagna en intensité dans l'immobilité et le silence du crépuscule. Je me réveillai au milieu de la nuit et crus entendre le bruit de la matraque que le gardien chargé du décompte des prisonniers faisait résonner sur les barreaux en même temps qu'un raclement de bêche s'enfonçant dans un tas de terre.

Il fallait que je me casse, que je prenne le large, que je taille la route. Deux jours après ma sortie d'Angola, j'avais fait une demande de conditionnelle inter-États pour le Montana auprès de mon responsable mais il était très difficile à un ex-détenu, qui devait encore rester trois ans en liberté surveillée parce qu'il était tombé pour homicide involontaire (accusation moins grave que meurtre au second degré, grâce à un marché passé avec le procureur), d'être accepté par le service des libertés conditionnelles d'un autre État. D'abord, il devait y avoir une bonne raison justifiant le transfert, telle que membres de la famille proche, travailleurs sociaux, psychologues, gens de bonne volonté de tous acabits susceptibles d'aider l'État à réinsérer leur protégé. Ensuite venait le problème de l'emploi, ce qui impliquait qu'il fallait avoir un métier stable sanctionné par un chèque hebdomadaire rédigé à la machine avec tampon adéquat, un métier qui ne vous conduirait pas à retrouver la compagnie d'ex-taulards, d'artistes de la fauche et autres. Et en Louisiane, comme dans beaucoup d'autres États, un ex-taulard pouvait violer sa conditionnelle en quittant un boulot sans bonne raison. Finalement, votre affaire dépendait, pour une large part, des caprices du responsable de conditionnelle.

Le mien était un homme entre deux âges qui avait travaillé aux services d'assistance sociale et obtenu sa mutation. Il portait des costumes de confection sombres même en été, ses joues et son nez étaient marbrés de veinules rouges et bleues. Ses mains grossières étaient trop grandes pour son stylo-plume et les papiers qu'il essayait de remplir, et son ventre faisait ressortir sa braguette comme s'il souffrait d'une hernie. Je le connaissais pour l'avoir vu en ville depuis mon enfance, de manière indirecte, parce qu'il était membre de pratiquement toutes les organisations citoyennes de la paroisse, et qu'on le trouvait toujours dans les journaux, dans un angle des photos qui représentaient les sponsors des manifestations civiques destinées à promouvoir le base-ball de l'American Legion ou un nouveau jardin public avec secteurs réservés aux citoyens de couleur.

Mon dossier l'avait rendu perplexe. Il avait dit qu'il était incapable de comprendre pleinement comment un homme décoré de deux Purple Hearts et d'une Bronze Star avait pu, dans le même temps, être libéré avec un certificat de mauvaise conduite. Il pensait également que ce n'était pas une bonne idée de ma part que d'aller dans le Montana. Ma famille était en Louisiane du Sud, et mon frère et ma sœur pouvaient m'aider à démarrer en affaires ou dans ce que je choisirais de faire, dans la mesure où j'avais mené à son terme un premier cycle universitaire au Southwestern Louisiana Institute. Son pouce épais cornait et pliait les papiers dans mon dossier et son regard s'égarait sur mon visage d'un air distrait tandis qu'il me déconseillait de quitter mes racines familiales en me vantant la possibilité de travailler avec mon frère. Il ignora mon sourire clairement affiché à l'idée d'un ex-taulard employé par une compagnie de relations publiques et de publicité.

J'avais mis un pantalon de toile et une chemise de sport, et je m'étais fait cirer les chaussures devant le kiosque à journaux avant d'entrer dans son bureau, mais devant ce visage plein de bonnes intentions et ces yeux bleu clair qui ne collaient pas avec le costume sombre, tout en écoutant ses recommandations pour mon avenir, je regrettai que ce ne fût pas l'un des chefs-matons d'Angola, là, à sa place, quelqu'un qui, lui aussi, avait senti sur lui cette même sale empreinte de la ferme-prison qui vous laissait un peu de fiel et de mordant dans le regard. Ou tout au moins quelqu'un que vous n'étiez pas obligé d'arnaquer.

Parce que c'était ce qu'il voulait. J'avais déjà eu un entretien avec un juge de la cour suprême de l'État, un ami de mon père, qui m'avait dit qu'il ferait activer mon dossier à Baton Rouge afin de m'obtenir une conditionnelle hors de l'État. En outre, Buddy Riordan, qui avait séjourné en prison avec moi, avait obtenu de son père que celui-ci soit mon garant auprès du bureau des Libertés conditionnelles et surveillées de Missoula. Mais nous devions malgré tout jouer le jeu de l'arnaque jusqu'au bout.

Ce qui est étrange lorsqu'on arnaque un homme

qui ouvre délibérément les bras à une série de mensonges, c'est le fait qu'arnaqueur comme arnaqué doivent tous deux protéger celui qui sera le dindon de la farce et l'empêcher de reconnaître sa propre malhonnêteté. Dans le cas présent, mon responsable de conditionnelle enregistra dûment, l'une après l'autre, toutes les insultes à son intelligence sans ciller une seule fois devant les mouvements de son stylo, mais, de temps à autre, la main s'arrêtait, un sourcil se relevait pour noter quelque détail isolé ne cadrant pas avec le reste de mon discours, petit avertissement qui garantirait notre honnêteté pour demain.

Et donc nous avons joué le jeu. J'aimerais travailler dans un ranch tout là-bas dans le Montana, planter des piquets dans le sol gelé, tondre les moutons à la tondeuse électrique, couper les cornes aux vaches, tordre le cou aux poulets avant de les plumer dans des marmites d'eau bouillante, charger des wagons entiers de fumier de cheval encore vert par près de quarante degrés.

En fait, la plus grande partie de ce que je lui racontais était vrai. Je voulais effectivement aller vivre dans le Montana, dans un ranch en montagne, en compagnie de Buddy, et distribuer le foin aux bêtes, pour un nouveau départ. Mais je ne pouvais pas lui dire que, par-dessous tout, il fallait juste que je me taille, que je fuie loin des deux dernières années de ma vie, que j'exorcise de mon sommeil l'odeur métallique de la prison et le claquement de la matraque dont le maton chargé du décompte cognait ma porte de cellule.

Je savais qu'il faudrait des semaines voire plus avant d'obtenir l'aval de Baton Rouge pour le transfert, et il ne me restait que trente-cinq dollars de mon pécule de libération. Mon père avait laissé à chacun des enfants un tiers de la ferme mais il avait hypothéqué celle-ci à deux reprises, et une compagnie pétrolière prétendait que deux hectares du terrain lui revenaient au titre d'intérêts. Ce qui, effectivement, signifiait qu'un litige entachait la maison et le titre de propriété, et qu'avant de pouvoir partager l'héritage il nous fallait régler ce différend avec Texaco, à l'amiable ou devant le tribunal, et traiter avec la banque. De nous trois, Ace était le seul qui pût se permettre d'attendre que les choses se règlent : il avait de l'argent, il n'était pas pressé par le temps, et il avait une énergie dictée par l'ambition quant aux profits à retirer de la promotion immobilière.

Et Ace ne démentit pas son image. Deux jours après l'enterrement de mon père, il fit établir par l'avocat de son agence un acte de renonciation à l'héritage qu'il nous demanda, à Rita et à moi, de signer. Un après-midi, il arriva dans sa Cadillac par l'allée de devant alors que j'accordais ma Dobro sur les marches du perron, et commença à m'expliquer, avec son sérieux habituel, les avantages qu'il y avait à régler le problème de l'héritage immédiatement. Je n'avais pas envie de parler avec lui ni d'écouter ses arguments pratiques avec chiffres et jargon juridique à l'appui. Et son attitude magnanime, dont lui-même était dupe, était plus que je ne pouvais supporter.

Il m'offrit cinq mille dollars en échange de ma renonciation à ma part et de ma procuration. Je bus une gorgée de ma bière et reposai la boîte sur une marche.

— Je vais te dire quelque chose, Ace. Demande à ton avocat de rédiger un nouvel acte, et donne-moi le camion du vieux et deux hectares du terrain en bordure du bayou. Tu peux prendre tout le reste, je t'abandonne aussi les droits pétroliers. Mais ne viens pas mettre tes petits pavillons près de ma propriété.

— C'est moins que ce qui te revient, dit-il.

— C'est tout ce dont j'ai besoin, frangin.

J'étais effectivement désavantagé, mais j'étais incapable d'accepter de l'argent de lui, et le soir venu, je me sentis mieux d'avoir ainsi réglé avec Ace mes dettes concernant mon père. Au fond de lui, il était très content parce qu'il avait accompli sa B.A., son acte de générosité et de justice, qui lui permettrait plus tard de ramasser une fortune en lotissant le terrain.

Et donc, dans un moment d'agacement, j'étais redevenu membre de la famille à part égale et entière, et je l'avais payé cher : j'étais toujours fauché et je m'étais mis à acheter des sardines et des crackers salés avec mes six packs de bière à la petite épicerie sur le chemin de terre.

Le dimanche matin, j'allai jusqu'à New Iberia rendre visite à Rafe Arceneaux, le chanteur de notre groupe à la tête envapée. Il était marié aujourd'hui, père de deux jumeaux, et travaillait dix jours d'affilée pour cinq jours de congé comme radio sur une plate-forme pétrolière au large. Nous nous installâmes sur le perron en bois de sa petite maison pour boire du café à la chicorée dans le tintement des cloches d'église, les hurlements de ses gamins et la voix sonore de son épouse à l'arrière de leur maison. La cicatrice triangulaire, témoin de la bagarre dans le bar, ressortait sur son front comme une rustine.

— Je voudrais bien te dire quelque chose qui t'aiderait, mec, mais c'est pas terrible en ce moment, dit-il. La plupart des anciens de la bande ne sont plus là. La femme de Bernard l'a fait mettre sous les verrous pour abandon de famille, Archie s'est fait choper pour possession de came à Pascagoula, et moi et les autres on se trouve un engagement d'un soir quand on peut. Mais ils ne veulent plus que des groupes de rock'n'roll aujourd'hui, et les musiciens de couleur acceptent d'être payés moins cher que nous.

— Et le Victory Club ?

— Quelques têtes brûlées du pays l'ont incendié pendant que tu n'étais pas là.

Sa femme poussa la porte moustiquaire et posa l'un de ses fils en couches-culottes sur ses genoux sans nous adresser la parole. La porte claqua derrière elle. Rafe dirigea un regard gêné vers l'alignement de devantures décrépites de l'autre côté de la rue.

— Elle est furieuse parce que je n'ai pas voulu la conduire chez sa mère hier soir. C'est un de ces trucs avec lesquels il faut que tu vives quand tu te décides à mener une vie rangée.

Je terminai mon café et m'apprêtai à partir, parce que la colère de son épouse n'était pas dirigée contre lui mais contre moi, l'ex-taulard à la mauvaise influence ressurgi de son passé.

— Hé, ne te casse pas tout de suite, Iry. Écoute, je suis désolé pour tout ça. C'est juste que ce n'est plus ce que c'était. Je veux dire, il y a dix ans, on pensait tous qu'on jouerait à Nashville. Parfois, ça ne marche pas, c'est tout. Faut regarder les choses en face, mec : nous ne serons bientôt plus que de l'histoire ancienne.

Finalement, je trouvai un boulot : quatre soirs par semaine dans un bar-boîte de nuit, aux abords de Thibodaux. Ils n'avaient pas vraiment besoin d'un guitariste solo, mais lorsque j'avais ouvert mon étui pour en sortir la Dobro, j'avais eu le boulot. La Dobro est un instrument de blue grass, dont la caisse de résonance est équipée d'un résonateur métallique et dont on joue à plat avec un bloc comme une steel guitar, et l'on n'en voit guère hors des montagnes du Sud. J'avais acheté la mienne sur commande à El Monte, Californie, pour quatre cents dollars, et le manche étroit comme le bois luisant de la caisse étaient aussi légers que l'air entre mes mains.

Je me faisais vingt-cinq dollars par soirée, plus ma part de pourboires déposés dans une cruche près de l'estrade de l'orchestre. Je m'accordais bien avec le reste du groupe, des musiciens hillbilly qui ne jouaient que du country et des airs de juke-box. Pour mon premier soir, je jouai et chantai six chansons de Hank Williams d'affilée avant d'attaquer *Poison Love* de Johnny et Jack, *Detour* et *I'll Sail my Ship Along*, et la salle fut prise de frénésie. Ils se mirent tous à s'agiter, à tressauter et à danser le boogie salace, en hurlant depuis leurs tables, à pousser de grands cris, comme une approbation nostalgique en reconnaissant une chanson ancienne, sans hésiter à garnir le cruchon à pourboires de monnaie et de dollars. Des manœuvres du pétrole, casque de sécurité sur la tête et visages de buveurs de bière, les vêtements salis par les boues de forage, me regardaient avec attention de leurs yeux mouillés, lorsque je chantais *The Lost Highway*. J'étais doué pour imiter Hank Williams, et je réussissais à faire sonner la Dobro exactement comme la steel guitar qui l'accompagnait.

I was just a lad, nearly twenty-two
Neither good nor bad, just a kid like you.

Now when I pass by, all the people say
Just another guy on the lost highway[1].

Je jouai là pendant trois semaines et me trouvai un boulot pour le dimanche après-midi dans une boîte de St. Martinville, ce qui me valut des problèmes avec le bureau des conditionnelles. L'orchestre de St. Martinville occupait un créneau d'une demi-heure le dimanche matin à la télévision, et le chanteur ajouta comme commentaire au micro que leur joueur de Dobro, Iry Paret, serait avec eux cet après-midi-là.

Et donc, lorsque je revis mon responsable de conditionnelle pour ma visite hebdomadaire cette semaine-là, je remarquai la sécheresse de sa poignée de main, la rigidité de ses coudes posés sur le bureau, les doigts croisés serré sous le menton, pendant qu'il me parlait. Il nous fallut bien des détours avant qu'il en vienne au fait, mais il y parvint. Et comme la plupart des gens qui demandent à se faire rouler dans la farine, il avait maintenant le sentiment d'avoir franchi une ligne, prêt à mettre le pied dans un grand trou.

— Vous ne m'aviez pas signalé que vous travailliez dans une boîte de nuit, dit-il.

— Ce n'est pas vraiment un boulot définitif. Je ne fais qu'un remplacement.

L'ouverture que je lui offrais était facile à avaler s'il désirait continuer notre petit jeu d'arnaque, mais je voyais sur son visage qu'il bataillait pour

---

1. *Je n'étais qu'un gamin, à peine vingt-deux ans,*
Ni bon ni mauvais, un môme comme vous, rien de plus.
Aujourd'hui, quand ils me voient passer, les gens disent,
Un mec, encore un, sur la route de nulle part.

inverser les termes de notre compromis, et je sus que ce serait à mes dépens.

— Votre engagement stipule que vous n'essaierez pas de renouer avec vos anciens contacts ou avec toute association susceptible de vous avoir poussé au crime. Je sais que ce n'est qu'un bout de papier aux termes vagues, mais dans votre cas cela signifie ne plus jouer dans les rades à bière et ne plus rentrer chez vous en voiture complètement ivre à quatre heures du matin.

— C'est le seul moyen que je connaisse pour gagner ma vie, et j'étais complètement fauché.

— Nous aurions peut-être pu régler ce problème ensemble, mais vous auriez dû me tenir informé avant d'accepter cet emploi. Cela vous aurait coûté le prix d'une conversation téléphonique.

— Nous allons aussi mettre le reste du problème sur la table, dis-je. J'ai un engagement à Thibodaux pour vingt-cinq sacs par soirée. Il n'y a pas de bagarres, le flic à la porte n'autorise pas l'accès aux racoleuses et je sors de là sobre comme un chameau quand j'ai terminé.

Je me sentais comme un enfant justifiant sa conduite devant un adulte.

— Pourquoi avez-vous fait ça ? Pourquoi avoir décidé que vous ne pouviez pas me faire confiance ?

— Monsieur Mouton, il ne s'agit pas d'une question de confiance. J'étais tout bonnement fauché.

— Mais vous êtes d'avis que le bureau des conditionnelles, c'est un organisme auquel on doit cacher des choses.

Je dus me retenir, gorge serrée, pour ne pas laisser éclater ma colère et mon humiliation avant de répondre. Ma cigarette non allumée tremblait entre mes doigts, et les autres anciens détenus qui attendaient là, assis sur leur chaise métallique, les responsables de conditionnelle et les secrétaires présentes dans la pièce écoutaient tous notre conversation avec une jouissance indirecte qu'ils gardaient pour eux.

— Je ne sais rien faire d'autre, à part être matelot sur un bateau sismographe ou manœuvre sur un chantier, et le syndicat interdit l'engagement d'ex-détenus, dis-je.

Il dessinait au stylo sur son bloc-notes.

— Je ne sais pas, dit-il.

Il me saignait à vif, jusqu'à la dernière goutte.

— J'ai parlé à votre frère hier. Il a dit qu'il pouvait vous trouver un emploi sur un test de forage à Opelousas.

Un boulot sur un chantier de forage à tester consistait à enfiler des longueurs de tuyaux à collets dans un trou dégueulasse pour soixante-quinze cents de l'heure, et le boulot ne valait que pour la journée où le puits entrait en production, ce qui signifiait que ça n'avait rien d'un emploi.

— Il ne m'en a pas parlé, dis-je.

— Le boulot est là si vous en voulez.

J'allumai ma cigarette et me rapprochai de lui, le coude en appui, la clope touchant presque mon sourcil. Il n'apprécia guère cette position trop directe, et ouvrit un tiroir latéral de son bureau comme s'il avait oublié un formulaire ou une partie de mon dossier.

— Est-ce que je retourne à Angola pour violation de ma conditionnelle, ou est-ce qu'on continue à se renvoyer la balle pour faire joujou ? dis-je.

Il n'était pas très doué pour ce genre de confrontation, et après avoir repoussé le tiroir du bureau, lentement, du plat de la main, et tapoté d'un bout d'ongle le rebord de mon dossier, il dit :

— Votre transfert nous arrivera probablement

dans une semaine. Tout ce que j'ai adressé à Baton Rouge était positif, et j'ai particulièrement insisté sur votre dossier militaire. Mais vous ne jouez plus dans les bars jusqu'à votre départ de Louisiane. Ensuite, vous ne serez plus sous ma responsabilité.

Je le regardai, le visage impassible, et me laissai aller contre le dossier de mon fauteuil.

— Et voilà, Iry. Vous êtes libre, dit-il.

La lettre arriva de Baton Rouge trois jours plus tard. Je disposais de quatre semaines pour régler mes affaires et me présenter au service des conditionnelles et libertés surveillées à Missoula. Ace avait fait transférer le titre de propriété du pick-up à mon nom, et mes deux boulots m'avaient permis d'économiser 275 dollars. Je fourrai mon sac de couchage et ma tente avec piquets en bois enveloppés dans leur toile derrière le siège et chargeai une grande caisse de boîtes de conserve, viande en ragoût, bœuf en boîte, pain, sardines et biscuits salés sur le plateau du camion, avant de la recouvrir d'une bâche bien tendue.

Le lendemain matin, je roulais dans les forêts de pins de l'est du Texas, la brume encore suspendue aux troncs, entre les deux talus d'argile rouge de la route. Arrivé à Dallas, le radiateur crachait sa vapeur sous le capot, et un gamin dans une station-service dut se servir d'un manche à balai pour faire sauter le bouchon. Je poursuivis ma route par une après-midi brûlante jusqu'à Wichita Falls, où la pompe à eau me lâcha ; je dus passer cinq heures sous le toit de tôle d'un garage qui emmagasinait chaleur et humidité comme un fourneau. Je mangeai une boîte de ragoût et me mis à mâchonner des tablettes de No-Doze pour résister au sommeil au sud d'Amarillo. J'aurais dû m'arrêter sur une aire de repos et dormir, mais j'étais devenu accro à la route et au mélange de bière et d'amphétamines, et je savais que je pouvais tenir le coup jusqu'à Denver.

Les accents commencèrent à changer dans les stations-service et les relais routiers puis, aux lueurs du jour qui se levait, j'aperçus la première mesa dans le Panhandle. Elle se dressait comme un accident géologique, une excroissance sur le paysage plat, ses bords illuminés de rose, ses ravines érodées pleines d'ombres mauves. Les champs de maïs et de coton se trouvaient maintenant derrière moi, tout comme les panneaux publicitaires vantant les mérites des médicaments et de la FARINE AUTOLEVANTE DE MARTHA WHITE, les légumes et pastèques vendus à l'arrière des camions le long des routes, les chapiteaux des évangélistes dressés dans les pâturages inoccupés, en un mot, le Sud. Il disparut tout bonnement, à un moment ou à un autre, au passage d'une frontière invisible qui n'avait rien à voir avec une délimitation géographique précise, avant que j'arrive à Dalhart et Texline, où les silos à grains se dressaient tout gris sur fond de ciel brûlant et de nuages de poussière, pour finalement atteindre Raton, Nouveau-Mexique.

J'étais dans un état second à cause du No-Doze et de la caisse de bière que j'avais bue au cours des vingt-quatre heures écoulées, mes yeux brûlaient à force de fixer le miroitement de chaleur qui montait de l'asphalte. Je mis la tête sous un tuyau d'arrosage dans une station-service et laissai l'eau dégouliner sur mon cou et mon visage avant d'aller manger un steak dans le café. Mais je n'étais plus bon à rien. Mes mains portaient en creux l'empreinte noire du volant, elles tremblaient, mon dos était douloureux lorsque je marchais et je continuais à sentir les vibrations du moteur dans mes jambes.

L'employé de la station-service me dit que je pouvais garer mon camion derrière le bâtiment pour la nuit. Je déroulai mon sac de couchage sur le plateau avec bâche et veste en guise d'oreiller. Pendant un moment, allongé moelleusement dans mon sac de couchage, je restai conscient du sifflement des semi-remorques sur la grand-route avant qu'ils ne rétrogradent pour attaquer la longue montée vers Raton Pass, puis je me sentis sombrer dans les odeurs de la bâche et l'air frais sur mon visage tandis qu'un sentiment de quiétude m'envahissait.

Le lendemain matin me fit l'effet d'une infusion à l'âme, un sentiment qu'on n'éprouve qu'après s'être vidé de toute énergie, mentale et physique, au point qu'on sait qu'on ne s'en remettra jamais. Et ce matin, l'Ouest était vraiment là. La ville s'étalait, toute plate sur fond de montagnes dont l'altitude croissait régulièrement depuis les collines brunes jusqu'aux forêts vertes de la chaîne des Rocheuses. Les rues sans harmonie de la ville offraient leurs alignements de maisons en stuc et en terre séchée, avec cabinets extérieurs, poulaillers, épaves de voitures aux carcasses envahies de mauvaises herbes. Des gamins mexicains passaient en trombe le long des trottoirs dans leurs caisses à savon sur roulettes, des Indiens au visage aussi ridé que des pommes flétries attendaient l'ouverture des portes du bureau d'emploi de l'État, et le ciel était vivant, plein d'une magie verte et bleue, si belle et si brutale dans sa pureté que je dus cligner des paupières pour la contempler.

Mais ce furent les montagnes et les premières lueurs du jour dans les pins qui s'emparèrent de moi plus que tout le reste. Tandis que je rétrogradais en seconde pour attaquer les trois kilomètres de montée vers Raton Pass, les montagnes me donnèrent l'impression de s'effondrer l'une sur l'autre devant moi, plus bleues dans le lointain, barrant le ciel comme un monolithe brisé qui avait dû fissurer les limites de la terre. L'aiguille de la jauge de température était presque sortie du tableau de bord, et le levier de vitesses cognait contre ma paume lorsque je franchis la limite de l'État du Colorado au sommet du col pour redescendre ensuite dans la vieille ville de Trinidad.

J'achetai deux packs de Coor et enfonçai mes boîtes de bière dans un sac de glace pilée posé sur le sol du camion, puis, pied au plancher, je pris la quatre-voies qui traversait Pueblo, agglomération pourrissante couverte de suie dont les vilains panaches de fumée s'élevaient des bâtiments en tôle. Je remontai ensuite sur Denver ; les montagnes, toujours aussi bleues, se bousculaient plus haut dans les nuages sur ma gauche. Denver était une ville magnifique, pleine de mélèzes et de sapins, de pelouses vertes et de parcs avec leurs parterres de tulipes. Je mangeai de la nourriture mexicaine dans un café au nord de la ville. Ensuite ce fut Fort Collins et Cheyenne avant une plongée toute droite dans les rougeurs du soleil couchant qui illuminaient la terre couleur cannelle du Wyoming, direction la frontière du Montana.

Des cervidés paissaient dans l'herbe rare, leur fourrure d'été se confondant presque avec la lumière mauve déclinante. À la nuit tombée, je faillis heurter une biche et son faon figés comme deux statues dans l'éclat de mes phares sur le bord de la route. Je pris deux Indiens ivres qui faisaient de l'auto-stop. Ils étaient vêtus de vestes en jean sur deux chemises superposées et s'installèrent, collés l'un à l'autre dans la cabine du camion, comme pour s'isoler de moi en se repassant une bouteille de gros rouge. Au bout de quatre-vingts kilomètres, ils prirent la peine de me demander jusqu'où j'allais, et je répondis que j'espérais arriver à Billings avant de m'arrêter. Je vis leur rictus coloré par le vin à la lumière du tableau de bord.

— Vaudrait mieux que tu restes chez moi cette nuit. T'arriveras jamais à Billings, dit l'un, en prenant une cigarette sur le tableau de bord sans rien demander.

— Et pourquoi est-ce que je n'arriverais pas à Billings ?

— Parce que tu peux pas. Tu devrais savoir ça, mec, dit-il.

Je le regardai, mais il avait déjà détourné son attention pour contempler la fumée de sa cigarette de ses yeux d'obsidienne impassibles.

Le bruit du moteur bourdonnait dans ma tête, et les phares illuminaient brièvement les noms gravés sur les plaques en béton des ponts qui enjambaient des rivières asséchées : MEDICINE BOW, PLATTE, SHOSHONI, chaque nom évoquait quelque passé lointain et le grondement des petits chevaux de guerre.

Je restai cette nuit-là chez l'Indien, en bordure des Bighorn Mountains. Il possédait cinq hectares de terres sur la réserve et une maison en toile goudronnée imitant la brique, avec poulailler et quelques dizaines de clapiers. Son épouse était indienne. Jamais je n'avais vu de femme plus belle. Ils étendirent des couvertures sur le canapé et allèrent se coucher, mais je ne parvins pas à dormir. La route tournoyait dans ma tête, je n'arrivais plus à fermer les mains. Je traversai le poulailler jusqu'aux cabinets extérieurs avant de rentrer et de m'asseoir sur le canapé où je fumai dans le noir. L'unique ampoule nue au plafond s'éclaira, et je vis l'Indien debout au-dessus de moi, en chaussettes et slip, le ventre barré d'une ligne de poils noirs qui remontait depuis l'élastique du slip jusqu'à l'estomac dur comme du métal.

— T'as du mal à dormir, mec ? dit-il.

— J'ai juste besoin de décompresser un peu. Je ne voulais pas te réveiller.

— On va aller à la taverne te trouver une petite amie. Ensuite on se boira de la bière et tu te sentiras mieux.

— Je ne serais pas une compagnie très agréable en ce moment.

— T'as les serpents qui te rampent autour ? C'est pas grave. Y a des tas de gens dans la réserve qui sont comme ça. Descends avec moi à la taverne. Tu verras.

— Je passe mon tour, ça vaut mieux. Mais j'apprécie ton offre. Je t'assure.

— T'as des préjugés de race contre les Indiennes ?

— Non. Je ne suis pas comme ça.

— T'es plutôt beau mec. Et t'es pas non plus pédé. Tu devrais pas voyager sans une femme à côté de toi.

Il ne sut plus que dire. J'écrasai ma cigarette dans une boîte de bière vide et me passai la main dans les cheveux, en espérant qu'il allait éteindre la lumière et en rester là.

— Je suis pas du genre à me mêler de tes oignons, mais je crois que t'as les intérieurs comme un fourneau brûlant, dit-il. Je reconnais les signes. Les Indiens se mettent dans le même état avant de se suicider.

— Je sors du pénitencier en Louisiane. Je crois que je n'ai pas encore pris l'habitude d'être livré à moi-même. On dit que ça demande un peu de temps.

— Lève-toi, Irene, dit-il à travers le rideau accroché à la porte de la chambre.

— Ce n'est pas la peine.

— Non, t'en fais pas, mec. On va boire un coup ensemble et après tu pourras dormir. J'ai fait de la prison à Deer Lodge. Je me suis fait expédier au trou rien que pour pouvoir dormir. Toute la nuit, c'était que des hurlements et des claquements de portes métalliques.

Sa femme apparut, vêtue d'un peignoir, et s'assit sans dire un mot à la table tandis qu'il sortait la bière du frigo. Elle avait les yeux bruns et un regard paisible, la peau sombre, une joue encore marquée par les plis de l'oreiller et je voyais le haut de ses seins olivâtres sous le V du peignoir. Tandis que nous buvions de la bière en nous roulant des cigarettes avec le tabac d'une grande boîte de Half and Half, elle regardait d'un œil impassible par la fenêtre donnant sur l'arrière, à croire qu'elle se trouvait à la table avec nous par devoir féminin. Au troisième pack, je commençai à transpirer, et la maîtrise de mon discours comme de mon esprit ne tarda pas à me manquer sous la lumière électrique jaune, avec mes doigts couverts d'ampoules à force de craquer des allumettes, mes phrases confuses et les boîtes de bière couvertes de mégots.

J'avalai une pilule pour ne pas sombrer. Au lieu de quoi j'allumai toutes les mauvaises lampes du mauvais circuit pour reprendre la conversation par bribes avec des moments d'absence et des idées à moitié informes et non exprimées qui traînaient aux confins de ma conscience pour finalement dépasser la mesure et basculer dans le souvenir au travers du visage de cette Indienne. Ses beaux yeux sombres et ténébreux, les vagues torsadées de sa chevelure noire empilée sur sa tête provoquèrent en moi un déclic pareil au mordant d'une mousse de bière qui vous transporte dans l'allée aux souvenirs, et je me sentis partir, au-delà des montagnes et des océans, jusqu'à retrouver le doux cliquetis des rideaux de bambou et les senteurs musquées d'un petit théâtre kabuki, où les bouteilles de bière Nippon rafraîchissaient dans un seau de glace posé au sol entre moi et la geisha qui trempait les crevettes dans une sauce au raifort à l'aide de ses baguettes avant de les glisser dans ma bouche. Il y avait deux jours que je buvais sans désemparer, je n'avais presque plus d'argent, et dans trois heures je devais me présenter au rapport à l'hôpital ; mais dans ma tête, j'avais déjà démissionné de l'armée, de la guerre, de toutes les complexités qui faisaient de mon retour au front une chose importante à mes propres yeux. Je terminai la bière du seau à glace, et la *mamasan* envoya le boy de l'autre côté de la rue pour en rapporter. La geisha chauffa la tasse de saké qu'elle me destinait au-dessus d'une flamme de bougie tandis que je regardais les actrices au visage plâtré et aux yeux peints de rouge se déplacer sur la scène dans un murmure de soie fleurie, comme si elles appartenaient aux confins d'un rêve d'ivrogne.

Je me rendis compte alors que je n'avais pas encore accompli ce que j'avais décidé de faire. Les rideaux en bambou cliquetaient dans la brise derrière les fenêtres et j'entendais des agents de la police militaire qui houspillaient quelqu'un au coin de la rue. Je décapsulai une bouteille de Nippon avec mon canif, me mis debout et faillis passer au travers d'une cloison en papier.

— Toi plus boire maintenant, dit la *mamasan.*

Elle avait les dents gâtées et tenait la main devant la bouche en parlant.

— Toi retourner à l'hôpital maintenant.

J'arrachai le store de ses attaches et me penchai à la fenêtre. Deux MP maintenaient du bout de leur matraque un soldat ivre appuyé contre un mur.

— Pas faire ça, dit la *mamasan.* Ici pas bordel. Pas faire venir Mike et Pat ici.

Je lançai la bouteille d'un tir en cloche dans leur direction et regardai l'explosion de mousse et de verre brisé sur leurs chaussures cirées et leurs guêtres blanches. Ils oublièrent leur soldat et regardèrent alentour, la main serrée sur la matraque.

— Par ici, fillettes, dis-je.

Je leur expédiai une deuxième bouteille, sauf que cette fois je la lançai délibérément en arc de cercle le long du mur, de sorte qu'elle se fracassa entre leurs pieds dans une fontaine de mousse qui éclaboussa leurs pantalons.

— Espèce de salaud ! me hurla la *mamasan* à la figure.

— Allez, venez, les grands balèzes à couilles molles, dis-je par la fenêtre. Je vais vous les faire sauter à la poêle. Je vais vous coller une baïonnette dans le cul et vous pourrez la ramener directement à la caserne.

Je lançai mes autres bouteilles l'une après l'autre dans la rue tandis que la *mamasan* et la geisha tiraient ma ceinture et me giflaient en me fouettant à coups de traversin.

Le premier MP à entrer écarta le rideau de bambou de sa matraque et me montra une paire de menottes qu'il tenait accrochées à l'index. Dans la semi-pénombre de l'embrasure de porte, les deux anneaux métalliques ressemblaient à des maillons de chaîne miroitant de lumière autour de son poing.

— On te demande au téléphone dehors, dit-il.

*
* *

— Hé, mec, vaudrait mieux que t'arrêtes de boire, dit l'Indien.

— Quoi ?

Je relevai ma tête posée en appui sur mes coudes dans la chiche lumière jaune.

— Tu faisais des bruits terribles.

— Je suis désolé.

La chaise de sa femme était vide, et le rideau qui fermait l'entrée de leur chambre se balançait encore doucement.

— Qu'est-ce que…

— C'est juste qu'elle a pas l'habitude des Blancs. Ç'a pas d'importance.

Il m'adressa un grand sourire qui révéla une dent en or à côté d'un vide noir dans sa mâchoire.

— T'as une longue route demain.

— Dis-moi ce que j'ai fait.

— Tu t'es accroché à ses mains. Et elle a pas pu te faire lâcher prise.

Son visage de cuir lisse et ses yeux d'obsidienne étaient pleins de gentillesse et d'embarras tout à la fois.

Je ramassai la boîte de bière et essayai de sortir par la porte de derrière pour rejoindre mon camion. Je me cognai l'épaule au montant de l'huisserie, et la boîte me tomba des mains sur le perron. Je sentis l'Indien qui me pressait doucement dans le dos pour me diriger vers le canapé. Puis, tandis qu'au bord des coussins je suais dans mon délire d'ivrogne défoncé à la gnôle et aux pilules, alors que le soleil faisait virer au mauve, sous ses premiers rayons, le poulailler et les clapiers, j'entendis les clairons sonner sur une colline lointaine bien au-delà de notre clôture en rouleaux de barbelés, et je sus que l'aube serait sans danger parce que j'allais attendre, assis, que se terminent, et cette danse, et tout ce qui s'ensuivait.

Chapitre 4

Je poussai le camion plein pot sur tout le trajet qui séparait la Little Bighorn River de Missoula, ne m'arrêtant que pour l'essence et quelques hamburgers. Le Montana était d'une beauté telle que je sentis quelque chose sombrer à l'intérieur de moi. Au départ il n'y eut que des plaines aux lentes et larges rivières, des peupliers cotonneux le long de leurs berges avec, à l'horizon, les crêtes en dents de scie des montagnes ; puis j'attaquai la montée vers le Continental Divide, la ligne de partage des eaux, le pays des sapins Douglas et des pins ponderosa, crevassé de précipices qui me donnaient le vertige. Au sommet, on voyait encore des plaques de neige tassée dans les profondeurs des bois, et des cervidés saisis par l'éclat de mes phares fuyaient dans une giclée de terre et d'aiguilles de pins. Je descendis l'autre versant et longeai la vallée de la Clark Fork River pendant le reste du trajet jusqu'à Missoula. La fonte des neiges du haut pays était encore importante, et la rivière était gonflée sous le clair de lune à travers les arbres. Les clôtures en clins grossiers ou en fil de fer barbelé, les petites maisons d'habitation des ranchs en retrait de la route, adossées au flanc des montagnes, défilaient dans le gémissement des pneus usés des camions sur le ciment. J'arrivai à Hellgate Canyon, et Missoula explosa soudain devant moi, noyée de lumière parmi les ormes, les érables, les sapins, avec ses rues paisibles, encerclée par la silhouette métallique des montagnes dominant la ville.

J'obliquai au sud dans la Bitterroot Valley et suivis les indications de Buddy jusqu'au ranch de son père. Les pâturages de chaque côté de la route ne s'étendaient guère, bloqués par les montagnes qui se dressaient, hautes et noires, au cœur des nuages déchirés de lune, et la Bitterroot River jetait comme un fragment de miroir ses reflets brillants sur les longs bancs de sable et les îles de saules pleureurs. Je me perdis à deux reprises sur les routes rurales, regardant les noms à la lueur de ma torche sur les boîtes aux lettres, avant de trouver enfin la bonne maison, sa clôture en rouleaux de barbelés, sa grille à bétail au sol et son chemin d'accès défoncé par les ornières. La maison du père de Buddy. J'avais fait la connaissance de Buddy à Angola. C'était un bon pianiste de jazz, planant toujours haut, qui aimait l'herbe, la brise venue du Golfe et les bœufs chez Joe Button à La Nouvelle-Orléans, jusqu'au jour où il s'était fait pincer dans les toilettes pour hommes avec deux joints dans une poche de veste. Il était yankee et fut donc poursuivi pour crime et non simple délit, et le juge le poussa des deux mains vers le pénitencier. Il avait tiré cinq ans dans la ferme-prison, et il était l'un des rares parmi les détenus à être considéré comme un étranger au lieu, quelqu'un qui n'avait pas sa place derrière les barreaux parmi nous, parce que nous savions, dans les recoins furieux de notre âme, que nous avions mérité chaque minute de notre peine.

Buddy avait dans la tête d'étranges rythmes à la

Bird Parker, et j'étais parfois incapable de décider s'il planait grâce aux inhalateurs à la benzédrine ou s'il volait simplement haut au son de riffs sauvages qui se dévoilaient à l'intérieur de lui. Les matons l'avaient mis au trou en solitaire pendant trois jours après avoir trouvé dans une de ses poches un tube de colle pour avion lors d'une fouille de routine, mais il avait continué malgré tout à s'accrocher aux mesures de sa propre musique à son retour au dortoir. Après quoi, les gardiens l'avaient déclaré givré et laissé tranquille.

Ce qu'ils ne comprenaient pas, c'est que Buddy avait, depuis bien longtemps, remis sa démission : une lettre de « démission » banale dans sa simplicité, rédigée un jour de son adolescence, lorsqu'il avait commencé à jouer au clodo clandestin dans les trains de marchandises de la Pacific Northwest. Il n'avait pas de comptes à régler ni quoi que ce soit à défendre, et il s'était contenté d'obéir à ses propres rythmes pour finir par franchir comme une sorte de ligne invisible.

Et je crois que c'est cela que j'avais perçu en lui, cet éclair soudain d'une électricité très personnelle, à notre première rencontre sur le terrain de sport, alors que j'étais encore un bleu qui rejoignait le gros des prisonniers. Le vent était froid, et j'essayais de me rouler une cigarette avec les quelques brins qui me restaient du paquet offert grâce aux bons soins de l'État. Il était adossé au mur, un pied en appui derrière lui, ses poignets aux chairs meurtries enfoncées profondément dans les poches. Son pantalon à rayures pendouillait bas sur ses hanches maigres, et sa veste en toile bleue était boutonnée jusqu'au col. Les os pointus de son visage étaient rougis par le froid, et le court mégot qu'il serrait entre ses lèvres était humide de salive.

— Prends-en une toute faite dans ma poche de veste, Zeno, dit-il.

Je sortis son paquet et mis une Camel à ma bouche.

— Prends-en quelques-unes de rab. Tu ne recevras pas ta ration de tabac avant samedi.

— Merci.

— C'est ton premier passage en taule ?

— J'ai été au trou quand j'ai fait l'armée.

— Ça compte pas ici, Zeno. Passe me voir dans ma cellule dans Ash après la bouffe. Je pourrai te filer quelques roulées à la machine en attendant samedi.

Je commençais déjà à regretter d'avoir accepté ses cigarettes. Je me tournai face au mur et craquai une allumette dans mes mains en coupe.

— Écoute, mec, je n'ai rien d'un loup. Je ne dévore pas les novices. J'ai lu ton dossier et on a besoin d'un musicien pour notre groupe de jazz. Une guitare basse électrique. Tu ne feras pas une mauvaise affaire. Il nous arrive parfois de jouer dans la prison des femmes, et le samedi, notre corvée, c'est de cirer le foyer au lieu d'aller récurer les toilettes. En plus de ça, il faut que tu apprennes la manière de partager les allumettes en deux. Les allumettes, ça vaut presque autant que les cigarettes ici.

Le ranch s'étendait sur l'arrière jusqu'à un canyon, et le corps principal d'habitation à un étage était bâti de rondins avec une large véranda et des chambres attenantes construites en bardeaux. Toutes les pièces de la maison étaient allumées, et les falaises du canyon se dressaient noires et rectilignes en arrière-plan sous la pleine lune. Lorsque je sortis du camion, l'air froid me mordit le visage, alors que nous n'étions qu'au début du mois d'août, et j'enfilai une vareuse des surplus de l'armée que j'avais utilisée pour la chasse au canard en Louisiane. Une fille sortit par la porte moustiquaire éclairée et s'avança sur le perron en s'abritant les yeux d'une main en visière pour se protéger de l'éclat brutal de mes phares.

— Je cherche Buddy Riordan, m'dame. Je ne sais pas si je suis au bon endroit. Je me suis perdu plusieurs fois.

— Il habite le chalet en cul-de-sac, là où la route se termine près des arbres. Vous verrez la lumière de son perron.

Sa voix ne portait guère à cause du vent, et sa silhouette parut se rétrécir lorsqu'elle s'éloigna de la porte moustiquaire.

Je roulai jusqu'à l'extrémité de la route, où je tombai sur une bâtisse trapue en rondins, en bordure des pins, avec perron et véranda, une balancelle et une cheminée en brique. La fumée qui s'en échappait s'aplatissait sous les arbres et s'écartait du canyon, soufflée par le vent. Deux cannes à mouche étaient posées contre le perron, leurs lignes tendues, les hameçons enfoncés dans les poignées en liège. Buddy apparut sur le seuil, pieds nus, une veste de chasse sans manches en nylon sur les épaules, une boîte de bière et une cuillère en bois à la main.

— Salut, Zeno, mais bon Dieu, où t'étais passé ? Je croyais que tu serais arrivé hier.

Il me donna une bourrade dans l'épaule, du plat de la main, un vrai coup de bûcheron.

— J'ai pris deux Indiens en stop dans le Wyoming et ça m'a un peu détourné de ma route.

— Les Indiens, c'est des givrés. Hé, espèce de

vieux salopard, tu t'en sors bien après ta dernière année de taule. Y a pas une trace sur toi.

— Je me suis conduit comme un imbécile chez cet Indien. J'ai un peu donné dans le mélo avec sa femme.

— On fait tous de drôles de trucs quand on sort de taule. Oublie ça. Allez, entre. J'ai un carré de venaison dans la marmite depuis hier.

Dans une petite cuisine à l'arrière du chalet, il y avait un poêle à bois dont les cercles de fer rougissaient en périphérie sous la chaleur de la sève et de la résine brûlantes des bûches de pin. Il sortit une bière du frigo et me la mit dans la main. Je m'installai à la table dans le parfum chaud du gibier en train de cuire et je sentis mon corps se vider de sa fatigue. Buddy finit d'émincer quelques champignons sauvages sur une planche à découper avant de les faire glisser à l'aide de son couteau.

— Quelques champignons, un peu de vin, et hop ! T'as dix sous, j'ai une thune, on fait la cagnotte et on se paie du bon vin. Et c'est exactement ce qu'il faut faire. Une petite virée vite fait jusqu'à la taverne, on se prend un peu de vin pour le ragoût et quelques bières de rab, et ensuite on dîne dehors, sous la véranda. Je plaisante pas, Iry, t'as l'air en forme.

— J'ai l'impression qu'on m'a enfoncé la route dans le cul à coups de botte.

— T'as eu des problèmes pendant ta dernière année ?

— J'ai à moitié réussi à devenir prisonnier de confiance avant mon passage devant le bureau des conditionnelles, et donc j'étais pratiquement sûr d'obtenir une remise de peine. Je n'ai pas eu beaucoup de mal. Tout ce que j'avais à faire, c'était compter les jours et ne pas attirer l'attention du grand chef.

— J'ai été désolé d'apprendre la nouvelle. Pour ton père.

Je finis la boîte de Great Falls et allumai une cigarette sur l'un des cercles rougeoyants du poêle.

— Viens, on va chercher la bière, dis-je. Je crois que je serai incapable de dormir cette nuit, si je ne descends pas une caisse entière.

— Tu dormiras sans problème ici, collègue. On a le meilleur air de tous les États-Unis. Il souffle dans le canyon toutes les nuits, et tu n'entendras pas un bruit, sauf celui du torrent derrière le chalet, et des pommes de pin qui tombent sur le toit. Écoute, il est un peu tard pour que tu rencontres les autres membres de la famille, mais demain on ira jusqu'à la maison pour le petit déjeuner et tu pourras discuter avec le vieux, question boulot. Tu peux te faire dix sacs par jour à emballer le foin, et c'est pas un mauvais salaire par ici. On n'a pas de loyer à payer, et j'attrape du poisson tous les jours quand je pêche en amont de Bass Creek, ou dans la Bitterroot. Et avec le petit potager que je me suis fait et tout le gibier qu'il y a au congélo, c'est la belle vie. Sans se prendre la tête. J'aurais dû me brancher sur cette vie-là quand j'étais gamin, et je n'aurais jamais tiré cinq ans là-bas, avec vous autres, les primitifs sudistes. En parlant de ça, mec, tu n'aurais pas ramené un peu de cette bonne herbe de Louisiane, celle qui pousse dans les terres rouges ?

— À ton avis, Buddy ?

— Ben, c'était juste une question, Zeno. Les mômes à l'université de Missoula, ils ont une toute nouvelle came qui s'appelle le LSD : ça te décompose le cerveau en morceaux, en quelques minutes, avant de te le recoller, débris par débris. Je veux dire par là, et c'est vrai, que t'entends des couleurs qui soufflent des bruits dans ta direction. Je suis désolé, mec, je n'avais pas l'intention de divaguer sur mes obsessions. On se fait une balade et on ramène nos mousses et un coup de *spotiotti* pour la marmite.

Je me frottai l'œil de la paume de la main, et un cercle de lumière rouge disparut dans les profondeurs de ma tête.

— Ouais, je crois que je commençais à partir, dis-je. Je sens encore les tremblements du camion sous moi.

— Une mousse et un morceau à manger, et tu te sentiras mieux. Allez, viens, je vais te montrer ce qu'est une vraie taverne du Montana. Tu verras à quoi ressemblent les bouseux. Les vrais fouteurs de merde. Ça mettra un peu de couleur dans ta vie pour ta première soirée ici. Quelque chose qui ouvrira un peu les horizons de ta caboche sudiste fatiguée. Tu sais, j'ai lu un jour un article qui disait que vous autres, les gars du Sud, vous étiez tous des cauchemars sexuels ambulants. C'est pour ça que vos toilettes sont toujours dégueulasses et pleines de distributeurs de capotes.

— On va la chercher, cette bière, Buddy ?

— D'accord. On prend ton camion parce que j'ai garé ma voiture contre un arbre au beau milieu d'un torrent la nuit dernière.

Nous jouâmes aux montagnes russes sur les ornières de la route aussi plate qu'une tôle ondulée tandis que le camion couinait à chaque point d'assemblage, avant de franchir d'un bond la grille à bestiaux et de nous engager sur le chemin lisse et gravillonné qui ramenait à la grand-route traversant les Bitterroot. La lune s'était déplacée plus loin vers le sud, et je voyais les eaux sombres de la rivière se scinder en rigoles argentées autour des saules pleureurs en bordure des bancs de sable. Les montagnes de chaque côté de la vallée m'apparaissaient maintenant tellement énormes sous le clair de lune que j'eus la sensation qu'elles allaient m'écraser sous elles. La neige sur les pics lointains était en feu sous l'éclat de la lune au-delà des silhouettes en dents de scie des pins, et à chaque traversée d'un pont enjambant un petit torrent, j'apercevais les rouleaux blancs des eaux cascadant sur les rochers avant de s'étaler en grandes flaques paisibles martelées de dollars de métal à l'extrémité des hauts-fonds.

Nous nous garâmes dans le parking d'une taverne aux murs en bardeaux jouxtant un magasin-bazar et deux pompes à essence en bordure de route. Des camions à plateau avec carabines et fusils de chasse fixés à des râteliers contre la lunette arrière étaient garés là, et les autocollants sur leurs pare-chocs étaient comme un soudain clin d'œil me ramenant au Sud rural : JE COMBATS LA PAUVRETÉ : JE TRAVAILLE. RÉINTRODUISEZ LA BIBLE DANS NOS ÉCOLES : RASSUREZ-VOUS, ELLES NE SONT QU'À CENT CINQUANTE KILOMÈTRES.

J'entrai avec Buddy et nous prîmes une bière en demandant une caisse à emporter et une petite bouteille de Sauternes. Une cheminée en pierre ronflait, pleine de bûches, à l'extrémité opposée de la table de billard, les murs s'ornaient de têtes d'élans et d'orignals tandis que des sabots de cervidés servaient de présentoirs à de vieux fusils rouillés remontant à l'époque des pionniers. La plupart des hommes présents dans la salle portaient des jeans délavés avec vestes en nylon ou en jean, des brodequins de travail ou des bottes western éculées. La couleur des chemises était presque complètement passée, et les chapeaux de cow-boy avaient connu des jours meilleurs, tachés par la sueur autour du bandeau. Les clients avaient tous l'allure de grands costauds avec de grosses mains calleuses et des visages burinés par le vent. Les joueurs de billard cognaient l'embout caoutchouté de leur queue au sol chaque fois qu'ils rataient leur coup, et ils replaçaient avec fracas le triangle autour des boules à chaque nouvelle partie. À côté de moi, deux cow-boys secouaient violemment leurs dés de poker dans le gobelet en cuir avant de le retourner bruyamment sur le comptoir.

Je ne remarquai rien de prime abord, ou je refusai d'y prêter attention au titre de ma paranoïa d'ex-taulard, mais je ne tardai pas à croiser des regards, en provenance d'une table ou venant d'un homme installé au bout du bar. Puis, lorsque je me retournai brièvement pour m'assurer qu'il n'y avait rien à voir, je remarquai un reflet de méchanceté dans le bleu des yeux que je croisais, ou un air de défi, et je compris alors que j'étais assis sur un baril de poudre sans le savoir. J'attendis en silence que Buddy finisse sa bière pour partir, mais il commanda une nouvelle tournée avant que j'aie le temps de lui faire signe d'une tape sur le bras.

Je sentis les regards maintenant délibérés se durcir, et je concentrai toute mon attention sur le *punchboard* qui me faisait face. En cet instant, je trouvai étrange le fait qu'en dépit de mon âge d'adulte, des regards puissent encore me faire cet effet, cet engourdissement qui s'installait de part en part sur le côté de mon visage. J'essayai de trouver une compensation en me concentrant stupidement sur ma cigarette et les détails du cendrier, avant de me diriger vers les toilettes, du pas glissé caractéristique des taulards qui traversent la cour, les mains enfoncées dans les poches, pas d'agressivité dans la démarche, les épaules juste un peu voûtées, les genoux souples et élastiques.

Mais à mon retour au comptoir, les regards figés étaient toujours là. Personne ne semblait se rendre compte que j'étais un teigneux de Louisiane. Et Buddy en était à sa troisième bière.

— Hé, qu'est-ce qui se passe ici, nom de Dieu ? demandai-je doucement.

— Fais pas attention à ces mecs.

— De quoi s'agit-il ?

— Tout baigne, Zeno. À propos, t'avais une allure super-relax quand t'es entré dans les pissotières.

— Fait chier, tout ça, Buddy. On se tire.

— Doucement, mec, t'excite pas. On va pas laisser quelques rougeauds pleins de bière nous faire peur.

— Je ne sais pas de quoi il s'agit, mais je n'aime pas me mêler des ennuis des autres.

— O.K., laisse-moi finir ça et on se casse.

Une fois dehors, je posai le carton de Great Falls dans le plateau du camion, et fis demi-tour sur le parking. Je passai en seconde et rejoignis vite fait la chaussée goudronnée. Un morceau de montagne déchiquetée tranchait la lune.

— Alors, tu m'expliques ce qui s'est passé là-dedans ?

— Il y a des années que le vieux fout les gens en rogne dans le coin, et en ce moment il est en train de les faire mijoter à petit feu.

— Pour quelle raison ?

— Il essaie d'obtenir la fermeture de la nouvelle papeterie, ce qui signifie qu'environ quatre cents gars vont perdre leur boulot. Mais oublie ça, mec. Ça n'a rien à voir avec toi. Les mecs que t'as vus là-bas, c'est juste qu'ils aiment se monter la tête à grands coups de virilité chaque fois qu'ils en ont l'occasion.

Nous franchîmes la grille à bestiaux avant de longer le corps d'habitation principal du ranch, plongé dans l'obscurité. Les parois abruptes du canyon sur l'arrière de la maison étaient grises au clair de lune reflété par les nuages.

— Demain, tu verras ma famille, dit Buddy. Ce sont des gens pas ordinaires. Parfois je regrette de les avoir meurtris à ce point-là.

Je compris à cet instant que Buddy était ivre, parce que, de tout le temps que je l'avais connu, il ne s'était jamais laissé aller à des aveux sur sa vie personnelle, sauf quand il planait grâce aux inhalateurs à la benzédrine ou à l'herbe que nous procuraient de temps à autre les Nègres.

Il versa la bouteille de Sauternes dans la marmite avant d'ajouter poivre noir et persil et de replacer le couvercle pour laisser mariner le tout une demi-heure pendant que nous buvions de la bière et que j'essayais de réaccorder ma Dobro de mes doigts gourds, aussi peu sensibles qu'un tympan crevé.

— Je n'ai jamais réussi à comprendre pourquoi t'en es resté au hillbilly, dit-il, mais quand tu grattes, c'est de toute beauté, mec. Est-ce que t'as terminé cette chanson sur laquelle tu travaillais ?

Le sang s'était vidé de son visage, sa cigarette s'était consumée toute seule et lui brûlait presque la peau.

— Non. J'en ai toujours des bribes qui me tournent dans la tête.

— Joue-moi *Jolie Blonde*, mec.

J'attaquai l'air sur la Dobro en chantant dans mon mauvais français cajun pendant que Buddy touillait son ragoût de gibier dans la marmite à l'aide de la cuillère en bois. Son visage blanc rougeoyait à la chaleur du poêle et, l'espace d'un instant, il m'apparut aussi soucieux et solitaire que l'homme que j'avais rencontré deux ans auparavant dans la cour d'Angola.

Nous traînâmes la table sous la véranda avant de manger le gibier dans des assiettes en alu en l'accompagnant de pain à l'ail et d'une salade d'oignons et de betteraves que Buddy avait émincée dans un saladier en bois. Il y avait bien longtemps que je n'avais mangé de gibier, et tandis que je contemplais le vent soufflant les restes de neige au sommet du canyon, je sus que tout allait bien se passer.

Mais j'aurais dû reconnaître les signes avant-coureurs au bar. Ou tout au moins, en partie. Ils étaient là, et il m'aurait suffi de bien regarder.

*
* *

Au matin, le soleil éclata sur la crête bleue des montagnes, et les pâturages verts et mouillés miroitaient à la lumière. Les ombres au pied des montagnes étaient violacées comme une meurtrissure déjà ancienne, et à mesure que la chaleur de la matinée augmentait en consumant la rosée sur les herbes, le bétail s'avançait doucement à l'ombre des peupliers cotonneux le long de la rivière. Je pêchai à la mouche noyée en compagnie de Buddy dans le torrent derrière sa maison et nous sortîmes douze truites cou-coupé des bassins profonds qui se transformaient en tourbillons derrière les rochers. Je m'accroupissais bas sur l'eau pour éviter que ma silhouette ne se détache sur le fond de lumière mouchetée à travers les arbres, avant de laisser doucement la mouche sombrer jusqu'au fond du bassin ; une cou-coupé se levait soudain des gravillons du lit, le bord de ses branchies éclatant de feu au soleil, et la canne ployait vers l'eau sous les palpitations d'une traction régulière.

Nous nettoyâmes les poissons avant de les emporter jusqu'à la grande maison pour le petit déjeuner. Des rondins coupés à la tronçonneuse s'empilaient sur une bonne hauteur le long du mur de la grange ; à côté, un enclos abritait le squelette rouillé à cœur d'un antique tracteur à vapeur aux roues envahies de mauvaises herbes. L'arrière était occupé par une cinquantaine de cages faites de bois et de grillage, et des canards, des oies et des variétés de faisans et de grouses que je n'avais jamais vues se promenaient autour des mangeoires et des mares disséminées à travers la cour.

— C'est la volière du vieux, dit Buddy. C'est probablement la plus grande de tout l'État. Il a des oiseaux qui viennent de tous les coins du monde, et c'est l'une des raisons pour lesquelles je vis dans le chalet. Tu devrais les entendre, tous ces fils de pute, quand ils commencent leur tintouin à quatre heures du mat'.

Nous fîmes braiser la truite dans le beurre, et la mère de Buddy nous cuisina une énorme plâtrée d'œufs brouillés et de côtes de porc accompagnés de tomates en tranches. La table de salle à manger était couverte d'une toile cirée punaisée sur les côtés, et le père de Buddy était assis à la place d'honneur, attendant paisiblement que chaque membre de la famille soit installé avant de prendre la première assiette et de la faire passer. Les trois jeunes frères de Buddy, tous lycéens, me faisaient face, le visage dévoré de curiosité et néanmoins polis à l'égard de l'ex-taulard ami de leur frère. Ils avaient la peau hâlée, pas une once de graisse sur le corps, et en blue-jean, avec leur chemise à motifs passée par les lavages et remontée sur leurs jeunes bras solides, ils étaient l'incarnation de tout ce qui est sain en Amérique.

La sœur de Buddy et son époux, enseignant à l'université, étaient installés en bout de table, et pour une raison inconnue ils me mettaient mal à l'aise. Je voyais le prof comme un romantique à temps partiel amoureux du retour à la terre ou un universitaire de la côte Est en visite rapide dans la famille de son épouse. Sourire et poignée de main étaient trop faciles et trop cordiaux — comme une fin de non-recevoir. La fille ressemblait à sa mère, femme bien bâtie à la peau claire et aux yeux bleus toujours animés d'une lumière vive, mais son visage ne reflétait en rien la même allégresse heureuse. La fille était jolie, les cheveux bouclés délavés par le soleil, de belles mains, avec cependant un côté sombre bien caché qui détonnait avec le reste de sa personne, et je sentais en elle du ressentiment à mon égard, parce que j'étais quelqu'un que Buddy avait connu en prison et ramené à la maison.

Mais le père de Buddy était celui dont je compris instinctivement que ce n'était pas un homme ordinaire. Les épaules étaient dures et carrées, le cou tanné et rugueux à cause du soleil et du vent, le bord des paumes épaissi de cals, les ongles portant, en demi-lune, les meurtrissures du menuisier. Il avait belle allure pour son âge. Il peignait ses cheveux marron et fins vers l'arrière, dégageant un front large, et ses yeux gris vous regardaient bien en face sans ciller. Son visage n'avait pas cette qualité d'ossature aux traits adoucis qu'on rencontre chez la plupart des Irlandais, et il se tenait le dos bien droit dans son fauteuil sans jamais vraiment s'appuyer contre le dossier. Il sortit sa montre de gousset en argent de son jean et la regarda un instant, à croire qu'il la voyait pour la première fois.

— Je pense qu'on devrait commencer par charger les balles dans la remorque. Vous êtes prêts, les garçons ?

Les trois frères plus jeunes se levèrent de table et lui emboîtèrent le pas pour quitter la cuisine ; c'est alors qu'il fit volte-face, comme s'il y avait réfléchi à deux fois, et se tourna vers moi, sans ciller de ses yeux gris.

— Je crois qu'il y a quelque chose dans la cour qui pourrait bien vous intéresser, monsieur Paret, dit-il.

Buddy me fit un grand sourire par-dessus sa tasse de café.

J'accompagnai M. Riordan et les trois garçons dans l'arrière-cour. Toute l'étendue de la vallée était maintenant recouverte de soleil, et les balles de foin vert dans les champs, les peupliers cotonneux cliquetant de lumière sur la Bitterroot River au travers des arbres, les ombres denses en contrebas des falaises du canyon me donnèrent un tel coup au cœur que je dus m'arrêter et croiser les bras sur ma poitrine en prenant une profonde inspiration.

— Avez-vous déjà vu des individus de cette espèce ? demanda M. Riordan.

Il avait ouvert une cage et pris dans ses bras un gros ragondin. Les yeux rouges de l'animal ressemblaient à deux plombs de carabine brûlants sous la fourrure, et ses dents de cheval toutes jaunes ressortaient de sa gueule. Le corps ressemblait tout à fait à celui d'un rat, en beaucoup plus grand, couvert d'une fourrure semblable aux soies d'un porc-épic, les pieds presque entièrement palmés.

— Je n'en ai jamais vu en dehors de la Louisiane, dis-je. Je croyais qu'ils ne pouvaient pas vivre dans un climat froid.

— C'est ce que disent la plupart des gens. Néanmoins, personne n'a jamais prévenu le ragondin de cet état de choses. Est-ce que vous connaissez bien ces animaux ?

Je sortis une cigarette de mon paquet et la mis entre mes lèvres. J'avais le sentiment qu'on n'allait pas tarder à m'enseigner les règles d'un nouveau jeu.

— C'est la famille McIlhenny, des fabricants de tabasco, qui les ont introduits vers 1900. Les ragondins sont originaires d'Amérique du Sud, dis-je. On prétend qu'ils étaient gardés en cages sur Marsh Island, à une vingtaine de kilomètres des côtes de Louisiane. Les cages ont été détruites par une tempête, et ils se sont enfuis pour rejoindre la terre ferme à la nage. Aujourd'hui, on les trouve dans tous les bayous et les canaux de la Louisiane du Sud. Ils vous tueront votre chien s'il les poursuit dans l'eau, et si vous tendez des pièges à rats musqués, vous pouvez être sûr de les voir garnis en une journée. Pleins de ragondins.

— J'espère réussir à les introduire dans cette région. Pensez-vous que cela vous plairait de m'aider à les élever ?

— Au pays, c'est une plaie, ces animaux-là, monsieur Riordan. Ils détruisent les canaux d'irrigation dans les rizières et ils se reproduisent à la vitesse de visons en chaleur.

— Eh bien, nous verrons comment ils vont se comporter sous des cieux plus froids.

Puis, sans changer de tonalité, il ajouta :

— Vous avez assassiné un homme, je me trompe ?

Je dus attendre une seconde avant de répondre.

— Il s'agit probablement d'un point de terminologie légale, dis-je. J'ai fait de la prison pour homicide involontaire.

— Je suppose que ces points-là sont parfois bien délicats à définir, dit-il.

— Tout à fait, monsieur. C'est bien possible.

— J'ai contresigné votre transfert de conditionnelle parce que Buddy me l'a demandé. Normalement, je reste le plus possible à l'écart des affaires du gouvernement, qu'il soit de l'État ou fédéral, mais Buddy voulait que vous veniez ici. Et donc j'ai passé une sorte de contrat avec les autorités de Louisiane aussi bien qu'avec celles de mon propre État. Ce qui implique un engagement considérable de notre part, la vôtre comme la mienne. Est-ce que vous comprenez, monsieur Paret ?

Je tirai une bouffée de ma cigarette que je balançai d'une pichenette vers la clôture. Je commençai à sentir le sang battre au creux de mes paumes.

— Il me reste trois années de liberté conditionnelle, monsieur Riordan. Ce qui signifie que le simple caprice d'un responsable peut me réexpédier en prison, pour un chèque en bois, pour absence de boulot, ou tout bonnement parce que je ne me serai pas présenté à la date voulue. Peut-être qu'il fait un peu d'acidité gastrique, ou qu'il se remet encore de la bringue de la veille, ou encore que sa femme l'a un peu vanné ce matin-là. Tout ce qu'il a à faire, c'est mettre son stylo-bille en mouvement et me voilà renvoyé à Angola, les menottes aux mains. En Louisiane, une violation de conditionnelle, ça équivaut à un an de détention avant de pouvoir repasser devant la commission des libérations.

— Avez-vous déjà travaillé dans une ferme, hormis pendant votre séjour au pénitencier ?

— Mon père cultivait la canne à sucre.

— Je paie dix dollars par jour pour mettre le foin en balles, et vous avez le droit de manger à la maison pour le repas de midi. À l'automne aussi, il y a pas mal de travail, si vous aimez planter les clous et saigner les cochons.

Il s'éloigna, martelant le sol des talons usés de ses bottes de cow-boy, en direction de la remorque à plateau où l'attendaient ses trois garçons. J'aurais aimé lui en vouloir pour s'être montré aussi brutal, pour s'être soudainement introduit comme d'un coup de lame dans une zone réservée de mon âme, mais j'en fus incapable, parce qu'il s'était simplement montré honnête et concis d'une manière à laquelle je n'étais pas préparé.

Je me rendis à Missoula cet après-midi-là et me présentai au bureau des conditionnelles. Mon nouveau responsable m'apparut comme un gars très ordinaire pour lequel je ne posais pas de problème particulier malgré la charge supplémentaire que je représentais, et un quart d'heure plus tard j'étais dehors, dans la rue, sous le soleil, les mains dans les poches, avec une nouvelle ville et un après-midi bleu-or à explorer. Missoula était une ville merveilleuse. Les montagnes se dressaient vers le ciel dans toutes les directions, la Clark Fork River passait au beau milieu du quartier commerçant, et des étudiants, une chambre à air autour de la taille ou montés sur des radeaux en caoutchouc, flottaient sur des étendues d'eau blanche, une boîte de bière à la main, criant et saluant du geste les pêcheurs sur les berges. La ville était couverte d'ormes et d'érables, les pelouses vertes semées de parterres de fleurs, et des hommes en bras de chemise arrosaient l'herbe, comme une bribe de souvenir remontant aux années quarante.

Je descendis la rue avec un sentiment de liberté que je n'avais pas connu depuis le jour où j'étais entré au pénitencier. Même dans la maison de mon père, les traces du passé étaient là, l'obscurité de la maison, la mort ancestrale dans les murs, le cimetière que le bayou dévorait centimètre par centimètre, cette matière végétale noire qui croît dans l'esprit et reprend racine à chacun de vos retours à la maison. Mais ici, le soleil inondait les trottoirs dont certains s'ornaient encore d'anneaux d'attache pour les chevaux.

Je me rendis dans des lieux répondant aux noms de The Oxford, Eddie's Club, Stockman's Bar, avec, chaque fois, l'impression de perdre un siècle en poussant la porte. Cow-boys, ouvriers de scieries, bûcherons, vagabonds avec leur baluchon, joueurs professionnels jouaient aux cartes dans l'arrière-salle à des tables recouvertes de feutre ; un bar sans tabourets était réservé à ceux pour qui la boisson était une activité à plein temps, à côté d'un comptoir où on servait steaks-patates et bière à la pression, avec, en fond sonore, le claquement des boules de billard dans un coin, et de temps à autre un éclat de voix, un raclement de pieds de chaise, sans compter une bagarre aux poings qui expédia un homme dans la cloison en placoplâtre des toilettes.

J'étais à l'Oxford en train de déguster un steak aux oignons, lorsqu'un cul-de-jatte essaya de se hisser sur un tabouret à côté de moi. Il se déplaçait dans les rues et dans le bar sur une petite plate-forme en bois à laquelle étaient clouées des roulettes de patins, et les blocs de bois qui ressortaient de son caban ressemblaient à deux oreilles tombantes. L'une des sangles à boucle s'était coincée sur un moignon et j'essayai de le soulever vers le tabouret. Sa langue ressortait d'entre ses dents gâtées comme celle d'un lézard.

— Y veut pas que vous l'aidiez, m'sieur, dit le barman.

— Je suis désolé.

— Il est sourd et il parle pas. Il s'est fait démolir de partout à la guerre, ajouta-t-il.

Il remplit un bol de soupe aux haricots de Lima, qu'il posa sur une soucoupe avec quelques biscuits salés devant l'estropié.

J'écoutai ce dernier laper sa soupe à grand bruit, et je dus détourner la tête vers l'extrémité du comptoir pendant que je mangeais. Le barman fit glisser une nouvelle bière pression devant moi.

— C'est la maison qui régale, dit-il avant d'ajouter, le regard neutre, une allumette au coin des lèvres : Vous visitez la ville ?

— J'habite dans la Bitterroot chez un ami et je cherche du boulot. Je crois que pour le moment je vais emballer le foin chez les Riordan.

Je ne pus résister à la tentation de citer le nom, de la même manière qu'on tâte l'eau du bout du pied.

La réaction fut assez neutre, la curiosité grandit lentement, mais elle était là.

— Vous connaissez bien Frank Riordan ?

— Je connais son fils.

— Qu'est-ce qu'il cherche à faire avec cette histoire de papeterie, Frank ?

— Il cherche à mettre des tas de gens au chômage, dit un homme au comptoir un peu plus loin, sans relever la tête de son assiette.

Oh merde, me dis-je.

— Je ne sais rien là-dessus, dis-je.

— Y sait rien là-dessus, répéta le même gros, coiffé d'un casque métallique et vêtu d'une chemise à carreaux sur des sous-vêtements à manches longues.

Le barman se changea soudain en diplomate neutre et désintéressé.

— Y a longtemps que j'ai pas vu Frank, dit-il. Dans le temps, il venait ici le samedi pour jouer aux cartes.

— Il a plus le temps pour ça, dit un homme en train de manger à côté de l'estropié. Il est trop occupé à veiller sur ses six ccnts hectares de vaches et à faire en sorte qu'un gars qui gagne un dollar cinquante de l'heure se retrouve au chomdu. C'est ça, Frank Riordan.

Le barman passa sa lavette sur le comptoir devant moi comme s'il essayait d'effacer une parcelle de culpabilité personnelle.

— Y a des gens qui disent que les cheminées puent la merde, mais pour moi, c'est le parfum du pain beurré, dit-il en riant avec un reflux gastrique de fond de gorge, exhibant une rangée de dents jaunies.

Je sentais la colère des deux hommes qui m'encadraient, avec le sentiment d'être coincé entre deux serre-livres. Je posai la fourchette et le couteau dans mon assiette et allumai une cigarette. Je fumai suffisamment longtemps pour garder mon honneur personnel intact, avant de ressortir sous le soleil. Fini de tester les réactions à l'énoncé d'un nom, décidai-je. Peut-être devrais-je aussi avoir une conversation plus sérieuse avec Buddy.

Plus tôt dans l'après-midi, un bûcheron payé à la tâche m'avait dit dans un bar que je pourrais peut-être me faire engager dans un groupe country à Bonner. Je sortis de Missoula par Hellgate Canyon, le canyon des portes de l'Enfer, énorme cassure dans la montagne où les Indiens Salish suivaient jadis la Clark Fork et se faisaient, année après année, massacrer par les Crows et les Blackfeet (d'où son nom, car le sol du canyon était jonché de squelettes lorsque arrivèrent les premiers jésuites). Je suivis la rivière et franchis la profonde gorge entre les montagnes, puis une forêt clairsemée de repousses de pin sur les pentes jusqu'à atteindre la jonction des rivières Blackfoot et Clark, là où les eaux sombres tourbillonnaient avant de se déverser, blanches et iridescentes, par-dessus un barrage en béton.

Bonner, c'était la compagnie Anaconda, énorme usine en bordure de la rivière, crachant ses panaches de fumée qui s'accrochaient dans les airs sur des kilomètres de distance à travers le canyon de la Blackfoot. La ville à proprement parler était constituée d'une rue le long de laquelle s'alignaient des jardinets propres avec arbres au feuillage épais et maisons à ossature de bois construites à l'identique. Je n'avais pas vu de ville ouvrière hors de la Louisiane et du Mississippi, et bien qu'il n'y eût rien de la puanteur d'une sucrerie dans l'air, ni la vision par une vitre de voiture de Nègres revenant des presses de la sucrerie marchant vers leurs vérandas en bois sous le crépuscule, la gamelle à la main, Bonner aurait très bien avoir pu avoir été découpée dans la paroisse d'Iberia puis recollée au beau milieu des Montagnes Rocheuses.

Je me rangeai sur l'aire de stationnement d'un bâtiment gris, patiné par les intempéries, près du passage à niveau ; sur le toit, une enseigne au néon indiquait : SYNDICAT DE MILLTOWN — BAR — CAFÉ — LAVERIE. Il y avait des machines à sous à l'intérieur du bar, clignotant de fers à cheval jaunes, de grappes de cerises et de barres dorées. Au-dessus de la porte d'entrée était fixée la tête d'un mouton des montagnes sous un dôme de plexiglas et, montée sur le mur au-dessus du juke-box, on trouvait une tête d'élan aux énormes bois recourbés. Je discutai au comptoir avec le propriétaire d'un engagement comme premier guitariste le week-end ; tandis qu'il faisait tourner sa tasse à café dans sa soucoupe d'un doigt épais, j'allai à mon camion et en rapportai mon étui double contenant la Dobro, avec le drapeau confédéré cousu dans la doublure. Le résonateur en métal dans la rosace miroitait des reflets mauve-argent des éclairages derrière le comptoir. Je tirai les onglets en acier sur les cordes et fis glisser le bloc d'acier sur les cases du manche pour attaquer *Love-Sick Blues* de Hank Williams.

Ça marchait à tout coup, avec la Dobro. Elle avait remboursé plusieurs fois son prix en me faisant obtenir des engagements. Le patron me dit qu'il me paierait trente-cinq dollars pour les vendredis et samedis soir plus un spectacle de trois heures le dimanche après-midi, et je repris le camion pour franchir de nouveau le Hellgate, le moteur ronronnant sous le capot, dans le soleil couchant qui embrasait de ses lueurs rouges les parois du canyon et la rivière aux courants profonds.

Le lendemain, j'allai travailler avec Buddy à charger les balles de foin, creuser des trous pour planter des piquets, dégager des fossés d'irrigation. Le ciel était immense au-dessus de nos têtes, les montagnes toutes bleues tranchaient sur la lumière du soleil parmi des lambeaux de nuages accrochés dans les pins sur les pics lointains. Arrivé midi, nos torses nus dégoulinaient de sueur, couverts de brins de foin vert, et j'avais les muscles du ventre douloureux à force de manœuvrer la foreuse à main et ses deux poignées en bois bien écartées. La sœur de Buddy, Pearl, nous apporta une cruche d'infusion de plantes macérées au soleil avec des feuilles de menthe et de la glace pilée ; elle nous servit dans deux grands gobelets en carton que nous bûmes assis à l'arrière du plateau du chariot en mangeant des sandwiches au jambon. Les pointes de ses cheveux bouclés brillaient dans la lumière, et le débardeur bain de soleil qu'elle portait sur son jean en montrait suffisamment pour que je m'oblige, par politesse, à concentrer mon attention sur le sandwich. Elle ne m'appréciait guère, et je regrettais que Buddy eût essayé d'ignorer une chose aussi évidente.

— Je vais aller rendre visite à bobonne et aux gamins dimanche, c'est l'anniversaire de Jimmy. Pourquoi vous ne viendriez pas, toi et Melvin ? On irait voir ce mec super génial du Mississippi nous faire son petit numéro à la Ernest Tubb au rade à bière de Bonner, dit Buddy.

Elle replaça le couvercle sur son cruchon d'infusion glacée qu'elle posa délicatement sur le hayon. Son regard ne laissait rien paraître.

— Il faut que je demande à Mel.

— Il est toujours partant pour une beuverie le dimanche après-midi, dit Buddy. En fait, les seuls moments où il se saoule, c'est le soir qui précède les jours où il doit bosser. Le matin, il part d'ici en trombe jusqu'à la fac, avec une gueule de bois qui doit remplir une salle de classe entière à elle toute seule.

Je détournai la tête vers les peupliers cotonneux sur la rivière et mis une cigarette entre mes lèvres. J'avais le sentiment que tout ce qui se dirait ensuite serait à côté de la plaque. Je ne me trompais pas.

— Tu devrais l'entendre jouer, ce paysan en

galoches, dit Buddy. Y joue comme Charlie Christian quand il veut, mais pour une raison inconnue, mon pote *coonass* est fasciné par les péquenots des collines et les trimardeurs. Il adore Jimmie Rodgers et Woody Guthrie, il imite Hank Williams, il te pousse la tyrolienne et fait du picking comme Bill Monroe. C'est mieux qu'à la maison.

— Allez, on y va, Buddy, dis-je.

— Il prend aussi très vite la mouche quand on parle de ses musiques.

Je repliai le reste de mon sandwich au jambon dans le papier huilé et le remis dans la gamelle.

— Ton père a dit qu'il voulait voir les trous jusqu'à la mare terminés avant qu'on arrête, dis-je.

— Il est aussi loyal à l'égard de ses employeurs. C'est vraiment un mec très bien, cet homme, dit Buddy, en envoyant une bourrade de la paume sur mes épaules couvertes d'une pellicule humide.

J'eus envie de le faire dégringoler du hayon.

— Hé, Pearl, pas si vite, dit-il. Demande à Melvin, et peut-être que Beth pourra venir elle aussi.

Elle acquiesça d'un hochement de tête sans répondre et traversa le champ de foin, gracieuse et sûre d'elle, son bain de soleil laissant voir une ligne de peau blanche tranchant sur son hâle.

J'avançai en compagnie de Buddy vers l'endroit où les poteaux étaient posés à intervalles réguliers sur le sol le long de la ligne de clôture. J'enfonçai ma foreuse à deux mains à grands coups dans la terre durcie tandis qu'il déversait un seau d'eau dans le trou.

— Mec, j'aimerais bien que tu ne fasses pas ça, dis-je.

Il inclina le seau, laissant couler l'eau sur la poignée en bois et la boue qui s'était agglomérée entre les lames, à croire qu'il était préoccupé par un énorme problème de génie civil.

— Sans déconner, Buddy, dis-je.

— Il n'y avait pas que ça, Zeno. C'est juste que tu n'as pas tout vu. Je n'avais pas l'intention de te casser la baraque avec Pearl. Elle a épousé un assistant de la fac, et le mec est bien sous tous rapports, sauf qu'il a un batteur électrique dans la tête la majeure partie du temps, et elle, elle essaie de rester en phase avec les humeurs à venir de monsieur. Ce qui veut dire faire les valises direction l'Alaska les raquettes aux pieds, ou aller rejoindre un sit-in de protestation en Alabama, ou encore mettre Beethoven tellement fort sur la chaîne hi-fi trois nuits de suite que ça fait bondir le vieux de son lit.

J'extirpai la foreuse à main du sol et dégageai la boue collée entre les lames.

— Ben, c'est pas exactement ça qui se passait, en fait, dit-il. Tu comprends, je suis en train d'essayer de me remettre avec bobonne, ce qui n'est peut-être pas une idée vraiment géniale, mais les garçons ont neuf et onze ans maintenant, ils ne fichent strictement rien à l'école, et Beth les emmène voir un genre de psychologue à Missoula. C'est le seul truc de la vie extérieure qui m'ait posé un problème en taule. J'ai perdu mes gamins de vue après que ma bonne femme m'a fait boucler un soir, et j'ai continué ma route pour m'arrêter à La Nouvelle-Orléans.

Je posai la foreuse et plaçai le poteau de clôture dans le trou que Buddy se mit à combler de terre et de pierres. Son dos mince luisait de sueur, crénelé d'os et de muscles à chaque pelletée.

— Peut-être que le moment est mal choisi pour te demander ça, dis-je, mais hier j'étais dans un bar appelé l'Oxford, et j'ai eu le sentiment que ton père avait déclaré la guerre à tout le monde dans ce pays.

— La plupart de ces mecs ont un rondin dans le cul qui les démange. Tu ne peux pas prendre ces trucs de bar à la noix trop au sérieux.

— Je crois qu'ils étaient très sérieux, bien au contraire.

— Voici le topo sur toute l'affaire. Ils ont construit cette papeterie sur la rivière à l'ouest de la ville et, certains jours, l'odeur dans la vallée est tellement dégueulasse que tu pourrais croire qu'un éléphant t'a pété à la figure. Ils fabriquent du papier toilette ou quelque chose du même genre. C'est vrai, mec. Tous ces magnifiques pins ponderosa finissent sous un coup de chasse dans les toilettes d'un citoyen de Des Moines. Toujours est-il que le vieux les a assignés devant le tribunal de l'État, et si on lui donne satisfaction, tout ce foutu bazar devra fermer. Je ne peux pas en vouloir à la plupart de ces mecs de faire la gueule. Ils gagnent des clopinettes, de toute façon, leur syndicat fait rien pour eux, et le seul boulot qu'il y ait dans le coin est saisonnier. Parfois je me demande même si le vieux réussit à envisager les conséquences de ce qu'il est en train de faire.

Il alluma une cigarette tandis que j'attaquais le trou suivant. Les feuilles des peupliers près de la rivière jetaient des éclats de lumière sous la brise.

— Mais c'est une vieille habitude chez lui, ce genre de truc. Il s'est battu contre la Compagnie Anaconda quand elle a commencé à polluer la Clark, et il a aidé à l'arrestation d'une bande de sanguinaires dans l'est du Montana, qui tuaient les chevaux sauvages pour les revendre à une entreprise de nourriture pour chiens.

Buddy s'accroupit près du trou, le seau d'eau à la main, et tira un moment sur sa cigarette.

— Il a toujours le bien en tête, mais c'est le genre de mec qui te trace une ligne dans la poussière, et puis c'est tout. Il ne voit plus rien d'autre.

Nous creusâmes le dernier trou près de la mare en fin d'après-midi, et je me retournai pour contempler la longue ligne droite de poteaux plantés dans le sol, rigides et épais, et je me sentis fier à la vue de leur alignement géométrique depuis l'avant du ranch jusqu'au creux de vase où nous nous tenions. L'herbe ployait sous le vent qui soufflait de la rivière, et le soleil était déjà amputé d'un quartier par un pic montagneux. Nous jetâmes les outils à l'arrière de la remorque pour revenir à pied à travers champs jusqu'au chalet. Je me sentais physiquement fatigué et satisfait, comme lorsqu'on s'est astreint à une tâche juste et bonne. Les ombres des montagnes traversaient la vallée, au-dessus des habitations en rondins, des balles de foin dans les champs, des murs de pierre et des brasses de bois empilées près des granges, à mesure que la lumière perdait de son intensité pour se rassembler dans les arbres sur l'autre rive.

Au crépuscule nous allâmes pêcher au ver dans le torrent derrière le chalet avant d'allumer le poêle à bois et de faire sauter la truite cou-coupé au beurre avec du sel aillé. Je pris une boîte de bière, sortis la Martin et allai sur le perron en façade pendant que Buddy faisait rissoler le poisson. Je m'accordai en ré, plaçai un onglet sur mon pouce pour les basses et remontai le manche en accord de blues diminué tel que je l'avais appris de Robert Pete Williams à Angola. Le clair de lune résonnait dans les cordes et je sentais les basses se réverbérer dans mes doigts et mon avant-bras, à croire que c'était le bois de la caisse qui s'était imprégné du tempo de ce que j'avais dans les veines. Je passai ensuite à *The Wreck of the Ole 97*, martelant mes accords en glissendos sur les cases à la manière de A.P. Carter, les cordes tremblant de lumière et de leur propre osmose métallique.

He was going down the grade making ninety miles
an hour
When his whistle broke into a scream.
They found him in the wreck with his hand upon
the throttle
He was scalded to death in the steam[1].

Buddy sortit sur le perron, un morceau de truite entre les doigts, et il but à ma canette posée sur la rambarde.

— Ça m'a paru pas mal du tout, coco.

Il s'assit sur la rambarde, et le clair de lune se diffracta autour de ses épaules. Je pris la cigarette qu'il tenait entre les doigts et la mis entre mes lèvres. Les montagnes ressemblaient à des blocs noirs et glacés sur le fond du ciel.

— Je sais à quoi tu penses, dit-il. Ce n'est pas la peine. Tout ira très bien.

Nous étions jeudi.

1. *Il descendait la pente à cent cinquante à l'heure*
Lorsque son sifflet explosa en un hurlement.
On l'a retrouvé au milieu des débris, la main sur la manette
Brûlé à mort par la vapeur.

Chapitre 5

Le dimanche matin, Buddy, sa sœur, le mari de celle-ci et moi nous rendîmes à Missoula. La journée était belle pour fêter un anniversaire dans un jardin plein de verdure. Buddy avait acheté un gant de base-ball et un moulinet de pêche pour son aîné âgé de onze ans, et un couteau de l'armée suisse, plein d'ouvre-boîtes et de tournevis pour son cadet. Je fus surpris de voir à quel point il était proche de ses enfants. Après avoir ouvert la sorbetière à main remplie de glace et de pains de sel, Buddy remplit chaque assiette à la table installée sous l'érable, alluma les bougies, illuminant le glaçage de lumière rose, et marcha sur les mains dans l'herbe tandis que ses enfants poussaient des cris de plaisir.

Il eut moins de réussite auprès de son épouse, Beth. Celle-ci se montrait d'humeur égale et amicale à son égard, attitude née d'une intimité partagée ou peut-être d'une simple acceptation des choses par nécessité. Mais j'eus le sentiment que s'il n'avait pas été le père de ses enfants, Buddy n'occuperait même pas dans son existence le peu d'espace qui était le sien. Je m'assis, le dos contre un tronc d'arbre, et bus une bière, et tout en regardant Buddy qui discutait avec elle, agitant parfois les bras comme deux fléaux, le visage souriant, le pantalon et la chemise de sport fraîchement repassés avec les plis bien marqués (tandis que le regard de Beth paraissait se dissoudre par manque d'attention pour se raviver soudain lorsqu'un des enfants renversa sa crème glacée sur les genoux de Buddy), je me sentis comme un intrus en train d'observer une chose qu'il ne devrait pas voir, particulièrement vis-à-vis de Buddy. Il avait toujours eu un œil de joueur de craps face à n'importe quelle situation, mais aujourd'hui il ne sortait que des points nuls.

Il est certain que Beth était agréable à regarder. Elle avait les cheveux noirs, légèrement brillants, une peau très blanche sans rides ni marques ni taches de rousseur. Elle était un peu rondelette, dans le bon sens du terme, et se tenait debout genoux serrés comme une écolière, la courbe lisse de son ventre et ses seins généreux ramenant à ma conscience tous mes rêves refoulés de sexe et mes frustrations de minuit quand le sommeil refusait de venir.

Un peu plus tard, Buddy insista pour qu'elle nous accompagne jusqu'au bar de Milltown. Elle commença à débarrasser les assiettes en carton en parlant de manière détournée du souper des enfants, et Buddy alla jusqu'au perron des voisins, cogna du poing dans le montant de la porte, puis retraversa la pelouse, le visage décidé, et se mit à frapper à la porte de l'autre voisin. Je vis un éclair de colère dans le regard de sa femme qui pinça les lèvres et, tapotant les deux garçons d'un geste doux sur l'épaule, leur dit de finir de débarrasser la table.

Elle s'assit entre nous dans la camionnette, tandis que la sœur de Buddy et son mari nous suivaient dans Hellgate Canyon, le long de la rivière en direction de Milltown. C'était dimanche et des radeaux pneumatiques jaunes pleins de buveurs de bière en costume de bain, le corps luisant de hâle, descendaient le rapide au milieu des éclaboussures avec force hurlements de terreur joyeuse qui résonnaient entre les parois du canyon. Un radeau heurta un gros rocher dans le courant, et sa proue se redressa, presque cassée en deux, tandis que les eaux blanches bouillonnaient au-dessus de l'arrière, avant que l'embarcation ne pivote pour reprendre la direction de l'aval, comme un tour de manège à la fête foraine qui aurait échappé à tout contrôle, tandis que les occupants tombaient les uns sur les autres en projetant dans les airs des cordages de mousse de bière.

Je jetai un œil dans le rétroviseur et vis Melvin, le beau-frère de Buddy, qui conduisait, les bras croisés sur le dessus du volant, une bouteille de bière dans une main, tandis que la voiture zigzaguait et se rapprochait dangereusement du bas-côté. Melvin avait commencé à boire au début de la fête d'anniversaire, et avant de partir il s'était servi un mélange de whisky et de bière dans la cuisine.

— Je crois que je ferais bien de m'arrêter pour que tu puisses prendre le volant à sa place, dis-je.

— Ne fais pas ça, mec, dit Buddy. Il va chercher la bagarre. C'est un poivrot d'Irlandais tout ce qu'il y a de plus authentique.

— Il va aller s'écraser sur ces rochers, et ta sœur avec lui.

— Tu seras obligé de lui passer une chaîne autour du corps pour le sortir de là avec un tracteur si tu veux lui faire lâcher ce volant, dit Buddy. En ce moment, il doit probablement parler de rejoindre la révolution en Bolivie. Tu sais, juste après être sorti de taule — Buddy s'interrompit et ôta un brin de tabac sur sa lèvre, les yeux hésitants devant son épouse qui regardait fixement le pare-brise — je ne le connaissais pas, ce mec, et il m'a demandé comment on casse un coffre, parce qu'il avait des amis qui voulaient en forcer un en Californie pour la révolution et il n'était pas sûr qu'ils soient capables de faire ça correctement. Je veux dire par là qu'il n'a même pas tiqué en disant ça.

Dans le rétroviseur, je vis la voiture arracher une volée de gravillons à l'accotement avant de revenir flotter vers la bande centrale, comme portée par un ressac.

— On va se prendre un café et un sandwich au relais-routier, dis-je.

— Continue. Il s'en sortira très bien, dit Beth.

Je jetai un œil à son beau visage dans la cabine du camion, et l'espace d'une seconde je sentis le contact de sa cuisse contre la mienne. Je me rendis compte alors que plus de deux années s'étaient écoulées depuis mon dernier trajet en voiture à côté d'une femme. J'avais oublié combien cela pouvait être agréable.

— Hé, t'arrête pas là, mec, dit Buddy. Y vendent pas de gnôle, et Melvin va essayer de faire contre mauvaise fortune bon cœur en allant asticoter les bûcherons. Même le vieux est d'avis que ce mec a le cerveau plein d'éclairs qui explosent. Un soir, il est revenu à la maison en tirant sur son joint et il a monté le volume de la chaîne hi-fi au point que les assiettes claquaient dans le placard. Dans la volière, les bestioles voulaient s'envoler et le vieux est monté à l'étage comme un ouragan.

Je rétrogradai en seconde et ralentis pour virer et franchir le talus de chemin de fer avant de m'engager dans le parking au sol de schiste blanc devant le bar. Il y avait déjà foule à l'intérieur en cet après-midi, et quelqu'un accordait une basse électrique et soufflait dans le micro au-dessus du brouhaha. Melvin rebondit au-dessus des rails, suspensions écrasées, avant de freiner en dérapage dans une giclée de poussière pour s'arrêter à moins de dix centimètres de mon aile avant. Il avait le visage presque complètement blanc, un cigare à bout filtre au beau milieu de la bouche. Il se pencha vers la fenêtre passager, et sa femme détourna la tête devant son haleine.

— Un petit coup de Roy Acuff cet après-midi, cousin, dit-il.

J'acquiesçai et remontai la vitre.

— Dis, Buddy, je n'ai joué que deux fois avec eux, dis-je. C'est une bonne place et je veux la garder.

— Ça baigne, coco. Contente-toi d'entrer et fais-nous ton numéro à la Ernest Tubb. On va s'occuper de ce gars.

— Je ne blague pas, dis-je.

— Entre. Tout va bien se passer, dit Beth.

Dans le bar, ce fut une princesse. Après que j'eus entamé mon premier morceau sur l'estrade, Melvin se posta en contrebas de l'orchestre, un verre-dosette dans une main, une bière pression dans l'autre, le visage épanoui d'une ivresse heureuse. Il chancelait sur place et parlait sur la musique amplifiée, avec un sourire torve. Beth le prit alors par le coude et l'éloigna de la piste de danse.

Je menai la mélodie avec notre deuxième chanson sur ma Martin, *I'm Moving On*, et le bar fit silence tandis que je remontais la rosace jusqu'au menton pour jouer directement dans le micro. Je repris les progressions de Hank Snow au long du manche, faisant résonner les cordes basses comme un train fonçant à travers Dixie tandis que je piquais les notes de la mélodie sur les cordes aiguës de l'ongle du doigt. J'entendis la steel guitar derrière moi qui tentait de me rattraper avant que je me rende compte que j'en faisais trop et trop longtemps. Je redescendis le long du manche pour revenir à l'accord de sol sur la deuxième frette avant de me fondre avec le reste du groupe par un roulement de basses. La foule applaudit et se mit à siffler, et un homme au comptoir s'écria :

— Fais-leur la totale, le Sudiste !

Je vis Buddy dans les toilettes à la fin du numéro. Il s'appuyait au-dessus de l'urinoir, une main contre le mur, et ses yeux avaient l'aspect de tourbillons colorés avec des cendres en guise de pupilles.

— J'ai trouvé de l'acide auprès d'un mec dans le parking, dit-il. Tu veux essayer un peu de ce mélange de cinglé et voir les effets sur ton alchimie de Sudiste névrosé ?

— Faut que je travaille cet après-midi, coco.

— Qu'est-ce que tu penses de ma poulette ? Sacrée nana, pas vrai ?

— Ouais, c'est sûr.

— J'ai bien capté tes radiations dans le camion, Zeno, dit-il. Comme une petite palpitation du sang derrière le volant.

— Tu ferais bien de mettre cette came d'étudiant au rancart, dis-je.

— Hé, t'en va pas. Quand tu auras fini, on va au Eddie's Club, et après je rameute tout le monde à la maison pour un barbecue. Des steaks d'ours marinés dans le lait une nuit durant. C'est le meilleur barbecue au monde. Ça te met de la viande dans la cervelle et des poils tout noirs sur les orteils.

— O.K., Buddy.

Il tira sur sa cigarette, dont la cendre brûlante laissa échapper une volute de fumée entre ses doigts jaunis de nicotine, et il plissa les yeux vers moi, un sourire radieux sur le visage.

Eddie's Club était un endroit plein de lumière jaune et crue, de fumée, de poivrots et d'Indiens Salish ivres, du claquement des boules de billard, de musique hillbilly serinée par le juke-box, d'une foule d'étudiants et de quelques enseignants de l'université. Un mur était couvert de rangées de photographies grand format encadrées : elles représentaient les vieux qui venaient boire là, avec leurs bouches édentées aux tissus affaissés, leurs chapeaux et casquettes avachis inclinés à l'oblique sur leurs rides d'alcooliques et leurs regards brillants.

— C'est Boyd Valentine, le barman, qui a fait tout ça, dit Buddy, le front mouillé de transpiration dans la fumée. Faut que tu rencontres ce mec. Avec un appareil photo, c'est un Michel-Ange. Un vrai sauvage imprévisible. Tout à fait dans ton genre.

Avant que j'aie pu l'arrêter, Buddy s'était éloigné dans le bruit et la foule des consommateurs alignés sur deux rangs au comptoir. Il me laissa à table en compagnie de Beth, Pearl et Melvin, qui était incapable d'aligner le bout de sa cigarette et la flamme du briquet, et d'une demi-douzaine d'autres qui trempaient leurs coudes dans les flaques de bière renversée sans même y prêter attention.

— Essaie donc un casse-cabane au whisky, modèle Montana, dit Melvin. N'essaie pas de rester sobre dans cette foule. C'est inutile.

Avec deux doigts, il plaça un verre-dosette plein de whisky dans un grand verre de bière qu'il poussa vers moi.

— Je vais faire l'impasse, dis-je.

Il se saisit du verre à deux mains et le vida complètement, le verre-dosette roulant contre la chope de bière. Je fus obligé de frissonner en le voyant faire.

Dans le fond de la salle, deux hommes commencèrent à se battre au-dessus de la table de billard. On renversa quelques chaises, une queue de billard éclata en morceaux contre le bois de la table et un homme se retrouva au sol, groggy ; puis on l'aida à se relever pour le virer par l'arrière-porte. Rares furent ceux qui prêtèrent attention à l'escarmouche.

— Qu'est-ce que tu as en tête ? dit Beth avec un sourire.

— Je me demande ce que je fabrique ici.

— Ça fait partie de la visite guidée de Missoula par Buddy et Mel, dit Pearl, sans afficher le moindre plaisir.

— T'es un homme meilleur que moi, Gunga Din, dit Melvin, en m'offrant un toast à l'ironie très privée.

— On part dans quelques minutes, dit Beth.

— Ne vous en faites pas pour moi. Je vais probablement aller faire un tour en face à l'Oxford et manger un morceau.

Sur le moment, je n'aurais jamais voulu admettre cette impulsion irraisonnée à mes propres yeux, mais j'espérais qu'elle me demanderait de l'accompagner.

— Hé ! s'écria Buddy dans mon dos. Voici Boyd Valentine. Il traînait ses guêtres du côté de La Nouvelle-Orléans à l'époque où j'y jouais ma musique cool. Ce mec a une Chevy de 55 et il explose les moteurs à cent quatre-vingts sur la route de Bitterroot. Personne peut suivre, ni les flics, ni les ambulances, ni les pompiers. C'est le meilleur photographe de tout le nord-ouest.

Buddy tenait le barman par le bras. L'homme avait des yeux noirs féroces et son visage rayonnait d'énergie électrique. Il lui manquait un pouce et sa chemise laissait échapper les poils noirs de sa toison.

— Qu'est-ce qui se passe ? dit-il en serrant les mains.

Sa voix comme son sourire étaient pleins de bonne humeur, sa poignée de main chargée d'intensité.

— Mon copain ici présent va entasser du beau monde dans son bolide, et nous allons blinder plein pot jusqu'à la maison avant de picoler sous les étoiles pendant que je remercierai le ciel en faisant griller au barbecue des steaks à vous mettre à genoux, dit Buddy. Ensuite, mon autre copain va nous sortir sa Martin et nous pousser la chansonnette, que des morceaux Dixie, mélasse et jambons cuits au gruau de maïs dans les galoches de sa nounou.

Nous quittâmes finalement le bar après que Melvin eut renversé une cruche de bière sur les genoux d'une femme indienne. Elle releva sa robe au-dessus de la taille et la pressa comme une serpillière dégoulinant sur ses cuisses et ses genoux. Son mari arracha la chemise de Melvin. Le barman rapporta trois carafons supplémentaires à la table et les choses en restèrent là.

Nous déposâmes Beth à la maison. Buddy essaya bien de la convaincre de venir jusqu'au ranch, mais à sa manière tranquille de femme et de mère elle invoqua les enfants, leur souper, l'école et le lendemain, tous arguments impossibles à réfuter. Nous traversâmes les Bitterroot en longeant la rivière noire et sinueuse au-delà des peupliers. Des nuages de pluie avaient commencé à se déplacer devant les pics des montagnes, et un grondement sec de tonnerre résonnait de l'autre côté de la vallée. Au loin, des éclairs de chaleur hésitaient et tremblaient au-dessus des collines couvertes de pins. J'ouvris le déflecteur et laissai l'air frais, à peine chargé de pluie, me souffler au visage.

Buddy sortit un mégot de joint de sa poche et l'alluma, en retenant la fumée dans les profondeurs de sa poitrine, dents serrées. Il relâcha lentement son souffle et reprit une nouvelle bouffée.

— Où est-ce que tu as eu ça ? dis-je.

— Une Indienne chez Eddie. Tu veux une biffe ?

Il enfonça l'allume-cigare dans son logement.

— Buddy, t'as assez de saloperies dans la tête et le corps pour que ton cerveau se transforme en bombe prête à exploser.

— Oublie ces conneries, mec. La seule chose que j'aie jamais réussi à bien encaisser, c'est la coke.

Il posa le mégot sur l'allume-cigare rougeoyant et le tint sous son nez, en inhalant profondément la fumée jusqu'au tréfonds de son crâne.

— Écoute, j'ai raté le coche avec elle, tout à l'heure, hein ?

— Je ne sais pas.

— Bon Dieu que si, tu sais.

— Je n'avais jamais vu ta femme avant aujourd'hui. Elle a dit qu'elle devait s'occuper des enfants.

— Ce n'est pas ce que je veux dire, mec, et tu le sais. Essaie pas d'y aller au flan avec un taulard : il connaît toutes les ficelles.

— J'étais sur scène. Je ne sais pas ce qui s'est passé entre vous deux.

— Tu *sais.*

— Allons, Buddy. Tu cherches à m'entraîner dans tes histoires personnelles.

— C'est vrai, Zeno. Mais tu as l'œil pour jauger les gens. Tu bricoles dans la cour, tu balances la balle contre le mur, tu te balades très cool juste en dessous du maton armé sur sa passerelle, et pendant tout ce temps-là tu te mets en phase avec quelqu'un, comme si tu lisais ses battements de cœur.

Il tapota l'allume-cigare contre le déflecteur pour le vider des cendres avant de le nettoyer à nouveau en le frottant contre sa chaussure. Les coins de ses yeux s'étaient mouchetés de rouge. C'était la première fois que je voyais Buddy afficher un semblant de méchanceté en pleine planante.

— Bon Dieu, Iry, je t'ai lu comme à livre ouvert et j'ai vu comment tu te la jouais quand t'as débarqué. Ton baratin de jeune et beau gars du Sud, ça marche au poil avec les dames, mais tu *sais,* mec, et tu piges exactement tout ce que je raconte.

J'étais dans une position où il n'y avait rien à dire, où les mots ne feraient qu'accroître une situation déplaisante, et le silence n'était pas mieux. C'est alors que la Chevrolet 1955 du barman nous dépassa dans le rugissement de son double pot d'échappement et un éclair rapide de phares, en laissant de la gomme noire brûlée sur l'asphalte tandis qu'il changeait de vitesses et accélérait. Les tourbillons et l'appel d'air créés par son sillage poussèrent mon camion vers le talus.

— Bon Dieu, dis-je. Ce mec conduit dans des rallyes de stock-cars ou quoi ?

— C'est juste Boyd Valentine qui s'aère le ciboulot.

— T'as un autre joint ?

Je me disais qu'il était préférable que j'en tire une bouffée et que je le jette s'il en avait en réserve.

— C'était le dernier des petits cadeaux-souvenirs de la réserve. L'herbe était verte, de toute façon. Je crois qu'ils doivent cultiver ça dans la merde de cochon. Après, tu causes comme si tu avais le cerveau fourchu. Arrête-toi au bar là-bas. Je vais acheter un peu de mousse pour les invités.

L'enseigne au néon projetait ses reflets mauve et rouge sombre sur les gravillons et les voitures et camionnettes à plateau garés dans le parking. C'était le bar où je m'étais arrêté le premier soir de mon arrivée dans le Montana.

— Laisse tomber, mec, dis-je. Il nous en reste au frigo et je peux toujours descendre en chercher plus tard.

— Gare-toi, gare-toi, gare-toi. Faut que t'arrêtes de te faire du souci.

— Je ne pense pas que ce soit très sage, Buddy.

— Parce que t'as la tête tout le temps prise par le bureau des conditionnelles. Attends juste une minute et je ressors vite fait avec la mousse.

Je garai le camion en bordure du parking près de la route et Buddy entra dans le bar, d'une démarche délibérément chaloupée, comme un marin sur son bateau. Je fumai une cigarette et contemplai quelques gouttes de pluie qui vinrent frapper le pare-brise. La longue zébrure d'un éclair frissonna dans l'obscurité près d'un pic dans le lointain, et je balançai ma cigarette dans l'air moite et sulfureux. *Au diable tout ça,* me dis-je, et j'entrai à mon tour derrière Buddy.

Il y avait foule. Les tabourets étaient tous occupés par des cow-boys et des ouvriers de la papeterie, penchés sur le comptoir, pris par leurs parties de poker aux dés, leurs jeux de *punchboard* et leurs rangées de bouteilles de bière. Buddy s'était planté devant une table, une bière à la main, et il parlait à trois hommes au visage émacié et à leurs épouses, aussi bovines et brûlées par le soleil et le vent que leurs maris. Devant eux s'étalaient des assiettes à steak vides, barrées de rigoles de sauce et de sang, et tandis que Buddy parlait, ils y faisaient tomber les cendres de leurs cigarettes, pleins d'une colère patiente qu'ils contenaient à grand-peine grâce à un stoïcisme des plus admirables. C'était Buddy qui avait dû mettre le morceau de Ray Charles dans le juke-box, personne d'autre à mon avis n'aurait fait une chose pareille dans cet endroit, et son discours se ponctuait déjà de jargon branché, sa voix montant et descendant à l'unisson de la chanson tandis que sa main tapotait la monnaie qu'il avait dans la poche de son pantalon. Il avait atteint les limites extrêmes de son trip, la tête pleine de rythmes à la Charlie Parker. Il n'aurait pas pu choisir pire moment pour se donner ainsi en spectacle.

— Ben, c'est ton truc à toi, mec, et ça baigne, pas de mouron à se faire, dit-il. Le vieux de son côté, c'est son truc à lui. Et y a pas de lézard. C'est juste qu'il cadre ça autrement. Tout ça, ça se résume à comprendre quel genre de truc te branche et ce que tu fais pour te faire plaisir et quel genre de mecs tu veux brancher avec toi…

J'allai jusqu'au comptoir et demandai si Buddy avait passé commande de boissons à emporter.

— C'est là-bas, en bout de comptoir, m'sieur, pour quand vous partirez, dit le barman.

Je pris le carton de bières et m'approchai de Buddy.

— Le compteur de mon taxi tourne, dis-je.

— Juste une minute. Nous avons un point métaphysique très délicat à débattre.

— C'est de tes miches qu'on va débattre.

— Pose ça. Éclaircissons un peu le problème. Si cette usine qui pue là-bas dans la vallée investissait un peu d'argent dans un système de filtration des odeurs, la vallée ne schlinguerait pas comme si on venait de lui coller un lavement, et ils pourraient continuer à alimenter le monde entier en papier toilette de toutes sortes et être super réglo.

Un homme au cou de taureau, sourcils d'acier, le col de chemise amidonné bien aplati sur le poitrail, fixait Buddy d'un regard que jamais je n'aurais voulu voir tourné vers moi. Les veines épaisses de son cou et de son front ressemblaient à des cordages tordus. Il respirait à longues bouffées profondes, presque avec un bruit de gorge en réfrénant sa colère, frottant une phalange du pouce machinalement sur la toile cirée de la table. Il cligna des yeux et détourna la tête vers un point éloigné sur le mur.

— Vous feriez mieux de dire à votre vieux que quatre cents hommes vont perdre leur boulot parce qu'il pense qu'il y a une petite odeur qui flotte dans l'air, dit-il.

— Ben, ça arrive, ce genre de truc, Zeno. Comme quand tu tires la chasse. Tu sais jamais s'y va rester quelque chose, dit Buddy.

Je ramassai le carton de bières et me dirigeai vers la porte. Je dus attendre qu'un cow-boy ivre embrasse sa copine et franchisse le seuil devant moi en s'emmêlant les pieds. Je traversai le parking sous un léger crachin et balançai la bière à l'arrière du camion. Buddy suivit, encadré dans l'embrasure de lumière jaune de la porte.

— Monte, dis-je.

— Y a le feu ou quoi, mec ?

— La prochaine fois, t'iras charger la colline

ennemie tout seul. Ta collection de médailles pour bravoure au front, tu te la fais sans moi.

— Tu fais vraiment la gueule, on dirait.

— Contente-toi de monter. Je décarre d'ici dans cinq secondes.

Nous rejoignîmes la route goudronnée, je poussai la première plein pot avant de cravacher la seconde. Une fumée huileuse sortait en gros rouleaux du tuyau d'échappement.

— Nom de Dieu, mais qu'est-ce que tu fabriques ? dit-il.

Il tenait toujours sa bouteille de bière à la main en buvant la mousse qui sortait du col.

— Tu ne sais donc pas avec qui tu jouais au con là-bas ? Ils te poignardaient du regard. Il y a eu un moment où ce mec aurait voulu te refroidir sur place.

— Iry, tu ne connais rien à rien de la manière dont ça se passe ici. Rien à voir avec des bouseux sudistes qui te collent leur surin en pleine figure. Ce genre de conneries, ça arrive tout le temps. En plus de ça, je ne supporte pas le côté vertueux de ces salopards. Ils râlent tout le temps contre le gouvernement fédéral, les Indiens, les contrôles sanitaires, les Négros, les étudiants, tout ce qui ne leur ressemble pas. Ça fatigue vite, ce genre de truc.

— Tu n'as donc jamais appris à ne pas te mêler à ces gens-là ? À leur ficher la paix ?

— Tu m'en veux vraiment ce soir. C'est ma fête, ou quoi ?

— Ouais, ben, petite leçon vite fait que tu m'as donnée à ma première semaine chez les taulards : ne t'approche pas des mecs tranquilles qui ont l'air inoffensifs. Fais le tour.

— O.K., Zeno.

Je pris une cigarette et frottai l'allumette sur

l'ongle de mon pouce. La pluie tournoyait à la lumière des phares, je tirai bouffée après bouffée et exhalai doucement la fumée.

— Buddy, c'est juste que je n'aime pas te voir te mêler à des gens qu'il faut pas.

— Je sais tout ça, mec.

— Faut que tu relâches la pression de temps en temps. Laisse les gens tranquilles.

— Oublie ça. Tout baigne. J'ai l'air de me faire de la bile ? Sur ces sujets-là, je ne m'affole jamais. Ça baigne.

Je regardai dans le rétroviseur en ralentissant pour m'engager sur la petite route qui menait au ranch. Deux phares gagnaient sur moi sous la pluie, à croire que le conducteur ne voyait pas que je ralentissais. Je rétrogradai en seconde et accélérai sur le chemin goudronné, la caisse du camion cognant contre la suspension. Les arbres étaient noirs en bordure de route, les pierres claquaient et résonnaient sur le bas de caisse. Les phares tournèrent derrière nous, et j'écrasai l'accélérateur.

— Hé, tu te crois aux essais d'un grand prix, ou quoi ? dit Buddy. Allez, ralentis, sinon tu vas éclater un pneu sur ces pierres.

Je ne lui répondis pas. La voiture qui nous suivait roulait en pleins phares, qui se réfléchissaient sur mes yeux comme les éclats dispersés d'une flamme blanche. Je montai les tours en seconde, passai vite en troisième, accélérateur au plancher, et relâchai l'embrayage. Il patina un bref instant juste avant de pouvoir accrocher, l'aiguille du compteur vibra sur place comme dans un mauvais rêve, et les phares qui nous suivaient se rapprochèrent soudain du hayon au point que je réussis à distinguer le capot et la silhouette d'un gros camion jaune.

— Range-toi et laisse passer ces salopards d'ivrognes, dit Buddy.

C'est alors qu'ils nous heurtèrent. L'arrière de mon camion partit en dérapage vers le fossé, je rectifiai la trajectoire en faisant tournoyer le volant avant de rétrograder dans une giclée de pierres. Puis il y eut un nouveau choc à l'arrière, et j'entendis le métal se déchirer comme si quelqu'un arrachait des bandelettes d'un toit en tôle. Les phares s'accrochèrent à la ligne sombre des arbres avant de s'égarer en vacillant vers le ciel, et je me retrouvai incapable de ramener une nouvelle fois le camion au milieu de la route : ou bien une aile s'était pliée contre le pneu, ou la caisse était tordue. Buddy regardait vers l'arrière par la vitre de la cabine, le visage brillant dans la lumière des phares.

— Encore un bon kilomètre, mec, dis-je. Je vais aller chercher le fusil de chasse du vieux et je vais te disperser ces trouducs en morceaux sur la route.

Ils se rapprochèrent et se collèrent à mon pare-chocs arrière à la manière d'un chasse-neige, avec une puissance moteur et un poids supérieurs qui poussèrent le camion vers l'avant, comme s'il avait perdu toute autonomie, les pignons de la transmission transformés en limaille, les roues bloquées en position de braquage creusant des ornières parallèles sur la route empierrée. Je m'accrochai au volant d'une main et essayai de tendre l'autre bras devant Buddy lorsque je vis le rebord du fossé disparaître sous le pneu avant. Notre camion piqua du nez, les jeunes pousses de pin fouettant le pare-brise, et le fond du fossé nous arriva tout noir en pleine figure en écrasant le radiateur dans le ventilateur. La tête de Buddy transforma le pare-brise en toile d'araignée et il fut repoussé violemment contre son siège, un jet de sang écarlate giclant d'une petite entaille en relief dans la peau, pareille à un crucifix. Mon estomac s'était encastré brutalement contre le volant, me coupant le souffle qui jaillit d'une partie de ma gorge en train de se défaire, et je bataillai pour renvoyer un peu d'air dans mes poumons.

J'entendis alors leur camion s'arrêter et reculer sur la route. Claquement des portières. Trois costauds descendirent en glissade la pente du fossé à travers les taillis, leurs godillots creusant la terre mouillée en quête d'un peu d'équilibre. Je dégageai le démonte-pneu de sous le siège et ouvris la portière juste avant que le premier du trio mette la main sur la poignée. Avant que je puisse pivoter sur lui pour le frapper, il m'asséna un coup de matraque sur le bras. C'était le genre d'instrument utilisé par les policiers et les videurs de bars, évidé à la mèche à une des extrémités pour remplacer le bois par du plomb. Je sentis l'os se briser comme un débris d'assiette. Ma main s'ouvrit comme si on venait d'en sectionner les tendons, et le démonte-pneu tomba stupidement au sol.

— Riordan, c'est l'autre, dit un deuxième homme.

Ils étaient vêtus de blue-jeans, brodequins de travail aux pieds, chemise en flanelle délavée sur le dos, et leurs corps imposants éclataient de force physique et d'assurance.

Ils sortirent Buddy de la cabine sans ménagement pour le balancer au sol, avant de le maintenir contre l'aile et de lui défoncer la figure à coups de poing. Ils ignorèrent ma présence avec indifférence, comme si j'avais été une branche gênant leur passage. Le sang commençait déjà à gonfler en nœud bleuâtre sous la peau de mon bras, et mes doigts tremblaient sans que je puisse les maîtriser. Les cheveux de Buddy s'étaient collés en plaque compacte sur l'entaille de son front, et son visage avait blanchi sous l'avalanche de coups. Je ramassai le démonte-pneu de la main gauche, m'avançai d'un pas incertain jusque devant le camion dans les broussailles, les phares en plein dans les yeux, et j'assénai un coup de toutes mes forces dans le dos d'un type. Ses épaules se raidirent brutalement et son bras battit l'air derrière son dos, le corps figé comme si une douleur abominable faisait son chemin jusqu'à son bas-ventre.

Ils ne traînèrent pas après cela. Ils avaient fini de tabasser Buddy, zébrant ses vêtements de sang, et ils tournèrent leur attention vers moi. L'homme que j'avais frappé s'appuyait d'une main contre mon camion, étirant le dos en arrière, reins creusés, se massant les vertèbres du poing.

— Donnez-lui sa ration d'avoine, à ce fils de pute, dit-il.

Le premier coup de poing s'écrasa sur mon œil. Je sentis brutalement le poids de l'homme tout entier derrière le coup et pirouettai en arrière sur l'aile tandis qu'un couloir de lumière mauve disparaissait petit à petit dans mon cerveau. Je dus me raccrocher à l'aile car le second coup tomba de haut en bas sur mon nez, et l'espace d'une seconde je compris que la main portait une bague. J'avais de la boue sur les mains et les genoux, la pluie crépitait dans mes cheveux, et j'entendis une voix d'homme dire :

— T'as mal choisi ton moment, mon gars. T'aurais dû rester en Louisiane.

Puis l'homme me décocha un coup de pied entre les fesses, et je crus que j'allais uriner dans mon pantalon.

J'entendis le claquement de leurs portières et,

lorsqu'ils firent demi-tour sur la route, le faisceau de leurs phares se refléta sur les troncs d'arbres et je vis les mots sur le côté de la cabine : ENTREPRISE DE BOIS MONTANA OUEST. Je me remis debout et me dirigeai vers Buddy, plié en deux, à genoux, dans les broussailles. J'avais froid dans le dos, j'étais mouillé, et je me rendis compte qu'on m'avait arraché une moitié de chemise de l'épaule. C'est alors que je vis le mince ruban de flammes qui remontaient en volutes la bande de tissu entortillé qu'on avait introduite dans le réservoir à essence ouvert. Je courus jusqu'à Buddy, l'agrippai sous l'aisselle avec mon bras valide et nous avançâmes dans le fond du fossé, en trébuchant de concert, sous les branches des pins qui nous fouettaient au passage les bras et le visage.

Un doigt de lumière rouge bondit dans les profondeurs du réservoir, suivi d'un grand *whoosh* puis d'une illumination pareille à des lumières stroboscopiques. La carrosserie du camion se mit à fumer et à se tordre, des cloques de peinture éclatèrent, avant que l'incendie ne remonte soudain au travers du plancher en bois du plateau pour exploser dans les airs en une flamme jaune et brûlante qui vint roussir les ramures de pins en surplomb. La chaleur me brûla le visage et me fit monter les larmes aux yeux. Les pneus se changèrent en anneaux de feu, la graisse de l'essieu arrière se mit à bouillir en sifflant au travers des joints, et le capot s'ouvrit brutalement, le ressort de rappel arraché à son attache, comme s'il était l'accessoire de quelque numéro de comique isolé. J'entendis la Dobro et la Martin qui commençaient à éclater dans la cabine. L'acajou et l'épicéa, les manches effilés, l'argent des frettes, se rassemblèrent en une flamme sombre craquant à travers le pare-brise, les cordes de la Dobro se tendirent et sautèrent l'une après l'autre en venant claquer contre le résonateur métallique, tintant dans les bois comme si une pince faussée les arrachait une à une.

*
* *

J'entendis la pluie sur le rebord de fenêtre et je tirai le drap sur ma tête. Il faisait froid sous le drap, et je retombai dans ce monde étrange et confortable entre sommeil et plein éveil. Aux confins de mon esprit, j'entendis mon père qui se déplaçait au rez-de-chaussée aux premières lueurs de l'aube, ouvrant les fusils de chasse pour vérifier que les canons étaient bien vides et chargeant le sac de marin en grosse toile des leurres lestés de plomb. Je sus que la journée allait être belle pour la chasse au canard, avec son ciel lourd et chargé, et suffisamment de pluie pour obliger les palmipèdes à voler bas, crénelant l'eau de leurs pattes et de leurs ailes avant d'atterrir. L'année avait été bonne pour la sarcelle et les colverts, et par une journée grise comme aujourd'hui, ils passaient toujours droit au-dessus de notre gabion pour aller picorer dans le champ de riz.

— *Allons aller**, entendis-je. C'était mon père qui appelait dans la cage d'escalier.

Je sentais déjà toute l'excitation du trajet en hors-bord à travers le marais jusqu'au gabion, le fusil de chasse et les cartouches sous mon imperméable, sachant que nous allions pouvoir prendre tous les canards que nous voulions, simplement parce que cette partie-là du marais était la nôtre

---

* En français dans le texte.

— nous l'avions gagnée, lui et moi. Le gibier allait soudainement basculer et jaillir du ciel en voyant nos leurres sur l'eau, tandis que nous serions assis, immobiles, au milieu des roseaux, le visage pointé vers le sol, nos casquettes de camouflage ramenées bas sur le front ; puis, tandis que les volatiles se déploieraient en éventail au-dessus du bayou, nous nous lèverions comme un seul homme et le calibre seize rugirait contre mon oreille en me frappant l'épaule sous l'effet du recul, et avant que le premier colvert touché ait refermé ses ailes pour dégringoler vers la surface des eaux, avant même que les chiens aient bondi vers lui au milieu des éclaboussures dans les roseaux, je serais déjà en train de faire feu de nouveau, tandis que les cartouches vides fumeraient à nos pieds.

Mais le marais et la voix joyeuse de mon père devant l'empilement de canards dans le gabion ne restèrent pas longtemps dans mon esprit. Je sentis le fusil qui lâchait son projectile en me cognant de nouveau l'épaule, mais cette fois je regardais à travers le trou de la hausse de mon M-1 une casemate en béton en bordure d'une rizière gelée. La casemate était couverte de trous, comme si on l'avait délibérément frappée à coups de marteau à panne ronde, et la fenêtre de tir était tout érodée, ébréchée par les ricochets. Je lâchai un chargeur entier en direction de la fenêtre, le béton éclata sous les impacts en débris poudreux qui montaient dans l'air gris comme des fumées, puis je me laissai glisser dans le fossé qui m'abritait pour engager du pouce un nouveau chargeur. Le fond du fossé était couvert d'une pellicule de glace jonchée de douilles. Mes mains tremblaient de froid malgré mes mitaines, mes doigts me faisaient l'effet de morceaux de bois sur la culasse mobile. Je me redressai et lâchai trois balles par-dessus la croûte de neige en bordure du fossé. Puis j'entendis le sergent derrière moi.

— Ça va, il est mort là-dedans. Économisez votre restant de cartouches.

Les sept hommes qui se trouvaient là cessèrent le feu et s'écartèrent du rebord du fossé. L'extrémité de leurs narines était givré, leurs visages décolorés par le vent et les cristaux de neige accrochés à leur peau.

— Voici le topo, dit le sergent. Il nous reste une heure pour contourner cette colline, sinon il n'y aura plus personne pour nous attendre de l'autre côté.

— Il s'est collé sous un matelas là-dedans. Ils en ont toute une pile dans chacune de leurs casemates, dit une voix.

— Eh bien, à nous de faire notre choix. Mais ce sera une vraie partie de plaisir dans tous les cas de figure, dit le sergent.

Il portait sous son casque un tricot noué sur les oreilles, et deux doigts de sa main gauche avaient commencé à enfler sous la morsure du gel.

— On peut rester assis sur notre cul ici et lâcher tout ce qu'on a sur un seul bridé, et entre-temps on va se faire abandonner sur place parce que les autres enfoirés ne vont pas nous attendre. Et on n'aura plus rien à sortir de ce trou qu'une biroute toute gelée quand ils expédieront leurs patrouilles par ici cette nuit.

Il n'y eut pas de réponse, mais nous pensions tous à ces cent mètres de neige polie par le vent qu'au moins quatre d'entre nous allaient devoir franchir avant d'atteindre l'angle mort de la mitrailleuse derrière la fenêtre de tir du bunker.

— O.K., ce sera Paret, Simpson, et Belcher, dit

le sergent. Paret, tu me colles au cul. On va le contourner et faire sauter la porte en fer. Qu'est-ce qui te reste dans le FM, Roth ?

— Un demi-chargeur et quatre dans la sacoche.

— Colle-lui ça dans la gueule pendant qu'on traversera le champ.

L'homme au FM se mit à tirer, et nous sortîmes du fossé au pas de course, épaules basses, nos rangers comme des masses de plomb à nos pieds dans la neige. Les deux autres gars se dirigèrent vers le côté gauche du bunker, le souffle court et haletant transformé en brouillard devant eux. Je collai aux pas du sergent, comme si j'essayais de courir dans un rêve, lorsque le soleil creva les nuages pour transformer le champ de neige en un miroir blanc brillant. Nos traces ressemblaient à des sculptures violant de leurs empreintes sombres la blancheur immaculée.

La neige se fit plus molle et plus profonde tandis que nous courions, le sergent et moi, vers cet angle imaginaire où nous serions en sécurité, hors d'atteinte du champ de tir de la mitrailleuse sur son pivot. Puis la fenêtre du bunker explosa en flammes et je vis les balles tailler un andain rectiligne sur la neige dans ma direction. Pendant un instant, je vis le visage du sergent se tourner vers moi et me fixer par-dessus son épaule, comme si on venait de le déranger au mauvais moment. Je tombai en avant sur les coudes, mes rangers encore verrouillés dans leurs empreintes profondément sculptées, et j'entendis la neige siffler et crépiter autour de moi.

La blancheur de la neige me faisait mal, brûlant comme une flamme à l'intérieur de mes paupières.

Où as-tu été touché ?

Je ne sais pas.

Seigneur Jésus, il a le dos en compote.

Passe la crête et dis-leur d'attendre. Tire dans leurs pneus s'il le faut.

Vaudrait mieux qu'ils aient du plasma. Regarde la neige.

Je sentis l'infirmière m'enduire le dos d'une pommade à l'aide d'un morceau de coton et remettre le pansement de gaze en place. La pluie s'écrasait sur le rebord de fenêtre en fossettes lumineuses, et j'apercevais le vert sombre des ormes et des érables devant les vieux bâtiments en brique de l'autre côté de la rue. Je me redressai sur les coudes et sentis la peau qui me brûlait dans le dos. Le plâtre sur mon avant-bras me faisait l'effet d'un poids épais et obscène.

— Ne vous retournez pas. Vous avez de méchantes brûlures dans le dos, dit une voix d'homme.

Le père de Buddy était penché en avant dans un fauteuil en cuir au pied du lit, ses mains carrées et calleuses croisées entre les jambes. La chaîne de sa montre en argent luisait sur la toile passée de son Levi's, et son large front semblait pâle dans la semi-obscurité de la chambre. Ses yeux gris étaient rivés aux miens.

— Ils vous ont anesthésié avant de remettre les os du bras en place. Le médecin a dit que les effets pourraient encore se faire sentir pendant un moment après votre réveil.

Mes bras et mon torse nu étaient moites au contact du drap, et je m'essuyai le visage dans l'oreiller. Sous la pression du tissu, je sentis une décharge de douleur soudaine dans le sourcil et l'arête du nez. J'entendis le père de Buddy qui tirait son fauteuil plus près du bord du lit.

— Ils ne nous ont pas ratés, dis-je.

Il acquiesça, les yeux plissés, et je vis qu'il inspectait mon visage plus qu'il ne me regardait. Je me mis en appui sur un coude et touchai délicatement la rangée dure des points de suture sous le pansement de gaze qui recouvrait mon sourcil. Le bout de mes doigts était marqué de petites écailles de sang séché. Lorsque je bougeais, mon dos brûlait comme s'il avait été ébouillanté.

— Comment va Buddy ?

— Il dort dans la chambre voisine.

— Sa tête a cogné le pare-brise quand nous sommes tombés dans le fossé. Et ensuite, ils l'ont sérieusement travaillé au corps, dis-je.

— Il s'en sortira sans problème. Il s'est réveillé un peu plus tôt et nous avons bavardé, après quoi il a voulu faire un somme.

— Qu'est-ce qu'il y a comme dégâts ?

— Il a un traumatisme crânien, et vingt points de suture au front.

Dehors, la pluie dégouttait des arbres, et j'entendis quelqu'un qui tapait dans un ballon de football dans la cour.

— J'ai essayé de les arrêter, dis-je. J'en ai eu un d'un coup de démonte-pneu, mais ils m'avaient déjà cassé le bras.

Il frotta ses paumes rugueuses sur ses phalanges, et son regard se baissa un instant vers le sol avant de revenir sur moi. Ses cheveux bruns grisonnants étaient partagés par une mince raie, et il clignait des paupières comme s'il gardait quelque idée profondément enfouie en lui-même.

— Je n'ai pas voulu insister auprès de Buddy ce matin, mais je veux savoir ce qui s'est passé. Est-ce que c'est une dispute de saloon qui a déclenché ça, ou est-ce que les raisons étaient beaucoup plus complexes ?

Je tendis la main vers la table de nuit où l'on avait déposé mon paquet de Lucky Strike à côté de mon portefeuille, et pris une cigarette. Il sortit une pochette d'allumettes de sa chemise en toile bleue et me l'alluma. Je voulais éviter de croiser son regard et la question très personnelle qui s'y trouvait cachée, au-delà de cette peau brûlée par le vent, du chaume de barbe et des yeux gris si pénétrants.

— Tout a commencé au bar, avec Buddy, monsieur Riordan. Je suis resté dehors la plus grande partie du temps. Il vaudrait mieux lui poser la question personnellement un peu plus tard.

— Et que s'est-il passé exactement ?

— Peut-être qu'il y avait un peu trop d'hommes ivres dans un bar un samedi soir.

— Qu'est-ce qui s'est dit ?

Je tirai sur la cigarette et la posai sur le cendrier. Le vent soufflait la pluie du rebord de fenêtre jusque dans la pièce. Il tenait ses grosses mains serrées sur ses genoux, les veines en relief comme des tortillons de cordage bleu sous la peau.

— Vous me mettez dans une position difficile, et je crois que vous le savez très bien, dis-je.

— Oui, c'est vrai. Mais j'aimerais que vous répondiez.

— Buddy discutait avec des gens à une table à propos de la papeterie. Je ne sais pas qui sont les hommes qui nous ont suivis sur la route. Buddy pensait qu'il s'agissait juste d'ivrognes jusqu'à ce qu'ils défoncent l'arrière de mon camion.

— Je vois, dit-il.

J'entendis de nouveau le claquement mouillé du ballon de football puis le bruissement lourd des feuilles.

— On dirait que nous vous avons mêlé à nos ennuis de famille, monsieur Paret, dit-il.

— Non, monsieur, ce n'est pas vrai. D'habitude, je me fais un point d'honneur de me créer des ennuis tout seul.

Il sortit un paquet de tabac de sa poche de chemise et roula une cigarette, mouilla le bord collant avec soin, et pinça les deux extrémités.

— Pour quelle raison avez-vous tué cet homme ? demanda-t-il.

— Je ne sais pas.

— Ça ne vous est jamais venu à l'esprit au cours de ces deux années ?

— Non.

— J'ai un jour tiré sur un homme. Je l'aurais touché, peut-être tué, s'il n'avait pas sauté de la cabine de la moissonneuse-batteuse. Je lui ai tiré dessus parce qu'il y avait très longtemps que je ressassais une chose qu'il avait faite.

— Il y a longtemps que j'ai démissionné de ma guerre personnelle, monsieur Riordan.

Il s'éclaircit doucement la gorge, comme si quelque air malsain s'y trouvait emprisonné, et éteignit sa cigarette dans le cendrier. Difficile de lire ce bonhomme à livre ouvert, me dis-je.

— Je repasserai ce soir, dit-il. Le médecin a dit que vous pourriez sortir tous les deux demain matin. Désirez-vous quelque chose ?

— J'aimerais une demi-pinte de bourbon.

— Très bien.

— Attendez, dis-je, et je lui donnai trois dollars de mon portefeuille.

Après son départ, j'essayai de dormir au son rafraîchissant de la pluie et retombai dans mon rêve de chasse au canard avec mon père ; mais la transpiration dégoulinait de mon dos sur les draps, et lorsque je restais trop longtemps les yeux fermés, je voyais les phares qui jaillissaient en grondant de la route obscure pour venir heurter mon hayon. Je me tournai sur le côté, la peau chargée d'une épaisse couche de pommade suintante, et fixai le crucifix en bois sur le mur avec ses deux rameaux flétris. Je me levai, trouvai pantalon et chaussures dans le placard, mais pas de chemise, avant de me souvenir des entrelacs de flammes qui montaient vers le réservoir. Il me fallut dix minutes pour enfiler mon pantalon d'une main, et même avec les fesses en appui contre le lit, la chambre ne cessait de basculer de chaque côté du carré de lumière pâle délimité par la fenêtre. La sueur dégouttait de mes cheveux sur le plâtre, et ma main valide tremblait lorsque j'essayai de gratter une allumette sur le pouce pour allumer ma cigarette.

Je sonnai l'infirmière avant de regarder mon image dans le miroir du placard à l'autre bout de la pièce. *Oh mec*, me dis-je.

Une religieuse en blanc poussa doucement la porte, avant que son visage paisible, sans l'ombre d'un maquillage, se dilate, soudain empourpré.

— Oh, non. Vous ne devriez pas faire cela, dit-elle. S'il vous plaît, ne faites pas ça. Vous n'avez pas le droit.

— Je suis d'avis de partir ce soir, ma sœur, mais il me faut une chemise. J'aimerais bien que vous m'en trouviez une s'il vous en reste. Même vieille.

— Je vous en prie, monsieur Paret.

— Je dois partir d'ici, et c'est ce que je vais faire. C'est juste que je déteste prendre le bus avec une veste de pyjama sur le dos. Vous me rendriez un très grand service, ma sœur.

À cet instant, l'infirmière fit son entrée. Elle aurait pu être surveillante dans une prison pour femmes. Son visage ne fut d'abord qu'un simple morceau de carton brillant irrité par quelque désagrément survenu à son étage, puis, après quelques phrases échangées, la colère transparut dans son regard, comme sur un déclic, et je suis certain qu'elle aurait aimé me voir m'effondrer au sol, pris d'un spasme qui aurait nécessité une opération à cœur ouvert au couteau de poche.

La religieuse revint avec, dans les mains, une chemise à carreaux pliée, passa tout près de l'infirmière dans un tourbillon de tissu blanc sur ses petits souliers noirs et cirés, et elle posa la chemise à côté de moi, d'un geste vif, un éclair de compassion sur le visage lorsque son regard croisa le mien.

Je boutonnai la chemise de façon à pouvoir faire reposer ma main toute molle avec le poids du plâtre à l'intérieur du vêtement, et j'empruntai le couloir jusqu'à la réception située dans la salle d'attente. J'entendais les semelles en cuir et la voix acide et dure de l'infirmière qui résonnaient derrière moi, et, de toute évidence, elle avait suffisamment d'autorité dans l'hôpital pour obliger les internes et le médecin de service à regarder de tous leurs yeux pleins de points d'interrogation l'homme bizarre qui avançait vers eux d'une démarche encore hésitante.

Je donnai mon nom à la dame de la réception et demandai la facture.

— Vous devriez retourner à votre chambre, mon gars, dit le médecin.

— Faut que je prenne l'air, toubib, et que je me dérouille un peu les jambes ce soir.

Il me regarda un moment sans ciller.

— Très bien, c'est d'accord, dit-il en faisant signe à l'infirmière de s'éloigner. Mais nous allons vous donner une attelle et des cachets contre l'infection et la douleur. Revenez demain pour faire changer vos pansements.

Je m'assis dans un fauteuil métallique pendant qu'une autre infirmière me nouait une attelle autour du cou en plaçant délicatement mon bras dans le pli du tissu qu'elle referma au moyen d'épingles de sûreté. Elle me fourra une enveloppe marron pleine de cachets dans la pochette de ma chemise à carreaux, et je me levai pour repasser à la réception. Je sentais les points de suture tirer contre mon œil, et un gros hématome plein de sang qui enflait sur l'arête de mon nez. J'étais incapable de voir distinctement les fossettes grises que faisait la pluie sur le béton à l'extérieur.

Je réclamai une nouvelle fois la facture et m'entendis répondre que M. Riordan avait demandé à ce qu'on la lui envoie. Je sortis vingt-cinq dollars de mon portefeuille en disant que je repasserais régler le reste.

Je marchai au fil des rues mouillées sous les ramures des arbres en direction de la gare routière. Le vent me soufflait la pluie en rafales dans la figure. Des nuages s'accrochaient comme des fumées légères aux pics montagneux, et les enseignes au néon au-dessus des bars étaient embrumées de rouge et de vert dans la lumière grise qui s'en allait diminuant.

Ainsi donc tu as montré à tout le monde à l'hôpital que t'étais un dur de dur, un mec réglo, me dis-je. C'est-y pas beau ? Je fus obligé de réfléchir au reste des événements. Mon camion, ma Martin et ma Dobro brûlés, un bras cassé qui me mettait au chômage, et le fait de vivre au milieu d'une famille inconnue, maintenant que j'étais invalide, parce qu'il n'y avait rien d'autre, bon Dieu, que j'aurais pu faire. Et plus profondément encore, j'éprouvais ce sentiment de nausée devant l'humiliation subie, m'être ainsi fait passer à tabac par des hommes qui avaient accompli leur tâche avec une certaine paresse, pleins qu'ils étaient de mépris physique à mon égard. Je n'avais éprouvé ce sentiment qu'à une seule autre occasion par le passé, lorsqu'une brute sadique en classe de quatrième m'avait attrapé après l'école et épinglé au sol, mes bras dans la poussière sous ses genoux, avant de se mettre à me gifler de gauche et de droite comme si de rien n'était pour terminer en crachant sur son doigt qu'il m'avait fourré dans l'oreille.

Chapitre 6

Au matin, le soleil inondait la Bitterroot Valley, l'herbe était d'un vert plus sombre après la pluie, et le niveau des fossés d'irrigation avait monté, leurs flots boueux courant entre les amarantes des talus. J'allumai le poêle à bois et mis la cafetière à bouillir, l'eau déjà mélangée à la mouture, et je ressortis sur l'arrière pour voir si je pouvais démarrer la vieille Plymouth de Buddy. Il l'avait défoncée en s'engageant dans le torrent, il avait cassé un phare, écrasé une aile en heurtant un peuplier alors qu'il était ivre, et les bouillons des rapides avaient dépassé l'essieu et détrempé les fils et le delco. Mais je parvins au bout du compte à la faire tourner sur trois cylindres et la laissai sécher devant le chalet, moteur en marche, cognant de partout, pendant que je buvais mon café en mangeant un peu de truite fumée sortie du frigo.

Le père de Buddy et ses jeunes frères relevèrent la tête de leur ouvrage dans le champ de foin, tandis que je conduisais doucement d'une main sur le chemin de terre en direction de la grille à bétail. Les fils d'allumage que j'avais attachés battaient sur le tableau de bord dans une giclée d'étincelles chaque fois qu'ils venaient toucher le métal. Du coin de l'œil, je vis M. Riordan en chemise à carreaux lever un bras dans le soleil, mais je passai en troisième et franchis la grille à bétail dans un grondement des quatre roues pour m'engager sur la route gravillonnée. Je passai à côté de la carcasse brûlée de mon camion et la vaste zone d'herbe calcinée alentour. Les vitres pendouillaient sur le métal noirci, plissées par la chaleur, et le plancher du plateau s'était effondré, réduit en charbon de bois au-dessus de l'essieu arrière. Par l'œil brisé d'une vitre, j'entrevis le clignement argenté du résonateur tordu de ma Dobro.

Je m'engageai dans Hamilton, chef-lieu du comté de Ravalli, et me garai devant la prison. Alors que je remontais le trottoir en direction du bâtiment, un homme derrière la fenêtre barrée et grillagée d'une cellule souffla sa fumée de cigarette dans le soleil avant de détourner la tête vers la pénombre lorsque je le regardai.

Je m'adressai au répartiteur dans le bureau du shérif, puis attendis trente minutes sur un banc de bois, la pommade suintant de mes pansements sur ma chemise, avant que le shérif daigne ouvrir la porte de son bureau et me fasse signe de la tête.

Ses manches marron étaient remontées au-dessus des coudes, et un tatouage de l'armée, presque effacé, transparaissait sous les poils blanchis par le soleil d'un avant-bras tandis que l'autre arborait un tatouage de la marine. Ses doigts sur le sous-main de son bureau étaient épais comme des saucisses, les ongles cassés jusqu'au vif de la chair et sales de crasse, la tonsure au sommet de son crâne cerclée de pellicules. Il ne me demanda pas de m'asseoir, il ne me regarda même pas en face. Il se contenta de cliqueter d'un ongle sur un trieur à courrier comme s'il était préoccupé par quelque réflexion abstraite, et dit :

— Oui, monsieur ?

— Je m'appelle Iry Paret. Buddy Riordan et moi avons été expédiés dans le fossé pendant qu'on roulait près de Florence l'autre soir, et on m'a incendié mon camion.

— Vous êtes monsieur Paret, n'est-ce pas ?

— C'est exact.

Il refit cliqueter son ongle contre le trieur à courrier.

— J'ai envoyé un de mes adjoints à l'hôpital de Missoula quand j'ai eu l'information. Vous n'avez pas raté votre coup tous les deux quand vous vous êtes plantés dans le fossé, je me trompe ?

— J'avais deux guitares dans cette cabine, qui valaient dans les sept cents dollars, dis-je.

— Qu'aimeriez-vous que nous fassions ?

Il releva les yeux de son petit jeu de doigts sur le trieur. Il avait dans l'œil une touche de bleu, comme la réflexion d'un arc.

— Je veux qu'on retrouve les trois hommes qui ont incendié mon camion.

— J'ai bavardé avec quelques clients de la taverne un peu plus tard ce soir-là. Ils ont déclaré que Buddy Riordan et vous étiez ivres.

— Nous n'étions pas ivres. On nous a fait quitter la route de force, et quelqu'un s'est servi de ma chemise pour mettre le feu au réservoir d'essence.

— J'ai aussi regardé votre camion. Il y a deux marques de dérapage qui se dirigent droit dans le fossé.

Je sortis une cigarette de ma poche de chemise, et d'une main essayai de gratter une allumette sur la pochette.

— Écoutez, shérif, un camion jaune avec une pancarte Entreprise de Bois Montana Ouest sur la portière m'a heurté délibérément à l'arrière et ensuite les mecs se sont mis au boulot. Sérieusement, je ne sais pas qui sont les gars en question, mais ils me doivent un pick-up 1949, deux guitares et un bras.

— Bon, je crois que vous êtes en train de me dire qu'on vous a collé une belle branlée, dit-il avant d'expédier une pichenette sur son buvard de son index épais.

Il ouvrit le tiroir de son bureau et en sortit une chemise contenant trois feuilles de papier tenues par un trombone. Il passa à la deuxième page, la replia et lut un paragraphe d'un œil dur.

— Était-ce un homme de couleur que vous avez tué là-bas ? dit-il.

J'allumai la cigarette et regardai au-delà de lui, par la fenêtre ouverte, les doux vallonnements bleutés des montagnes.

— Je veux dire que vous vous en êtes tiré avec deux ans pour avoir assassiné un homme. Au Montana, vous auriez eu dix ans à Deer Lodge, même s'il s'était agi d'un Indien.

En cet instant, j'éprouvai une haine violente à son égard, lui, son sourire forcé et cette lueur bleutée qui lui faisait briller l'œil.

— J'ai eu trois ans de remise de peine pour bonne conduite, shérif. J'imagine que vous avez ça aussi dans votre dossier.

— Oui, monsieur, effectivement. Ça dit aussi que pour une violation de conditionnelle vous pourriez vous retrouver à l'endroit d'où vous venez, en Louisiane, sans que cela pose beaucoup de problèmes.

Je retournai au ranch, la main crispée sur le volant. J'aurais voulu pouvoir lui dire quelque chose de définitif en quittant son bureau, quelque chose qui aurait ébréché cette lueur bleue dans son regard, mais j'étais simplement sorti de là comme quelqu'un qui vient d'apprendre que son bus est parti.

Buddy était assis sous la véranda en façade du chalet, une tasse de thé dans une main, une cigarette dans l'autre. Son visage était bouffi de meurtrissures jaunes et mauves, et une épaisse bande de gaze lui enveloppait la tête. Il essaya bien de sourire, mais je vis la douleur sur ses lèvres.

— Je ne savais pas quand tu allais rentrer, alors je l'ai démarrée en bidouillant les fils, dis-je.

— Laisse-moi juste deviner, Zeno. Le bureau du shérif, dit-il.

— Vous importez ces salopards du Sud ?

— Deux petites leçons rapides de la part d'oncle Zeno. Par ici, les flics ne feront rien concernant les bagarres de saloon ou tout autre variante des festivités du samedi soir, comme tailladages au couteau ou combats à la queue de billard. Ça importe peu qu'il s'agisse d'un mec seul contre toute l'armée russe — à lui de se débrouiller. Leçon numéro deux : le nom de Riordan, là-bas, à Hamilton, c'est comme la puanteur de la merde.

— Toujours est-il qu'entre-temps on s'est fait démolir, collègue. J'ai perdu mon camion et deux guitares, et je ne sais pas quand je vais pouvoir retravailler.

— Cet endroit est à nous, mec. Tu n'as pas à te tracasser pour l'argent.

Son acceptation des événements me rendit encore plus furieux que je ne l'avais été dans le bureau du shérif.

— Ce n'est pas l'idée que je me fais d'une bonne rigolade.

— Peut-être que tu n'aimeras pas ce que je vais

te dire, mais faut que tu passes ça par profits et pertes.

— Nom de Dieu, Buddy, ces gars-là sont bien quelque part.

— Ouais, mec, et peut-être bien qu'un jour tu vas les reconnaître, mais qu'est-ce que tu leur feras à ce moment-là ? Tu vas appeler ce même flic qui vient de te virer de son bureau ? Prends-toi une bière au frigo et assieds-toi. Je vais aller pêcher dans un petit moment.

— T'es super dans le genre décontracté et sans rancune. Je dois te reconnaître ça, dis-je.

— Tu n'as pas encore sorti les boules Quies qui te bouchaient les oreilles. Tu parles comme une bleusaille qui débarque en taule et qui a encore une partie de son cerveau à l'extérieur des murs. Ne te fais pas plus bête que tu n'es.

Je quittai la lumière brutale du soleil pour l'ombre de la véranda et entrai dans le chalet. Ma valise était ouverte à côté de mon lit-couchette, et j'avais envie d'y balancer mes vêtements pour prendre la route, pouce en l'air, mais je n'avais plus un rond et j'étais coincé ici par ma conditionnelle. J'ouvris une boîte de bière, m'appuyai contre la poutre en bois qui soutenait le plafond et bus. J'entendais le bruit du torrent par la fenêtre de derrière.

— Viens dehors, Iry, s'écria Buddy par la moustiquaire.

Je bus lentement le fond de bière avant de sentir enfin ma gorge et ma poitrine commencer à se décontracter et le sang battre plus doucement à mes tempes. Je pris une nouvelle bière dans le frigo et ressortis. La crête des montagnes derrière l'habitation principale était bleu sombre, affûtée comme une lame de couteau tranchant le ciel.

— Tu comprends très bien ce que je veux dire, non ? dit Buddy. Je sais que tu as des cymbales de cuivre qui te résonnent tout le temps dans la tête. Comment y s'appelait déjà, le mec qui partageait ta cellule, celui qui racontait toutes ces histoires de bordels ? Il m'a dit un jour à quel point la nuit tu t'agitais et tu trempais ta couchette de sueur, et que ça durait parfois jusqu'à la sonnerie du matin. Mais mec, dans une histoire comme celle qui nous est tombée dessus, on ne peut que perdre. C'est tout. Tu barres tout ça d'un grand trait et tu tires la chasse.

— Très bien, Buddy, pas de thérapie. Je vais te regarder pêcher un moment, et ensuite je te demanderai de me prêter à nouveau ta voiture.

— Et quel grand projet tu as en tête, Zeno ? Je peux savoir ?

— Il faut que j'appelle mon frère en Louisiane, et je suis censé repasser à l'hôpital.

— Il y a un téléphone à la maison.

— Puis-je utiliser ta voiture ?

Il sortit les clés de sa poche et les laissa tomber dans ma paume. Je le suivis dans les bois, ma boîte de bière à la main, et le regardai pêcher les cous-coupés à la mouche noyée dans les tourbillons derrière les rochers. Après qu'il eut remonté vers l'amont dans l'ombre profonde du couvert des branches, je terminai ma bière, appuyé à un tronc de pin, me signalai à son attention d'un sifflement et d'un geste de la main, et retournai au chalet.

J'avais un seul costume correct, un complet gris que je revêtais lorsque je jouais dans de bons établissements. Je l'enfilai avec des demi-bottes noires et une chemise western à petits carreaux bleus et blancs et boutons-pressions en nacre. Il me fallut pratiquement une demi-heure pour m'habiller avec une seule main, et il me fut impossible de nouer ma cravate.

Je parcourus les cinquante kilomètres qui me séparaient de Missoula et m'arrêtai dans un rade à bière au parking vide pour téléphoner à Ace. Je changeai cinq dollars au bar. Je pris alors soudain conscience du genre de conversation que j'allais avoir et commandai une vodka sur glace que j'emportai dans la cabine téléphonique.

Sa secrétaire murmura précipitamment quelque chose, du genre « Je crois que c'est votre frère, monsieur Paret », et j'eus Ace en ligne. C'est tout juste si je ne voyais pas son ventre se gonfler de satisfaction dans son fauteuil en cuir à dossier inclinable.

— Salut, Iry, dit-il. Alors, ça te plaît, tout là-bas, avec les Esquimaux ? Juste une minute. J'ai au moins deux ou trois personnes en attente au téléphone... Vas-y... Tu comprends, je ne sais pas bien si je ne veux acheter qu'un hectare. Tu en as deux qui descendent jusqu'au bayou, et ça va laisser une bande de terre que personne ne pourra plus utiliser par la suite... Je veux dire, si tu décides plus tard de vendre ça à un chantier naval ou si tu laisses la compagnie pétrolière y construire un quai, ce que j'aurai investi dans la viabilisation du lotissement ne vaudra même plus un crachat sur le trottoir. C'est comme ça, frangin... Qu'est-ce qui a mal tourné là-haut ? Je croyais que ton ami t'avait trouvé un travail... Eh bien, je ne veux pas être celui qui t'aura dit que tu avais tourné la page un peu vite, mais voilà le marché. C'est les deux hectares ou rien. Parce que sinon, je n'en aurai pas l'utilité.

Donc j'acceptai, à cinq cents dollars l'hectare, en abandonnant tous mes droits minéraliers ou de futurs droits au bail pour d'éventuelles recherches pétrolifères, et Ace me dit qu'il m'expédiait le contrat de cession et le chèque au courrier du matin.

Je retournai au comptoir et finis la vodka. Pour mille dollars, je venais de céder tous mes droits sur la terre des Paret et, connaissant Ace, je ne risquais guère de vouloir jamais revoir la ferme ou les bambous, les cyprès et les chênes, même en souvenir.

Je me dirigeai vers l'ouest de la ville à travers les vallonnements de collines vertes le long de la Clark. Le soleil brillait sur les hauts-fonds verts de la rivière, les insectes tourbillonnaient en essaims bouillonnants au-dessus des rocs imposants que le courant laissait exposés. Devant moi, je voyais l'énorme panache de fumée qui montait en spirale en tranchant le ciel avant que les premiers relents ne se fassent sentir dans l'air. Ça puait l'égout, et le vent aplatissait la fumée à travers la vallée en laissant une brume blanche et terne flotter au ras des pâturages. Je m'éclaircis la gorge et crachai par la fenêtre, mais mes yeux commencèrent à s'embuer de larmes et j'essayai de respirer doucement bouche ouverte. Au pays, la seule odeur qui ressemblait un tant soit peu à celle-là, sur une étendue qui pouvait couvrir toute une zone rurale, c'était la sucrerie en hiver, crachant ses relents épais, douceréux jusqu'à la nausée, qui donnaient l'impression de vous imprégner l'intérieur du crâne.

Je franchis la grille et me garai dans le parking des employés. Une nouvelle équipe prenait son poste. Des hommes vêtus de Levi's, avec brodequins aux pieds et casque métallique sur la tête, la gamelle à la main, entraient par le côté du bâtiment. Des semi-remorques chargés de pins ponderosa, les chaînes d'attache bien serrées mordant l'écorce, s'alignaient à l'arrière, prêts à être déchargés, les moteurs bourdonnant sous les capots. Quelqu'un me dit par la suite que les brodequins en cuir des ouvriers finissaient par virer au noir et pourrir à cause de l'air à l'intérieur de l'usine et des produits chimiques répandus au sol, et je me dis que leurs poumons devaient ressembler à un rêve de pathologiste.

Je demandai à un contremaître où se trouvait le bureau de la direction, et il me regarda d'un œil interrogateur et emperlé de sueur sous son casque métallique.

— Il n'y a pas d'embauche en ce moment, dit-il.

— Je veux juste voir le pointeur ou quelqu'un qui travaille à la direction du personnel.

Son regard détailla mon visage, puis il m'indiqua une porte.

— Là-bas. Il y a des portes vitrées au bout du couloir.

Le couloir était sombre, il y faisait chaud et l'odeur était bien pis qu'au-dehors. On avait peint les murs en vert à une époque, mais la peinture avait cloqué et s'écaillait en lambeaux sur les plinthes. Derrière les portes vitrées, je vis un climatiseur avec des serpentins accrochés aux ouïes, une secrétaire à la poitrine opulente assise dans son fauteuil comme si elle avait une flèche dans le dos, et trois hommes en costume derrière leur bureau à plateau de verre, chacun d'eux préoccupé par une liasse de papiers dactylographiés, le front plissé, la main toujours prête à empoigner le téléphone, soucieux de se concentrer sur quelque chiffre comme s'il masquait un orage potentiel.

La secrétaire voulut savoir qui je désirais voir précisément ou si je pouvais expliquer exactement le but de ma visite.

— Il s'agit en fait d'un accident, dis-je. Je n'en ai pas encore parlé à un avocat. J'ai pensé qu'il valait mieux que je passe ici d'abord et que je voie ce que vous en diriez.

Elle battit des paupières et se tourna brièvement vers l'homme assis derrière le bureau voisin. Il y eut un temps d'arrêt, puis l'homme leva les yeux de ses papiers et hocha la tête.

— M. Overstreet peut vous recevoir. Asseyez-vous, dit-elle.

La scène se passait dans une pièce où nous étions tous à moins d'un mètre cinquante les uns des autres.

Je m'installai dans le fauteuil qui faisait face au bureau de M. Overstreet et il s'écoula bien deux minutes avant que celui-ci décide que j'étais bien là. Il ressemblait à un ouvrier qui avait quitté la chaîne et l'atelier depuis des années et gravi les échelons pour devenir contremaître et finalement parvenir à s'insinuer par une porte dérobée et rejoindre le club des porteurs de cravate dans un bureau à air conditionné. Il avait encore le dessus des mains moucheté, de minces cicatrices sur les doigts, traces des pincements des chaînes d'arrimage, et il arborait l'attitude soucieuse et rigide de l'homme qui, chaque jour, a peur de la position qu'il occupe. Il repoussa ses papiers sur le côté de sa table de verre avant de plonger ses yeux impassibles dans les miens.

— Samedi soir, près de Florence, l'un de vos camions a forcé mon pickup à quitter la route et l'a poussé dans le fossé. Il y avait trois hommes à l'intérieur, ils ont mis le feu à mon véhicule et aux instruments de musique qui se trouvaient à l'intérieur, et nous ont laissés, le gars qui m'accompagnait et moi, avec une facture d'hôpital à régler. Je n'en veux pas à votre compagnie. Je veux juste ces trois types.

Il me dévisagea fixement, puis son regard se chargea de colère en se tournant vers la secrétaire. Il se frotta le dos d'une main dans la paume de l'autre.

— Qu'est-ce que vous racontez ?

— Il y a un camion dans votre parking dont le pare-chocs avant est probablement couvert de peinture rouge. En outre, vous devez savoir qui sort d'ici au volant d'un camion de la compagnie le soir.

Les deux autres hommes derrière leur bureau s'étaient arrêtés de travailler et nous fixaient d'un œil vide. J'entendais les couinements de roulettes du fauteuil de la secrétaire sur la moquette.

— Cela n'a rien à voir avec l'usine, dit-il. Allez raconter votre histoire aux services du shérif du comté de Ravalli.

— C'était un de vos camions. Ce qui vous rend civilement responsable. Si vous protégez ces hommes, cela vous rend criminellement responsable.

— Faites gaffe à vos paroles, mon gars.

— Tout ce qu'il vous suffit de me dire, c'est que vous trouverez les hommes qui étaient dans ce camion.

— Pour qui vous prenez-vous, nom de Dieu, pour m'accuser de crime ?

— Je ne demande rien qui ne soit raisonnable.

— Ouais ? Je crois que vous avez perdu la tête quand vous êtes entré ici. Alors maintenant, demi-tour et dehors.

— Pourquoi vous ne branchez pas une minute ce qui vous sert de cervelle ? Est-ce que vous voulez que des mecs de cette espèce tabassent les gens en se servant d'un de vos camions ?

— Vous ne me comprenez pas. Sortez d'ici. Tout de suite.

— Connard.

— Vous l'aurez voulu.

Il décrocha le téléphone et composa un numéro intérieur. Sa main était plaquée serré sur le verre de son bureau tandis qu'il attendait qu'on réponde.

— Très bien, pedzouille, dis-je. Retourne à tes paperasses.

Mais il n'écoutait pas.

— Envoyez Jack et Lloyd ici, dit-il.

Je sortis du bureau et repris le couloir sombre ; puis la porte extérieure s'ouvrit dans un éclair de soleil et deux silhouettes de grands gaillards, casque de sécurité sur la tête, avancèrent sur moi. L'un d'eux, un cigare enfoncé au creux de la joue comme un bâton, essuya un peu de jus de tabac sur sa bouche d'un pouce aplati et me jeta un regard dur.

— Feriez bien de vous dépêcher, dis-je. Y a un cinglé dans le bureau qui fait le chambard.

Ils passèrent à côté de moi d'un pas rapide, le front plissé plein de conviction. J'avais traversé le parking lorsque j'entendis la porte se rouvrir derrière moi. L'homme au cigare se pencha au-dehors, son casque métallique brillant de soleil, et cria :

— Continue ton chemin. Et ne t'avise jamais de revenir par ici.

Je retournai à Missoula et m'arrêtai à la taverne où j'avais appelé Ace un peu plus tôt. Je me mis à boire de la bière. Puis, au milieu des nombreux ronds mouillés sur le comptoir, je me retrouvai à porter à mes lèvres un mélange whisky-bière, et je crois que ce fut en cet instant qu'un étrange rouage se mit en place avec un déclic dans mon cerveau, comme un déclencheur.

Dans l'obscurité de la taverne, avec les rougeoiements estompés du crépuscule sur la montagne à travers les persiennes, je me mis à repenser au Sud de mon enfance et à la chanson que je n'avais jamais terminée à Angola. J'avais toute la musique en tête, les suites d'accords, les transitions, mais les paroles étaient toujours aussi épaisses, dépourvues de sensibilité, et je n'arrivais pas à rassembler tous les souvenirs d'une mémoire collective dans un blues qui glissait tout seul. Je l'avais appelé *The Lost Get-Back Boogie*, le boogie du retour au bercail, le boogie perdu. Je voulais qu'il contienne toutes ces choses privées et inviolées que voyait et connaissait un jeune garçon qui grandissait en Louisiane du Sud à une époque moins compliquée : les arbres à bouteilles (pendant la dépression, les gens enfilaient des flacons vides de magnésie sur les branches dégarnies d'un micocoulier jusqu'à ce que l'arbre tout entier résonne de verre bleuté), les derniers rayons du soleil couchant qui bouillonnaient au creux de l'horizon vert sur le Golfe, les dîners de chevrettes et de crabes à pointes bleues sous les cyprès de Bayou Teche, les wagons de marchandises qui se tamponnaient dans le dépôt de la Southern Pacific, et dans la brume, au lointain, le sifflement des locomotives qui parlaient de voyages à travers les terres marécageuses vers des villes comme La Nouvelle-Orléans et Mobile.

Il y avait bien plus encore, comme le rade à musique nègre près de la sucrerie et Loup-garous Row, la longue rangée de cahutes près de l'entrepôt du chemin de fer où les putes s'installaient sous les vérandas en bois le samedi après-midi en buvant de la bière qu'elles puisaient à même des seaux remplis. Mais c'était peut-être pour cette raison que je n'avais pas terminé ma chanson. Il y avait beaucoup trop de choses pour une seule chanson, et même pour un livre.

Je ne cessais de regarder l'horloge au-dessus de l'enseigne au néon Green Belt, et j'étais sûr que j'avais le doigt en plein sur le pouls de la journée, mais chaque fois que je fixais l'aiguille des heures, je me rendais compte qu'un obstacle terrible m'avait empêché de voir que trente ou quarante nouvelles minutes s'étaient écoulées, quand ce n'était pas une heure et demie. Lorsque je me rendis aux toilettes, mon plâtre racla le mur sur lequel je m'appuyais de tout mon poids, et en ressortant j'eus l'impression que les tables, la rangée de tabourets et les gens avaient été changés de place.

— Vous en voulez un autre, mon pote ? demanda le barman.

— Ouais. Cette fois, donnez-moi une pression et un double Beam.

Il m'apporta le grand verre dégouttant de mousse et de condensation, et posa un verre-dosette à côté.

— Vous voulez jouer pour la corde à linge ? dit-il.

— Qu'est-ce que je dois faire ?

Il prit le gobelet en cuir du poker aux dés et le posa devant moi, sa paume sur l'ouverture.

— Vous jouez à quitte ou double pour ce que vous avez bu. Si vous sortez cinq fois le même point, vous récupérez tout ce qui est accroché à la corde.

Un long fil de fer était suspendu au-dessus du comptoir avec des billets de un dollar tenus par des pinces à linge.

— Quelles sont mes chances ? dis-je.

— Si on ne compte pas les verres, pas terribles.

— Très bien.

Le whisky me chauffait le visage et je sentais la transpiration qui commençait à couler de mes cheveux. Un méchant bourdonnement me vrillait le crâne, et derrière moi j'entendais la voix de fausset nasale de Kitty Wells qui sortait du juke-box : « Ce n'est pas Dieu qui a fait les anges de bastringue. »

Je secouai une fois les dés dans le gobelet, ma main collée sur l'embouchure, et les balançai sur le comptoir.

— Je veux bien être pendu, dit le barman.

Je dus y regarder à deux fois, de mes propres yeux, sous les lueurs rougeâtres des enseignes au néon vantant des marques de bière, et je vis les cinq as qui luisaient sur la surface en acajou.

Le barman ôta vingt billets de un dollar des pinces à linge et les posa devant moi, avant d'emporter mon verre à bière et ma dosette à whisky pour les rapporter pleins. Il mâchonnait l'extrémité aplatie d'une allumette en secouant la tête comme si quelque principe mathématique régissant l'univers venait de se révéler faux.

— Vous devriez jouer au craps dans les rades de l'Idaho, mon pote, dit-il.

— J'ai beaucoup joué au craps. Ça vous permet d'échapper aux patrouilles de nuit.

Il me regarda, le visage figé et vide, l'allumette immobilisée dans un trou entre ses dents.

— Vous balancez les osselets pour le point maxi juste au bout du tapis et c'est à l'autre mec d'aller au casse-pipe en rampant sous les barbelés. Lui et quinze autres.

Je compris alors que j'étais ivre, parce que mes mots s'étaient libérés de tous les verrous, tous les fermoirs, toutes les portes soudées, que l'on garde scellés dans un coin de sa tête.

— Eh bien, je dirais que vous êtes en veine, mon pote, dit-il en passant sa lavette sur le comptoir devant moi avant de se diriger vers un cow-boy qui venait d'entrer.

Je bus le whisky d'une traite et le fis descendre avec la bière avant de fumer une cigarette, et je le rappelai.

— Donnez-moi une pinte de Beam's Choice et un pack de six. Et pendant que vous y êtes, rajoutez-y un whisky à l'eau.

— M'sieur, je vous dis rien, mais vous allez pas pouvoir conduire.

Au-dehors, les étoiles brillaient au-dessus du cirque sombre des montagnes qui entouraient Missoula, et le panache de fumée de la papeterie flottait haut sur la Clark Fork au clair de lune. Mon bras cassé m'agaçait comme si des fourmis se déplaçaient dans la sueur à l'intérieur du plâtre. Je m'affalai lourdement derrière le volant de la Plymouth de Buddy, et l'espace d'une petite seconde je revis mes guitares qui éclataient en morceaux dans l'incendie du camion et entendis à nouveau cette voix égale dans sa rage : *Donnez-lui sa ration d'avoine, à ce fils de pute.*

Tandis que je roulais sur l'asphalte vers Lolo, sous les éclairs des phares des semi-remorques et dans le sifflement de leurs freins pneumatiques lorsqu'il m'arrivait de franchir la bande centrale, je me rappelai une nouvelle fois la brute qui m'avait collé sa salive dans l'oreille. Je me rejouai mentalement la visite que j'avais faite à l'usine de papier toilette d'où je m'étais fait virer, et réfléchis avec le plus grand sérieux à la vente de mon héritage aux intérêts mercantiles des bétonnières et des centres commerciaux.

Des essaims d'insectes tournoyaient autour de la

lampe qui éclairait la véranda en façade du chalet de Buddy, sa canne à pêche à la mouche était appuyée contre la porte moustiquaire, mais Buddy devait être chez son père. J'allai d'un pas incertain jusqu'à la pièce de derrière, là où il gardait la carabine Springfield .03 avec culasse Mauser posée sur un râtelier constitué de deux ramures de cervidés. Je passai la sangle sur mon épaule et remplis les grandes poches plaquées de ma vareuse de l'armée de cartouches que je prenais dans une boîte posée au sol. Aussi ivre que je fusse, tandis que je rétablissais mon équilibre contre l'encadrement de la porte, je savais que j'étais en pleine folie furieuse, que tous mes instincts de conservation, les voyants que j'avais dans la tête clignotaient au rouge, mais j'étais déjà en route, de la même manière que le premier jour après ma sortie de prison, lorsque j'avais maculé de boue la plaque minéralogique du camion pour descendre la route, à fond la caisse, complètement ivre, ce qui aurait pu me valoir une violation de conditionnelle.

Je posai la carabine sur le plancher à l'arrière et la couvris de ma vareuse avant de repartir vers la grille à bétail. Au clair de lune, le vent qui soufflait de la rivière faisait ployer l'herbe dans la prairie où les vaches s'étaient regroupées dans un carré d'ombre presque noire près des peupliers. Je vis le faisceau d'une torche tressauter dans le champ en se dirigeant vers moi et j'entendis la voix de Buddy qui m'appelait dans la nuit. Je m'arrêtai et laissai le moteur tourner au ralenti, la sueur dégoulinant sur mon visage, la gorge râpeuse sous mon haleine chargée de whisky. Buddy franchit le fossé d'irrigation d'un bond, sur un pied, et l'un de ses jeunes frères sauta derrière lui dans un bruissement de feuilles de typhas.

— Où est-ce que tu vas comme ça, mec ?

Ma réponse refusa de sortir de ma bouche, et je me contentai de lever un index et de le pointer vers la route.

— Qu'est-ce que tu as bu ? dit-il.

— Je me suis arrêté sur la route.

— T'as vraiment l'air cuit, Zeno. Fais demi-tour et viens pêcher avec nous. On essaie de faire ça aux vers dans un trou de la rivière.

Je sortis une cigarette de ma pochette de chemise et la fourrai entre mes lèvres. J'eus l'impression que le geste me prenait des minutes entières.

— J'ai eu un coup de veine au craps aujourd'hui. Y a une dame dans un rade à bière qui veut me donner un coup de main pour boire mon argent.

— Où ça ?

— Chez Eddie, ou l'un de ces endroits que tu fréquentes.

— Je viens avec toi, dit-il en éteignant sa torche. Joe, descends à la rivière avec le père, j'essaierai de vous rejoindre un peu plus tard.

— Ça ne sert à rien, Buddy. C'est la nana d'un seul homme, et c'est moi le mec qui a étalé tout ce blé cet après-midi.

— J'en ai rien à branler de la voiture, dit-il, mais tu vas te retrouver avec tes miches en taule ce soir.

— J'ai même jamais eu de PV, coco.

— Ça, c'est parce que les flics du Sud ne savent pas écrire. Bouge-toi et allons enquêter sur ce sujet d'un peu plus près. Ensemble.

— Tu veux reprendre ta voiture ?

— Non, je veux t'empêcher de retomber pour violation de conditionnelle.

— Faut que je prenne l'air. Si tu veux la bagnole, je ferai du stop.

Il se recula de la portière et me fit une courbette de maître d'hôtel, en balayant l'obscurité d'un geste du bras.

— C'est ta bringue à toi, Zeno, dit-il. J'ai pas l'argent pour une caution, alors, si tu dois tomber, fais-le tout seul. Comme un grand.

Je franchis la grille à bétail dans un grondement, et dans le rétroviseur je vis Buddy et son frère refermer le portail et replacer la boucle de fil de fer qui la maintenait au poteau de la clôture.

Le trajet jusqu'à la papeterie se résuma à une longue étendue d'asphalte pleine de phares furieux, d'avertisseurs qui résonnaient en échos décroissant d'intensité derrière moi, de gravillons qui giclaient sous les ailes quand je touchais l'accotement, sans oublier une voiture de la patrouille des autoroutes qui resta derrière moi sur plus de trois kilomètres avant de s'engager, indifférente, dans le parking d'un relais routier. J'ouvris une boîte de bière que je posai à côté de moi sur le siège et sirotai à petites gorgées la bouteille de Beam's Choice. Je tombai sur une station de radio de Salt Lake qui faisait de la publicité pour des bulbes de tulipes et des poussins qu'on vous expédiait directement à votre adresse, paiement à la livraison, un seul bon de commande, et la voix de l'annonceur atteignit à la ferveur d'un évangéliste sudiste lorsqu'il dit : « Et souvenez-vous, amis et voisins, écrivez juste Bulb. B-U-L-B. Ça, c'est "Bulb". »

Un pont en bois enjambait la Clark Fork juste en contrebas de la papeterie, puis un chemin forestier montait au flanc de la montagne qui surplombait la rivière, les bassins rances et boueux où ils stockaient leurs produits chimiques avant qu'ils ne s'infiltrent doucement dans le courant, et le parking éclairé plein de camions jaunes lavés et rutilants.

La carrosserie de la Plymouth cognait contre la suspension et délogeait les pierres du chemin lorsque le carter d'huile venait frotter contre elles tandis que je gravissais la pente en seconde, et les frondaisons basses et denses des arbres claquaient contre le pare-brise et le toit comme un grattement d'ongles sur un tableau noir. Lorsque j'atteignis le sommet de la pente pour m'engager sur la section de route lisse et jaune au milieu des pins, l'aiguille de la jauge de température d'eau frissonnait dans le rouge et j'entendais la vapeur qui sifflait sous le bouchon du radiateur. Je rangeai la voiture à un endroit prévu pour manœuvrer au bas d'un virage, passai la bretelle du Springfield à mon épaule et ramassai ma vareuse de ma main valide.

Je redescendis au milieu des arbres, un épais tapis d'aiguilles de pins sous les pieds, et trouvai un espace dégagé où je pouvais m'appuyer à un tronc de pin et avoir tout le parking en point de mire. Des guirlandes de lampes blanches encadraient les deux grandes cheminées, tranchant sur le bleu sombre de la montagne en arrière-plan, et le parking brillait douloureusement des éclats électriques reflétés par l'asphalte.

J'ouvris la culasse du Springfield que je posai sur mes genoux, puis je comptai les balles sur un mouchoir et, à l'aide de mon canif, entaillai profondément d'une croix les pointes molles. Je repoussai les balles dans le chargeur d'un geste du pouce jusqu'à bloquer le ressort en tension, puis je remis la culasse en place et la verrouillai. Je rajustai la bandoulière du fusil et la fis passer par-dessus mon plâtre de manière à pouvoir faire feu confortablement en position assise et viser, le canon en appui sur les genoux, sans être obligé de dévier la ligne de mire.

La première balle fracassa un pare-brise, transformant le verre en toile d'araignée, et je tirai deux coups supplémentaires dans le haut de la cabine. Les balles, à l'impact, résonnèrent comme un claquement métallique lointain. Je ne pouvais pas voir les dégâts causés à l'intérieur, mais je me dis que le plomb éclaté et aplati de la balle devait avoir perforé le tableau de bord de trous grands comme des balles de base-ball. Je déplaçai mon genou et pointai le cran de mire sur le camion voisin avant de lâcher trois projectiles d'affilée sans décoller la joue de la crosse. Le premier creusa un sillon dans le capot et déchiqueta la tôle comme s'il s'était agi d'un coup de hache, les deux suivants déchiquetèrent la calandre et le radiateur en les entaillant d'un grand rictus mouillé.

Je suppose que dans quelque compartiment ivre de mon cerveau je n'avais eu l'intention que de régler mes comptes, mais j'étais à un stade où je ne pouvais plus arrêter de tirer. Mes oreilles tintaient d'une allégresse entêtante à chaque balle tandis que les douilles s'éjectaient de la culasse mobile en fumant sur les aiguilles de pins au sol, puis il y eut ce grand *whaaaappp* de la balle s'écrasant dans un autre camion. Je bus une longue gorgée de la bouteille de Beam's Choice, rechargeai et vidai tout le chargeur à travers le parking sans même viser. Je ne me concentrais plus que sur la rapidité avec laquelle je pouvais lâcher une balle, encaisser le recul de l'arme et ouvrir la culasse mobile avant de faire monter une nouvelle balle dans la chambre, verrouiller et tirer.

En vidant mon dernier chargeur, je dus toucher une partie électrique du moteur, la batterie peut-être, ou alors les fils d'allumage. Car un nuage d'étincelles jaillit de sous le capot et une flamme jaune et bleue se mit à vaciller sous le carter d'huile, tandis que la peinture commençait à se boursoufler avant d'éclater devant le pare-brise.

J'ôtai la bretelle de mon épaule et ramassai les douilles d'une main tout en regardant le spectacle. Les douilles brûlantes cliquetaient dans la poche plaquée de ma vareuse. Le feu remonta dans la cabine du camion puis s'attaqua au siège en cuir au-dessus du réservoir d'essence, avant l'explosion. La flamme jaillit comme un gigantesque mouchoir rouge se déchirant en lambeaux dans l'obscurité, et la carcasse du camion s'affaissa, tandis que les pneus éclataient en cercles de lumière.

Je bus de nouveau à la bouteille et contemplai l'incendie, fasciné. La chaleur du brasier avait déjà fissuré les vitres du camion voisin et le feu fouettait de ses flammes l'intérieur de la cabine. Les rougeurs de l'incendie se reflétaient dans la rivière au pied de la montagne, en dessinant des ombres sur les troncs noirs des pins. Sur l'autoroute au-delà de l'usine, j'aperçus la bulle bleue d'une voiture de police qui tournoyait furieusement dans l'obscurité. Je mis la bouteille dans ma poche et tâtonnai par terre à la recherche de douilles que j'aurais oubliées, puis je plongeai la main dans les aiguilles de pins en décrivant des demi-cercles sur ma droite. Le whisky palpitait au fond de mes orbites, et je perdis l'équilibre en essayant de me remettre debout, la poitrine barrée par l'attelle de mon bras cassé.

Pour la première fois de la soirée, je pris véritablement conscience du fait que j'étais dans de sales draps. Mon cerveau refusait de fonctionner. Je ne connaissais pas les petites routes du coin et j'avais toutes les chances de me faire ramasser sur l'autoroute pour conduite en état d'ivresse. Mon cœur battait la chamade, épuisé que j'étais d'avoir remonté la pente jusqu'au sommet, le Springfield à l'épaule; la sueur dégoulinait en rigoles de mes cheveux et me tombait dans les yeux. Je m'installai au volant de la Plymouth et essayai de réfléchir. Je pouvais prendre le chemin forestier qui donnait sur l'autre versant de la montagne et risquer de déraper dans la vase et la boue pour dégringoler sur deux cents mètres jusqu'au fond d'un canyon (à condition que la route mène quelque part) ou revenir sur mes pas par le parc forestier avec toutes les chances de me retrouver sous les verrous à Deer Lodge, sans compter la violation automatique de ma conditionnelle et le retour à Angola. Je démarrai sans allumer les phares et laissai la voiture descendre au point mort, le pied sur le frein pendant toute la descente. Les pins commencèrent à s'éclaircir vers le bas de la pente, et j'aperçus les eaux brunes de la rivière et les épais tourbillons de sciure le long des berges. Le pont se découpait en lignes dures dans la lumière de l'usine ; une voiture de police était garée du côté opposé, sa rampe lumineuse allumée et sa bulle bleutée jetant des éclairs sur le toit.

J'allumai mes phares et passai doucement en seconde en arrivant au bas de la pente, lorsque je me rappelai le Springfield posé à l'oblique contre la portière passager tel un salut métallique. Il était trop tard pour le virer ou même le balancer sur la banquette arrière. L'adjoint du shérif était déjà posté près de la rambarde du pont, sa torche clignotant dans ma direction.

Oh, bon sang. Tu t'es jeté en plein dans la gueule du loup, coco.

Je ralentis et contemplai le parking et les flammes brillantes que deux silhouettes arrosaient avec des extincteurs. Puis l'adjoint agita sa torche d'un geste d'impatience, et il me fallut une seconde, un battement de cœur, pour comprendre qu'il me faisait signe de passer. J'avançai en faisant résonner les planches du pont, et soudain les phares éclairèrent son uniforme marron, la large cartouchière bien garnie, le Stetson rabattu bas sur les sourcils. Je lui adressai un signe de tête et appuyai doucement sur l'accélérateur.

Je rejoignis l'autoroute et fonçai pied au plancher, les bielles cognant, la carrosserie vibrant de toutes parts, sous la lune qui se levait au-dessus des montagnes comme une chanson. J'ouvris la ventilation, l'air m'arriva en pleine figure et je sentis la sueur se refroidir et sécher dans mes cheveux. Je bus le reste de whisky en une longue gorgée et balançai la bouteille par-dessus le toit. Je m'étais sorti d'affaire, les doigts dans le nez, avec ce bol de taulard qui vous tombe dessus lorsque vous êtes certain que, cette fois, la porte de la cellule va se refermer pour de bon avant qu'on la scelle définitivement.

J'achetai un pack de six Great Falls pour le trajet de retour jusqu'au ranch, et je me sentis la tête légère et le cœur battant, plein d'un sentiment de victoire et d'omniscience que je n'avais connu qu'une fois, dans l'infanterie, en Chine, après avoir remonté une colline jusqu'au sommet sans être touché. Le fait que je zigzaguais en débordant sur la bande centrale ou que je traversais un croisement à cent dix kilomètres heure paraissait sans importance ; je volais, comme dans une bulle magique, tandis que l'alcool et l'adrénaline m'emplissaient le cœur d'une énergie neuve et pleine de méchanceté.

*
* *

Le lendemain matin, je sentis la blancheur du soleil me brûler les yeux par la fenêtre. Une boîte de bière renversée gisait à côté du lit, ma chemise était à moitié défaite et entortillée autour de mon plâtre. J'allai dans la pièce du fond où Buddy dormait et je vis le Springfield sur son râtelier, alors que je n'avais aucun souvenir de l'y avoir remis. J'avais toujours dans la bouche un goût de bière, de whisky et de cigarettes mêlés; j'actionnai la pompe de l'évier et recueillis l'eau dans ma main en coupe. Lorsque la froideur de l'eau se répandit dans mon estomac, je crus que j'allais vomir. Mes mains tremblaient, j'avais la gueule de bois et les veines de mon crâne avaient commencé à se resserrer, j'avais mal aux yeux en regardant par la fenêtre le soleil éclatant et la rosée qui miroitait sur les balles de foin.

J'essayai d'enflammer le petit bois dans le poêle pour faire du café, mais les allumettes en carton faisaient long feu contre l'ongle de mon pouce, et lorsque je fixai les yeux sur les bûchettes de bois blanc, l'entreprise me parut soudain démesurée. Je pris une bière au frigo et m'assis au bord du lit pour la boire. Le goût nauséeux du whisky commença à se dissiper, et je sentis le câble frissonnant au beau milieu de ma poitrine qui se stabilisait avant de s'apaiser. Je finis ma bière, en pris une autre, et arrivé au fond de la deuxième canette, le mouchoir de flammes du parking devint suffisamment lointain dans mon esprit pour que je puisse y penser. Je vis alors Buddy appuyé contre l'huisserie de la porte, torse nu, son jean boutonné bas sur son ventre plat, un grand sourire sur le visage.

— Tu viens de rentrer ou tu viens de te lever, Zeno ? L'un dans l'autre, t'as la gueule dans le pâté, dit-il.

— Quoi de neuf ? dis-je.

Ma voix résonna d'étrange manière à mes oreilles, distante, séparée de moi, comme un morceau de couleur.

— T'as tiré ton coup la nuit dernière ?

— Sors-moi une bière du frigo.

— Mec, je les entends, les hyènes que t'as dans la tête, en train de cogner aux barreaux de leur cage.

— Contente-toi de m'apporter une foutue bière, Buddy.

— Ma bagnole est pas à la fourrière, dis-moi ?

Je n'avais pas encore réfléchi à la voiture ni à son état éventuel. Mon dernier souvenir de la Plymouth remontait à la veille, lorsque j'étais sorti de Lolo à toute blinde après une discussion d'ivrognes sur la pêche à la truite arc-en-ciel dans l'Idaho. Puis je me souvins du martèlement sourd du moteur, synonyme d'un roulement grillé, voire d'un vilebrequin faussé.

J'entendis Buddy décapsuler une bouteille de bière et le bruit de la mousse tombant au sol en larges gouttes. Il me fourra la bouteille dans la main.

— Dans quel sac de nœuds t'es-tu fourré la nuit dernière ? demanda-t-il.

Il gratta une allumette sur le poêle. Et je sentis l'odeur, lorsque la flamme toucha le joint.

— Je suis dans une vraie merde, mec.

Il tira une chaise de sous la table et s'assit, me regarda bien en face, très sérieux, le joint toujours aux lèvres.

— De quel genre ?

— J'ai complètement craqué et j'ai fait une grosse connerie.

— Tu as fait quoi ?

— J'ai pris ton Springfield et j'ai explosé tout ce qu'il y avait dans le parking de la papeterie.

— Oh mec !

Je n'arrivais pas à croiser son regard. Je me sentais au trente-sixième dessous, et l'absurdité de ce que j'avais fait me faisait souffrir au cœur de ma gueule de bois comme un rêve inacceptable.

— Tu as fait du dégât ?

— Quand je suis parti, trois camions brûlaient et j'ai probablement fait sauter les moteurs d'une demi-douzaine de véhicules.

— Waouh. Tu n'y vas pas avec le dos de la cuillère, à ce que je vois.

S'ensuivit un temps de silence et je l'entendis tirer une longue bouffée de son joint avant de vider lentement ses poumons.

— Iry, qu'est-ce que t'as dans le crâne ? Ils vont te coller les miches à Deer Lodge vite fait.

— J'ai réussi à me tirer. Il y avait un flic sur le pont forestier, mais il devait penser aux dégâts dans le parking.

— Oublie ça. Tu es allé au bureau du shérif hier. Peut-être que ces cow-boys ne sont pas des lumières, mais ils vont additionner deux et deux, et tu vas valser, direction le trou. Et crois-moi, mon pote, quand il s'agit d'un étranger à l'État, ils n'y vont pas de main-morte avec les années de taule, comme si le calendrier n'existait pas.

Il posa le joint au bord de la table et retourna dans sa chambre.

— Qu'est-ce que tu fais ? demandai-je.

Il dégagea la culasse mobile du Springfield et une cartouche intacte jaillit du chargeur.

— Super, mon gars. Et qu'est-ce que tu crois que je vais faire ?

Il sortit par la porte moustiquaire, puis j'entendis le bruit d'une pelle raclant la terre derrière le chalet. Je voulais discuter du problème posé par son fusil, mais je savais qu'il avait raison. Je mouillai une serviette sous la pompe et la maintins contre mon visage et mon cou. Je n'arrêtais pas de suer. Buddy balança la pelle sous la véranda et repassa le seuil, des parcelles de terre collées à ses bras par la transpiration. Il était à nouveau tout sourire, avec cette lueur un peu dingue dans le regard qui lui valait toujours d'être placé en isolement à Angola.

— T'es vraiment un connard stupide, dit-il.

— C'est la chose la plus intelligente que tu aies dite depuis mon arrivée ici.

— Mais dans la partie qui se joue, on ne nous fera pas de cadeau, collègue.

Quinze minutes plus tard, nous entendions le grondement d'une voiture franchissant la grille à bétail de l'entrée. Buddy regarda par la fenêtre, avant de se tourner vers moi.

— Voilà ton taxi, Zeno, annonça-t-il. Ne dis pas un mot. Joue-nous Annie la petite orpheline, avec deux grands cercles vides en guise d'yeux. Tu étais en train de picoler à Lolo, et tu étais trop saoul pour même pouvoir rentrer à Missoula.

— Débarrasse-toi du joint.

Il alla jusqu'à l'évier et ôta le papier de sa cigarette avant de noyer le tout.

— C'est des conneries, ce que t'as raconté, non ? dit-il.

— Donne-moi toutes les cigarettes que tu as.

— Regarde-moi ce duo de tarés. Ça les fait bicher d'arrêter quelqu'un au domicile du vieux.

Il me tendit deux paquets de cigarettes et une pochette d'allumettes.

— J'ai pas le blé pour une caution, alors va falloir prendre patience et attendre, Zeno.

— Je devrais recevoir un chèque demain ou après-demain. Apporte-le à la prison, je l'endosserai.

L'adjoint ne frappa pas. Il ouvrit la porte moustiquaire et pointa un doigt épais dans ma direction.

— Très bien, Paret. Bougez-vous. Contre la voiture, dit-il.

Il tint la porte moustiquaire ouverte pendant que je passais à côté de lui en direction de la voiture. L'autre adjoint était appuyé contre l'aile, la paume posée sur la crosse de son .357. Les deux hommes dépassaient le mètre quatre-vingts, et leurs larges épaules tendaient leur chemise amidonnée en lignes dures et anguleuses.

— Mains en appui, dit-il.

J'écartai les jambes et plaçai les paumes sur le bord du toit du véhicule tandis que ses mains remontaient à l'intérieur de mes cuisses avant de fouiller mes poches et de les retourner. Il me tira le bras dans le dos et me passa les menottes tandis que son collègue tenait la portière qui ouvrait sur la banquette arrière avec sa barrière de séparation grillagée.

— Allez-vous nous poser des problèmes pendant le trajet, ou voulez-vous que je m'installe à côté de vous ? dit le premier adjoint.

Je ne répondis pas, et il verrouilla les deux portes arrière de l'extérieur. La voiture avança le long du chemin plein d'ornières et je m'appuyai contre mes menottes en sentant le métal mordre dans la chair. J'essayai de me redresser pour libérer la pression qui pesait sur mes poignets, mais chaque nid-depoule sur la route me renvoyait contre le dossier et infligeait une nouvelle morsure à mes poignets. Les montagnes s'étaient chargées d'un bleu-vert plus profond à cause des pluies, et sous les ponts les gros rocs dans les lits des torrents brillaient d'humidité qui se changeait aussitôt en nuages de vapeur sous le soleil. Mais à cet instant, au milieu de mes efforts comiques pour rester le dos bien droit à l'arrière de la voiture du shérif, je me souvins d'un môme nègre à Angola, menotté lui aussi, qu'on avait conduit au trou et tabassé au tuyau d'arrosage, parce qu'il avait volé un sandwich au beurre de cacahuètes. Il avait craché sur un maton, et on l'avait envoyé mijoter dans son jus cinq jours supplémentaires en lui supprimant sa réduction de peine pour bonne conduite.

À cette époque, ce qui m'avait tracassé, c'était l'idée de le rencontrer dans la cour après sa sortie du frigo. L'intérieur de ses lèvres portait encore des entailles bleuies et tout en fumant une cigarette il m'avait dit que les trois années supplémentaires à tirer ne le dérangeaient pas, parce qu'il savait, au bout du compte, qu'il retomberait un jour ou l'autre.

Chapitre 7

La cellule de détention provisoire était jaune terne avec une porte à croisillons de fer plats recouverts d'une épaisse couche de peinture blanche. On avait brûlé des noms au briquet sur les murs et le plafond, et un petit siphon servant d'urinoir occupait le centre de la cellule. Je m'assis sur le béton contre le mur et fumai des cigarettes, préoccupé par mes propres ennuis, mais prêtant néanmoins l'oreille à toutes les jérémiades qu'on entend en taule : récits d'arrestations bidon, épouses auxquelles on aurait dû faire ravaler leurs dents au fond de la gorge, conseils sur la manière de traiter avec tous les matons, ceux du jour et ceux de la nuit. L'espace entourant le siphon était couvert de mégots mouillés et dégageait une puanteur telle que les larmes vous montaient aux yeux quand vous deviez vous placer à sa verticale. Deux Indiens Flathead étaient encore ivres et attendaient que la police de la réserve vienne les chercher, l'auteur d'un chèque sans provision déjà recherché en Idaho ne cessait d'appeler le sergent pour obtenir des nouvelles de son épouse, elle aussi bouclée au premier étage, un vieil homme dérangé, dont les gencives édentées étaient devenues violacées à force de chiquer, était assis près du siphon, agité de quintes et crachant entre ses genoux ; et enfin, un homme dangereux, le seul de la troupe, un couvreur de vingt-cinq ans, les mains carrées et calleuses, sans ongles, noires de cendres, était appuyé contre le mur, un bras fléchi, attendant que sa femme amène le prêteur de caution jusqu'à la prison.

Il me demanda une cigarette ; puis il voulut savoir si j'avais déjà fait de la taule. Il s'interrompit une minute, alluma la cigarette de ses doigts épais et noircis, avant de demander pour quel motif.

Je le lui dis, et ses yeux boueux me regardèrent un moment avant de se perdre dans la fumée. Il s'assit à côté de moi et remonta les genoux contre la poitrine. Ses chaussettes de sport blanches étaient chargées de crasse. Je ne lui parlai pas, je n'essayai pas de savoir la nature de son crime, mais je sentais monter en lui un fort sentiment d'humiliation.

— Tu es là pourquoi, *podna ?* demandai-je.

— Un mec m'a cherché des crosses chez Stockman hier soir. Du genre à vouloir me coller une branlée à coups de queue de billard. Je l'ai fait passer à travers la porte de la salle de bains. Et après, je lui ai appris ce que ça sentait, la vraie merde. Et crois-moi, il va pas essayer de porter plainte.

Une heure plus tard, son épouse, blonde pathétique au regard vide, en uniforme de serveuse, arrivait à la prison en compagnie du prêteur de caution. Tandis que je les regardais par la grille en fer, je lus la honte sur le visage de la jeune femme, la crainte d'une nouvelle nuit du même genre et de toutes celles qui suivraient. Tous deux allaient passer leur vie à payer à tempérament prêteurs de caution, tribunaux de flagrant délit, compagnies financières et agences de recouvrement.

À sept heures ce soir-là, un adjoint du shérif se posta devant la porte, une paire de menottes suspendue à l'index, et attendit que le sergent déverrouille la serrure.

— Jetez-moi cette cigarette et mettez les mains derrière le dos, dit-il.

Je balançai la clope vers le siphon de l'urinoir et attendis que l'adjoint me boucle les menottes aux poignets. Il passa les mains sous mes aisselles et le long de mes jambes, puis me prit par un bras. La grille de la cellule claqua derrière nous, et nous empruntâmes un couloir avec crachoirs le long des murs pour nous diriger vers l'arrière du bâtiment. Nos chaussures collaient avec un bruit de succion au plancher humide passé à la serpillière, et un carré de lumière jaune brillait dans un bureau près du panneau de sortie.

— Avant d'entrer, dites-moi donc de quelle manière vous pensiez vous en sortir, nom de Dieu ?

— Quoi ?

— Votre responsable de conditionnelle a dit que vous étiez un gars réglo et que vous ne retourneriez probablement pas derrière les barreaux. Mon pote, ç'a dû vous démanger sérieux. Vous avez des poils incarnés au cul ou quoi ?

À l'intérieur du bureau, l'adjoint ôta mes menottes, et je m'assis dans un fauteuil en bois face au bureau du shérif. La pièce était chichement éclairée et sentait le cigare, et la lampe posée sur le bureau projetait sa lumière sur le visage rond et rougeaud du shérif. Une broussaille de poils gris ressortait du col ouvert de sa chemise, et le rouleau de graisse qui rembourrait son estomac pendouillait lourdement sur son ceinturon armé. La pierre rouge de sa bague maçonnique brilla lorsqu'il posa le mégot mouillé de son cigare dans le cendrier.

— On dirait que vous avez bien du mal à rester à l'écart d'un bureau de shérif, dit-il. Hier, vous avez tenté de déposer une plainte dans le comté de Ravalli, et aujourd'hui je vous retrouve ici après votre petite séance d'entraînement au tir à l'usine.

Je le regardai droit dans les yeux, mais à cause du reflet de la lampe j'étais incapable de savoir à quel point il allait se montrer méchant. Il sortit un sandwich de son tiroir et ouvrit le papier huilé.

— Descends au distributeur de boissons fraîches, tu veux bien, John ? demanda-t-il.

L'adjoint parti, il mangea le sandwich sans dire un mot, et je me dis : Fais gaffe à celui-là. L'adjoint revint avec une boîte de bière emperlée de gouttelettes et la posa sur le sous-main. Le shérif en avala une moitié d'un geste rapide de bascule du poignet, la bouche pleine de pain épais et blanc.

— Bon, dit-il. Ça ne devrait pas nous prendre trop longtemps à l'un comme à l'autre. Vous connaissez toutes les règles, donc inutile d'expliquer en détail. Nous allons prendre votre déposition, vous pourrez la relire, y ajouter ou y changer tout ce que vous voudrez, et je vous présenterai au tribunal en moins d'une semaine. Ensuite, direction Deer Lodge.

— Je ne sais même pas de quoi vous m'accusez, shérif.

— Fiston, vous n'écoutez pas bien. Je n'ai pas le temps de jouer. Je peux vous inculper pour une demi-douzaine de raisons, pour une seule ou pour toutes. Et je pense que la pire serait d'ajouter incendie criminel à votre casier.

— Je ne sais pas de quoi vous parlez.

Nos deux regards se verrouillèrent, sans céder d'un pouce, jusqu'à ce qu'il reprenne son cigare.

— Je vois, dit-il en tournant son fauteuil pivotant, de sorte que la moitié de son visage fut masqué par l'ombre. Eh bien, racontez-nous donc ce que vous avez pu faire la nuit dernière.

— J'ai picolé dans deux rades à bière à Lolo et après, dans un autre bar au sud de Missoula.

— Avez-vous rencontré des gens intéressants qui seraient susceptibles de se souvenir de vous ?

— Demandez-leur. Je ne m'en souviens pas. J'étais ivre.

— Vous avez peut-être eu quelques petits problèmes avec un cow-boy ou renversé quelques chaises ?

— Me rappelle plus rien.

Il tourna son gros visage rond, sans prévenir, vers la lumière.

— Vous mentez, fils. Hier, vous vous trouviez à la papeterie à faire un foin de tous les diables à propos de votre pick-up et de vos guitares, et la nuit dernière vous êtes monté en haut de cette montagne au volant de la Plymouth de Buddy Riordan, et vous avez fait des trous dans les camions de l'usine à la manière d'un tueur d'élite de l'infanterie. Parmi mes hommes, il y en a certains qui ne sont pas vraiment des lumières, sinon vous n'auriez pas repassé ce pont. Mais l'adjoint vous a repéré, et ça va vous valoir au moins deux ans de taule. Et maintenant, si vous voulez jouer au plus con avec nous, nous verrons quelle peine de prison supplémentaire nous allons pouvoir y ajouter.

Mes antennes de taulard au parfum se mirent à frissonner pour la première fois avec un sentiment d'espoir. Les yeux du shérif étaient rivés aux miens, pleins d'assurance, mais il avait joué le coup trop fort, et trop vite. En outre, on ne m'avait pas donné de motif d'incarcération, et je compris qu'il me restait peut-être d'autres années de liberté à vivre.

— Je suis allé à l'usine hier après-midi, et hier soir je conduisais bien la voiture de Buddy, mais je ne sais rien de rien à propos de votre adjoint ou d'un pont.

— Pourquoi ne vous servez-vous pas de votre cervelle une minute ? Vous êtes encore jeune. Avec une remise de peine pour bonne conduite, vous pourrez sortir dans neuf mois, et peut-être que la Louisiane vous laissera tranquille si vous obtenez une forte recommandation de notre État.

— Premièrement, je ne vais pas porter le chapeau pour une merde quelconque qui s'est produite à l'usine de papier hygiénique du coin. Deuxièmement, vous savez parfaitement, shérif, que les autorités de conditionnelle ne fonctionnent pas de cette manière. On me réexpédiera directement au trou.

Il me regarda sans ciller en tenant l'extrémité aplatie de son cigare tout contre ses lèvres. Puis il détourna les yeux et but le reste de sa bière.

— Je ne sais quoi vous dire, fiston. On dirait que vous avez personnellement bien réfléchi au problème.

Instinctivement, je mis les doigts dans ma pochette de chemise en quête d'une cigarette. L'adjoint debout dans mon dos posa la main sur mon bras.

— Ça va, John, dit le shérif. Dites-moi, quels sont vos liens avec Frank Riordan ?

— J'ai fait de la prison en même temps que son fils.

— C'est vrai. Buddy a séjourné au pénitencier en Louisiane, pas vrai ?

Il ralluma son cigare, et la pierre de sa bague se mit à rougeoyer comme une flamme.

— Dites-moi autre chose, puisque vous avez toutes les réponses prêtes et bien rangées dans votre poche. À votre avis, à quelle distance de cette prison croyez-vous que votre vie va se dérouler dorénavant ?

Je gardai un visage impassible et contemplai sa masse pesante penchée sur son bureau.

— Je veux dire, est-ce que vous croyez vous en sortir comme une fleur ? Vous croyez que vous pouvez débarquer dans ce comté, en liberté conditionnelle, et détruire pour quinze mille dollars de matériel avant de retourner à votre guitare ?

— Vous n'avez rien contre moi, shérif.

— Avant que vous retourniez en cellule, laissez-moi vous donner un bon petit sujet de réflexion. Selon vous, comment se fait-il que vous ayez pris cinq ans le premier coup ? Et croyez-moi, fils, vous êtes sur le point de tomber une seconde fois.

De nouveau menotté dans le dos, je fus conduit par l'adjoint vers l'avant du bâtiment puis il me dirigea vers un escalier métallique en colimaçon.

— Ma veste est dans la cellule, dis-je.

— Vous la prendrez plus tard.

— On m'a inculpé de quelque chose ?

— Ne vous tracassez pas pour ça.

Il me boucla dans une cellule de quatre hommes au premier, avec fenêtre grillagée et barrée donnant sur une allée en briques. J'entendais le tonnerre de chaleur et les éclairs secs sur les montagnes, et l'espace d'un instant les murs de l'allée tremblotèrent de lumière blanche. Je vis sur une couchette vide un matelas roulé et une couverture, et je m'assis en faisant reposer le poids de mon plâtre sur la cuisse avant d'ôter mes chaussures de ma seule main valide. C'est alors qu'une tête grosse et noire, luisant comme un cirage dans la pénombre, se pencha depuis la couchette au-dessus de moi, et avant même que j'aie pu croiser les yeux rouge vinasse, je fus baigné tout entier par une odeur où se mêlaient le moscatel, le tabac à chiquer et la puanteur de la taule.

— Hé, mon pote, dit l'homme, est-ce que t'as une cigarette pour un frère ? Y a une journée entière que je suis ici avec cette grosse baleine blanche qui a du pognon plein son cul mais qui refuse de donner deux sacs au maton pour des cigarettes.

Je lui tendis le paquet, mais le Nègre se laissa glisser au sol en s'aidant d'un bras et je vis alors le moignon noir aux chairs plissées de l'autre épaule. Il sortit une cigarette en la pinçant entre ses ongles, baissa son caleçon blanc et s'accroupit au-dessus des toilettes à la turque. Je déroulai le matelas et m'allongeai, la tête vers la porte, et le courant d'air en provenance du couloir, avant de regarder la baleine blanche, de l'autre côté de la cellule. L'homme était allongé sur le dos, en pantalon et chaussures aux pieds, et son ventre se relevait comme une montagne sous sa chemise blanche sale. Ses joues grasses et molles pendaient sous les oreilles, et ses yeux vitreux fixaient le fond de la couchette au-dessus de son lit.

J'entendis le Nègre lâcher un pet, me retournai sur le ventre et allumai une cigarette.

— Écoute un peu, dit le Nègre. Ils ont chopé ce loulou pour obscénité. Un gamin de onze ans dans une chambre d'hôtel. Le maton dit que tout ce qu'il a à faire, c'est décrocher le téléphone, et il est sorti. Mais il reste allongé là en répétant : « Jésus, pardonne-moi. »

— Toi, tu la fermes, dit doucement le Blanc.

— Il répète ça aussi, dit le Nègre. Chaque fois que je lui dis de lâcher un peu de monnaie. T'es pas cinglé, toi aussi, mon frère, hein ?

— Je ne pense pas, dis-je. Avant de me demander : *Seigneur, est-ce que je le suis ?*

— Il veut pas manger sa nourriture, ils lui en apportent même plus.

On étouffait dans la cellule à cause de la chaleur qui montait dans le bâtiment, mais je repliai la couverture au-dessus de ma tête et essayai de chasser de ma conscience toutes ces odeurs nauséabondes, le Nègre et l'homme triste. Le grondement du tonnerre se répercutait sur les montagnes comme les salves d'un canon lointain, et allongé comme je l'étais, le front moite au contact de mon poignet, enveloppé par l'odeur de naphtaline de la couverture, je me laissai glisser, traversant le sol en béton, loin du tintamarre de ferraille qui résonnait dans les couloirs de la prison, pour me fondre dans l'ouate d'un rêve de morphine et me perdre dans hier, lorsque je pouvais encore tourner le bouton dans un sens ou dans l'autre, modifier l'image de la journée et faire apparaître un beau soleil sur les ruisseaux à truites, des ombres bleues sur les pins des canyons, ou tout bonnement un verre de thé glacé bu en paressant sous une véranda.

Je me réveillai au milieu de la nuit au son de la pluie qui tombait sur le rebord de la fenêtre. Les gouttes éclataient en bruine sur le sol en béton, et je sentais l'humidité froide soufflée par la bouche d'aération. Je sentais mon cœur envahi d'une douleur malade ; je m'allongeai sur le dos et fumai, attendant qu'elle passe, sans succès. Dans l'obscurité, je perçus les prémices d'une nouvelle conscience de moi-même, celle que je m'étais toujours refusé à reconnaître par le passé. Lorsque j'étais à Angola, je ne m'étais jamais considéré comme un véritable taulard, le perdant professionnel qui passerait sa vie à rendre des comptes à une autorité quelconque. Je n'étais qu'un guitariste de country qui jouait dans les rades à musique et qui avait agi par hasard ou par accident, sans réfléchir, au milieu d'un brouillard de bière et de marijuana. Mais je me rendais compte aujourd'hui que j'avais tué cet homme parce que je le voulais. J'avais abattu des hommes en Corée, et lorsque j'avais mis la main à la poche pour en sortir le couteau, je savais exactement ce que je faisais.

Aujourd'hui, je me retrouvais encore en prison, comme n'importe quel récidiviste, toujours sûr de rester libre mais travaillant à plein temps pour retomber de nouveau. Peut-être bien que cette fois tu vas régler toutes tes dettes et payer ce que tu mérites, me dis-je. Oui, peut-être bien que c'est la totale, et que tu ne l'as jamais vu arriver au cours de ces deux années où tu as attendu que se corrige cette erreur cosmique dans le temps et l'espace.

— Mets la planche sur la fenêtre, mon frère, dit le Nègre.

Je descendis de ma couchette et ramassai le morceau de contreplaqué taillé à la forme du cadre qui s'encastrait contre les barreaux. Je reçus un souffle de brume au visage, je regardai les briques luisantes du mur de l'allée, distinguai un sifflement de train dans le lointain.

— Allez, mec. J'ai l'impression qu'on a pissé sur mon matelas, dit le Nègre.

Au matin, un Indien prisonnier de confiance et un adjoint ouvrirent la cellule et nous tendirent deux assiettes en fer-blanc avec pain et œufs brouillés froids, et du café noir dans des gobelets de carton.

— Est-ce qu'il va manger aujourd'hui ? dit l'Indien.

Le Nègre toucha le genou de la baleine blanche. L'homme était allongé sur sa couchette, la tête vers le mur, et les poils noirs qu'il avait sur les fesses étaient visibles au-dessus du pantalon.

— Ferais bien de manger maintenant. Le chef ne repassera pas avant deux heures de l'après-midi, dit le Nègre.

La baleine ne répondit pas, et le Nègre leva la paume en signe d'échec à vouloir ainsi raisonner un fou.

— Si vous voulez des sucreries ou des cigarettes de la machine, donnez-moi l'argent. Je vous les apporterai cet après-midi, dit l'Indien.

Je mis la main à la poche et sentis un dollar froissé en boule avec, à l'intérieur, un quart de dollar.

— Oublie-le, celui-là, dit l'adjoint avant de verrouiller la porte de la cellule.

— Hé, mec, pourquoi y t'en veulent, ces types ? dit le Nègre.

— Je ne sais pas. On ne m'a toujours pas inculpé.

— Je veux dire, tu l'as un peu trop ramenée devant le chef, hier soir, ou quoi ?

— Je ne vois pas les choses comme ça. Mais peut-être.

— Donne-moi une clope.

Il restait deux cigarettes, je lui en donnai une et allumai l'autre. Il s'assit au sol, dans son caleçon blanc, genoux écartés, et mangea les œufs d'une main en tenant sa cigarette entre deux phalanges sur le dessus de la main. Il avait la peau absolument noire.

— J'ai cent quatre-vingts jours à tirer, dit-il. Mais je fais rien, à part laver les voitures. Le juge dit qu'y va m'expédier au pénitencier, mais tu peux pas te défendre avec un seul bras.

Il rit, et des fragments d'œufs séchés tombèrent de ses dents gâtées dans l'assiette.

— Je vais te dire pourquoi y m'ont pas mis à Deer Lodge, mon frère. Pasqu'y prennent pas de Négros là-bas. C'est vrai. Y a pas un seul homme de couleur dans tout le pénitencier.

Je m'assis sur ma couchette et bus le café du gobelet en carton. Il avait un goût de teinture d'iode.

— Tu fais aussi de la fausse monnaie ? demanda-t-il.

— Non.

— Je te demande ça parce que, tu vois, ici, c'est l'endroit où je vis, et eux, y m'amènent cette grosse baleine blanche qui gémit la nuit et lâche des pets tous les quarts d'heure. Et pis en plus, j'aime pas partager la cellule avec une pédale.

— Sa famille finira bien par venir le chercher, dis-je.

— Ce qui veut dire toi et moi, mon frère.

— O.K., laisse-moi te dire un truc. Cinq ans en Louisiane pour homicide involontaire. Et peut-être un autre séjour derrière les barreaux ici pour avoir tiraillé sur des gens qui ont voulu jouer les gros bras avec moi.

Il rassembla les œufs brouillés dans sa cuillère à l'aide de son pouce, porta le tout à sa bouche, puis tira sur sa cigarette et se mit de nouveau à rire.

— Pourquoi qu'y mettent tout le temps des méchants avec moi ?

— Je crois que le chef veut me parler, dis-je.

J'entendais les clés de l'adjoint et le bruit de ses semelles en cuir dans le couloir.

— C'est pas les mauvais gus, dit le Nègre. La

plupart ont un deuxième boulot en ville. Simplement, va pas fourrer le doigt là où y faut pas.

L'adjoint qui avait apporté le petit déjeuner avec le prisonnier de confiance indien tourna la clé et ouvrit la porte de la cellule.

— Allons-y, Paret.

Il n'avait pas sorti les menottes et ne me prit pas sous le bras, ce que j'attendais qu'il fasse, par automatisme.

— On descend par l'escalier.

— Qu'est-ce qui se passe ?

— Contentez-vous d'avancer.

Nous descendîmes l'escalier métallique en colimaçon jusqu'au rez-de-chaussée et je dus plisser les yeux devant l'éclat soudain réverbéré par les murs jaunes. Je jetai un œil à la porte du bureau des incarcérations : l'appareil photo en forme de cube sur son trépied, le tampon encreur, les rouleaux, la crème de nettoyage sur le comptoir.

— Signez au bureau du greffe pour récupérer vos objets personnels, dit-il.

Je pivotai face à lui, mais son attention s'était déjà portée sur la cellule de détention provisoire où un homme en costume secouait le battant contre le dormant.

Je me rendis au bureau du greffe où je donnai mon nom. Une femme en uniforme marron m'adressa un sourire agréable, sortit une enveloppe en kraft d'un casier et la posa devant moi ainsi que ma veste pliée qui avait une manche mouillée, et une fiche de remise en liberté. Je remis ma montre, glissai mon portefeuille dans ma poche, et en l'espace d'une signature j'étais de retour dans la rue, sous le soleil, par une matinée fraîche au ciel bleu et dur, où l'on sentait la morsure de l'été indien dans l'air.

Je n'avais pas assez d'argent pour prendre le bus et rentrer au ranch, et je n'avais pas envie de faire du stop. Je décidai de marcher jusqu'au Garden District près de l'université, là où habitait l'épouse de Buddy. L'idée ne me parut pas déraisonnable de prime abord, et de toute manière je ne m'accordai pas le temps de la réflexion. L'air était tellement clair et lumineux après la pluie et les tout débuts de l'automne que je voyais des étudiants randonner sur les hauteurs de la montagne brune derrière l'université et la ligne d'arbres verts qui épousait la crête. Je franchis le pont qui enjambait la Clark et regardai en contrebas les vastes bassins où de grosses truites arc-en-ciel se postaient derrière les blocs de rocher, attendant que le courant leur apporte la nourriture. Les trottoirs du Garden District étaient ombragés par des érables et des ormes, et, en l'espace d'une nuit, les feuilles avaient viré au rouge et or.

Devant la maison, les garçons de Buddy s'exerçaient à tour de rôle à rattraper une balle de base-ball. Je commençais à gravir les marches du perron lorsque je me sentis envahi de culpabilité devant la maladresse de ma présence en ce lieu. Je m'arrêtai et me sentis plus stupide encore devant les deux gamins qui me regardaient.

— Est-ce que votre père vous a déjà montré comment lancer une balle avec effet ? dis-je. Au base-ball, c'est la manière de lancer la plus vicieuse. Ça les cloue sur place à tous les coups.

Je mouillai deux doigts de salive, les plaçai sur les coutures de la balle et lançai, d'un fouetté du bras sous l'épaule en direction du gant de l'aîné des gamins. Il sauta en l'air pour la récupérer, mais elle s'envola dans les arbres.

— J'ai des problèmes avec mon bras depuis que j'ai lancé contre Marty Marion, dis-je.

— Ce n'est pas grave. Je vais aller la chercher, dit le garçon, et il traversa au pas de course la pelouse jonchée de feuilles.

T'es vraiment super avec les gamins, Paret, me dis-je. J'entendis grincer la porte moustiquaire.

— Entre, dit Beth.

Elle était vêtue d'un short blanc et d'une chemise en toile bleue, un bandana bleu noué autour de ses cheveux noirs.

— J'essayais de rentrer au ranch et j'ai pensé que Buddy pouvait se trouver dans le coin, dis-je.

— Je ne l'ai pas vu, mais Mel devrait passer un peu plus tard. Entre dans la cuisine.

Je la suivis dans la maison, plongée dans la pénombre et meublée de vieux fauteuils capitonnés, d'un canapé défoncé et de divers objets désassortis achetés de-ci de-là dans une boutique d'occasion. Elle sortit un blue-jean dégoulinant de l'évier plein d'eau savonneuse avant d'en frotter les genoux l'un contre l'autre. Ses cuisses et son ventre tendaient le tissu du short blanc, et lorsqu'elle se pencha au-dessus de l'évier, ses seins lourds pesèrent contre la toile de la chemise.

— Qu'est-ce que tu fais en ville ? dit-elle.

— J'ai réussi à me faire mettre au trou hier.

— Quoi ?

— Je viens juste de sortir de la taule.

— Pour quelle raison ? dit-elle en se retournant pour me regarder.

— Quelques camions ont été détruits par balles à la papeterie.

Elle se remit à sa lessive en silence, avant d'arrêter et de s'essuyer les mains à un torchon.

— Tu veux une bière ?

— Volontiers.

Elle sortit deux bouteilles du frigo et s'assit à la table de bois brut avec moi.

— Est-ce qu'ils veulent Buddy ?

— Il n'y avait que moi qui les intéressais parce que j'étais passé à l'usine après l'histoire de mon pick-up incendié.

Le plus jeune des gamins entra, en sueur et hors d'haleine, pour prendre un verre d'eau à l'évier. Elle attendit qu'il ait terminé et soit ressorti en claquant la porte moustiquaire.

— Buddy ne peut pas retourner en prison. Pas ici, dit-elle.

— Ça n'a rien à voir avec lui.

— Beaucoup de gens par ici aimeraient détruire Frank Riordan, et ils prendront Buddy faute de mieux. J'ai passé cinq années à expliquer à ses enfants où il se trouvait, et nous ne sommes plus de taille à remettre ça.

Je voulus expliquer qu'elle n'avait rien à voir là-dedans, que c'était ma propre ivrognerie de Sudiste pilier de bar, pleine de serpents et de furie, qui m'avait fait gravir la montagne avec un fusil. Mais j'avais franchi une ligne, d'un gros pas de lourdaud aux chaussures sales, et empiété sur sa vie et celle de ses enfants, et je me faisais l'effet d'un intrus venu d'ailleurs qui serait venu offrir à quelqu'un une poignée d'araignées. Je terminai ma bouteille que je reposai délicatement sur la table.

— Je crois que je ferais bien de prendre l'air, dis-je. Je pourrai probablement trouver une voiture sans trop de mal près de l'autoroute.

— Attends l'arrivée de Mel. Il passe prendre le café après les cours.

— Buddy est probablement en train de vendre

sa Plymouth à la ferraille pour payer la caution, et de toute manière il faut que je repasse à l'hôpital.

Elle se leva de sa chaise et prit une autre bière au frigo. Le V du pan de sa chemise en toile laissait entrevoir la peau blanche au-dessus de son short. Elle jeta la capsule dans un sac en papier et mit la bouteille devant moi.

— Buddy dit que tu pourrais gagner ta vie comme musicien de jazz si tu le voulais. Pourquoi joues-tu dans des groupes country ?

— Parce que je suis doué pour ce que je fais, c'est quelque chose à quoi je suis sensible.

— Est-ce que tu aimes les gens pour lesquels tu joues ? dit-elle d'une voix douce, le regard plein d'intérêt, et je me demandai bien pourquoi Buddy l'avait quittée.

— Je crois que je les comprends.

— Le genre de gars qui t'ont tabassé avant d'incendier ton camion ?

— Tous les clients d'un rade à bière ne sont pas des gangsters. Tout cela ne serait pas arrivé si Buddy…

— Je sais. L'expression favorite de Buddy : « Tu tires la chasse et tu ne sais jamais ce qui va rester. C'est le genre de truc qui arrive, Zeno. » Il avait une manière de dire ça juste au moment où quelqu'un avait déjà dans l'idée de le tuer sur place.

— Eh bien, c'est un peu ce qui s'est passé. Mais quand tu débarques au milieu de tout ça en affichant la couleur, il est certain que quelqu'un va essayer de t'effacer du tableau.

— J'ai lu le compte-rendu dans le journal. Tu as vraiment fait tant de dégâts que ça depuis l'autre côté de la rivière ?

Son regard sombre dansait devant mes yeux.

— Qu'est-ce que tu en penses, petite ?

— Je pense que tu ne comprends pas plus le shérif auquel tu as affaire que tu ne comprends Frank Riordan.

— Depuis le jour de mon arrivée ici, tout le monde me dit qu'il y a des choses que je ne comprends pas. C'est un truc qui arrive à tous ceux qui viennent s'égarer dans le Montana ?

— Pat Floyd a peut-être l'allure d'un péquenot obèse de Louisiane assis derrière son bureau, mais il y a quinze ans qu'il est shérif, et il ne libère pas les gens qu'il a mis sous les verrous sans raison valable. Je crois aussi que tu vas t'apercevoir que le père de Buddy peut être quelqu'un de très étrange quand on a affaire à lui.

Elle alla jusqu'à l'évier et ôta le bouchon qui fermait la bonde, avant de se mettre à essorer à la main le jean et les T-shirts.

— Excuse-moi. Prends une autre bière. Il faut que j'étende ça avant qu'il se remette à pleuvoir.

Je sortis une Grain Belt du frigo et contemplai les mouvements de ses épaules tandis qu'elle tordait les vêtements de ses enfants pour en évacuer l'eau. Je n'avais jamais été très doué avec les femmes, mais celle-ci était capable de pointer sur vous un ongle intelligent avant d'aller égratigner les bords de votre âme et de s'éloigner pour ne laisser qu'un point d'interrogation.

J'attendis trois minutes dans le silence en buvant ma bière, le regard fixé, à travers la moustiquaire, sur les arbres verts de l'arrière-cour.

— Pourquoi M. Riordan serait-il quelqu'un d'étrange ?

— Il ne reconnaît rien qui ne corresponde pas à sa conception du monde et des gens qui devraient y vivre. Il se peut que ce soit quelqu'un de bien, mais il est toujours déterminé à faire ce qu'il qualifie de bien, sans se soucier de ce que cela coûte aux autres. Tu n'y as peut-être pas encore pensé en ces termes, mais à ses yeux tu as probablement accompli quelque chose de grandiose lorsque tu as tiré sur ces camions.

— Je n'accomplis rien pour personne. J'ai essayé d'annoncer en capitales d'imprimerie que je n'avais rien à voir dans la bataille qui se livre entre la papeterie et les bûcherons. Et j'y ai gagné jusqu'à présent un bras cassé et j'ai perdu mon boulot simplement parce que j'étais là. Je ne crois donc pas devoir quoi que ce soit à personne.

— Pourquoi es-tu venu ici ?

— Parfois on a besoin de prendre l'air et de se dégourdir les jambes.

— Tu aurais dû rester en Louisiane.

— J'ai une facture à régler pour la séance de thérapie ? dis-je avec un sourire, mais son visage resta sans expression.

— Si la papeterie ferme à cause de Frank Riordan, tu n'auras certainement aucune envie de voir ce à quoi vont ressembler les gens de cette ville.

— J'en ai croisé quelques-uns.

— Non, ce n'est pas vrai. Tu ne les as pas rencontrés quand ils n'ont plus de travail, qu'il n'y a plus rien à manger à la maison à part ce que donne le centre fédéral de surplus alimentaires. Il n'y a rien de pire qu'une ville de bûcherons quand la scierie ferme.

— Pourquoi ne pars-tu pas ?

Je me sentis stupide dès que j'eus posé ma question.

— Je pourrais probablement faire la serveuse à la gare routière de Billings ou dans un relais routier de Spokane. Tu me recommanderais ça comme grand changement dans ma vie ?

— Désolé. Trop de bière trop tôt le matin.

Elle s'essuya les mains et remonta ses cheveux sous son bandana.

— Dis-moi aussi autre chose. Crois-tu que Buddy réussira à éviter de retourner en prison ?

— Bien sûr.

— Tu ne penses pas qu'un jour il se retrouvera en prison pour une raison ou pour une autre ? Pour de la came, ou pour conduite en état d'ivresse, une bouteille qu'il aura balancée dans un bar, ou une de ces choses qu'il fait régulièrement et chasse aussi vite de son esprit, comme si de rien n'était ?

— Buddy n'est pas un criminel. Il est tombé en Louisiane parce qu'il avait sur lui de l'herbe au mauvais moment. S'il n'avait pas été yankee et s'il avait eu de l'argent, il aurait pu se sortir d'affaire sans problème.

— Ce n'était pas la première fois qu'il faisait de la prison, dit Beth.

— C'est ce qu'il m'a raconté.

— Il a raconté quoi ?

Je me sentis mal à l'aise sous son regard, et bus une gorgée de bière.

— Il a dit que c'est toi qui l'avais fait boucler à une occasion.

— C'est merveilleux d'entendre ça. Au volant de sa voiture, il a traversé les pelouses sur toute la longueur du bloc de maisons et il est passé sur le perron d'entrée avant de coincer l'avertisseur avec une allumette. Les voisins ont appelé la police, et le lendemain nous avons été expulsés. Et pendant qu'il tirait ses quatre-vingt-dix jours de prison, j'ai dû vivre avec les enfants à Missoula est, dans une caravane sans chauffage.

J'entendis la porte moustiquaire claquer contre le ressort de rappel. Melvin franchit le couloir et entra dans la cuisine, de la poussière de craie sur la veste de son costume marron, le visage lumineux et avenant, et il se servit une tasse de la cafetière sur le réchaud. Immédiatement, il se mit à parler. Il n'en sut rien, mais en cet instant je lui aurais bien payé un grand verre bien frais.

Il parla sans discontinuer pendant presque quinze minutes. Puis il reposa la cafetière vide sur le réchaud et dit :

— T'es prêt à y aller, champion ?

— Ouais, allons-y.

— Seigneur, tu l'as fait sauter en mille morceaux, cette usine, nom de Dieu !

— Non, ce n'est pas vrai.

— Ouais, ben. En tout cas, je suis passé en voiture devant hier soir, et ils étaient encore en train de racler les restes d'un camion tout fondu sur l'asphalte. Collègue, ç'a été ce que j'appellerais du vrai boulot.

— On se casse si t'es prêt.

Nous franchîmes le couloir jusqu'à l'entrée, Beth sur nos talons. Je m'arrêtai à la porte moustiquaire.

— Je devrais recevoir un chèque au courrier aujourd'hui, peut-être que toi et les enfants vous aimeriez aller à un barbecue, ou quelque chose, dis-je. Peut-être que Melvin et sa femme voudraient venir eux aussi, et Buddy peut amener ses jeunes frères, nous trouverons bien un lac quelque part.

Elle me sourit, ses cheveux bleu-noir retombant doucement sur son front. Ses yeux sombres prirent une couleur plus dense encore au soleil qui filtrait à travers les arbres.

— Jadis, je faisais la deuxième meilleure sauce piquante de toute la Louisiane du Sud.

— Pose la question aux autres, et passe-moi un coup de fil, dit-elle.

Je lui fis un clin d'œil et traversai la pelouse ombragée vers la voiture.

Un clin d'œil, me dis-je. Mon gars, y a vraiment rien qui t'arrête.

— Tu veux qu'on passe au Eddie's Club prendre une bière ? dit Melvin.

— J'aimerais bien me laver de toute cette odeur de taule. Je t'en paierai une cet après-midi.

Nous franchîmes le pont et je regardai les éclairs de soleil dans les profondeurs du courant.

— Tu t'es servi du Springfield de Buddy ? demanda-t-il.

— J'étais pas mal parti la nuit dernière, et je ne me souviens plus de grand-chose.

— O.K. Mais tu devrais balancer le fusil dans la rivière.

— C'est une bonne idée, dis-je.

Le vent soufflait dans la Bitterroot Valley, et les feuilles des peupliers tremblaient d'argent dans l'air lumineux. Je contemplai au passage les champs de foin, le bétail dans les pâturages, et les maisons d'habitation des ranchs bâties en rondins colmatés au mortier, les panaches de fumée qui montaient d'un petit feu de forêt sur les hauteurs d'une montagne bleue. Les lits des torrents qui s'entrecroisaient sous la chaussée bouillonnaient d'insectes, et les galets bruns et mouillés sur les berges sableuses miroitaient au soleil. Bon Dieu, le Montana était vraiment beau, me dis-je. Le ciel, les montagnes, les terres bleu-vert étaient immenses et vous frappaient au cœur comme un coup de poing. On s'y perdait, rien qu'en les regardant.

Buddy quitta sa chaise sous la véranda du chalet et leva les bras en voyant la voiture. Melvin me déposa et remonta le chemin plein d'ornières vers la maison principale, et je vis Buddy qui balançait sa cigarette au vent. Son pan de chemise flottait derrière lui, et son visage meurtri, plein de points de suture, affichait un grand sourire pareil à celui d'un épouvantail tandis qu'il traversait la pelouse d'une démarche bancale.

— Une nuit au trou, et v'là Zeno libre comme l'air, dit-il. Voilà ce que j'appelle du rapide.

Je sentis la marijuana sur ses vêtements à deux mètres de distance.

— Je constate que t'as sué sang et eau pendant que les pauvres miches de ton pote se trouvaient en prison.

— J'ai appris que t'allais être libéré tard hier soir. J'ai passé un coup de bigo quand le vieux a dit qu'il allait garantir ta caution par une hypothèque sur la propriété. Mais on m'a répondu qu'il n'y aurait pas de caution parce que Zeno n'avait pas été inculpé, et que tu retrouverais la sécurité de tes foyers au matin.

— Et c'était à quelle heure, ça ?

— Aux environs de minuit.

— C'est super, Buddy. J'ai donc passé la nuit en compagnie d'un homosexuel du cru et d'un psycho nègre manchot pendant que tout baignait dans l'huile à la ferme. Nom de Dieu, qu'est-ce que je suis soulagé de savoir que je n'avais pas à m'en faire.

— Je n'aurais pas pu te faire sortir à une heure aussi tardive. Il n'y a pas de gardien de nuit à la prison et de toute manière je ne crois pas que tu étais tellement apprécié là-bas. Écoute, mec, j'ai quelque chose pour toi à l'intérieur. Faut aussi que tu voies l'arc-en-ciel que j'ai pêchée ce matin.

Nous remontâmes les marches du perron, et

Buddy passa le premier et poussa la porte moustiquaire.

— Je l'ai eue à crédit, alors ne te fais pas de bile. Le crédit, je l'ai eu au fion, mais je leur enverrai un enjoliveur de la Plymouth quand ils viendront menacer de me saisir.

Sur ma couchette était posée une guitare Gibson flambant neuve avec un drapeau confédéré enveloppant la rosace. Le bois blond et ciré et le manche effilé de couleur sombre avec ses frettes d'argent brillaient à la lumière de la fenêtre.

— Ils ont pas de Dobro dans le Montana, et je n'ai pas réussi à trouver de Martin.

— Bon Dieu, mec !

— Mais celle-ci est garantie à vie, et le gars m'a dit qu'il me vendrait un étui au prix coûtant.

— Espèce de débile, t'es fou !

Il replia un morceau de pochette d'allumette autour de son joint et l'alluma, un grand sourire sur le visage au milieu de la fumée lorsqu'il ajouta :

— J'ai essayé de te trouver un manuel d'apprentissage pour la guitare, mais ils n'en avaient pas.

Je m'assis sur le lit et passai l'ongle du pouce sur les cordes. Elles résonnèrent et tremblèrent sous les échos profonds de la caisse. J'essayai de plaquer maladroitement un accord de sol, mais je ne parvins pas à placer mon plâtre sur le manche.

— Tu vois une réponse à ce qui m'est arrivé à la prison ? demandai-je.

— Je donne ma langue au chat. Je croyais vraiment qu'ils t'avaient épinglé pour de bon.

— Qu'est-ce que tu sais du shérif ?

— Fais gaffe à lui. C'est un vrai renard.

— Ouais, c'est ce que m'a dit Beth, dis-je en regrettant aussitôt mes paroles.

— Qu'est-ce que tu fichais chez elle ? dit-il.

— Je n'avais pas assez de fric pour prendre le bus, et j'ai pensé que tu pouvais te trouver là-bas.

Il me regarda d'un drôle d'air. Je sortis un médiator plat de ma poche et commençai à accorder la première corde. Nous n'échangeâmes pas une parole pendant un moment.

— Jette un coup d'œil à la truite, finit par dire Buddy. Je l'ai prise au ver ce matin.

Il sortit de l'évier une truite de cinquante centimètres en la tenant par les ouïes. Les bandes bleues et roses iridescentes sur les flancs brillaient encore au soleil.

— J'avais resserré le frein à fond et je n'arrivais toujours pas à sortir la bête. Il a fallu que j'avance dans l'eau pour l'échouer sur un banc de sable. Si tu réussis à tenir tes miches hors de la taule, on retournera pêcher ce soir.

— Mon chèque devrait arriver aujourd'hui. Que dirais-tu si je vous offrais une petite fête cet après-midi, un pique-nique arrosé à la bière ?

— Ça me paraît tout à fait acceptable, Zeno. Mais je suis déjà passé à la boîte aux lettres, et ton chèque est pas arrivé. Avant que j'oublie, il y a aussi le vieux qui veut te parler.

Il ouvrit le ventre de la truite avec un couteau à poisson et en vida les entrailles.

— De quel genre, l'entretien ? Poussé jusque dans le détail ?

— C'est sa manière de faire. Il veut te parler quelques minutes.

— Dis, je sais bien que j'ai droit à mon loyer gratis ici, et peut-être que le fait de m'être transformé en tireur d'élite improvisé n'est pas très malin, mais comme tu l'as dit, ça ne regarde que moi.

— T'es le plus parano de tous les enfoirés que j'aie rencontrés. Écoute, il était prêt à prendre une hypothèque sur sa propriété pour payer ta caution. Je veux dire, il voulait tout mettre dans la balance. Tout ce qu'il possède. O.K., tu me diras, la belle affaire. Mais accorde-lui au moins ça. C'est un mec bien.

C'était la première fois que je voyais Buddy prendre la défense de son père.

— O.K., dis-je.

Buddy actionna la pompe, lava la truite et, de l'ongle du pouce, ôta le sang coagulé le long de l'arête centrale.

— C'est tout bon, tout bon, dit-il en allumant le petit bois du poêle. Quelques rondelles de citron et des tranches d'oignons, et on dîne sous la véranda en nous roulant quelques-uns de cette bonne herbe mexicaine qui te fait rigoler la tête.

— Ton père est venu me voir pendant qu'on était à l'hôpital et il m'a dit qu'il avait un jour essayé d'abattre quelqu'un.

— Je suis surpris qu'il t'ait parlé de ça.

— Il s'est montré très convaincant dans sa démonstration.

— Il s'agit d'un truc qu'il garde soigneusement rangé dans un coin sombre de sa mémoire. Mais par le ciel, c'est vrai, ce qu'il t'a dit. Il a bien essayé d'abattre un mec. Quand j'étais gamin, on habitait du côté de Livingston, et tous les jours j'enjambais la clôture en barbelé de ce mec pour aller pêcher dans sa mare. J'ai tellement grimpé dessus que j'ai fini par la démolir et l'aplatir complètement, et trente de ses vaches se sont échappées sur l'autoroute. Le lendemain matin, le mec m'a chopé près de sa mare avec une cravache. Une dizaine de coups ont suffi pour crever le fond de ma salopette. J'avais du sang dans les chaussures quand je suis rentré à la maison, et c'est la seule fois de ma vie que j'ai vu mon vieux avec une telle expression sur le visage.

La truite braisait doucement au beurre dans la poêle et Buddy pressa un citron sur la chair délicate blanc-rose.

— Alors je fais quoi ? Je me présente à ton père ou j'attends ? dis-je.

— Non. Tu sors une bière du frigo et après on mange. Si tu veux te casser après ça, parce que tu n'as pas envie de perdre cinq minutes à discuter avec le vieux, ça ne fait rien. On se prendra deux mousses et on ira pêcher au ver. Ne te fais pas de bile. Tout baigne.

Nous mangeâmes sous la véranda, la brise soufflait de la rivière dans les pins. Il faisait presque froid à l'ombre, et les chevaux de M. Riordan, quatre Appaloosa et un pur-sang arabe, ressemblaient à des statues de pierre illuminées de soleil dans le corral près de la grange. Au-delà de la maison, les arêtes des canyons et des falaises d'un bleu de lame de rasoir se découpaient sur le fond du ciel.

Je mangeais mon dernier morceau de truite avec une rondelle d'oignon lorsque j'entendis le pas de M. Riordan qui remontait les marches au bout de la véranda. Il avait fait glisser les bretelles de sa salopette qui pendaient à sa taille, et le mouchoir rouge qu'il portait noué autour du cou était trempé de sueur. Il plongea la main dans sa poche de poitrine et en sortit un petit cigare déjà entamé. Le visage de Buddy se vida de toute expression tandis qu'il nettoyait les assiettes en fer-blanc.

— Il me semble que vous ne faites pas les choses à moitié, une fois que vous avez décidé de passer à l'action, dit-il.

Il alluma son cigare, et ses yeux gris me contemplaient sans ciller, à travers la fumée et la flamme de l'allumette.

— Je croyais que nous étions tombés d'accord à l'hôpital, dit-il.

— Ce n'est pas quelque chose que j'avais prévu de faire de longue date. C'est juste que j'ai la mauvaise habitude de laisser s'enflammer ce qui me tracasse au point que les soudures se mettent à fondre au mauvais moment.

Il ôta un brin de tabac sur ses lèvres et émit un bruit de gorge. Ses sourcils étaient mouillés de gouttes de transpiration. Buddy emporta les assiettes dans la maison et je l'entendis qui pompait de l'eau sur l'évier.

— Je crois que je me suis trompé sur votre compte. Je ne vous croyais pas capable de faire une chose pareille, dit-il.

Je détournai la tête, sortis une cigarette de mon paquet et me dis : Seigneur Jésus, qu'est-ce que c'est encore ?

— D'un autre côté, je n'avais jamais imaginé que mon propre fils allait passer cinq ans au pénitencier.

— Il arrive parfois qu'on ne puisse pas prévoir ce que les gens vont faire, dis-je.

— Est-ce qu'il s'agit là du genre d'observation que vous faites sur les comportements humains après un séjour en prison ?

— Je ne sais pas si j'ai appris ça en prison ou non, mais j'ai le sentiment que les gens laisseront toujours parler ce qu'ils ont en eux et qu'il n'y a pas grand-chose à faire pour changer ça.

— Ça doit être étrange de vivre avec une telle philosophie, surtout si ce que vous faites détruit la majeure partie de votre existence.

— Je croyais que j'avais payé ma dette, monsieur Riordan, et que j'allais vivre tranquille aussi longtemps que je le pourrais après ça. Mais peut-être faut-il continuer à payer jusqu'au bout et qu'une vie tranquille n'existe tout simplement pas.

— Je n'essaierai pas de discuter de votre expérience et de ce qu'elle vous a enseigné. Mais le monde n'est pas une prison. C'est juste que c'est nous-mêmes qui la construisons parfois. Est-ce que vous pouvez comprendre cela ?

Je tirai sur la cigarette et regardai au loin la brume vert jaunâtre sur les pâturages. Les ouvriers agricoles chargeaient les balles de foin sur une remorque, et au pied de la montagne la crête des petits conifères ployait sous le vent.

— Je suis désolé de vous avoir attiré des ennuis jusque chez vous, dis-je, et je vous suis reconnaissant d'avoir voulu verser ma caution. Sinon, je ne sais que vous dire. Je vais probablement aller m'installer en ville dans un jour ou deux.

— Je ne vous ai pas demandé de faire ça. Je vous demande simplement de réfléchir un peu à ce que j'ai dit.

— Tu veux une bière, Frank ? s'écria Buddy depuis la maison.

— Apportes-en deux, fils.

Puis, s'adressant à moi :

— Vous ne pouvez probablement pas faire grand-chose ici avec ce bras, mais je vous paierai pour que vous m'aidiez avec les ragondins. Je vais en introduire dans deux mares à castors en amont de Lost Horse Creek ce week-end.

— Jamais vous ne devriez relâcher ces bestioles dans le Montana, dis-je.

— Je crains que vous ne soyez plus conservateur que vous ne le pensez, Iry.

Le chèque d'Ace se trouvait au courrier le lendemain, et j'offris à tout le monde un grand pique-nique arrosé de bière à Flathead Lake. Nous partîmes à deux voitures pleines, les enfants la tête aux portières, le masque de plongée déjà en place, et j'achetai deux caisses de Great Falls rafraîchies à la glace pilée et un panier garni de saucisses, fromage, jambon fumé et pain français. C'était la première fois que je me rendais dans la région de Flathead, et je compris que je n'avais pas encore vu les plus beaux paysages du Montana. Nous commençâmes à monter vers les hauteurs au nord de Missoula, encadrés de part et d'autre par les montagnes bleues. L'air fraîchit et se fit plus rare, et nous traversâmes la réserve des Indiens Salish, puis la Jocko River en basses eaux qui coulait, d'un vert de menthe claire, sur son lit de rochers lisses en faisant onduler les courtes herbes le long des berges. Buddy conduisait la Plymouth pied au plancher en buvant une bière d'une main, l'épaule appuyée contre le montant de la portière à la manière d'un truand des années cinquante, riant au vent et parlant de la marijuana presque inoffensive qui poussait à l'état sauvage dans le Montana, sous l'œil effrayé de Beth rivée au compteur de vitesse, une cigarette entre ses doigts tremblants.

— Regardez-moi ces bisons, dit-il. Vous savez que ces bestiaux sont capables de courir à soixante-dix kilomètres heure ? Une clôture en grillage ne les arrête même pas. Ils ont le poitrail couvert de poils et de nerfs comme une armure. Et ils sont toujours en rut comme des lapins. Et donc j'ai demandé un jour à un garde de parc national pourquoi le gouvernement ne se contentait pas de lâcher les bêtes dans la nature et de les laisser se reproduire dans tout le pays. Et il me dit, écoute bien, mec, tu vas apprécier : Imagine-toi un fermier du Nebraska qui cultive le blé. Il va se coucher en rêvant à cinq mille hectares de céréales quand il entend un long grondement sourd et il regarde par la fenêtre au matin. Il ne lui reste plus rien qu'un sol labouré par les sabots et des milliers de bouses de bison.

Lorsque nous nous arrêtâmes pour prendre de l'essence, Beth me demanda de conduire, et Buddy s'assit contre la portière passager et alluma un joint. Les Mission Mountains étaient la plus belle chaîne de montagnes que j'aie jamais vue. Elles se découpaient en pointes déchiquetées sur le ciel, leurs sommets couverts de neige, avec de longues cascades blanches naissant sous la neige, et Kicking Horse Lake, le « lac du Cheval qui rue », au pied du massif comme une gigantesque larme d'eau bleue. J'avais le vertige à cause de l'air raréfié et des deux bières que j'avais bues, du vent et des cris des enfants sur la banquette arrière, et je sentais la cuisse de Beth contre la mienne en me demandant s'il était possible à un individu de vivre à jamais une expérience comme celle que je vivais.

Je ralentis aux abords de Polson et vis alors Flathead Lake, ses cerisiers le long des berges, l'énorme étendue d'eau, le cirque de montagnes qui l'entourait, les falaises de pierre qui se dressaient au milieu de sa surface lisse et brillante. Le lac ressemblait à l'océan Pacifique, tellement vaste qu'on perdait tout bonnement l'idée de l'endroit où on se trouvait. Des bateaux à voiles rouges tiraient des bords sous la faible brise, l'étrave toute blanche luisant de soleil, et les plages de sable étaient ombragées de pins. Nous longeâmes le rivage en direction de Big Fork, accompagnés des scintillements de l'eau au travers des arbres, et je regardai les cueilleurs de cerises sur leurs escabeaux faire ployer les branches sous leur poids tandis que leurs mains s'occupaient méthodiquement à leur ouvrage et que les cerises pleuvaient comme des gouttes de sang dans leurs paniers.

La journée était magnifique. Nous mangeâmes des maxi sandwiches sur la plage en buvant de la bière au soleil jusqu'à avoir les yeux douloureux à cause de la lumière, puis nous plongeâmes dans le lac et nageâmes dans les eaux froides, le souffle haletant. Je louai un petit hors-bord et chacun à notre tour nous emmenâmes les gamins jusqu'à une île dont les rochers s'ornaient de gravures indiennes. Puis Melvin acheta à un pêcheur quelques grosses truites que nous fîmes griller, en papillotes, avec de la sauce tomate. Nous étions tous fatigués et heureux à notre retour vers Missoula. Avant d'arriver en ville, Buddy s'était endormi sur la banquette arrière avec les enfants, et Beth avait posé sa tête contre mon épaule et sa main sur mon genou. J'étais incapable de savoir si son geste était délibéré ou si elle se trouvait dans cet état d'épuisement rêveur qui donne aux femmes une aura particulière pendant leur sommeil. Mais ce fut pour moi une sensation un peu douloureuse, à laquelle s'ajoutait, à trente et un ans, l'absence d'une épouse et d'une famille, et la probabilité de ne jamais avoir ni l'une ni l'autre.

La semaine qui suivit s'écoula doucement au rythme de l'été indien qui, chaque matin, imposait plus profondément sa marque aux montagnes. Les arbres changeaient plus rapidement de couleur, les feuilles éclatant de rouge et de jaune là où la veille il n'y avait rien, le bleu du ciel se fit plus dur, et les cheminées furent plus nombreuses à cracher leur fumée de bois de pin à l'heure de la fausse aurore avant que le soleil n'explose sur les sommets des

Bitterroot. J'aidai M. Riordan à introduire ses ragondins dans Lost Horse Creek et je travaillai deux après-midi dans la volière, mais je passai le plus clair de chaque journée assis sur le perron en façade, à boire de la bière et à jouer de la Gibson sans marquer les accords (ce qui peut se faire d'une main si l'on se sert d'un bottleneck sur les frettes, ainsi qu'on le ferait sur une steel guitar ou une Dobro à l'aide d'un doigtier métallique) ou à essayer d'oublier les démangeaisons abominables comme la puanteur de la pommade mêlée à la sueur à l'intérieur de mon plâtre. Certains jours, lorsque je buvais trop de bière pour m'effondrer l'après-midi sur mon lit en plein délire, j'imaginais que des fourmis blanches qui n'avaient jamais vu la lumière me dévoraient doucement en se frayant un chemin dans mes veines.

Mais l'un dans l'autre, je me sentais intérieurement apaisé, et j'avais en tête l'idée étrange que si je restais au même endroit pendant un moment sans rien faire d'extravagant, mon petit numéro à la papeterie allait disparaître, et ma guerre personnelle avec les gens du cru allait se trouver rangée et mise au rancart quelque part.

J'étais en train de nettoyer une truite dans une casserole d'eau sur le perron lorsque je vis la voiture du shérif s'engager sur la grille à bétail et emprunter le chemin de la ferme dans un nuage de poussière. Je plongeai les mains dans l'eau rougie, les essuyai sur mon jean et allumai une cigarette avant que le shérif apparaisse devant le chalet. Il vit que je n'avais pas l'intention de me lever et il braqua sa voiture droit sur les marches pour s'arrêter parallèlement à moi, à un mètre de distance. Son visage corpulent brillait d'une lueur étrange, et son bras à la portière ressemblait à un pain dodu. Il prit son cigare posé dans le cendrier, tira sur son extrémité aplatie, la pierre rouge de sa bague maçonnique luisant au soleil, avant d'entrouvrir sa portière pour dégager sa masse de sous le volant.

— Vous auriez dû vous montrer un peu plus prudent, fils, dit-il.

— Comment ça, shérif ?

— Je vous ai dit que certains de mes hommes ne sont pas des lumières et qu'il nous faut un petit moment pour tout comprendre. Il m'a fallu aussi un certain temps pour déterminer l'emplacement d'où vous aviez pu tirer. Vous les avez toutes ramassées, les douilles, sauf celle-ci. Elle était juste sous les aiguilles de pins, à côté de l'arbre contre lequel vous vous êtes appuyé.

Il me montra un petit sachet serré par un élastique. À l'intérieur se trouvait une douille.

— Je crois savoir qu'une empreinte se marque dans le métal chaud de la douille une fois la balle tirée. Et qu'il est impossible de l'enlever même en ponçant au papier de verre.

— Je n'en sais rien, personnellement.

— Eh bien, ne vous éloignez pas trop. Je vous ferai savoir ce que j'aurai trouvé une fois que j'aurai remis l'objet à l'homme du FBI à Helena.

Chapitre 8

Je ne réussis pas à trouver le sommeil cette nuit-là. Je fumai des cigarettes au lit, puis je sortis sous la véranda avec un demi-verre de Four Roses, m'assis dans la nuit froide et contemplai un troupeau de cervidés qui se dirigeait vers le canyon en broutant l'herbe du pâturage. Ils se détachaient comme des sculptures dans l'herbe humide sous le clair de lune, et au passage d'une voiture sur l'autoroute je vis un œil marron jaillir des ténèbres dans l'éclat des phares. À travers les pins, la vaste étendue de la Bitterroot River se mouillait d'un miroitement bleuté. Je bus mon whisky et essayai de chasser de mon esprit la douille dans son sachet en plastique, en vain. J'étais furieux contre ma propre négligence, mon incapacité à compter les douilles à mesure qu'elles s'éjectaient de la chambre, et le fait qu'un objet aussi futile qu'une cartouche sans balle puisse me réexpédier en prison pour des années.

Je ne sais à quel moment je m'endormis dans le fauteuil, mais je sentis la fumée juste avant la fausse aurore. Au milieu de mon rêve embrumé de whisky, je crus qu'il s'agissait de bois de pin brûlant dans la cheminée, mais j'entendis alors les hennissements des chevaux qui ruaient et se cognaient aux stalles.

Les flammes avaient déjà atteint le sommet d'un des murs de la grange, les bardeaux de bois fouettés par les gerbes d'étincelles, le grenier encadré par un carré brillant de lumière jaune provenant de l'intérieur de la bâtisse. Sur le chemin de terre, j'entendis un camion qui faisait grincer sa boîte de vitesses avant de franchir la grille à bétail en grondant comme le tonnerre. Je courus pieds nus dans le chalet et réveillai Buddy en le secouant par les épaules.

— Qu'est-ce qui se passe, bon Dieu ?

— La grange est en train de brûler.

Nous traversions le champ au pas de course lorsqu'une grande flamme jaillit, embrasant l'air en creusant un énorme trou dans la toiture qui s'effondra dans une gerbe d'étincelles. Les lampes s'allumaient dans la maison d'habitation et je vis sortir M. Riordan sur son perron, torse nu. Les balles de foin empilées contre un des murs de la grange se transformaient déjà en boules de feu, et la volière était pleine de lueurs jaunes vacillant au milieu des ombres et des battements frénétiques des ailes des oiseaux dans leurs cages.

— Les chevaux ! s'écria M. Riordan.

Leurs hurlements étaient effrayants. J'entendais le bruit de leurs sabots qui fracassaient le bois, et malgré la fumée et l'air raréfié, je sentais l'odeur de poil roussi.

La corde de la poulie à l'étage s'enflamma spontanément à la chaleur et se mit à brûler comme une traînée de feu solitaire. Les trois jeunes frères de Buddy s'élancèrent dans le corral sur les talons de leur père, en pyjama, les yeux écarquillés par la frayeur et l'incertitude, la peau du visage rougie par la chaleur du brasier.

— Mouillez des couvertures et apportez-les au

pas de course, les garçons, dit M. Riordan avant de franchir le seuil de la grange.

— Sors de là, Frank, hurla Buddy.

Cendres et tisons dégringolaient sur les épaules et le dos nus de M. Riordan tandis qu'il avançait vers les stalles, un bras devant les yeux.

— Il est fou, ce vieux salopard, dit Buddy.

Je ne sais pourquoi — peut-être parce que je n'y avais pas réfléchi — mais j'entrai derrière lui. Il faisait aussi chaud qu'à l'intérieur d'un haut-fourneau. La porte d'accès à l'étage dégoulinait de flammèches le long des interstices entre les planches, et les articles de sellerie éclataient en boursouflures de cuir noir. L'air était tellement chaud qu'il me brûlait les poumons, et avant d'avoir pu faire deux mètres je sentis la fumée me monter au cerveau. M. Riordan avait ouvert deux des stalles des Appaloosa ; l'un des chevaux bondit par la porte vers l'extérieur, mais l'autre avait coincé ses deux pattes avant au-dessus de la cloison de la stalle et se fracassait la tête contre un poteau à force de ruades.

— Laissez-le. Vous n'arriverez pas à le faire sortir, dis-je.

— L'arabe, dit-il.

La stalle était située au fond de la grange, là où le feu ne s'était pas encore propagé, mais les cloisons fumaient à chaque joint et à chaque fissure. Le pur-sang avait abattu en ruant la moitié de son box et l'un de ses fers pendait tout tordu à un sabot cassé. Il avait les yeux exorbités par la peur et il s'était servi de son museau pour essayer de briser le loquet de la porte. Je tirai le verrou et il démarra droit vers la porte d'entrée avant de battre en retraite et de s'écraser latéralement dans une rangée de stalles déjà festonnées de flammes. Il se remit debout, des étincelles dans la crinière et la queue, fouettant de ses antérieurs le brasier qui avait consumé la stalle du premier Appaloosa. L'avant de la grange commençait à s'affaisser, et une pluie de bardeaux brûlants tombait dans l'embrasure de la porte, la fumée maintenant tellement épaisse que je ne voyais plus M. Riordan ni les autres chevaux. D'une main, j'ôtai avec difficulté la chemise que j'avais sur le dos et attendis que le pur-sang recule devant les flammes et fasse demi-tour. Puis je lui claquai la croupe et sautai sur lui, mon ventre collé à son dos, en remontant les genoux vers ses épaules. Il rua des postérieurs dans un poteau et des articles de sellerie, et je le frappai alors avec mon plâtre, derrière l'oreille, en lui passant la chemise en capuchon sur les yeux. Je l'éperonnai des deux talons, avec force, juste sous les côtes, et me plaquai à son encolure, la chemise tendue serrée entre mes poings, et nous franchîmes d'un bond les flammes et les balles de foin vert qui explosaient, pour nous enfoncer soudain dans la fraîcheur de l'aube bleue.

Il releva la tête en sentant l'air et la rivière, et changea brutalement de direction en m'éjectant au passage. Je tombai sur le dos au milieu du corral et vis M. Riordan sortir de l'énorme cube de flammes en train de s'effondrer, une couverture trempée d'eau enveloppée autour de la tête du pur-sang, tenue serrée autour de son cou par une ceinture de pantalon.

Les planches des murs claquaient et se gauchissaient à mesure que le vent soufflait les flammes au travers du toit en faisant exploser la poutraison encore en place en gerbes d'étincelles. Derrière la maison, les pins sombres à la base du canyon vibraient à la lueur des flammes, et les oiseaux de la volière tranchaient sur les reflets de l'incendie comme d'horribles phénix aux ailes déployées. J'avais les pieds couverts de cloques rouges et je sentais mes épaules semées de petits trous comme des brûlures de cigarette. Les bandages de gaze sur mon dos étaient noircis, dégageant une odeur de pommade surchauffée, et lorsque je passai la main dans mes cheveux, j'eus l'impression de toucher des fils métalliques raides et pointus.

— Hé, mec, ça va ? dit Buddy.

Il se tenait debout au-dessus de moi, comme surgi de l'aube naissante, et me regardait de toute sa hauteur avant que son père et ses trois frères ne le rejoignent.

— Hé, Iry, dit-il.

Il était agenouillé à côté de moi et me frottait les cheveux.

— Hé, n'y pense plus, mec. On les a tous sortis, sauf un.

Puis le visage de M. Riordan se colla presque au mien. Il était accroupi sur les talons, sa main serrant mon bras. La fourrure de poils gris sur ses épaules avait brûlé comme des soies de porc, et il portait une longue balafre rouge, une brûlure qui lui barrait la joue et une partie de sa lèvre qui cloquait déjà.

— Montons à la maison, fils, dit-il.

— Mais bon Dieu, où sont passés vos voisins ? demandai-je.

— Ils vont venir. C'est juste que ça demande un moment.

Une demi-heure plus tard, le camion de pompiers volontaires de Stevensville arrivait, remontait le chemin d'entrée, suivi par deux camionnettes de ranchs avoisinants. Le soleil levant avait dépassé la crête de la montagne et dessinait de longues ombres fraîches sur la véranda, où nous nous étions installés pour regarder les pompiers inonder les poutres brûlées et les tas de cendres. J'avais revêtu une des chemises moelleuses en lainage de M. Riordan sur la couche de beurre que son épouse avait passée sur mes épaules.

— Combien de temps ces gars-là mettent-ils quand votre maison est en train de brûler sur place ? dis-je.

— C'est pas ce que tu crois, dit Buddy. Ils ont presque quarante kilomètres à parcourir, et avant de pouvoir faire quoi que ce soit, il faut qu'ils sortent les gens du lit dans toute la vallée. Ils ne nous aiment pas beaucoup, mais en cas d'urgence jamais ils ne te tourneront le dos.

— Je ne sais pas pourquoi, mais tu ne me convaincs pas, Zeno.

— Tu ne comprends pas les gens du Montana. Ils peuvent te haïr à ne pas pouvoir t'encadrer et te traiter comme si t'avais la gale, mais ils sont présents à l'appel quand t'as des ennuis. Attends de voir ce qui va se passer si tu pètes un essieu sur un chemin forestier ou si tu te perds pendant une chasse au cerf.

J'allumai une cigarette et me versai une nouvelle tasse de café du pot que Mme Riordan avait apporté dans la véranda. Le dessus de mes pieds nus donnait l'impression d'avoir été ébouillanté.

— Je ne sais pas si tu as envie de voir ça, Frank, mais tu ferais bien de jeter un œil, dit l'un des pompiers.

Il tenait, empalé sur le fer de sa hache, un bidon d'essence calciné.

— Il était posé contre le mur sud, et il y a une longue traînée d'herbe brûlée là où on a versé l'essence.

— Pose-le là, dit M. Riordan.

Le pompier dégagea le bidon et tourna la tête vers les poutres fumantes. L'eau dégoulinait de son ciré jaune, son visage était poudré de cendres.

— Combien en as-tu perdu ? demanda-t-il en plissant les yeux sans nous regarder.

— Un Appaloosa.

— Je suis désolé de ce qui arrive, Frank. Tu sais qu'il suffit de quelques salopards pour qu'on croie que tous les autres sont pareils.

— Dis aux gars de venir prendre le café, dit M. Riordan. Joe, tu veux bien aller jusqu'au placard ?

Le petit frère de Buddy entra dans la maison et revint avec une bouteille de Jack Daniels tandis que Mme Riordan servait le café d'une énorme cafetière qu'elle tenait à deux mains. Les pompiers et les voisins venus dans leurs camionnettes s'assirent sur les marches et la rambarde, arrosant leur café de whisky et fumant des roulées. Leur politesse, leur attitude paisible et tranquille, et la fraîcheur bleutée du matin me rappelèrent des scènes identiques en Louisiane, sous notre véranda à l'arrière de la maison, juste avant le départ pour la chasse à l'automne, mais il y avait ici une tension toujours présente dans les regards qui se détournaient, la concentration exagérée dans la confection d'une cigarette ou la dernière gorgée de whisky qu'on avalait au fond d'une tasse.

La bouteille fit un second passage, et Mme Riordan apporta un plateau de biscuits de la veille qu'elle avait réchauffés.

— Bon Dieu, mais c'est quand que tu vas accepter de laisser tomber, Frank ? demanda l'un des voisins.

C'était un grand gaillard vêtu d'un blouson en

jean et d'un pantalon en velours rapiécé enfilé sur un caleçon long, chaussé de brodequins à moitié lacés sur ses mollets épais. Il ne regarda pas M. Riordan, mais sectionna d'un coup de dents une carotte de Brown Mule avant de coller la chique de tabac au creux de sa joue.

— Quand j'aurai réussi à obtenir la fermeture, ce qu'on aurait tous dû faire quand ils ont débarqué ici la première fois, dit M. Riordan.

— Que je sois damné si j'ai un jour pensé à une chose pareille, dit le voisin en crachant depuis la véranda avant de remettre la carotte de tabac dans sa veste. Ce qu'y fabriquent à Missoula, c'est pas mes oignons. Ça sent peut-être comme dans une porcherie, mais nous, on respire pas cet air-là et y a tous ces boulots pour les gens de là-bas. Si eux veulent fermer l'usine, alors, qu'ils le fassent.

— Tu te souviens à quoi ressemblait Missoula quand tu pouvais descendre en voiture le long de la Clark sans ce panache de fumée suspendu au-dessus de l'eau ? dit M. Riordan. Est-ce qu'il t'arrive d'aller pêcher dans cette partie de la rivière aujourd'hui ? Qu'est-ce que tu vas faire quand tu auras un truc du même genre ici, dans les Bitterroot ?

— Personne ne va te contredire sur ce point, Frank, dit le pompier. Mais bon Dieu, ces gens là-bas ne peuvent pas aller ailleurs pour le boulot. L'Anaconda ne va pas les engager, et je compte même pas les bûcherons indépendants qui vont perdre leur tracteur et tout ce qu'ils ont.

— Tout ce qu'il leur suffit de faire, c'est de mettre un système d'épuration, dit M. Riordan. Ne comprends-tu pas qu'ils ne sont pas venus ici pour nous rendre service ? Ils sont ici pour faire des bénéfices, ils détruisent notre air et en plus il faudrait les aimer.

S'ensuivit un moment de silence, puis l'un des pompiers posa sa tasse dans la soucoupe, salua d'un signe de tête et retourna au camion. Les autres fumèrent leur cigarette, le regard délibérément tourné au loin, au-delà des champs, vers le canyon où le soleil perçait maintenant sur les falaises de pierre et les cimes des pins. Puis, un par un, ils déchirèrent le papier de leur mégot, comme si de rien n'était, pour laisser les brins de tabac sec s'envoler dans la brise, et ils reposèrent doucement tasse et soucoupe sur les marches avant de traverser la pelouse, sortant leurs gants de leur poche-revolver pour les claquer contre leur paume, bâillant et s'étirant, dos cassé en arrière, comme s'ils réfléchissaient profondément à la journée de travail qui les attendait.

— Je vais signaler au shérif qu'il s'agit d'un incendie criminel, dit le pompier qui avait trouvé le bidon d'essence. Ça ne conduira personne en prison, mais le shérif pourra toujours ficher la trouille à deux ou trois salopards en leur faisant passer l'envie de revenir par ici.

— Ils ne reviendront pas.

— Frank, c'est un truc dégueulasse, et je veux que tu saches ce que je pense.

— O.K., Bob.

Le pompier s'installa au volant du camion de volontaires et reprit le chemin de la grille à bétail tandis que les autres hommes s'asseyaient contre les tuyaux à incendie lovés, pleins d'une euphorie paresseuse de soleil et de whisky trop matinal.

— Vous voulez un autre verre, Iry? dit M. Riordan.

— Volontiers.

Puis nous entrâmes dans la maison où nous attendait un petit déjeuner d'œufs et de côtes de porc.

La famille était de bonne trempe. Personne ne parla de l'incendie à table, alors même que je savais que l'image de l'Appaloosa qui avait brûlé sous le toit effondré s'était imprimée comme une gravure de métal derrière le front de M. Riordan. Buddy mangea son petit déjeuner en silence et fut le premier à quitter la table. Par la fenêtre, je le vis qui prenait la bouteille sous la véranda pour s'en retourner vers le chalet.

Lorsque je rejoignis le chalet à mon tour, il était assis à la table de cuisine, un gobelet en fer-blanc à la main, plein de whisky coupé d'eau. La bouteille était presque vide.

— Sers-toi un coup, dit-il.

— Je déteste m'enivrer avant neuf heures du matin.

— Tu descendais pourtant ça comme du petit lait sous la véranda.

— Je ne me biture pas tous les jours de la semaine.

Il vida son gobelet d'un trait et prit un mégot de cigarette dans le cendrier. Je balançai mon paquet de Lucky Strike sur la table, mais il ignora le geste et tira une bouffée, l'allumette collée aux lèvres.

— Comment as-tu su que la grange était en feu ? demanda-t-il.

— Je n'arrivais pas à dormir la nuit dernière. Ce gros tas de flic m'a collé les *cojones* dans la poêle quand il m'a montré cette douille.

— Ne te tracasse pas pour ça. Il te fait juste suer à petit feu.

— T'as compris ça comme un grand, pas vrai ?

— Qu'est-ce que tu crois ? S'il avait eu des

preuves pour t'épingler, il t'aurait chopé sur place. Il a pu ramasser cette douille-là n'importe où.

— J'aimerais bien en être aussi sûr que toi, nom de Dieu, vu que c'est mes miches qui sont dans la balance.

— Tu parles comme une bleusaille à son premier séjour en taule. Utilise donc ce qui te sert de cervelle une minute. Tout ce qu'il veut, c'est que tu te tailles. Une bonne violation de conditionnelle.

La voix de Buddy avait des accents agacés et méchants qui ne me plaisaient pas.

— Peut-être que je n'ai pas bien pigé les intentions du bonhomme sur le moment, dis-je.

— De plus, même s'il a bien ramassé cette douille, il a toujours que dalle. Tu aurais pu aller t'exercer au tir à la cible deux semaines auparavant. Alors oublie ça.

Buddy versa le reste de la bouteille dans le gobelet en fer-blanc.

Je m'assis au bord du lit et passai de la vaseline sur les boursouflures de mes pieds avant d'enfiler une paire de chaussettes blanches et des mocassins.

— Qu'est-ce qu'a dit mon vieux après mon départ ? demanda Buddy.

— Rien, sinon de terminer la clôture près de la mare.

— C'est tout. Pas un mot sur le temps, ni sur les foutues vaches ou le curage des volières ?

— Il n'a rien dit.

— Vous êtes tous restés là, assis en silence, à grignoter vos os de côtelettes.

— Je ne vois pas où tu veux en venir, Buddy.

— Nulle part, Zeno. Ouvre-toi une bière. On va se bourrer.

— Je t'ai dit que j'avais ma dose.

— T'as l'air super.

Il alla jusqu'au frigo et revint avec une boîte de bière ouverte.

— Il faut que j'aille à l'hôpital ce matin. Une visite de contrôle pour mon bras.

— Super. Comme ça, tu pourras me conduire quelque part ensuite.

Je bus une gorgée de bière en le regardant. Il avait les yeux rouges et ne cessait de se frotter l'extrémité des doigts jaunis par la nicotine. Je connaissais trop bien Buddy pour vouloir empiéter sur les choses étranges qui bataillaient à l'intérieur de son crâne de cinglé, mais une idée méchante y battait la campagne, livrée à elle-même. Une idée méchante, et pas jolie.

— Qu'est-ce que tu dois aller faire à l'hôpital ? demanda-t-il.

— Je veux savoir quand je peux me faire enlever ce plâtre de manière à recommencer à jouer. J'ai l'impression d'avoir des colonies de vers qui grouillent dessous.

Il ne m'écoutait pas. Il fit tomber la chaise par terre en se levant de table et alla dans la chambre du fond pour se changer. Il revint, habillé d'un pantalon en peau d'ange, d'une chemise de sport bleue, de demi-bottes et d'un coupe-vent gris. Il pompa un peu d'eau dans l'évier, se lava le visage et se peigna en plaquant ses cheveux en queue de canard de chaque côté de la tête.

— Qu'est-ce qu'on fait ? dis-je.

— On remet ton bras en état de fonctionnement, Zeno. T'en fais donc pas.

Il ouvrit le frigo et en sortit une soucoupe sur laquelle était posé un coin de papier buvard.

— Hé, mec, laisse pisser. Ne prends pas ce truc-là aujourd'hui, dis-je.

— Il y en a assez pour deux. Faut que tu te

remettes d'aplomb après ta charge dans les flammes et ton numéro digne d'une étoile de bronze modèle guerre de Corée.

— Allons, Buddy.

Il mit le morceau de buvard dans sa bouche et mordit.

— Je discutais avec un mec de Missoula un jour. Il envoyait de l'acide à Deer Lodge sous les timbres postaux. Tout ce qui restait à faire au gars, c'était de lécher un bon coup, et il planait pour tout le restant de la journée.

Nous franchîmes les Bitterroot en direction de Missoula, et Buddy claquait des doigts au rythme de la musique de l'autoradio en allumant ses cigarettes à la chaîne, une boîte de bière coincée entre les cuisses. Je ne sais pas exactement à quel moment l'acide fit son effet, parce qu'il avait déjà suffisamment de whisky dans l'organisme pour divaguer et rouler des yeux fiévreux. Mais à notre arrivée à Lolo, il parlait de manière incohérente et me poignardait l'épaule de deux doigts serrés pour étayer un argument de son discours ; chaque fois qu'il me touchait, une vague de douleur se mettait à danser à la surface de ma peau boursouflée par les brûlures. Je n'aurais pas dû quitter le chalet avec lui. Je levai les yeux sur la route qui remontait après l'intersection de Lolo vers le col en direction de l'Idaho, avec dans l'idée de continuer vers les hauteurs, au milieu des pins, et d'attendre qu'il retrouve toute sa tête. Mais il me lut à livre ouvert.

— Va tout droit jusqu'à Missoula, Zeno. Faut qu'on te retape le bras, tout beau et tout plat, pour que tu puisses refaire ton numéro pour les bouseux du dimanche. On ira dans l'Idaho plus tard.

Je franchis le carrefour et pris la boîte de bière qu'il tenait serrée entre les jambes.

— C'est ce que tu comprends pas à propos de l'acide, Iry, dit-il. Avec ça, tu lis dans les pensées des gens. Jusqu'au fin fond de leurs ovaires.

Je garai la voiture à l'ombre des ormes près de l'hôpital St. Patrick et laissai Buddy à l'extérieur. Je remontai vers l'entrée, dans l'air automnal plein de lumière zébrée de rais de soleil, et lorsque je me retournai, Buddy avait posé ses demi-bottes sur le bord de la portière conducteur. La nonne irlandaise qui s'était montrée amicale à mon égard la première fois changea de ses mains fraîches les pansements de mon dos et m'emmena jusqu'à la salle de radiographie où j'appris que la fracture de mon bras s'était bien résorbée et que je pourrais probablement me faire enlever le plâtre dans une semaine.

Lorsque je revins à la voiture, Buddy était assis au volant et buvait une bière chaude en écoutant une station de radio hillbilly. Ses yeux étaient noyés de couleur.

— Les poulets sont passés et m'ont dit d'enlever mes pieds de la portière, dit-il. Ils ont dit que ça faisait mauvais effet si près de l'hôpital.

— Allons à l'Oxford. Je t'offre un steak, dis-je.

— Tu as dû apprendre une bonne nouvelle à l'hosto.

— On m'enlève le plâtre la semaine prochaine.

Il se glissa sur son siège lorsque j'ouvris la portière. Je m'engageai dans la circulation, direction l'Oxford. Nous franchîmes le pont qui enjambait la Clark Fork, et je contemplai le large méandre d'eau verte et, le long des berges, les rocs blancs gravés des squelettes d'insectes morts. La journée allait être agréable, après tout, sans flics ni violation de conditionnelle ni spécialistes des empreintes du FBI de Helena. Buddy avait probablement raison, me dis-je. Le shérif voulait juste me coller une trouille de tous les diables pour que je quitte l'État et qu'il puisse me réexpédier à Angola pour violation de liberté conditionnelle, et si je parvenais à garder la tête froide, je pourrais vraisemblablement me sortir blanc comme neige de cette histoire à la papeterie.

— Le steak, ce sera pour plus tard, dit Buddy.

— Je suis en fonds et ça ne m'arrive pas tous les jours, dis-je. Deux T-bones et après ça, quelques verres avec ton ami photographe chez Eddie.

— Continue sur l'autoroute, je te dirai quelle direction prendre. T'as pas encore vu l'Idaho.

— Pourquoi ne pas se contenter de petits plaisirs simples aujourd'hui, Buddy ? Un peu de picole cet après-midi et une petite partie de pêche dans la rivière ce soir.

— C'est ma bagnole, non ? Taille la route, et je t'indiquerai où arrêter, un bar de 1860 avec des trous de balles dans les murs.

— Je ne pense pas que ce soit une bonne idée. Les bielles cognent sur l'autoroute comme si quelqu'un avait mis du verre dans le carter.

— Tourne à gauche au feu, ou alors laisse-moi conduire.

Nous prîmes plein ouest en longeant la rivière entre les falaises des hauts canyons, en direction de la frontière de l'Idaho. Au cours de la montée qui nous conduisait vers un long pont suspendu, on pouvait voir la rivière briller en contrebas, bleue et pleine de lumière, et la mousse qui ondulait sur les gros rochers lisses sous la surface des eaux. Juste avant la frontière de l'État se trouvait un vieux bar en retrait de la route, au pied de la montagne. L'arrière du bâtiment, monté de bric et de broc, était à moitié affaissé, les fenêtres étaient barrées de planches, et une partie du toit en tôle s'était détachée de l'avant-toit. Mais le comptoir était en acajou, balafré en une demi-douzaine d'endroits par des balles de pistolet, avec une longue barre en laiton et un immense miroir baroque marqué de taches jaunes qui couvrait le mur tout entier.

Buddy commanda deux whisky sours avant que je puisse l'en empêcher, puis glissa un quart de dollar dans le juke-box, situé juste à côté d'une table où trois ouvriers jouaient aux cartes. Ils n'apprécièrent pas et lui lancèrent un bref coup d'œil avant de se déplacer vers une table du fond.

— Cet endroit a été bâti quand le chemin de fer est arrivé, dit Buddy. L'arrière du bâtiment était entièrement réservé à des piaules. Sur le flanc de la montagne, il y a une vingtaine de tombes. Tous des hommes qui ont été abattus ici.

L'un des joueurs de cartes se leva et baissa le son du juke-box.

— Hé, Zeno, déconne pas avec ma chanson, s'écria Buddy.

Je demandai au barman deux gobelets en carton, y vidai nos whisky sours et me dirigeai vers la porte. Buddy était obligé de me suivre ou de boire en solitaire.

— Qu'est-ce que tu fais, mec ? dit-il une fois dehors. Tu ne peux pas te contenter de t'en aller tranquillement chaque fois qu'un mec te colle le pouce dans l'œil.

— Tu veux parier ? dis-je.

La lumière était crue et violente, le bleu et le vert des arbres semblaient se dérouler à l'infini sur le vallonnement des montagnes qui se détachaient sur le ciel. Sans regarder Buddy, je fis contourner à la voiture la pompe à essence en direction de Missoula. Sa main se détendit et saisit le volant, son avant-bras aussi dur et déterminé qu'un morceau de tuyau.

— Non, mec, faut que je te fasse connaître un autre genre de spectacle.

— Très bien, et c'est quoi la virée dans laquelle tu nous entraînes ?

— On va au boxon.

— Je ne crois pas.

— Est-ce que ce serait contraire à quelque principe de ton âme de catholique ?

— On ne serait pas un peu sur le retour pour ce genre de truc ? Je veux dire par là, ne te sentirais-tu pas un peu stupide de te retrouver dans un hôtel de passe en compagnie d'étudiants et de bûcherons ivres ?

— Écoute bien, espèce de salopard toujours aussi vertueux. Tu reluques sans te gêner tout ce qui paraît vaguement de sexe féminin, tu te saoules, tu essaies de faire du gringue à la femme d'un Indien inconnu, et après ça tu te permets des jugements moralisateurs sur la vie sexuelle de ton pote. Y en a certains qui diraient que t'es qu'une outre pleine de vent, Zeno, et que tu racontes que des conneries.

Nous franchîmes la frontière de l'État avant d'entamer la descente vers le secteur minier à l'est de l'Idaho, une région au sol laminé et déchiqueté, où tout ce qui n'avait pas été détruit par les forages à ciel ouvert avait été étouffé, rabougri par les brumes jaunes que crachaient les cheminées des fonderies. C'était l'été indien dans le reste des Rocheuses du nord, mais ici les fumées âcres donnaient la migraine et faisaient pleurer les yeux. Quant à la végétation qui repoussait au sommet des montagnes détruites, elle était couleur d'urine. Au bas de la descente se trouvaient Wallace et, au-delà, Smelterville, deux villes du dix-neuvième siècle faites de planches et de tôle, de pierres concassées pour les chaussées, avec pour plan architectural d'ensemble l'idée de transformer toute la terre en gravière. Les bâtiments de Wallace paraissaient défoncés, couverts de crasse sous la poussière et les fumées des fonderies, leurs fenêtres cassées et jaunies. Même les trottoirs s'affaissaient en leur milieu comme s'ils supportaient quelque poids oppressant.

— Tu sais vraiment les choisir, tes endroits, Buddy, dis-je.

— Roule et remonte la colline, jusqu'à cette grande maison en bois à un étage.

La maison était entourée d'une pelouse pleine de mauvaises herbes, sa large véranda en façade s'affaissait et une ampoule bleue brillait au-dessus de la porte. La peinture blanche était sale et s'écaillait, et le chemin qui menait aux marches du perron était jonché de boîtes de bière écrasées.

— Je t'attends, dis-je.

— Pas question. Tu ne vas pas jouer à ton vieux pote ton numéro de pieux catholique.

— Je passe. Ce n'est pas mon truc.

— Tu vois cette voiture au pied de la colline ? Ça, c'est l'adjoint du shérif qui surveille les lieux, et si on continue à faire joujou sans se décider, il va monter jusqu'ici et tu pourras lui causer.

— Je te le dis clairement, Buddy, vaudrait mieux te débrouiller pour qu'on ne se fasse pas casser la gueule une nouvelle fois.

— Prends-toi une bière au salon. Bavarde avec le videur. C'est un mec vraiment intéressant. Il a un boulon en fer qui lui traverse la tempe.

— J'écouterai la radio jusqu'à ce que tu ressortes, dis-je.

Je lui souris et allumai une cigarette, mais son visage était rien moins qu'agréable.

Il remonta le chemin et frappa à la porte moustiquaire déchirée. Une fille en jean et polo bain de soleil ouvrit, le visage sans expression, les yeux indifférents après un bref coup d'œil, presque par curiosité, dans ma direction. Puis elle remit le loquet de la porte moustiquaire sans laisser aucunement paraître qu'un être humain était passé à côté d'elle.

Un quart d'heure plus tard, j'entendis des hurlements à l'intérieur, puis la voix de Buddy :

— Tu touches à cette matraque et c'est avec les ongles que tu vas sortir le surin que je vais t'enfoncer dans la gorge.

Je me dépêchai de remonter le sentier, regardai par la porte moustiquaire et vis Buddy face à un homme gigantesque au cou de taureau au milieu de la salle. La pointe en cuir tressé d'une matraque ressortait de la poche-revolver du gaillard. Buddy avait le visage blanc à force d'avoir trop bu, sa chemise était déchirée, rabattue sur une épaule, et il tenait à la main droite une bouteille de whisky pleine.

— Tu fais demi-tour, tu passes la porte et tu ne seras plus en territoire ennemi, dit le videur.

Je glissai la main dans le trou de la moustiquaire, soulevai le loquet de la porte et entrai. Toutes les fenêtres étaient masquées de stores jaunes déroulés qui devaient remonter aux années quarante. Un vieux juke-box au cadre en plastique fissuré était posé contre un mur, ses lumières colorées dessinant des effets de vaguelettes dans la pénombre. Un couloir délimité par un rideau menait à l'arrière du salon, et un coin de la salle était occupé par une poubelle pleine de boîtes de bière et de bouteilles de whisky. Dans la semi obscurité, ouvriers et ivrognes échoués là après la tournée des bars de la nuit précédente étaient assis avec les putes, sur des canapés et des fauteuils capitonnés qui semblaient exsuder un mélange de poussière, d'années enfuies et de bière éventée. Les visages étaient fermés, affichant une hostilité méchante vis-à-vis de Buddy, de moi, et même les uns envers les autres. Je m'interrogeai sur ma propre passivité, pour avoir ainsi autorisé Buddy à nous conduire dans ce petit recoin sale de l'univers.

Le videur avait le visage rond comme une poêle à frire. Il sourit avec une expression de plaisir anticipé.

— Eh bien, je dirais que c'est grâce à des mecs comme vous que je reste honnête et que je mérite ma paie, dit-il. Mais je crains que pour vous deux ce soit le mauvais jour.

— Attendez une minute, m'sieur. Nous partons, dis-je.

— Alors partez. Mais si tu ramènes ton connard favori ici, il va falloir qu'on lui laisse quelques marques sur la viande. Lui faire comprendre sa douleur, pour de bon. Lui sortir la quéquette de la cervelle, comme ça il aura plus jamais à revenir ici.

— T'as remarqué la manière dont ces mecs ont une expression pour tout cataloguer ? dit Buddy. Ils mémorisent toutes sortes d'expressions à la coule pour toutes les situations de l'existence. Mais ils te mettent du rock'n'roll dans leurs jukebox, refilent leur enveloppe aux flics et taillent des pipes à tout le Rotary Club. Regarde-moi le gorille fou ici présent. Il a récupéré sa cervelle à la ferraille, il doit se faire un sac de l'heure, mais il te joue son numéro comme s'il était le poète lauréat de tout le poulailler.

J'allai jusqu'à Buddy et le pris par le bras.

— Notre bus ne va pas attendre, dis-je.

— À bientôt, charmants personnages, et n'oubliez pas la raison pour laquelle vous vous trouvez ici, dit-il. Vous êtes des perdants, vous n'avez qu'une vitesse dans la boîte et elle est au point mort, et vous engagez ce gros clown pour vous protéger de tous vos échecs.

Je le tirai sèchement par le bras et le poussai vers la porte. Le videur leva un doigt à l'adresse de Buddy.

— Faudrait que t'ailles à l'église, gamin. Y a quelqu'un qui veille sur toi, dit-il.

La porte moustiquaire claqua derrière nous et nous descendîmes le sentier ensoleillé. L'air mordant de l'après-midi paraissait bien étrange et décalé après la pénombre, la colère, le spectacle de cette humanité bilieuse dans le bordel.

— J'ai acheté une bouteille au comptoir et je me servais un verre quand j'ai vu le mec à côté de moi se payer, à lui et à sa nana, un coup à boire avec ma monnaie, dit Buddy tandis que nous descendions la colline vers l'autoroute pour quitter la ville. Je n'en croyais pas mes yeux. Après ça, il m'a traité de maquereau, et il a mis ses cendres de cigarette dans mon verre. Et voilà que sa nana m'arrache la chemise que j'avais sur le dos. Mec, je croyais avoir vu les gens faire des trucs complètement dingues en taule, mais ça, c'est vraiment le fond du tonneau, pas vrai ?

Je continuai à rouler sans répondre en me demandant ce qui s'était réellement passé. Nous quittâmes les limites de la ville, et j'appuyai sur l'accélérateur en attaquant la montée vers les vallonnements bleutés des montagnes à la frontière du Montana. Dans le rétroviseur disparut petit à petit la laideur de ces terres minières dévastées sur des kilomètres et de cette ville rabougrie.

— Ouais, ç'a été un vrai spectacle de tarés, dit-il.

— Mais bon Dieu, comment as-tu fait pour connaître cet endroit ? dis-je d'un ton vertueux, mais j'étais furieux devant son comportement irresponsable en pensant au danger physique qu'il nous avait fait courir. Ils n'ont pas lancé d'invitations jusqu'à Florence, Montana. C'est leur façon de faire, ils font ça tous les jours, et tu acceptes leurs règles une fois que tu as franchi le seuil de la porte.

Je sentis son regard se poser sur le côté de mon visage, puis je l'entendis boire une gorgée à la bouteille de whisky. Il ne dit plus un mot pendant cinq minutes, et le sifflement de l'air par la vitre comme les cendres de ma cigarette qui tombaient sur mon pantalon commencèrent à me mettre de plus en plus mal à l'aise dans le silence. J'étais tout bonnement incapable d'en vouloir très longtemps à Buddy.

— De combien t'ont-ils escroqué pour la bouteille ? demandai-je.

— Douze sacs. Tu veux une gorgée ?

Je bus à la bouteille et la lui rendis. Le bourbon tiède me fit grimacer et je sentis des picotements dans mes bras.

— Écoute, Zeno, c'est quoi, cette leçon de morale merdique ? dit-il.

— Seigneur Jésus, c'est juste que je ne veux plus me faire coffrer.

— T'aurais parfaitement pu te retirer de la partie plus tôt dans la journée. Tu n'étais pas obligé de nous conduire jusqu'ici.

Je n'avais pas d'argument à lui opposer, cette fois.

— Tu savais le genre d'endroit où on allait

mettre les pieds, dit-il. Repasse-toi le film en marche arrière dans ta caboche. Ça te titillait peut-être de mettre un peu de couleur dans ta propre vie amoureuse.

Nous franchîmes la limite du Montana, et je lâchai complètement la bride à la Plymouth. L'avant n'était pas dans l'alignement des roues, au moins deux roulements claquaient comme des pistolets à clous, et la fumée d'huile crachée par le pot d'échappement embouti s'enroulait en une longue spirale noire. La carcasse de la voiture tremblait et cognait, les portières vibraient contre les montants, et lorsque je dus rétrograder en seconde pour attaquer une côte, l'aiguille du circuit de refroidissement passa dans le rouge de la jauge et le radiateur se mit à chanter. Buddy but à la bouteille et alluma une cigarette. Mais juste avant, il sépara en deux une allumette en carton avec l'ongle de son pouce, aussi vite qu'on en arracherait une de la pochette, et il balança la seconde moitié sur le tableau de bord devant moi.

— C'est pas mal, hein, Zeno ? dit-il. J'ai un jour gagné un paquet de clopes à un mec en en séparant trente. En cinquante secondes.

— Pourquoi tu n'oublierais pas toutes ces conneries de prison ?

— Et pourquoi tu n'oublierais pas que tu es en train de me démolir ma bagnole parce que tu fais la gueule ?

Je laissai ralentir la Plymouth, et j'entendis Buddy qui avalait une nouvelle gorgée de whisky. Le soleil était maintenant caché derrière la crête des montagnes, et les feuilles jaunes des peupliers ressemblaient à du laiton martelé au-dessus du courant. Les ombres bleues tombèrent au-devant de nous sur l'autoroute, et les pins au pied des collines s'assombrirent, tranchant sur les éboulis de pierres blanches. L'air fraîchit en l'espace de quelques minutes, le vent soufflant de la rivière dans le canyon se fit plus mordant, et les rouleaux de nuages sur les montagnes se colorèrent de rose comme une fleur nouvellement éclose au-dessus des arbres.

Buddy téta la bouteille sans désemparer jusqu'à ce qu'il s'affale dans l'angle du siège et de la portière avec, entre les cuisses, une boîte de bière chaude encore intacte.

Il faisait presque nuit lorsque je vis les lumières de Missoula au loin. Les dernières lueurs mauves du crépuscule s'accrochaient au sommet des collines brunes surplombant la vallée, et un avion solitaire, feux d'atterrissage allumés, suivait, impavide au-dessus de la ville, sa trajectoire vers l'aéroport. La ville semblait si tranquille et si bien ordonnée sous les lumières douces, avec son réseau bien dessiné de rues, de maisons, d'alignements d'ormes et d'érables, que je me demandai comment une communauté d'individus pouvait organiser un ensemble aussi rassurant pour lutter contre la tombée de la nuit et l'arrivée du lendemain. L'espace d'un bref instant, je laissai cette sensation s'emparer de moi, et je m'interrogeai, avec un léger sentiment d'envie et de privation, sur tous ces gens respectueux de la loi dans leurs maisons : des hommes, avec des familles, des boulots ordinaires, des vies ordinaires, chargés de scier le bois vert à l'usine, emportant leur gamelle de déjeuner, des hommes qui n'avaient jamais à endurer, la peur au ventre et la sueur au front, responsables de conditionnelle, flics, cellules de détention provisoire, et ce savoir sale du monde criminel qu'on aimerait parfois trancher d'un coup de couteau, dix années de souvenirs grondant dans la mémoire, où se mêlaient gueules de bois ensanglantées, bordels et bagarres à coups de chope de bière.

Mais c'était là le genre de réflexion que je ne pouvais pas me permettre. Sinon, il me faudrait rayer d'une croix dix années de ma vie et accepter l'idée que mon frère Ace avait raison, tout comme le bureau des conditionnelles, le psychologue de la taule, l'armée, tous ceux qui m'avaient dit que j'avais à l'arrière de la tête un petit boulon de guingois qui s'était dévissé de quelques tours.

Buddy sortit de sa torpeur d'acide et de whisky juste avant l'arrivée aux abords de la ville. Ses yeux vitreux fixèrent un instant les lumières avant de se recentrer sur moi et de s'illuminer d'une lueur qui ne me plaisait guère. Il ouvrit la boîte de bière chaude, et la mousse gicla sur le pare-brise.

— Mec, je me sens comme un dragon, dit-il. Je crois que je vais aller rendre visite à madame mon épouse.

— Je crois qu'il vaudrait mieux pas, dis-je.

— Épargne-moi tes conseils et dirige-toi vers l'université, Zeno.

— Tu n'es pas sérieux ?

Il but à la bouteille de whisky, fit passer avec une gorgée de bière et remit ça.

— C'est un peu mieux, dit-il. Je sentais les tout premiers serpents qui commençaient à sortir du panier.

Je roulai sans dire un mot jusqu'au carrefour qui pouvait nous ramener dans les Bitterroot.

— Où tu vas, nom de Dieu ? J'ai dit que je voulais aller chez Beth.

— Laisse pisser, Buddy.

— C'est ma nana, mec.

— C'est la dernière chose à faire, là, maintenant.

— Laisse le professeur Riordan se préoccuper de ce problème. Avance jusque-là.

— T'as plus ta tête, ou quoi ? Comment crois-tu qu'elle va se sentir quand tu vas débarquer devant sa porte en valsant, chargé comme un camion d'alcool ?

— Tu aurais dû te faire prêtre, Iry. Tu es vraiment doué pour asséner des conseils sur la vie des autres.

— Très bien, tu n'arrêtes pas de me dire que tu veux te remettre avec elle. Offre-lui un numéro comme celui-ci, et tu auras coupé tous les ponts avec elle. Définitivement.

— Je crois que toutes ces conneries, ça vient de l'étoile de bronze que tu t'es gagnée ce matin.

— Qu'est-ce que tu racontes ? dis-je.

— T'as de nouveau chargé la colline, hein ? T'as abattu toutes les têtes de bridés dans la tranchée, des jeunots de seize ans, hein ? T'as franchi le seuil de la grange en flammes sur les pas de mon vieux alors que je ne pouvais pas bouger.

— Arrête de boire.

— C'est toi qui m'en as parlé, tu te souviens ? Tu as remonté toute la colline quand tous les autres étaient figés comme des statues, et tu leur as collé le FM en pleine figure, et quand tu les as retournés, tu as dit qu'ils ressemblaient à des enfants.

— Remets ta pelote d'épingles dans la poche, Buddy. Je ne suis pas d'humeur à me faire piquer.

— Non, mec. C'était exactement la même chose. Tu as vu que j'étais pétrifié sur place, et tu as suivi le vieux dans l'incendie. Tu ne l'as pas fait à cause de lui. Tu savais que j'étais coincé, et t'as le cœur qui s'est mis à cogner. Parce que t'as une trouille à chier du feu, coco, mais t'as eu là une occasion de me faire passer pour un tas de merde.

Je sentais la colère me serrer la poitrine, gonfler dans ma gorge et ma tête jusqu'à vouloir frapper Buddy du poing aussi fort que possible. Je pris une cigarette sur le tableau de bord, l'allumai et inhalai profondément la fumée.

— Tu veux aller chez Beth ? demandai-je.

— Je te l'ai dit, Zeno.

O.K., salopard, me dis-je, et je pris la direction du quartier de l'université par les rues sombres bordées d'arbres, le long des pelouses tranquilles de tous ces gens ordinaires à propos desquels je m'interrogeais avec un sentiment d'envie quelques minutes auparavant.

Par la suite, en réfléchissant aux événements qui devaient suivre, j'allais parfois éprouver la sensation que la vie d'un être humain n'est pas tant mise en forme par ce qu'il est, ou ce qu'il prétend être, ou même par les pulsions qu'il essaie de déraciner ou de détruire ; il peut s'agir tout au contraire d'une question de mauvais virage dans un moment de colère sans se soucier des conséquences éventuelles. Mais je ne savais pas alors que j'allais trahir un ami et, une fois encore, être impliqué dans la mort d'un homme.

Chapitre 9

Je me garai dans l'ombre noire de l'érable devant la maison de Beth.

— Tu veux que j'attende ou que je prenne l'air ? dis-je.

— Entre. Elle a de la bière dans le frigo.

— C'est toi qui conduis le bal, coco. Tu m'excuseras si je passe mon tour.

Il traversa la pelouse et ses feuilles mortes jusqu'à la véranda en bois. Dans la lumière de la porte d'entrée, son corps paraissait petit et blanc. Il dut s'appuyer contre le mur pour retrouver l'équilibre lorsqu'il frappa de nouveau.

Je crois que je voulais voir Buddy ruiner toutes ses chances avec Beth, mais lorsque je le regardai là, complètement ivre, la tête grouillant de serpents, les reins toujours lourds de rut inassouvi, je regrettai de ne pouvoir le remettre dans la voiture et de rentrer à la maison.

Beth ouvrit la porte, et j'entendis Buddy qui s'efforçait de paraître sobre, la voix prudente et tendue. Mais ses mots se bousculèrent trop vite, comme s'ils avaient été répétés pour ressortir ensuite sur un morceau de bande magnétique.

— La grange du vieux a été incendiée ce matin,

et on se baladait tous les deux. On a décidé de faire un saut ici au passage.

Beth n'ouvrit pas la porte moustiquaire. S'ensuivit un moment paisible pendant qu'elle s'adressait à lui, puis Buddy leva les bras au ciel et se mit à se balancer d'un pied sur l'autre dans la lumière mangée d'ombres.

— Ce sont aussi mes garçons, pas vrai ? dit-il, avant que sa voix se fasse plus forte, après quelques secondes de silence. Je veux dire, nom de Dieu, pourquoi y faut qu'ils aillent au lit si tôt, hein ?

Puis un nouveau temps de silence tandis que Beth parlait.

— Continue à écouter ce foutu psychologue, et c'est à Warm Springs qu'ils vont grandir.

Nouveau temps de silence.

— Je vais faire sortir tout le quartier du lit si je veux. Comme ça, tous ces caves auront un sujet de conversation pour une semaine autour de leur bol de céréales du petit déj'.

Je vis Beth ouvrir la moustiquaire, remettre le loquet et éteindre la lumière du perron. J'attendis quinze minutes dans le noir sous l'érable et écoutai une station de radio hillbilly de Spokane, avant de décider d'aller à l'Oxford manger un steak pané frit accompagné d'une tasse de café, laissant Buddy à son autoflagellation.

C'est alors que la lumière se ralluma, et Beth sortit sur le perron en jean et chemise de toile jadis bleue, aujourd'hui presque blanche à cause des lavages à l'eau de Javel. Sa chevelure bleu-noir tombait tout emmêlée sur ses épaules, ses pieds nus aussi froids que l'ivoire, vus ainsi sous la lumière. Elle me fit signe, d'un geste doux de ses doigts, comme si elle disait au revoir à quelqu'un, et je franchis la pelouse d'herbe sèche semée de feuilles mortes, le cœur battant plus vite, les jambes en coton, deux signes qui ne confirmèrent que trop ce que j'avais eu en tête toute la journée en laissant Buddy se démolir à petit feu par un trop-plein de whisky et de culpabilité.

— Aide-moi à le monter au premier. Je ne veux pas que les enfants le voient comme ça, dit-elle.

Buddy était appuyé contre le dossier du canapé, à la lumière de la lampe, les genoux largement écartés. Sa tête roulait sur ses épaules comme un ballon qui aurait voulu casser sa ficelle. Il parlait en s'adressant au mur opposé, comme si quelqu'un se tenait face à lui.

J'essayai de le soulever par un bras, et il me frappa de la main, les cheveux dans les yeux et sur les oreilles.

— Putain, mais qu'est-ce que tu fais, mec ? dit-il. T'essaies de me virer de deux endroits dans la même journée ?

— Il faut qu'on aille se coucher. Ton vieux veut qu'on ait terminé la clôture près de la mare demain, dis-je, alors même que j'aurais dû savoir qu'on ne donne pas de conseils à un ivrogne, Buddy en particulier.

— Ben, c'est super. Louisiane Zeno cherche l'Angus du vieux après être passé à travers les flammes.

Il essaya de relever la tête et de recentrer son regard sur mon visage, mais c'était trop demander.

— Qu'est-ce qu'il a pris aujourd'hui ? dit Beth.

— Beaucoup de gnôle. C'est tout.

— Non. Il s'est remis à la came, pas vrai ?

J'entendis les voix des garçons qui criaient dans l'arrière-cour. Beth le secoua à nouveau par l'épaule.

— Lève-toi, dit-elle. Redresse la tête, et debout.

Buddy retomba latéralement contre l'accoudoir du canapé, un poignet replié contre la cuisse. Il avait le visage aussi exsangue et vide que celui d'un enfant. La porte moustiquaire claqua, et Beth se précipita dans la cuisine en disant aux enfants de rester dehors. Elle revint, une serviette mouillée à la main, et la pressa sur le visage de Buddy.

— Nom de Dieu, dit-il, sa tête roulant en arrière.

— Avance jusqu'à l'escalier, dit-elle. Penche-toi en avant et accroche-toi à mon bras. Nom d'un chien, Buddy, ils ne te verront pas comme ça.

— Allez, mon pote, on monte, dis-je, en m'interrogeant sur mon semblant d'amitié.

Nous le maintînmes debout entre nous deux, pareil à une gargouille en train de s'effondrer, pour le faire avancer vers l'escalier. Sa tête frappa la rampe à une reprise, ses genoux cognaient les marches comme des morceaux de bois, et je fus obligé d'agripper son ceinturon en tirant de toutes mes forces pour l'empêcher de basculer en arrière jusqu'au rez-de-chaussée.

Alors que je lui faisais gravir la dernière marche pour arriver en lieu sûr sur la moquette, mes poumons hors d'haleine et mon bras valide tout affaibli par la crispation, j'eus droit à une rapide leçon sur la manière dont nous autres, gens sobres et sains d'esprit, traitons les ivrognes et ceux dont le cerveau est irrémédiablement dérangé. Vu la quantité d'acide et de gnôle qu'il avait dans l'organisme, et son comportement pathétique devant son épouse sur le canapé, je m'étais convaincu, en cet instant, que son cerveau était aussi ramolli qu'une crème glacée de la veille, avec pour conséquence que j'avais aidé à le traîner au premier avec toute l'attention et la dignité qu'on accorderait à un sac de linge sale. Mais lorsque je me redressai pour reprendre mon souffle avant le dernier gros effort pour le tirer dans la chambre, il fixa sur moi, depuis le sol, un œil dilaté et injecté de sang, l'autre fermé, crispé par la colère, comme le boxeur qui vient de se prendre un coup meurtrier, et dit :

— Quand t'es gagnant, c'est droit aux couilles que tu y vas, Zeno, hein ?

Je le posai à plat ventre sur le lit, la tête légèrement dans le vide pour que le sang continue à irriguer son cerveau et qu'il ne soit pas malade. Quelques instants plus tard, j'étais au rez-de-chaussée lorsque je l'entendis tomber au sol.

— Tu ne peux rien faire pour lui, dit Beth.

— Je vais le remettre dans son lit.

— S'il se réveille, il se réveillera avec l'envie de se battre. Je connais Buddy quand il est dans cet état-là. Il choisit les personnes qui lui sont le plus proches pour l'aider à se détruire lui-même. Va te chercher une bière, pendant que je mets les garçons au lit.

— Vaudrait mieux que j'y aille.

— Reste. Je veux te parler.

Les gamins rentrèrent, le visage rougi par le froid et le jeu, et burent plusieurs verres de lait en poudre à la table de la cuisine. Puis ils montèrent à l'étage, en me fixant d'un regard curieux.

— Je parie que vous n'êtes toujours pas convaincus que j'ai lancé contre Marty Marion, dis-je.

— Mon papa dit que vous êtes guitariste et que vous avez fait de la prison avec lui, dit le plus jeune par-dessus la rampe.

Apprends qu'on ne raconte pas de bobards aux gamins, Paret, me dis-je.

— Dans votre chambre, et je ne veux pas vous entendre vous balader, dit Beth.

Les gamins traînèrent des pieds jusqu'à leur

chambre, à croire qu'on les envoyait devant le peloton d'exécution.

— Qu'est-ce que c'est que cette histoire de grange chez Frank ? demanda Beth.

— Quelqu'un y a mis le feu ce matin et elle a complètement brûlé.

— Il y a eu des blessés ?

— Un des Appaloosa n'a pas pu être sorti.

— Frank sait qui a mis le feu ?

— Peut-être bien, mais je ne pense pas qu'il le dise à quiconque, si c'est le cas. Il me fait l'impression de jouer sa partie en solitaire.

— Oui, et c'est le genre de jeu qui finira par faire des dégâts chez tous ceux qui l'entourent.

— C'est bien l'impression que j'ai eue.

— Il trace une ligne imaginaire que personne d'autre que lui ne connaît, et quand quelqu'un la franchit, attention à Frank Riordan.

— Combien de temps avez-vous vécu avec lui, Buddy et toi ?

Je n'avais aucune preuve qu'ils aient vécu avec lui, mais à ce stade j'avais simplement émis une hypothèse qui me paraissait évidente.

— Suffisamment longtemps pour que Buddy soit obligé de choisir entre sa propre famille et son père, dit-elle.

J'évitai de croiser l'éclair de colère dans ses yeux et regardai alentour le mobilier usagé en me demandant comment j'avais abordé le sujet. Je ne trouvai rien à dire.

— Pourquoi a-t-il pris de la came aujourd'hui ? demanda-t-elle.

— Je crois que l'incendie a déclenché des trucs bizarres dans sa tête. Je ne sais pas. Parfois les gens voient les mêmes choses différemment.

— Qu'est-ce que tu veux dire ?

— Il était complètement hors course quand j'ai suivi son vieux dans la grange et il est resté à l'extérieur. À mon avis, il croit qu'il s'est dégonflé et donc qu'il est un lâche. Quand un truc comme ça t'arrive, tu te le repasses sans cesse comme un film et tu essaies de comprendre ce que tu as fait ou pas fait, mais Buddy n'a pas assez d'expérience dans le domaine pour prendre ce genre de choses pour ce qu'elles sont.

Elle ne comprenait pas ce que je disais, et je regrettais d'avoir commencé à m'expliquer.

— Buddy n'est pas un lâche, dis-je. Je l'ai vu affronter les brutes dans la cour à Angola, des mecs qui l'auraient découpé en morceaux sous la douche s'ils avaient senti chez lui la moindre peur. Il a insisté plutôt lourdement cet après-midi dans la voiture, à propos de l'étoile de bronze qui m'a été décernée en Corée. Mais ce qu'il ne comprend pas, c'est qu'on part toujours dans une direction ou une autre, ou on reste figé sur place, pour la même raison — on a bien trop la trouille pour faire autre chose. Ça n'a rien à voir avec celui qu'on est en réalité. Écoute, je n'aurais pas dû le conduire jusqu'ici. Ce n'est pas sa faute. Il s'est cramé la cervelle aujourd'hui. Et je crois que je ferais bien de partir.

— Non, j'ai encore de la bière et des sandwiches au frigo. Rien qu'une minute.

Elle alla à la cuisine, une cigarette entre les doigts, ses cuisses et ses fesses bien rondes tendant la toile du jean, ses cheveux en désordre brouillés de lumière. Elle revint avec un plateau et s'assit sur le canapé à côté de moi, un pied nu replié sous sa jambe.

— Comment as-tu fait pour rester sobre en compagnie du fou du comté de Ravalli ? dit-elle avant d'éclater de rire, et toute la colère contre Buddy et Frank Riordan disparut.

— J'ai appris une bonne nouvelle pour mon bras ce matin. On va m'enlever le plâtre la semaine prochaine. Il faudra probablement que j'exerce mes doigts comme un gamin pendant quelques jours, mais je devrais récupérer mon boulot au bar si ce gros shérif ne m'épingle pas d'ici là et ne me fait pas retomber pour violation de conditionnelle.

— Tu as revu Pat Floyd ?

— Il est passé au ranch hier après-midi pour me montrer une douille de balle en me disant qu'il l'avait ramassée de l'autre côté de la rivière, face à la papeterie. Il se pourrait bien qu'elle porte ma signature imprimée à chaud dans le métal.

Son regard accrocha le mien, manifestement soucieux, avant de se baisser sur le cendrier où elle reprit sa cigarette.

— Tu pourrais retourner en prison ? dit-elle.

— Si j'ai laissé cette douille et si elle porte mon empreinte. Peut-être que je ne ferai pas de prison ici, mais cela pourrait suffire pour que mon responsable de conditionnelle me réexpédie en Louisiane.

En voyant l'expression de son visage, je compris que j'avais répondu comme si de rien n'était, et je me rendis compte dans le même temps de l'inconvenance qu'il y avait à parler de sa propre expérience avec cynisme à des gens qui n'y étaient pas préparés.

— Buddy pense que le shérif essaie de faire monter la pression pour que je prenne la fuite, dis-je.

— Pat Floyd te mettra sous les verrous, dit-elle.

Je sentis quelque chose sombrer en moi devant le sérieux de son affirmation.

— Tu m'avais bien dit qu'il n'avait rien d'un flic de la cambrousse.

Mais le détachement que je voulais afficher était absent de mes paroles.

— Qu'est-ce que tu envisages de faire ?

— Rien. Qu'est-ce que je peux faire, nom de Dieu ? Je peux mijoter dans mon jus et attendre que ce gros lard agisse, ou je peux m'enfuir. Si je m'enfuis, je suis certain de tirer encore trois ans à Angola. Je crois que je vais rester ici et laisser « Gordo Deficado » faire au pire.

— Il en est capable, Iry.

— Moi aussi, j'ai connu des hommes mauvais.

Elle versa un peu de sa bière dans mon verre et alluma une nouvelle cigarette prise dans mon paquet.

— Faut que j'y aille, petite. J'ai déjà trop entamé ta soirée, dis-je.

— Buddy aura besoin d'une voiture pour qu'on le ramène demain. Inutile de faire deux voyages.

Elle détourna le regard et je vis son doigt tapoter nerveusement sa cigarette.

— Je ne veux pas te déranger.

— Et merde, dit-elle, en se levant pour éteindre la lampe posée sur la table.

Dans l'obscurité, elle s'arrêta un instant, prêtant l'oreille à d'éventuels bruits au premier, puis commença à se déshabiller. Elle déboutonna son jean et le fit glisser sur ses chevilles avant d'ôter sa chemise en essayant de dégrafer son soutien-gorge. À se dépêcher ainsi, à la lumière de la cuisine qui éclairait son ventre blanc, elle ressemblait à une contorsionniste gênée devant un public d'abrutis.

Mon cœur battait la chamade. Je sentis la chaleur me monter au visage lorsque je regardai ses jambes nues, la ligne blanche de son ventre rebondi au-dessus de l'élastique de sa culotte, la douceur de ses seins magnifiques pressés contre le soutien-gorge. Je levai les yeux vers l'escalier, où mon ami dormait après une journée passée à se défoncer à la drogue et à l'alcool, et avant de savoir si je me faisais du souci pour Buddy ou s'il s'agissait d'un simple coup d'œil de prudence, je me retournai vers Beth et sentis la douleur diffuse des deux années écoulées se transformer en érection.

Je me levai maladroitement du canapé, à moitié courbé, et dégrafai son soutien-gorge. Elle se tourna vers moi et passa les bras autour de mon cou comme si elle voulait cacher ses énormes seins blancs. Je la serrai contre moi, le visage dans ses cheveux, embrassai son oreille et laissai mes mains glisser au creux de ses reins, descendre sous sa culotte puis sur sa croupe et ses cuisses. Je me faisais l'effet d'un gorille plié en deux, dans une posture ridicule, au-dessus d'une statue pâle. Je sentis sa chevelure bleu-noir, son parfum, l'odeur de transpiration sèche sur son cou, son haleine, et l'arrière de mes cuisses se mit à trembler.

Elle ôta ses bras et fit glisser sa culotte par terre avant de l'enjamber.

— Assieds-toi sur le canapé, dit-elle.

Son corps se dessinait en silhouette, pareil à une douce sculpture blanche à la lumière de la cuisine. Je me dévêtis, m'assis sur le canapé et elle vint se placer sur moi. Elle gémit, une fois, un gémissement lourd et chargé à sa manière de femme, écarquillant les yeux, et ses mains s'écartèrent dans mon dos.

Je sentis alors le flux monter à l'intérieur de moi, trop vite, au-delà de toute possibilité de maîtrise, et lorsqu'il explosa en cet instant où le cœur se tord, elle se pencha en avant et tint ma tête serrée contre ses seins comme elle aurait pu le faire avec un enfant.

*
* *

Au matin, sous un ciel bleu et limpide au-dessus des ormes et des érables, nous prîmes le petit déjeuner tous ensemble à la table de cuisine illuminée par l'éclat du soleil. Les deux garçons discutaient joyeusement d'un match de football à l'école, et Beth remuait les œufs et les pommes de terre sautées dans la poêle comme si elle préparait le petit déjeuner d'un matin ordinaire. Mais je la sentais tendue chaque fois qu'elle nous regardait, Buddy et moi. Buddy souffrait d'une méchante gueule de bois, la main tremblant autour de sa cigarette, les yeux bouffis, le regard terne encore tourné vers l'intérieur sur quelque tonneau rempli de serpents ressortis de la veille. Son assiette refroidit devant lui et il finit par laisser tomber sa cigarette dans son café avant de poser le front contre sa paume.

— Bon sang, j'en tiens une belle, cette fois, dit-il.

Je ne voulais pas le regarder, parce que j'éprouvais non seulement une abominable culpabilité à son égard mais aussi ce sens primitif de la victoire lorsqu'on fait d'un rival un cocu, en particulier lorsqu'il s'agit de quelqu'un qui craque et part en morceaux alors que l'on se sent en pleine possession de soi-même.

— Essaie du jus de tomate, dit Beth.

— T'as des remontants ? Des amphètes ? Tes pilules pour maigrir feront l'affaire, dit-il.

— Ne prends plus rien, dit-elle.

Il resta sans bouger, la tête dans la paume de la main, la respiration irrégulière.

— Tu as la gueule de bois, papa ? demanda le plus jeune de ses fils.

Buddy se leva de table sans répondre et alla au frigo d'une démarche de canard. Il ouvrit une boîte de bière avant de se mettre à fouiller dans les placards.

— Où as-tu mis ta bouteille de sherry, nom de Dieu ? dit-il.

— Ne fais pas ça, Buddy. Laisse ton organisme se nettoyer tout seul et tu te sentiras mieux cet après-midi.

— Donne-moi le sherry et ne me dis pas comment survivre à cette matinée.

Elle sortit la bouteille de sous l'évier, et il s'en versa la moitié d'un verre qu'il compléta de bière avant d'y casser deux œufs. Il but lentement son mélange à table, à petites gorgées, la tête penchée en avant, en tenant le verre à deux mains. Cinq minutes plus tard, la couleur commença à revenir sur son visage et ses mains cessèrent de trembler.

— Mec, ça va un petit peu mieux, dit-il. Y devait y avoir du vernis dans ce whisky. Je n'ai pas eu la tête en compote comme ça depuis le jour où j'ai sniffé du liquide à freins en taule. J'avais l'impression qu'un mixeur tournait à l'intérieur de mon crâne.

Il releva les yeux sur Beth avant de secouer la tête.

— O.K., je sais, mauvaise référence. Mais, mec, quelqu'un a dû me vider une poire à lavement pleine de pisse dans l'oreille, la nuit dernière.

C'est super, Buddy, me dis-je.

Beth dit aux garçons de mettre leur manteau et d'aller dehors.

— Très bien, très bien, j'ai un gros problème de langage, je dis des gros mots. Mais toutes ces conneries-là, ils les entendent à l'école. Inutile de leur mettre des oreillettes pour les protéger quand ils sont à la maison.

Il y eut un temps de silence à table, et Beth mit un point d'honneur à ne regarder directement aucun de nous deux.

— Comment suis-je arrivé au premier hier soir ? Tu as dû me traîner là-haut en me tirant par les talons.

— Tu es monté tout seul, comme un ballon dans le ciel, dis-je.

— J'ai l'impression qu'on m'a passé tout entier à tabac à coups de matraque. Qu'est-ce que tu m'as fait, mon pote ?

Il fixa sur moi un œil bleu mouillé par-dessus sa cigarette, et je me crispai intérieurement.

— Il a fallu faire usage d'un peu de force quand tu as commencé à te déshabiller en pleine rue. En soi, ce n'était pas si dramatique, mais une fois que tu as lancé des pots de fleurs dans la fenêtre du voisin, j'ai bien été obligé de faire quelque chose pour qu'on ne nous colle pas au trou.

Son visage se crispa un instant sous la crainte et l'incré-dulité nées de sa gueule de bois. Puis il but un peu de son mélange sherry-bière et me retourna un regard dur, la cigarette aux lèvres.

— Fils, t'es vraiment un foutu salopard pour monter un bateau à ton vieux pote qui a la gueule de bois, dit-il, et je vis la main de Beth se relâcher sur sa tasse de café.

Mais je ne parvenais pas à oublier tout à fait son œil bleu et mouillé qui s'était un peu trop attardé en me sondant comme il l'avait fait. Buddy avait une façon de savoir des choses qu'il lui était impossible de savoir et je n'avais jamais pu déterminer si ce don lui venait de son éventuelle folie ou si, par cynisme devant le comportement humain, il avait simplement l'intuition, avec une précision extraordinaire, des mauvaises actions que les gens commettaient en certaines circonstances.

Il finit son verre et prit une nouvelle bière dans le frigo.

— Allez, on s'en va, dit-il. Tu ne m'as pas dit que le vieux voulait qu'on finisse la clôture jusqu'à la mare ?

Je cillai intérieurement, parce qu'il se souvenait exactement, presque mot pour mot, de ce que je lui avais dit avant qu'on le transporte dans son lit.

— Nom de Dieu, Zeno, mets-toi en route, dit-il.

Nous sortîmes sur le perron, sous le soleil ; les feuilles rouges et jaunes étaient soufflées par le vent sur l'herbe, les montagnes derrière l'université tranchaient le ciel bleu du Montana. La morsure de l'air d'automne me fit l'effet d'une brûlure froide au visage. Je voulais dire quelque chose, n'importe quoi, seul à seul avec Beth avant notre départ, mais ce fut impossible, et je me contentai donc de sourire comme l'eût fait un simple ami, et de dire au revoir.

Nous reprîmes la route au milieu de la longue étendue bleu-vert des Bitterroots, puis il fallut s'arrêter pour boire un verre à Lolo parce que le système nerveux de Buddy commençait une nouvelle fois à donner des signes de surchauffe. Au bar, je pris un café tandis que Buddy attaquait sa deuxième vodka-collins. J'avais bien du mal à le regarder droit dans les yeux.

— T'es bien silencieux ce matin, mon salaud, pas vrai ? dit-il.

— La virée d'hier m'a complètement cramé. Finies, les excursions en Idaho.

— D'accord. C'est pas le bon coin. Je vais pas te laisser m'emmener là-bas une nouvelle fois. J'ai l'impression qu'on m'a enfoncé des punaises sur tout le crâne. Allez, on se taille d'ici et on va aller planter quelques poteaux de clôture, comme ça je pourrai oublier tous mes problèmes d'ex-femme et de gamins.

Au ranch, nous reprîmes notre travail à la clôture, même si je ne pouvais guère faire autre chose que décharger les poteaux de la remorque d'une main et les maintenir en place pendant que Buddy rebouchait le trou à la pelle. Il était alors obligé de se remettre à creuser le trou suivant à la foreuse à main, la sueur et la gnôle dégoulinant de son visage et de son cou dans sa chemise en flanelle. Nous ne parlâmes guère. Sa gueule de bois était trop méchante, et j'étais bien trop préoccupé par la toute dernière situation dans laquelle je m'étais fourré. Je ne savais pas quoi faire concernant Beth ou Buddy et les réponses qui me venaient à l'esprit étaient toutes plus mauvaises les unes que les autres. Peut-être que je devrais simplement lui lâcher ça tout de go, me dis-je, parce que j'allais revoir Beth et qu'un jour ou l'autre il découvrirait le pot aux roses, s'il n'avait pas déjà commencé à mettre le doigt dessus. J'ai couché avec ta femme la nuit dernière. Qu'est-ce que tu en dis ? Oh, tu n'y vois pas d'inconvénient ? C'est super, tout baigne alors, moi qui croyais que la merde allait peut-être se mettre à voler.

Buddy commença à nettoyer la foreuse dans le seau d'eau, le visage pâle et fatigué, avant de lâcher les poignées en bois et de laisser tomber l'outil au sol. Il essuya son visage dégoulinant avec sa manche.

— Ras le bol de tout ça. On pourra le faire ce soir, dit-il. Mec, je vais arrêter de picoler, nom de Dieu, une bonne fois pour toutes.

Il s'éloigna en solitaire vers le chalet, les épaules légèrement voûtées, le dos secoué par une quinte de toux.

Buddy dormit le restant de la matinée, et je restai assis sur le perron sous le vent frais à essayer de lire un vieil exemplaire en poche du *Vieil homme et la mer*. Je l'avais lu jadis à l'université et de nouveau à Angola, et c'était, de tous les romans d'Ernest Hemingway, celui que je préférais. Mais j'étais incapable de me concentrer sur les mots ; mon attention quittait la page et traversait la prairie où paissaient les vaches Angus pour se diriger vers le tas de cendres et de planches noircies, à l'emplacement de l'ancienne grange.

Et maintenant, tu vas aller où, pensais-je. Tu peux déménager et essayer d'expliquer à Buddy pourquoi tu es obligé de faire ça, ou tu peux laisser les choses s'entasser en dégringolant l'une sur l'autre, sans plan précis, jusqu'à ce que se produise un événement encore plus grave. En d'autres circonstances, j'aurais tout bonnement pris la route, peut-être jusqu'à Vancouver ou même San Francisco, mais le bureau des conditionnelles m'avait cloué un pied au sol, et le seul type de transfert auquel j'aurais droit serait un retour en Louisiane, et ça, c'était comme au base-ball, retourner au premier but après avoir sorti la balle hors des limites du terrain.

Mais si je pensais avoir de gros problèmes à résoudre là, dans la solitude du perron par un après-midi venteux inondé de soleil, je me rendis compte, après un coup d'œil à la voiture du shérif qui virait face à la grille à bétail, que les complexités de ma journée ne faisaient que commencer. Pat Floyd quitta le chemin de terre et se gara sur l'herbe en restant au point mort sans couper le moteur, sous-entendant ainsi que nous partirions ensemble pour une destination inconnue.

Je refermai mon livre de poche que je posai à côté de moi et regardai le shérif sans dire un mot. Au début, je n'avais pas eu de sentiment particulier à son égard ; ce n'était qu'un policier de plus, membre de cette vaste armée dont les acteurs jouent leur rôle et leurs petits jeux avec trousseaux de clés, formulaires et règles de comportement tarabiscotées. Mais j'apprenais à détester ce gros homme. J'avais le sentiment qu'il me manifestait un intérêt tout particulier, qui allait au-delà des poursuites à engager contre un ex-taulard ivre qui avait démoli au fusil l'usine de papier toilette locale. Je n'étais pas du pays, j'étais un filou à la mystique sudiste amateur de pain de maïs, un fauteur de troubles faux-jeton qui s'était fait virer de son territoire et se servait des gens du cru comme d'un paillasson.

— On va faire une balade, dit-il.

— Vous avez le papier qui va avec, shérif ?

— C'est pas une arrestation. J'aurais d'ailleurs pas besoin d'un mandat pour vous arrêter, fils.

— Hé, Buddy ! m'écriai-je par la porte moustiquaire.

— Vous n'avez pas besoin de lui. Contentez-vous de monter, on va juste bavarder une minute.

— Je veux juste lui dire qu'on n'en a pas pour longtemps. Nous devons bientôt aller à la pêche.

J'ouvris la porte moustiquaire et m'adressai à la pénombre du chalet. Buddy était allongé sur ma couchette, l'oreiller et la couette sur la tête, le corps enfoncé dans le matelas par le sommeil.

— Je sors avec le shérif Floyd quelques minutes, O.K. ?

Je m'installai sur le siège passager, allumai une cigarette, et nous prîmes le chemin de la grille à bétail.

— Vous êtes un petit malin plein de jugeote, dit-il.

— Comment ça, shérif ?

— Vous vous êtes dit que j'allais peut-être vous emmener, vous coller une branlée de première à coups de matraque et vous abandonner dans un fossé, je me trompe ?

— Ça ne m'a pas traversé l'esprit.

— On ne fait pas les choses comme ça par ici. En fait, nous n'avons pas à proprement parler de crimes dans le coin. Le samedi soir, il y a bien quelques gars qui peuvent essayer de se casser la figure dans un bar, et je suis bien obligé de les boucler jusqu'au dimanche matin, mais c'est tout ce qu'on a. Par ici, les gens respectent la loi, la plupart du temps.

Nous nous engageâmes sur la route, et il déplaça sa grosse masse pour ouvrir la boîte à gants. À l'intérieur se trouvait une demi-pinte de whisky dans un sac en papier fermé au col d'un tortillon. Il dévissa le capuchon du pouce et but une gorgée avant de placer la bouteille entre ses cuisses gonflées dans leur toile kaki.

— En fait, c'est pas bien difficile d'être shérif par ici, dit-il. Le plus souvent, les gens font respecter la loi eux-mêmes. Il y a quelques années a débarqué à Virginia City, en plein après-midi, un de ces gangs de motards qu'on trouve en Californie, et les mecs ont dit qu'ils prenaient possession de la ville. Le soir venu, tous les bergers et tous les cow-boys du pays étaient en ville. Ils ont cassé des bras, des jambes et des crânes, ils ont tabassé toute la troupe jusqu'à les mettre à genoux, à demander grâce, et ils en ont laissé juste assez sur leurs deux jambes pour emmener les autres hors d'ici. C'est ainsi que les choses se règlent ici, parfois.

— De quoi s'agit-il ?

— De pas grand-chose. J'ai un ou deux petits trucs à vous dire.

Nous passâmes devant l'épicerie de Sweeny Creek, petite bâtisse en bois installée en retrait de la chaussée goudronnée au milieu des arbres, avant de nous engager sur un chemin empierré qui remontait vers les montagnes. Je tirai sur ma cigarette et regardai le shérif du coin de l'œil. Il ne portait pas de matraque au côté, et je n'en avais pas vu dans la boîte à gants, mais peut-être était-elle glissée sous le siège ou appuyée contre la portière, là où il lui suffirait d'une seconde pour s'en saisir.

Je n'avais jamais été battu en prison, ni même maltraité, mais je ne pourrai jamais oublier la fois où j'avais vu à quoi pouvait ressembler un Nègre après avoir été travaillé au tuyau d'arrosage trois nuits durant en cellule d'isolement. Il servait des petits pois dans la file réservée aux non-détenus, et lorsqu'un des matons lui avait dit : « Tu ferais bien d'accélérer le mouvement à servir tes petits pois, mon gars », il avait répondu : « Servez-les vous-même, chef. » Trois matons l'avaient menotté dans la file et l'avaient fait descendre au trou. À sa sortie, il avait les paupières fermées tant elles avaient enflé, et les meurtrissures qui zébraient son ventre et son dos ressemblaient à quelque difformité noirâtre.

Le shérif gara la voiture dans l'ombre des pins le

long du torrent et coupa le moteur. Il but une nouvelle gorgée de whisky et me tendit la bouteille.

— Allez-y. Vous n'allez pas attraper la gale.

Il éclata de rire et sortit un cigare de sa poche.

— Vous savez, vous avez le cul sacrément bordé de nouilles. L'homme du FBI a été incapable de trouver quoi que ce soit sur cette douille. Ou bien vous les avez toutes essuyées avant de les mettre dans le chargeur, ou alors un cerf est arrivé là et il a pissé dessus un bon coup.

Il sectionna d'un coup de dents le bout du cigare et le recracha par la fenêtre, avant d'en mouiller l'extrémité comme s'il faisait rouler une brindille entre ses lèvres.

— Vous pensez que vous avez du bol ? dit-il.

— À vous de me le dire.

Il gratta une allumette sur l'avertisseur et alluma le cigare.

— Je ne pense pas que vous ayez tant de bol que ça, dit-il. Même pas du tout, mais ça, c'est autre chose. J'ai voulu vous faire monter jusqu'ici essentiellement parce que c'est mon jour de congé et que c'est toujours ici que je viens le jour de l'ouverture de la chasse aux cervidés. Vous voyez l'endroit où commence cet escarpement, tout de suite après la première montagne, là où le pâturage s'ouvre dans les arbres ? J'ai mes deux cerfs à queue blanche le jour de l'ouverture tous les ans, à cet endroit. L'année dernière, j'ai eu un élan femelle, en plus, en plein dans le nez avec ce .357 magnum à quarante mètres. Je me servais d'un fusil de chasse chargé à balles pour le gros gibier, mais de la neige s'est mise dans le canon qui a explosé quand j'ai tiré sur une biche. C'est alors que l'élan est arrivé dans le pâturage avec le vent dans le dos et il n'a rien pu sentir. Je lui en ai collé une dans le museau, ça lui a déchiqueté le cul en morceaux sur la neige. Ces chemises d'acier, c'est capable de traverser un bloc moteur, et ça ne les ralentit même pas d'avoir étripé un animal.

Je lui rendis son whisky et regardai par la fenêtre passager.

— Vous n'êtes pas chasseur, hein ? dit-il.

— J'ai laissé tomber quand j'étais à l'armée.

Il avait commencé à boire, mais il baissa sa bouteille en me lançant un œil dur. J'essayai de soutenir son regard bien en face, mais c'était trop. Sa colère vis-à-vis de moi et de ce que je représentais en quelque endroit vague de son esprit ou de sa mémoire — quelque abstraction née d'une difficulté infantile, une dispute avec son épouse sur des questions de sexe, une crainte du maire, des conseillers municipaux de la ville, ou de lui-même — était trop forte pour que je puisse m'en défendre par un simple duel de regards, alors même qu'il essayait de mettre mon existence en pièces.

— Permettez-moi de vous dire quelque chose avant que nous repartions, dit-il. Je ne vous aime pas. Je ne peux probablement pas vous coffrer pour l'instant pour avoir mitraillé l'usine, mais je vais faire tout mon possible pour vous rendre le comté de Missoula le moins accueillant possible. Je vous mettrai en cellule pour avoir craché dans la rue ou jeté un emballage de paquet de cigarettes, pour vous être promené en public avec une haleine embiérée. Je vous collerai en cellule chaque fois qu'on vous verra, moi ou l'un de mes gars. J'ai le sentiment que si je vous boucle un nombre suffisant de fois et si je préviens votre responsable de conditionnelle chaque fois que je le fais, vous aurez droit à votre sandwich et à votre ticket de car, direction la Louisiane. Ce qui veut dire que vous feriez bien de garder vos miches hors de ma vue.

— C'est comme ça, hein ?

— Autant en être convaincu, fils.

J'ouvris la portière et sortis dans l'herbe rase. J'avais une sensation de vertige, et le vent qui soufflait dans les pins le long du trottoir était froid sur mes cheveux trempés de sueur.

— Vous croyez aller où comme ça, nom de Dieu ? dit-il.

— Je vais faire du stop pour rentrer chez les Riordan.

Les rayons du soleil baignèrent l'habitacle de la voiture, illuminant son visage et toute sa colère, tous ses doutes quant au fait de me laisser retrouver mon chemin jusqu'à la maison (et les éventuelles protestations qui pouvaient s'ensuivre) et par-dessus tout, la question la plus importante : était-il parvenu à instiller en moi la peur de Dieu à coups de tisonnier brûlant ?

Je remontai la route empierrée jusqu'à la chaussée goudronnée en fumant une cigarette, et il se mit à rouler à côté de moi en première, son gros bras dodu passé à la portière, le visage toujours empreint de doute et de colère, et je me sentis heureux que personne ne pût voir cette triste comédie jouée par deux adultes en train d'interpréter un exercice de style parfaitement risible en pleine nature sauvage dans les montagnes, afin que l'un pût rentrer à la maison avec un morceau de scalp pour garder son orgueil intact.

Le shérif écrasa l'accélérateur devant moi, l'arrière de sa voiture partit en zigzag sur l'herbe déjà mouillée par la rosée, crachant une pluie de cailloux sous ses pneus arrière lorsqu'il passa la seconde. Il jeta la bouteille de whisky par la fenêtre sur les gravillons en s'engageant sur l'asphalte avant de prendre la direction de Missoula dans un rugissement de tous ses cylindres, son échappement double grondant et vibrant, son bras comme un jambon à la portière.

Lorsque je parvins finalement à trouver une voiture qui me ramène au ranch, le soleil commençait à disparaître au-dessus des montagnes dans une brume rose, et Buddy était assis sur les marches du perron, en veste doublée de peau de mouton, occupé à attacher un bas de ligne à son nylon de pêche à la mouche.

— Où t'as été, mec ? dit-il.

— J'ai été faire une balade avec le gros flicard.

Il releva les yeux, concentré qu'il était sur son bas de ligne, et attendit.

— La douille ne portait aucune empreinte, mais il dit qu'il va me rendre la vie tout à fait passionnante chaque fois qu'il me chopera à Missoula, dis-je.

— Contente-toi de rester à distance du bonhomme. Ça se tassera au bout d'un moment.

— Et qu'est-ce que je suis censé faire entretemps ? Vivre ici comme un ermite ?

— Tu veux aller pêcher ?

— Ouais.

Nous prîmes la voiture pour descendre à la rivière et pêcher à la mouche noyée dans deux trous d'eau sous le crépuscule. Lorsque la lune commença à monter au-dessus des montagnes, le poisson se mit à mordre. Je vis ma ligne se tendre sous la surface de l'eau puis je sentis le verrouillage de la tension lorsque la truite accrocha l'hameçon pour de bon, et la canne en bambou fendu se ploya en arc vers l'eau tandis que le nylon se dévidait du moulinet automatique. Je maintins la canne relevée au-dessus de ma tête, à l'oblique, et marchai dans les hauts-fonds avec ma proie jusqu'à ce qu'elle faiblisse et que je puisse l'acculer dans les typhas en amont du trou d'eau. Je ne pouvais pas manœuvrer canne et épuisette en même temps à cause de mon plâtre, et Buddy s'approcha lentement de la truite, plaça son épuisette dessous, le fond sableux obscurcissant l'eau sous le battage des nageoires dorsale et caudale, avant de la sortir, lourde, épaisse, dégoulinante, au fond du filet, ses couleurs marron et or tachetées de rouge mouillées par le clair de lune.

Nous fîmes cuire le poisson avec citrons et oignons dans une sauce au beurre. Il faisait chaud, nous étions bien à l'intérieur du chalet grâce au poêle à bois, dans l'odeur des bûches qui se consumaient, tandis que le vent soufflait dans les arbres du torrent. Mais je fus incapable de manger et même de finir mon café. Paret, grand destructeur de rêves, me dis-je. Comment as-tu fait ça ?

*
* *

Pendant la semaine, j'aidai le père de Buddy à nourrir les oiseaux et à nettoyer les cages dans la volière. Nous terminâmes la ligne de clôture jusqu'à la mare, et à contrecœur, luttant contre mon instinct et mes expériences passées avec les ragondins en Louisiane, j'accompagnai Buddy et son père en amont de Lost Horse Creek pour y relâcher deux couples. À l'époque, je me dis qu'en toute logique il faudrait bien deux ou trois ans avant que les dégâts se fassent sentir à grande échelle dans ce secteur, et que je serais ailleurs, bien en sécurité, lorsqu'une foule furieuse de trappeurs de métier, bûcherons et pêcheurs démolirait le domicile des Riordan jusqu'à la dernière planche et jusqu'au dernier clou.

Je résolus de manière confuse de laisser Beth tranquille, mais pareil à l'alcoolique qui se passe de boire une journée et doit décompter toutes les autres sur le calendrier, je savais que ce n'était qu'une question de temps avant que je l'appelle ou que je suggère à Buddy d'aller à Missoula.

En fait, ce ne fut ni l'un ni l'autre, au bout du compte. Je me rendis en ville le jeudi matin avec Melvin pour me présenter à mon responsable de conditionnelle, alors même que mon rendez-vous n'était que pour la semaine suivante. Il me déposa non loin de la bibliothèque de l'université dans la mesure où je lui dis que j'avais trois heures à perdre avant ma visite à mon responsable, et je parcourus les quatre blocs jusqu'à la maison de Beth.

Elle ratissait les feuilles mortes en énormes tas devant la maison à l'aide d'un râteau en bambou. Elle était habillée d'un jean en velours passé et d'une chemise en laine boutonnée au col, les manches remontées au-dessus des coudes. Chaque fois qu'elle tirait le râteau avant de l'abaisser sur l'herbe sèche, de nouveaux tourbillons de feuilles s'échappaient de son tas.

— Ça te dirait d'aller déjeuner dans ce restaurant allemand ? dis-je.

Elle se retourna, surprise, avant de se redresser, les mains croisées en appui sur le manche du râteau. Elle souffla ses cheveux du coin de ses lèvres, les joues marquées de taches de couleur dans la froideur de l'ombre, et me sourit, un sourire qui me fit fondre tout entier de l'intérieur.

— Laisse-moi enfiler une autre chemise et enlever toutes les feuilles et les brindilles que j'ai dans les cheveux.

Nous prîmes sa voiture pour nous rendre à l'Heidelhaus, dont l'intérieur ressemblait à une belle demeure allemande de Forêt Noire, grosses poutres en bois au plafond, nappes à carreaux, bougies fondues fichées dans des bouteilles de vin, et une vaste cheminée en pierre dans l'âtre de laquelle rôtissait un cochon à la broche. Nous bûmes de la Tuborg à la pression en mangeant des sandwiches à la saucisse et au fromage fondu avant que la serveuse en robe tyrolienne nous apporte des tranches de porc rôti dans la moutarde chaude. Le lieu était tellement agréable, avec la chaleur de la cheminée, les punchs au beurre après le repas, les étudiants au comptoir en chandail aux armes de leur université, la lueur des bougies sur son visage heureux, que les menaces du shérif et mes autres problèmes disparurent petit à petit dans une sorte d'euphorie automnale. Les yeux de Beth brillaient de tout l'alcool bu, et lorsque son genou frôla le mien sous la table, nous éprouvâmes l'un et l'autre le même sentiment d'être reconnu par l'autre, la même sensation d'espoir et de désir pour le reste de l'après-midi.

Nous retournâmes chez elle pour faire l'amour dans son lit, au premier, pendant presque deux heures. J'entendis claquer la porte moustiquaire au rez-de-chaussée, et sursautai malgré moi, mais elle se contenta de sourire en posant un doigt sur mes lèvres avant d'entrouvrir la porte de la chambre et de dire aux garçons d'aller jouer dehors. Elle revint vers le lit, son corps doux et blanc, ses énormes seins, comme sortis d'un souvenir de mes fantasmes de prisonnier. Puis elle s'assit sur moi et me mordit tendrement la lèvre, sa chevelure couvrant mon visage, et je sentis que je me raidissais à nouveau au plus profond d'elle jusqu'à ce que les reins me brûlent, et que la faible lueur au-dehors semble se concentrer et disparaître de ma vision sous son souffle rythmé que je percevais contre ma joue.

*
* *

Ce samedi-là, on m'enleva mon plâtre à l'hôpital. La scie circulaire entama le plâtre en bourdonnant avant que l'ensemble ne se sépare en deux comme un coquillage avarié et corrodé pour libérer mon bras imberbe à la peau blanche et flétrie ; lorsque je la touchai, elle me fit l'impression d'être morte comme un morceau de caoutchouc qui ne faisait pas partie de moi, et quand je fermai le poing, le muscle de mon avant-bras se gonfla comme un morceau de gras de baleine parfaitement obscène. Mais c'était agréable d'avoir à nouveau deux bras disponibles. Tandis que j'enfilais ma chemise avant de la boutonner sans difficulté de mes deux mains, je me souvins d'une idée qui m'avait traversé l'esprit lorsque je me trouvais à l'hôpital au Japon après avoir été blessé : que ceux qui pensent que la guerre est une excursion nationale intéressante se privent donc, l'espace d'une journée, de l'usage d'un bras, d'un œil ou d'une jambe.

Je m'entraînai à plaquer des accords sur ma guitare trois jours durant pour retrouver la coordination des doigts de la main gauche. J'avais perdu les cals à l'extrémité de mes doigts, et les cordes me brûlèrent la peau le premier jour en faisant naître de minuscules cloques pleines de liquide au bord des ongles ; le dos de ma main refusa de fonctionner correctement lorsque je plaquai un accord de mi en haut du manche pour *Steel Guitar Rag*. Mais le mardi, je sentis l'élasticité et la confiance revenir dans mes doigts, mes glissades et mes passages le long des frettes redevinrent faciles comme des mouvements naturels que j'accomplissais sans réfléchir.

Le crépuscule était tombé, et j'étais seul dans le chalet, légèrement ivre à cause d'une demi-pinte de Jim Beam, de ma propre musique et des souvenirs du Sud rural dont elle était chargée. Le rougeoiement du poêle à bois me chauffait le dos, et je sentais les accords de la guitare traverser la caisse de résonance pour se répercuter dans ma poitrine. Le sifflet d'un train de marchandises retentit brutalement entre les montagnes, et même si je ne voyais pas le train en question, je savais qu'il était noyé sous les dernières rougeurs du soleil mourant et que dans la cabine de la locomotive se trouvait un mécanicien du nom de Daddy Claxton, fonçant à toute vitesse vers le Sud comme le Georgia Mail.

J'enfilai des onglets à mes doigts et jouai tous les morceaux ayant trait au chemin de fer que je connaissais, doublant mon picking comme A.P. Carter et Mother Marbelle, pour poursuivre à la manière de Hank Snow, passant de Lynchburg à Danville sur le Ole 97 ; mes onglets en écaille de tortue jetaient des éclairs sur les cordes d'argent, le grondement et les hurlements de trains légendaires longs de plus d'un kilomètre étaient aussi réels en cet instant qu'à l'époque où ils circulaient, la chaudière surchauffée alimentée en charbon par des Nègres et des mécanos suants prêts à donner leur vie rien que pour rattraper un retard.

Buddy n'avait jamais compris pourquoi je gagnais ma vie comme musicien country alors que j'aurais probablement pu avoir un emploi fixe dans l'orchestre de danse d'un hôtel de La Nouvelle-Orléans ou essayer de faire du jazz sur la côte Ouest, où j'aurais à tout le moins pu réussir comme guitariste rythmique. Mais ce qu'il ne comprenait pas, et ce que la plupart des hommes du Nord ne comprennent pas, c'est que la musique rurale du Sud est une attitude, un retour au cœur des mythes et des premiers rêves agraires de la promesse d'une nouvelle république. Et sans même envisager sa qualité très vague, son sens faussé du romanesque amoureux, sa manière de restructurer la réalité de notre histoire, cette musique reste néanmoins aussi vraie aux oreilles d'un jeune garçon de Louisiane du sud écoutant le Grand Ole Opry ou le Louisiana Hayride un samedi soir que l'histoire de son propre grand-père, que le grand-père avait lui-même entendue de la bouche de son père, le récit des Fédéraux incendiant le tribunal de New Iberia et ôtant les coiffes des femmes blanches pour les porter au bout de leur baïonnette. Elle était vraie parce qu'on avait dit au garçon qu'elle l'était, ce garçon qui n'aurait pas plus mis en doute la véracité du récit que sa propre naissance sur cette terre.

J'étais plongé dans ma rêverie sudiste et mon reste de Jim Beam lorsque Buddy passa la porte, les yeux larmoyants à cause du vent.

— Je t'ai entendu depuis l'extrémité du champ. Super comme son, Zeno, dit-il. Pendant une minute, j'ai cru que j'entendais ce prisonnier de couleur qui jouait du blues au camp A. C'était quoi, son nom ?

— Guitar-git-it-and-go Welch.

— Mec, c'était quelque chose sur sa douze cordes, pas vrai ? Qu'est-ce que tu fabriquais à l'Heidelhaus avec Beth, nom de Dieu ?

Je versai mon reste de Jim Beam dans ma tasse en fer-blanc et repris ma cigarette posée au bord de la table. Le poêle était brûlant derrière mon dos, et je sentis une goutte de transpiration couler de la racine de mes cheveux.

— Tu veux un coup à boire ? dis-je.

— Non, mec. Je veux savoir ce que tu fichais avec ma nana.

— Je déjeunais. Bon Dieu, mais tu crois qu'on fait quoi, au restaurant, normalement ?

— Quel autre genre de déjeuner t'es-tu offert ?

— Arrête avec tes conneries, Buddy.

— T'es juste descendu à la bibliothèque de l'université en compagnie de Mel et tu as payé le restaurant à Beth sans en toucher un mot à quiconque pendant une semaine.

— J'ai vu mon responsable de conditionnelle et j'avais quatre heures à tuer avant de retrouver Melvin. Je ne voulais pas traîner en ville et me faire ramasser une nouvelle fois par le shérif, et je n'avais aucune envie de m'installer dans la bibliothèque en compagnie des étudiants de l'université. Et donc je l'ai invitée à déjeuner.

Au fil des années j'avais fait un certain nombre de choses qui n'étaient pas bien, mais le mensonge n'en faisait pas partie, même en prison. Je ne sais si la raison en est le profond sentiment qui portait mon père vers la vérité et l'habitude qui s'était ainsi établie en moi, ou si j'avais découvert que la vérité est, d'un point de vue pragmatique, la meilleure solution pour toute situation complexe. Mais j'avais menti à Buddy et mes paroles me brûlaient les joues. Je portai ma tasse à mes lèvres et bus une gorgée avant de tirer une bouffée de ma cigarette.

— Alors pourquoi tu n'en parles pas ? dit-il. Je ne vais pas te couper les couilles au beau milieu de la nuit.

— Je me disais que ce n'était pas bien important.

— Eh ben, c'est vrai, Zeno. C'est pas bien important. Touches-en simplement un mot à ton vieux pote, comme ça je ne me sentirai pas le dernier des connards quand Mel sortira ce genre de nouvelles en mangeant sa purée. Je veux dire, ce gus est correct, mais ma mère est en train de servir les steaks et le voilà qui dit : « Est-ce que la voiture de Beth roulait bien quand elle a emmené Iry à l'Heidelhaus ? »

Il prit ma cigarette entre mes doigts et tira sur le mégot.

— Qu'est-ce que j'étais censé répondre, Zeno ? Ma sœur avait l'œil allumé, et le vieux a sorti sa montre à gousset comme s'il ne l'avait jamais vue. Dis, sans déconner, mec, tu te la sautes pas, quand même ?

— Non.

— Tu veux planer ? J'ai de l'herbe mexicaine aujourd'hui. Super qualité.

— Vaudrait mieux que je me couche tôt. Je veux aller à Bonner demain et voir si je peux retrouver ma place dans l'orchestre.

J'ôtai la sangle de mon cou et posai la guitare sur mes cuisses, caisse de résonance vers le sol. J'ôtai les onglets de mes doigts et les glissai dans ma pochette de chemise.

— Viens, on va se défoncer, dit-il.

— Faut que je sois présentable demain.

— T'es sérieux quand tu dis ça ? T'es sûr que t'es pas allé brouter dans le pré de ton pote ?

— Je te l'ai déjà dit, Buddy.

J'enveloppai la Gibson dans une couverture et allai au lit, le laissant en compagnie d'une grosse boîte à allumettes pleine d'herbe mexicaine verte et de tous les cauchemars paranoïaques qu'il pourrait en tirer.

Le vendredi soir, je jouai à nouveau comme premier guitariste sur l'estrade du Bar, Café et Laverie au syndicat de Milltown. Les tabourets du comptoir et les tables étaient pleins d'ouvriers et de bûcherons accompagnés de leurs épouses à l'allure masculine, et à vingt et une heures j'accrochai la pince du micro à ma caisse de résonance et attaquai avec *Lost Highway*, la complainte de Hank Williams qui parlait d'un paquet de cartes, d'un cruchon de vin et des mensonges d'une femme. Les visages étaient paisibles sous les lueurs rouges et mauves du néon du comptoir, et lorsque je passai à *The Wild Side of Life*, ils étaient tous à ma main. Puis j'interprétai une chanson sur les bûcherons, écrite par notre batteur (« la chaîne qui rugit, les grosses roues qui roulent, la terre et l'écorce qui volent à tout va ») et je vis les paroles brûler les esprits, chargées d'un sens très personnel, comme autant de confirmations de leurs existences désargentées, pour laisser leur empreinte sur ces visages marqués par le labeur.

C'était bon de travailler à nouveau, d'entendre les applaudissements, de s'asseoir au comptoir entre deux numéros dans une atmosphère primitive et de recevoir des coups à boire et des poignées de mains calleuses. Nous jouâmes jusqu'à deux heures du matin, augmentant à mesure l'intensité de nos haut-parleurs pour compenser le bruit de la piste de danse, le fracas des bouteilles, et, de temps à autre, un raclement violent de pieds de chaises sur le sol lorsque éclatait une bagarre. J'avais la voix enrouée, une douleur sourde battait dans mon bras gauche, et les extrémités de mes doigts me donnaient l'impression d'avoir été mordues par l'acide, mais ce n'était pas un gros problème. Je jouais avec ce sens de la maîtrise et de l'apaisement intérieur qui ne me vient que lorsque je suis au mieux de moi-même. Après le départ des clients, je mangeai un bol de chili et bus une tasse de café au comptoir en compagnie du batteur, l'un et l'autre pris de vertige à cause de l'alcool, de la fatigue et des échos électriques des cinq heures écoulées. Puis je sortis sous un mélange de pluie et de grêlons, et repris la Plymouth, direction Missoula et la maison de Beth.

Chapitre 10

Pendant la nuit, le grésil et le vent fouettèrent les arbres contre la fenêtre de chambre du premier étage, et lorsque le jour commença à se lever dans le ciel, l'herbe était épaissie de petits grêlons, et les trottoirs donnaient l'impression d'avoir été poudrés de sucre concassé. Le soleil froid perçait au-dessus des crêtes des Bitterroots lorsque je regagnai le ranch, et j'apercevais la neige dans les pins sur les hauteurs et les nuages blancs et poudreux miroitant de lumière quand le vent soufflait entre les troncs. J'aurais dû quitter la maison de Beth plus tôt, mais dans la tiédeur de son lit, avec sa chaleur de femme contre moi et le raclement mouillé des branches de l'érable contre la fenêtre, je me laissai retomber dans le sommeil jusqu'à ce que la chambre s'inonde soudain de grisaille aux premières lueurs de la fausse aurore. Je me tracassais maintenant à cause de Buddy et du mensonge que je devrais lui servir s'il était éveillé.

Mais il dormait, le nez sur le matelas, toujours vêtu, les chaussures aux pieds, les bras écartés, un joint éteint fiché comme un drapeau dans une boîte de bière posée au sol. Il faisait froid à l'intérieur du chalet ; j'allumai le poêle, éventant le petit bois jusqu'à ce qu'il prenne et que ses flammes craquent au contact des bûches de pin fendu, et je commençai à me dévêtir au bord de ma couchette. Par la fenêtre latérale, je voyais les nuages de neige sur les sommets montagneux virer au violet au-dessus du vert brillant des arbres. J'avais le corps lourd, épaissi par la fatigue, et j'entendais encore le bruit du bar et des amplificateurs électriques comme si l'intermède de quelques heures en compagnie de Beth n'avait pas existé. Puis, alors que je m'allongeais sur l'oreiller, le bras sur les yeux, avant de commencer à sombrer dans la chaleur grandissante du poêle à bois tandis que s'apaisaient les battements de mon cœur, j'entendis les bottes de M. Riordan sur le perron avant qu'il ne frappe doucement à la porte moustiquaire.

Il dit qu'il avait besoin de l'un de nous pour l'accompagner à Lost Horse Creek et l'aider à lâcher quelques ragondins supplémentaires. Je montai dans le camion et nous prîmes la route tandis que les cages grillagées tressautaient dans le plateau. Je tournai la tête par la vitre en direction des ragondins, avec leurs yeux rouges, leurs dents de cheval toutes jaunes et leurs soies de porc-épic, et je fus bien obligé de rire.

— Vous devez les trouver bien comiques, dit-il.

Sa chemise en lainage à carreaux rouges était boutonnée au col et aux poignets sous la veste doublée en fourrure de mouton.

— Excusez-moi, dis-je toujours en riant. Mais je n'arrive pas à me faire à l'idée qu'on réintroduise délibérément ces bestioles dans une région. Un jour, mon père et moi avons dû passer une semaine à nettoyer les fossés d'irrigation dans notre rizière après le passage de ces gaillards.

— Ainsi donc, ils sont aussi méchants que ça, hein ? dit-il, le visage tourné vers la route.

— Non, monsieur, ils sont pires.

Je ris à nouveau. Tout ça était trop ridicule.

— Si ces bêtes-là font la preuve qu'elles peuvent s'acclimater à l'environnement et avoir une valeur commerciale, le castor du Nord-Ouest pourrait bien être avec nous pour quelques années encore.

C'était un homme plein de sérieux, peu enclin à plaisanter sur son travail, et je me sentais maintenant gauche et un peu stupide de n'avoir pas su le voir. Il conduisait, les avant-bras collés au volant, en essayant de rouler une cigarette entre ses doigts alors que le tabac se vidait par les deux extrémités du papier.

— Vous en voulez une toute faite ? demandai-je.

— Merci.

Il froissa papier et brins de tabac dans sa paume et les laissa tomber par la vitre. J'avais dans l'idée qu'il aurait pu rouler cette cigarette en un tube aussi parfait qu'une clope du commerce s'il l'avait voulu, mais c'était un monsieur et il venait ainsi d'effacer ce petit moment où il avait paru me faire la leçon, qui m'avait mis mal à l'aise.

Nous nous engageâmes sur la route caillouteuse qui serpentait le long de Lost Horse Creek, avant d'attaquer la longue côte à travers bois en seconde. À mesure que nous remontions les épingles à cheveux tandis que le torrent disparaissait de plus en plus en contrebas comme un éclair froid et bleuté au travers des troncs, je sentis l'air se raréfier et l'odeur des pins se faire plus entêtante. En surplomb de la route, j'aperçus les sommets de la première montagne qui commençaient à poindre à l'horizon, puis d'autres à leur tour, plus hautes et plus bleues derrière la première, avant qu'elles disparaissent toutes dans la brume humide et les rebords déchiquetés des nuages de neige. Nous franchîmes une nouvelle épingle à cheveux et je regardai de nouveau en contrebas, en direction du torrent. Il était tout petit, moucheté d'eau blanche, et les dernières feuilles qui restaient sur les peupliers ressemblaient à des morceaux de bronze byzantin estampé. Des rochers glissèrent du bord de la route et dégringolèrent sur trente mètres avant de frapper la cime d'un arbre.

— Nous retrouverons le torrent un peu plus loin. L'altitude ne vous pose pas de problème, j'espère ?

Bon Dieu non, je fais ça tous les jours, d'allumer une cigarette après l'autre, me dis-je.

— Je me demande juste ce qui pourrait vous arriver si vous éclatiez un pneu dans un de ces virages.

— Il est probable que nous n'aurions tout bonnement plus à nous poser de questions sur l'introduction de ces ragondins dans une mare à castors.

La montée commença à s'adoucir et la route s'élargit, bordée de pins serrés de chaque côté, et je vis à nouveau le torrent, à guère plus de cinquante mètres cette fois, à travers le pare-brise, grondement d'eau blanche qui se brisait en cascades entre des rocs lisses et gris, aussi gros que des petites maisons. M. Riordan quitta la route et gara le pick-up en épi entre les pins avant de rouler une cigarette entre pouce et index, de lécher le papier, le coller, tordre les deux extrémités, gratter une allumette sur l'ongle du pouce et se retrouver, clope fumant, le tout en moins d'une minute, sans même laisser trois brins de tabac au creux de sa paume. Il ouvrit la portière et posa sa veste doublée de fourrure sur le siège. Sa salopette et sa chemise à carreaux rouges boutonnée au col me firent penser à un fermier sudiste. Nous entendîmes un semi-remorque chargé de troncs plus haut sur la route qui rétrogradait avant d'amorcer la lente descente.

— Est-ce que vous fréquentez la femme de Buddy ? dit-il, la cigarette mouillée au coin de sa bouche.

Je sortis par la portière passager et allai jusqu'au hayon dont j'ôtai la chaîne. Les ragondins avaient pris peur à cause du trajet sur la route empierrée et du raclement de la chaîne, et ils avaient commencé à ronger les cages grillagées de leurs dents jaunes.

M. Riordan s'appuya, un bras tendu contre le plateau du camion, en tenant sa cigarette entre ses doigts épais et regarda au loin les arbres abattus dans le torrent.

— Est-ce que vous fréquentez sa femme ? dit-il. Ce qui veut dire, est-ce que vous couchez avec elle ?

— Oui.

— Avez-vous songé à ce qu'il fera s'il décide d'arrêter de regarder ailleurs ?

— Je n'en suis pas encore là.

— Parce que, franchement, je ne sais pas ce qu'il fera. Je sais simplement que je ne veux pas voir mon fils retourner en prison. Je pense que vous pouvez comprendre ça.

— Il n'est pas du genre à faire ce à quoi vous pensez, dis-je.

— Vous m'avez l'air sacrément sûr de ça, nom de Dieu, je me trompe ? Permettez-moi de vous donner un conseil, fils. L'homme qui vous tuera vous aura sauté à la gorge avant même que vous vous y attendiez.

Le vent était froid sur mon cou. L'idée d'un Buddy ennemi meurtrier me parut aussi incongrue et abominable qu'un cauchemar en plein jour.

— Je ne vais pas essayer de vous expliquer, dis-je, mais parfois il arrive que les choses se passent d'elles-mêmes et il n'est pas facile de revenir en arrière.

— Je ne vous ai pas demandé d'excuses. Je veux juste que vous réfléchissiez aux conséquences. Pour tout le monde.

— C'est pour ça que nous avons fait cette balade jusqu'ici ?

— Non. J'imagine que vous saviez déjà ce que j'avais à vous dire. Et de toute manière, ça ne fera probablement aucune différence.

— Vous voulez que je dégage ?

— Vous êtes son invité. C'est entre lui et vous. Je n'ai rien à vous reprocher. Beth l'a rayé de sa vie il y a bien longtemps de ça, mais il n'en est pas encore au stade où il peut l'accepter. J'avais juste eu l'espoir qu'avec un peu de temps il pourrait en arriver à voir les choses telles qu'elles sont. Il n'est pas encore de taille à accepter que le sol s'effondre sous ses pieds une nouvelle fois.

— Il est peut-être plus solide que vous ne le pensez.

— Il n'y a rien de solide dans le fait d'aller en prison et de tirer cinq années jusqu'au bout parce qu'on est incapable de se tenir à l'écart des ennuis.

— Je crois que vous ne comprenez pas le sentiment très spécial qu'il faisait naître chez les matons quand il était au trou. Il était différent des autres. Il ne les prenait pas au sérieux, et ça leur bouffait les couilles.

— Tout ça, c'est du baratin. Il y avait des années que Buddy la cherchait, la prison, et il l'a trouvée, mais ça ne sert à rien de discuter. On va descendre ces cages jusqu'à la mare.

Il écrasa le bout incandescent de sa cigarette entre ses doigts et éparpilla le tabac au vent.

Nous entendîmes les pignons du semi-remorque qui rétrogradait dans l'épingle à cheveux, et le sifflement des freins. Puis la cabine du camion apparut au bord du précipice, tractant son énorme remorque, avec les longues billes de pin ponderosa couvertes de neige, fixées au plateau par des chaînes qui mordaient l'écorce jusqu'au blanc du bois. Le chauffeur était penché sur son volant, un bras occupé à changer les vitesses à mesure que la masse de son chargement se déplaçait sur le plateau ; puis les freins sifflèrent de nouveau, et il ralentit avant de s'arrêter sur le terrain redevenu plat. Il ôta ses gants de cuir et récupéra un mégot de cigare posé sur le tableau de bord.

— Hé, Riordan, dit-il. T'es encore en train de lâcher tes rats par ici ?

— Et ça ressemble à quoi, ce que je fais, bon Dieu ?

— Sacré bon sang de bonsoir, s'y sont pas mignons, dit le chauffeur en riant, le cigare entre ses dents. Je crois que si y en a un qui se saute un castor, on va voir cavaler des bestioles avec des dents jaunes et des soies de porc-épic au cul.

— Tu es probablement en retard avec ton chargement, Carl, dit M. Riordan.

— Ne t'en fais pas pour ça. Je veux vous voir mettre ces trucs dans le torrent. Est-ce que vous êtes obligé de leur filer d'abord un coup de trique sur la tête et de les transporter au bout d'une pelle ?

Le chauffeur gloussa, penché à la portière, le mégot de cigare au milieu de la bouche.

— Tu as un dîner chaud qui t'attend à la maison, Carl. N'oblige pas ta femme à le balancer dans la cour une fois de plus.

— Vous voulez un coup de main pour vos bestioles, au cas où elles se mettraient à vous déchiqueter les pneus à coups de dents ?

— Répondez-lui d'aller se faire foutre, dis-je.

M. Riordan me lança un bref regard peu amène avant de ramasser les deux manches à balai raccourcis dont nous nous servions pour transporter les cages jusqu'au torrent.

— Mieux vaut les lâcher ici, parce que plus haut le torrent est plus sec qu'un pet de pop-corn, dit le chauffeur. En fait, j'en ai vu deux, de ces rats, qui remontaient la route avec leur bidon à flotte.

M. Riordan passa les manches à balai au travers de la première cage posée sur le plateau du camion. Nous la soulevâmes pour la transporter au bas de la pente vers la mare à castors. Le chauffeur du camion gloussait toujours derrière nous, lorsqu'il redémarra en enclenchant la première. Nous avancions sur un lit d'aiguilles de pins au milieu des arbres nanifiés, les ragondins secoués en tous sens dans la cage essayaient de grignoter les poignées en bois de leurs dents de cheval.

— Pourquoi encaissez-vous sans rien dire ? demandai-je.

— Il est inoffensif, ce bonhomme. Il n'a pas de mauvaises intentions.

— Je ne sais pas comment vous définissez un fils de pute par ici, mais j'ai l'impression que vous en avez un sacré nombre de cet acabit dans le coin.

— Ils ont peur.

— De quoi, pour l'amour du ciel ?

— Des gens qui détiennent et contrôlent leurs moyens d'existence. Tout cet argent venu de l'est qui leur donne du travail et leur dit en même temps qu'ils travaillent pour eux-mêmes et pour une sorte d'esprit pionnier et indépendant. Ils ont essayé de mettre sur pied des syndicats par ici pendant la dépression. Les usines ont fermé jusqu'à ce qu'ils supplient qu'on leur donne du travail. Et ils pensent par conséquent que tout changement est source de problèmes, et ils se le racontent depuis tellement longtemps qu'ils sont arrivés à en être convaincus.

— Vous êtes plus tolérant que moi.

— J'imagine que vous êtes arrivé aux mêmes conclusions en grandissant dans le Sud, sinon vous auriez quitté votre pays depuis bien longtemps, dit-il.

Il posa son côté de la cage au bord de la mare et se roula une cigarette, ses yeux gris rivés sur les remous paisibles de l'eau autour des pins et des peupliers morts au bois poli, basculés au milieu du torrent, la base du tronc sectionnée par les castors. Le bois avait blanchi sous le soleil et la pourriture, couleur d'os desséché, et les vers avaient laissé leurs arabesques sur la surface lisse des troncs dont l'écorce avait craqué en plaques emportées par le courant. De chaque côté des troncs entassés, soixante centimètres sous la surface de l'eau, les castors avaient creusé des ouvertures qui leur permettaient de se faufiler avant de remonter dans leur forteresse en surplomb, au sec, bien à l'abri. Derrière le barrage, là où ressortaient les souches grignotées des peupliers en formant des tourbillons rapides, truites cou-coupé, ombles des fontaines et truites Dolly Warden flottaient entre deux eaux sur le fond de galets, se laissant déporter latéralement lorsque le courant poussait de la nourriture dans leur direction, dans un éclair d'or et de nageoires à bouts argentés, leurs branchies éclatant d'un feu écarlate.

J'ouvris la porte de la cage que j'inclinai dans la mare. Au début, les ragondins s'accrochèrent au grillage de leurs étranges pattes palmées avant de dégringoler l'un sur l'autre dans une gerbe d'eau, leur fourrure emperlée de lumière. Ils se mirent à tourner en rond, leurs yeux rouges pareils à des plombs surchauffés, avant de nager vers le barrage de rondins.

— Je ne pense pas que les castors apprécient beaucoup ces mecs-là, dis-je.

— Alors il y en a un qui va passer à l'action, dit M. Riordan.

Je le regardai pour voir si ses paroles avaient un sens caché. S'il y en avait un, je n'en vis rien sur ce profil figé, ces yeux d'un gris de plomb toujours rivés à la mare à castors.

— Vous voyez ces traces de grouse de l'autre côté ? dit-il. Il n'y a pas eu de grouse près de ce torrent depuis que j'étais gamin. Il y a deux ans de ça, j'ai lâché quelques grouses bleues à une cinquantaine de mètres d'ici, et elles viennent toujours s'abreuver à ce trou d'eau.

Il laissa tomber son mégot dans les hauts-fonds, comme une idée qui lui serait venue après coup, et nous remontâmes dans le pick-up pour redescendre la pente en seconde. À travers les pins qui bordaient la route, j'apercevais l'immensité bleue de la vallée et le reflet métallique de la Bitterroot River qui serpentait entre les peupliers.

— Je vous paie un steak à l'auberge de Fort Owen, dit-il.

— Vous ne me devez rien.

— Mieux vaut en profiter. Parce que ça ne m'arrive pas souvent. En outre, je veux vous montrer l'endroit où les groupes d'autodéfense du Montana ont pendu le vieux Whiskey Bill Graves.

— Je parierais que des gens du coin y ont bâti un monument.

Il s'éclaircit la gorge et éclata de rire.

— Comment le saviez-vous ?

— J'ai deviné, c'est tout.

C'était un samedi après-midi et l'auberge était pleine de familles venues de Stevensville, Corvallis et Hamilton. Ils étaient tous assis à des tables recouvertes de nappes à carreaux, tels des quartiers de bœuf bien briqués, engoncés dans leurs vêtements mal taillés, à mâchonner céleri et radis piochés à même le saladier. Quelques hommes saluèrent M. Riordan d'un signe de tête à son entrée, mais j'eus le sentiment que nous étions à peu près aussi bienvenus en ce lieu qu'une bouse de vache égarée. M. Riordan ôta sa veste doublée de mouton et la suspendit au dossier de sa chaise avant de commander deux whiskys et deux pressions.

— Vous êtes sûr que vous voulez manger ici ? demandai-je.

— Pourquoi ? Il ne faudrait pas ?

Comme chez mon père jadis, lorsque celui-ci niait la réalité des choses, je lus sur son visage un refus délibéré de reconnaître une situation conflictuelle des plus évidentes.

— Ce n'était qu'une remarque, dis-je.

Il but son whisky d'un trait en plissant ses yeux gris de plomb lorsqu'il avala. Il but une gorgée de bière mousseuse et posa doucement le bock sur la nappe.

— Vous n'aimez pas le Jim Beam ? demanda-t-il.

— Il faut que je travaille ce soir. Les musiciens peuvent à peu près tout se permettre sauf d'arriver sur scène la tête dans les vapes.

Son regard se porta au-delà de moi, sur les visages des gens aux autres tables, avant de revenir sur moi.

— Il faut être aussi prudent que ça dans votre branche ? Vraiment ?

Je bus une gorgée de bière.

— J'ai la mauvaise habitude de voir le fond du cruchon quand je commence au bourbon, dis-je.

Je souris en lui servant mon excuse, mais il ne me parlait déjà plus.

Il sortit son paquet de tabac à coupe fine de sa poche et plia une feuille à cigarette entre pouce et index. Ses ongles étaient cassés jusqu'à la cuticule et violacés de meurtrissures. Mais alors même que le tabac venait de déborder de la feuille à rouler, avant même qu'il ne froisse le tout en boule pour le vider dans le cendrier, j'avais déjà vu son humeur changer et s'assombrir, entraperçu la pièce vulnérable de son armure stoïque et les engrenages de son empathie bien huilée qui venaient s'émousser les uns contre les autres. À toutes les autres tables, on le prenait au mieux pour un excentrique qu'on tolérait (dans la mesure où le public familial du samedi après-midi ferait la part des choses).

— Vous voulez boire au comptoir ? dis-je.

— C'est une bonne idée.

Nous nous faufilâmes entre les tables jusqu'au petit bar qui jouxtait la salle à manger, et M. Riordan dit à la serveuse de nous y apporter nos steaks.

— Comment vas-tu, Frank ? dit le barman.

Je le reconnus comme l'un des pompiers volontaires qui étaient venus jusqu'au ranch quand la grange avait brûlé.

— Plutôt pas mal, Slim. Donne une bière à cet homme, moi je prendrai un Beam avec un verre d'eau.

Le barman posa un verre double dose sur le comptoir et le remplit à ras bord.

— Un seul, dit Riordan.

— Ça me plaît bien d'offrir le whisky qui ne m'appartient pas.

Le barman jeta un coup d'œil en biais aux tabourets vides et à la salle à manger.

— Tu as appris quelque chose sur l'éventuel propriétaire du bidon d'essence ?

— Non.

— L'autre soir, y a des mecs ivres qui disaient qu'ils avaient brûlé le cul de quelqu'un avec un bon feu.

M. Riordan fit rouler le whisky contre son palais avant de l'avaler d'une profonde gorgée, son regard gris s'illuminant un bref instant.

— C'était qui ? dit-il.

— Je crois que l'un d'eux est chauffeur routier à Lolo.

— Slim, pourquoi diable un chauffeur de camion voudrait-il incendier ma maison ?

— Je ne sais pas. Je t'ai juste répété ce que je les ai entendus dire.

— Et tu ne connais pas le nom de cet homme.

— Comme je t'ai dit, j'ai dû le voir sortir de Lolo une ou deux fois. Je croyais que ça pourrait peut-être t'aider.

M. Riordan fit cliqueter un ongle sur le bord du verre.

— Eh bien, la prochaine fois, appelle-moi pendant qu'ils sont là, ou demande-leur de laisser leurs nom et adresse.

Les lèvres du barman se pincèrent en une ligne mince tandis qu'il versait le whisky. Il posa la bouteille, alluma une cigarette et alla au bout du comptoir en demi-cercle et s'y appuya, un pied posé sur une caisse de bière, en nous tournant le dos. Puis il écrasa sa cigarette dans un cendrier et ôta son tablier.

— Je prends ma pause, dit-il. Sers-toi ce que tu veux à la bouteille, et ajoute ça à ton addition de restaurant.

Je vis sa nuque empourprée lorsqu'il franchit le seuil.

Je secouai la tête en riant.

— Buddy m'avait dit que vous aviez un sens de l'humour bien particulier, dit M. Riordan.

— Ça me dépasse, le nombre de gens par ici qui se baladent avec un brasier dans la tête.

— Oh, Slim n'est pas le mauvais gars. En fait, son problème, c'est son épouse. Elle a une figure à faire peur, même un train irait prendre un chemin de terre en la voyant.

Il en était à son troisième verre, et le sang commença à monter à ses joues mal rasées.

— Un jour, il est rentré complètement déchiré du pique-nique des pompiers, elle a pris une aiguille de tapissier et elle l'a cousu dans son drap avant de lui faire passer le goût du whisky à coups de cravache. Le dimanche suivant, il se faisait baptiser à l'église baptiste.

Lorsqu'il sourit, ses dents prirent une couleur violacée aux reflets de l'enseigne au néon qui vantait une bière au-dessus du comptoir.

— Vous croyez ce qu'il vous a dit à propos de cet homme de Lolo ? demandai-je.

— Non. Mais de toute manière, ça n'a pas d'importance.

— C'est vachement important, bon Dieu, quand on vous fout le feu chez vous en brûlant vos animaux.

Ma réaction était brutale, et je détestai mon impétuosité avant même de voir son visage fixer le mien dans le miroir derrière le comptoir. Sa peau était tendue sur ses pommettes, son regard égal, sa chemise de laine à carreaux rouges boutonnée pareille à une rose tordue sous son cou.

— Je crois que je sais de qui il s'agit, dit-il d'une voix basse et intense. Je ne sais pas si je pourrais les envoyer au pénitencier, mais je pourrais probablement leur faire passer à jamais l'envie de détruire un beau cheval. Mais ça n'arrêtera pas les autres, ceux qui sont comme eux, et ça ne changera pas non plus l'état d'esprit de ces gens dans la salle à manger.

La serveuse nous apporta nos steaks bien épais, baignant dans le sang et la sauce, une noix de beurre sur le dessus marqué par le grill, entourés de carottes et de pommes de terre de l'Idaho cuites à l'eau. La viande était tellement bonne et tendre que le couteau à steak touchait le fond de l'assiette dès qu'on commençait à trancher.

M. Riordan termina son bourbon puis il se mit à couper sa viande, le dos raide, les coudes écartés. Le steak glissa sur le côté de l'assiette en répandant pommes de terre et jus de viande sur tout le comptoir.

— Eh bien ! dit-il en se saisissant du torchon du barman.

Il était déjà bien allumé, et je le sentais qui prenait une décision. Il repoussa l'assiette du bout des doigts, se roula lentement une cigarette et se servit un nouveau verre de Jim Beam.

— Allez-y, mangez. Et rappelez-moi à l'avenir de me tenir à l'écart de la bouteille de whisky le matin.

Il faisait plus froid à notre sortie du restaurant et les nuages de neige avaient caché le soleil. Le vent me mordit le visage et mes yeux se mirent à pleurer. Quelques colverts volaient bas en éventail audessus des peupliers. M. Riordan marcha sur le gravier jusqu'à son camion comme si la terre était sur le point de changer d'axe de rotation. Il sortit les clés de sa poche de salopette et s'arrêta à la portière du conducteur.

— Je crois que vous devez avoir envie de vous remettre à conduire un camion, dit-il en me mettant les clés dans la main.

Nous roulions sur le bitume en direction du ranch et il regardait droit devant à travers le pare-brise, son épaule glissant de temps à autre sur la portière. Il commença à rouler une nouvelle cigarette avant d'abandonner.

— Qu'est-ce que vous envisagez de faire dans l'avenir ? demanda-t-il, car il sentait qu'il devait dire quelque chose.

— Mener ma conditionnelle à son terme. Prendre le temps qui vient, sans me poser de question, et me laisser vivre, je dirais.

— Vous avez devant vous trente ou quarante ans de vie. Est-ce que vous pensez à ça ?

Les cahots du camion lui firent hocher la tête, il cligna des paupières et écarquilla les yeux.

— Je n'avais jamais réfléchi aussi loin.

— Vous devriez. Vous ne croyez pas que vous aurez cinquante ou soixante ans un jour. Ou même que vous atteindrez la force de l'âge. Mais c'est ce qui arrivera.

Je tournai la tête vers lui, mais son regard fixait le bitume. Ses grosses mains abîmées reposaient sur ses cuisses, pareilles à deux poêles. Le dos de sa main gauche était brûlé, marqué d'une épaisse cicatrice blanche, sans poils, lisse comme un morceau de caoutchouc. Il s'éclaircit la gorge, cligna une fois encore des paupières, puis son regard perdit de sa concentration et il ferma les yeux. Il respirait comme s'il était hors d'haleine.

Buddy m'avait raconté comment son vieux avait gagné sa vie pendant la dépression, comme cavalier de rodéo dans le circuit du nord-ouest des États-Unis, pour cinq dollars par spectacle. En 1937, il n'avait pu payer ses remboursements, sept mois durant, sur une propriété de près de quatre cents hectares à l'extérieur de Billings, et une compagnie fermière de Chicago l'avait rachetée pour quarante-cinq dollars l'hectare. La maison familiale à un étage, bâtie en bois, avait été rasée à la niveleuse et transformée en un tas de planches cassées qu'on avait brûlées avant de pousser la pile de débris fumants dans la Yellowstone River. M. Riordan avait pris femme et enfants, les avait mis dans une caravane en fer-blanc de sa fabrication qu'il avait accrochée à un pick-up Ford pour les emmener à travers le Wyoming, l'Utah et la Californie, où il avait planté les laitues, coupé le vert des carottes et des oignons, et ramassé les pommes pour trois cents le cageot.

Il avait accepté un boulot en Idaho, dans une ferme d'élevage de chevaux près de la Clearwater, débourrant et entraînant des Appaloosa pour un homme qui fournissait en animaux encore sauvages le circuit des rodéos. Après dix-huit mois passés à se serrer la ceinture, en se nourrissant des pommes de terre de l'aide sociale, et à écouter le vent souffler des montagnes et s'insinuer dans les fissures bourrées de papier des flancs de la caravane, il avait économisé quatre cents dollars placés à la People's Bank de Missoula. L'argent avait servi d'acompte pour l'achat du ranch dans les Bitterroots. Il n'avait aucune idée de la manière dont il pourrait payer la première traite. Mais il conclut l'affaire néanmoins, traîna la caravane jusqu'à la maison, démolit la clôture en grillage à poules à coups de botte, laissa sortir les gamins de la caravane dans un jardin plein d'amarante et de bouses de vache et dit : « C'est ici. C'est ici que nous allons vivre. Et pas ailleurs. »

Il resta deux jours à la maison avant de laisser Mme Riordan nettoyer, récurer et passer à l'eau bouillante un ranch entier jusqu'à ce qu'il soit propre, pendant qu'il suivait le circuit des rodéos à travers tout l'Oregon, le Washington et l'Alberta. Il travailla comme ramasseur, puis comme conducteur de chevaux, avant de monter les taureaux et les broncos sauvages dans les concours. À Portland, il tira un alezan qui avait la réputation d'être facile et prévisible, tout en ruades d'avant en arrière, mais lorsque la bête sortit du couloir dans l'arène, elle se plaqua violemment contre la porte avant de se mettre à tournoyer sur place. M. Riordan resta sur son dos six secondes avant d'être éjecté latéralement, la main gauche toujours serrée dans la lanière de cuir. Les ramasseurs ne purent défaire la sangle dont le cuir coinça la main de M. Riordan, la transformant en une masse informe et rabougrie dont les os éclatèrent comme des allumettes.

Sa carrière de cavalier de rodéo se termina six mois plus tard à Calgary. Cet après-midi-là, il avait gagné quarante dollars au concours de capture des bouvillons au lasso, et il avait suffisamment d'argent pour le voyage de retour au Montana et l'inscription à un autre concours. Donc, ce soir-là, sous les projecteurs, il participa à la compétition de *bulldogging* et tira au sort un taureau noir, aux yeux chassieux injectés de sang et aux cornes d'albâtre, qui s'était déjà débarrassé de deux cavaliers et avait cloué un clown aux planches de la clôture d'enceinte. La corde était tombée, et M. Riordan s'était collé à l'encolure de son cheval de quart, chevauchant à la hauteur du taureau vers l'extrémité opposée de l'arène, le chrono du juge égrenant son tic-tac en son for intérieur au rythme de ses propres battements de cœur, le sang lui montant à la tête tandis qu'il se dégageait de sa selle, attendant la seconde précise à laquelle il lui faudrait plonger sur les cornes des deux mains, le poids de son corps en parfait équilibre, les cuisses déjà ployées, dures comme l'acier, en prévision du coup de frein brutal contre le sol et de la violente torsion du cou du taureau contre sa propre poitrine. Mais il avait mal estimé la distance et poussé son cheval trop fort. Lorsqu'il abandonna sa selle, un bras passa par-dessus la tête du taureau tandis que l'autre agrippait une corne comme s'il voulait faire une pompe en appui, et son corps se tordit, plié entre les cornes, à l'instant où le taureau se plaquait au sol, les pattes écartées, en relevant la tête. Il se retrouva empalé au niveau du poumon, d'une manière qui ne pouvait se comparer qu'aux pratiques d'un bourreau du Moyen-Âge. Le sang rugit en bouillonnant au sortir de ses narines et de sa bouche alors qu'il se faisait ballotter en tous sens comme une poupée de chiffon, empalé sur les cornes malgré les efforts des ramasseurs et des clowns qui essayaient de le dégager. Le taureau piqua de la tête à une reprise, le précipitant dans la sciure et le crottin de cheval, avant de le piétiner au milieu d'un nuage de mottes de terre arrachées par ses sabots.

Buddy m'avait dit que son père aurait dû mourir au moins trois fois lors de sa première semaine à l'hôpital, et le chirurgien qui l'avait amputé d'une partie de son poumon avait déclaré à Mme Riordan que même s'il survivait, il resterait vraisemblablement invalide pour le restant de ses jours. Mais quatre mois plus tard il descendait du train à

Missoula (il avait perdu quinze kilos, pâle comme un linge, avait dit Mme Riordan) en s'appuyant sur une canne, vêtu d'un complet western beige, une montre à gousset dans le gilet, et en poche un chèque de huit cents dollars de l'Association des Cow-boys de rodéo. Pendant qu'il tournait sur le circuit dans la cambrousse et ses villes poussiéreuses pendant les années de la dépression, il avait placé son argent auprès d'un cavalier du nom de Casey Tibbs, qui, à l'époque, avait pressenti les bénéfices à faire dans l'achat de broncos sauvages et le dressage des chevaux pour l'industrie du cinéma à Hollywood.

J'avais mis le chauffage dans le camion qui rebondissait dans les ornières du chemin pareil à une tôle ondulée, en direction de la maison où j'avais l'intention de déposer M. Riordan ; mais le froid semblait s'accumuler et remplir la cabine de métal et de plastique, et même le pare-brise paraissait bleu sur fond de ciel glacé. L'herbe qui poussait le long du fossé d'irrigation était sèche et dure sous le vent, et lorsqu'une bourrasque se levait en provenance du canyon, on voyait les tiges brunes et flétries plaquées contre le sol. Des tourbillons de neige commençaient à souffler, éclairés par un soleil gris, éclatant comme des cristaux brisés contre le pare-brise. C'était une journée faite pour les coins de cheminée, les bûches de pin brûlant, claquant et explosant dans l'âtre en pierre, avec, sur la table, une cruche de grog épicé et des assiettes en fer-blanc remplies de ragoût de gibier et de pain français.

— Ça commence tôt, cette année, dit M. Riordan.

— Pardon ? dis-je, car je croyais qu'il dormait.

— La neige arrive tôt, dit-il en plissant les yeux

vers le canyon derrière la maison. Les cerfs ne vont pas tarder à descendre, cette année. Dès que les premières neiges se seront stabilisées sur cette première pente, ils vont descendre pour se nourrir le long du fossé de drainage de l'autre côté de ma clôture. Les grouses descendront à peu près au même moment.

Il se redressa dans le siège et entrouvrit la vitre, laissant le vent lui souffler au visage.

— Où allez-vous ?

— Chez vous.

— Arrêtez-vous à votre chalet, je ramènerai le camion.

— Je peux marcher. Je n'ai que le champ à traverser.

— Fils, faites donc ce que je vous dis. En plus, Buddy doit se demander où nous étions passés.

Son haleine était chargée de whisky.

Je fis demi-tour au milieu de la route et retournai à l'embranchement d'où repartait le chemin vers le chalet de Buddy. J'aperçus ce dernier sur son perron, en chemise de lainage rouge et pantalon de velours, une tasse à café blanche à la main.

— Je ne pense pas qu'il soit indispensable de lui rapporter notre conversation, qu'en dites-vous ? dit M. Riordan.

Je ne voulais pas lui répondre ni même acquiescer à ce qu'il pouvait présumer. Mais il était toujours ivre, ses yeux fixés droit sur moi sans ciller, comme s'il inspectait le canon d'un fusil.

— Non, monsieur, je suis d'accord.

Je sortis du camion, et il se glissa derrière le volant, passa la première, la pédale d'embrayage à moitié enfoncée, les pignons grinçant l'un contre l'autre comme des bouteilles de Coke brisées, avant de relâcher la pédale et de bondir à travers le champ en direction du ranch. Je l'entendis passer la seconde, et la transmission couina à croire qu'une lime y était restée coincée.

Buddy descendit du perron et s'avança vers moi, sa tasse de café à la main, le visage crispé sous la morsure du vent.

— Qu'est-ce qui est arrivé au vieux ? demanda-t-il.

— Il s'est pris un coup de soleil dans les yeux.

— Je n'arrive pas à le croire. Le vieux est vraiment saoul ? Y se saoule pas.

— Un truc méchant lui a taraudé la tête au restaurant.

— Quoi ?

— Il veut continuer à croire en ses amis.

— Qu'est-ce que tu racontes, mec ?

— Tous ces bouseux, de la merde plein les bottes, qui se disent ses voisins.

— À sentir ton haleine, on dirait que toi aussi t'as mis la tête dans le cruchon.

— Dis-moi comment tu fais pour vivre avec tous ces salopards. Ils traitent ton vieux comme s'il puait autant qu'une fosse à purin.

— Qu'est-ce qui t'a mis dans cet état ?

Nous refermâmes la porte du chalet derrière nous, et je sentis la chaleur soudaine de la pièce sur mon visage et mes mains.

— Vraiment, je ne comprends pas, dis-je. Ton père est un brave et honnête homme, et il supporte sans broncher qu'un chauffeur de camion de bois lui glousse à la figure, les lèvres serrées sur son cigare, comme si c'était une gargouille, et ces mecs dans le restaurant, quand on est entrés, ont réagi comme si on leur fourrait une cuvette d'hôpital sous les narines.

— Tu es sûr que tu n'as pas goûté à mon buvard quand tu es parti ce matin ?

J'ôtai ma veste et pris une bière dans le frigo. Deux steaks d'élan couverts de champignons et de lamelles d'oignons mijotaient dans la poêle.

— T'es vraiment remonté aujourd'hui, mon salaud ! Un vrai parangon de vertu ! dit Buddy. Tu fais la gueule pour de bon parce que, dans le coin, les gens peuvent se comporter aussi mal que par chez toi. Et souviens-toi, Zeno, c'est bien là-bas qu'on a breveté les culs-terreux et les casseurs de gueule.

— C'est là que tu te trompes, *podna*. Je n'ai pas grandi au milieu d'un tas de brutes capables de te démolir ou de te brûler vif simplement parce que tu ne leur reviens pas. Chez moi, ils sont peut-être capables de renifler un peu pour voir à qui ils ont affaire, mais ici vous avez votre propre variété de salopards bon teint.

Je pris ma guitare et passai la sangle autour de mon cou. Je plaçai ma barrette sur un accord de mi et attaquai *Mojo Hand* de Lightning Hopkins. Buddy prit une cigarette dans ma poche de chemise et l'alluma. Je sentais son regard posé sur moi. Il balança l'allumette en carton vers le poêle.

— Tu joues ce soir ? demanda-t-il calmement.

— Ouais, à neuf heures.

— Tu as besoin de compagnie ?

— Viens. C'est toujours le même vieux tralala. Une troupe de poivrots du samedi soir sortis de l'usine qui se bourrent juste assez pour oublier à quoi ressemblent leurs épouses.

— T'as vraiment le sang méchant aujourd'hui, coco, dit-il. Je descends à la rivière et je vais pêcher pendant deux heures. Ôte la poêle du feu dans une demi-heure et garde-la au chaud.

J'acquiesçai d'un signe de tête et commençai à accorder mes aigus à l'aide du plectre. J'entendis Buddy ouvrir la porte et s'immobiliser tandis que le vent me soufflait un air froid dans le dos.

— Tu veux venir ? demanda-t-il.

— Vas-y. Mieux vaut que je dorme cet après-midi.

Je me pris une autre bière et jouai de la guitare, l'humeur renfrognée, tandis qu'au-dehors le ciel se faisait plus gris sous les nuages de neige qui venaient lentement se dérouler au-dessus des pics des Bitterroots. Mais malgré mon état de déprime bizarre, probablement dû au manque de sommeil et à la gnôle du matin, j'éprouvai, en l'absence de Buddy, le genre de tranquillité et de liberté qu'on ressent après le départ d'une épouse qui s'absente temporairement.

La journée était néanmoins bien sombre et j'avais beau continuer à jouer, je ne parvenais pas à me libérer de cette sensation pesante au creux de ma poitrine. En temps normal, j'étais capable de sortir n'importe quoi de mes doigts sur les cases du manche et du cliquetis métallique de mon plectre sur les cordes, mais le blues refusait de sortir (parce qu'il faut être nègre ou Jimmy Rogers agonisant pour le jouer correctement, pensais-je). Et je ne parvenais toujours pas à mettre en forme ma chanson, *The Lost Get-Back Boogie*, et je m'interrogeais encore plus profondément sur tout ce que je faisais. J'étais en train de trahir un ami, je vivais au milieu de gens qui m'étaient aussi étrangers qui si j'étais né dans une autre dimension, sans cesser un instant de remuer le tas de débris qui était mon passé, un passé chargé d'autant de signification que la ferme de mon père après que Ace l'eut transformée en lotissement et recouverte de béton. Et j'avais trente et un ans aujourd'hui, et je continuais à jouer dans les mêmes rades à bière pour quinze dollars la soirée, avec, pour seule justification, une idée romantique de la musique du Sud rural.

La réalité de cette musique était tout autre. S'y trouvaient imbriquées l'exploitation la plus cynique de la pauvreté, la pourriture sociale, l'ignorance de la médecine, la paranoïa culturelle, la haine raciale et, finalement, la stupidité des habitants de la cambrousse. L'ironie voulait que ceux qui avaient au mieux servi cet univers vulgaire et cynique en fussent souvent, à leur tour, devenus les victimes. Je me souvenais du jour où Hank Williams était décédé, à l'âge de vingt-neuf ans, rejeté par l'Opry, son existence d'alcoolique transformée en cauchemar. On avait posé sa dépouille sur la scène de l'auditorium municipal de Montgomery, et quelqu'un avait chanté *The Great Speckled Bird* pendant que des milliers de personnes sanglotaient dans leur mouchoir.

Je reposai ma guitare et ôtai la sauteuse du feu pour la poser sur le bord du poêle, avant de m'allonger sur ma couchette, un bras sur les yeux. Pendant quelques minutes, j'entendis le vent au-dehors et le raclement des pins contre le toit du chalet, puis je me laissai sombrer au creux du cocon chaud de ma couverture et de l'après-midi grise que j'avais dans la tête.

Je rêvai de nouveau à la Corée. Il faisait chaud, et nous étions trois, assis à l'ombre d'un tank calciné, torse nu, occupés à boire de la bière chaude à même des boîtes que j'avais ouvertes à la baïonnette. Les sangles en tissu entortillé des cartouchières croisées en bandoulière sur ma poitrine étaient sombres de transpiration, et le flanc métallique du tank me brûlait le dos chaque fois que je m'y appuyais. À trois kilomètres de la plage, dans la mer du Japon, un destroyer britannique faisant office d'escorteur avait pris pour cibles deux MIG qui remontaient droit dans le ciel brûlant après chaque mitraillage à basse altitude. Je n'avais encore jamais vu d'avions communistes si loin vers le sud, à l'exception de Charlie[1] dans son Piper Cub qui venait nous souhaiter bonne nuit en nous faisant tomber dessus ses grenades à manche, et c'était drôle de se retrouver simple spectateur, une cigarette mollement serrée entre les lèvres et une boîte de bière mouillée entre les cuisses. La mer était plate, d'un vert d'ardoise, et les balles traçantes des mitrailleuses lourdes zébraient à l'infini l'immensité bleue du ciel avant de s'y perdre. Et soudain l'un des MIG se désintégra dans une explosion de flamme jaune et de débris de métal tourbillonnant en spirales irrégulières et panaches de fumée vers l'eau.

L'homme qui était à mes côtés, Vern Benbow, ancien joueur de base-ball originaire des campagnes du Texas, rota et porta un toast avec sa canette. Des grains de sable étaient collés à ses cheveux moites, et le contour de ses yeux bleu pâle de paysan était rouge.

— Puisses-tu trouver la paix, enfoiré.

Puis la scène changea. C'était la nuit, Vern et moi étions dans un trou humide quinze mètres derrière nos rouleaux de barbelés, et la ligne sombre d'une crête se dressait menaçante au creux d'un ciel plus sombre encore dont l'obscurité était violentée de temps à autre par les halos en gerbe des lance-fusées. Je tremblais de tous mes membres à cause

1. Surnom donné par les Américains aux communistes. *(N.d.T.)*

de la malaria que j'avais attrapée aux Philippines, et j'avais l'impression d'entendre des nuées de moustiques me bourdonner à l'intérieur de la tête. Chaque fois qu'une fusée éclairante déchirait en chandelle l'obscurité avant d'éclater en phosphorescence fantomatique, je sentais un nouvel accès de frissons qui venaient s'insinuer comme des vers dans toutes les veines de mon corps.

— Je crois que j'ai fini par comprendre pourquoi ils font sonner ces foutus clairons, dit Vern. Ils sont stupides. C'est pour ça qu'ils sont là. Personne avec toute sa tête n'irait se battre pour un morceau de terre merdique comme ça.

Mon fusil était posé en appui contre le flanc du trou, l'embouchure du canon protégée par une boîte de conserve. J'essayai de tirer mon poncho sous moi pour empêcher l'eau de me dégouliner le long de l'échine.

— Pour quelle raison on la voudrait, cette colline, bon Dieu ? On n'a qu'à la laisser aux bridés. Ils peuvent s'y installer et souffler dans leur clairon avec leur trou de balle. Même si tu le voulais, tu pourrais pas y faire pousser des mauvaises herbes.

Son visage de jeunot, l'angoisse du lendemain qui s'y lisait et le barrage d'artillerie qui dégringolait tous les jours à exactement trois heures du matin se trouvèrent momentanément éclairés par le cône de lumière pâle d'une fusée éclairante qui retombait. Il sortit de sa poche son paquet de tabac à chiquer Red Man et remplit sa paume de ces longs filaments qu'il mit dans sa bouche à côté de la boulette mouillée déjà collée à son maxillaire. Nous vîmes sortir des ténèbres le sergent qui avançait le long des trous, sa Thompson à la main.

— Je crois que je vais y aller cette nuit, dit Vern.

— T'es déjà sorti hier.

— T'as pris mon tour il y a deux jours. Et en plus tu claques des dents.

Je me redressai sur un coude, déboutonnai ma pochette de chemise et en sortis les deux dés rouges que je portais sur moi depuis les Philippines.

— Deux ou six ? dis-je.

— Les Texans, ça parie toujours gros. Même les *coonass* devraient savoir ça.

Je secouai les dés une fois au creux de ma main et les balançai sur le bord de sa couverture boueuse.

— Quatre. Espèce de… dit-il.

Il mit son casque, ramassa son fusil, enfila une cartouchière à l'épaule et se hissa hors du trou. Il avait le dos et les fesses couverts d'une croûte de boue.

Ce fut la dernière fois que je le vis. Lui, et quinze autres, se firent prendre, à mi-chemin du sommet de la colline, par le tir croisé de deux nids de mitrailleuses que les Chinois avaient installés sur notre versant du Heartbreak Ridge durant la nuit.

Aux confins de mon rêve, j'entendis claquer la porte moustiquaire et Buddy qui enlevait sa lourde veste. Ses cheveux étaient poudrés de neige humide, son pantalon mouillé jusqu'aux cuisses d'avoir marché dans les herbes le long de la berge. Il frotta ses joues rougies.

— Il fait trop froid pour pêcher, nom de Dieu, dit-il. J'avais une truite brune à l'hameçon et ma main a failli geler quand je l'ai enfoncée dans l'eau.

— Où est passée la truite ?

— C'est malin, dit-il.

— Ce n'était qu'une question, dans la mesure où j'essayais de dormir quand tu as débarqué comme la cavalerie au galop.

— Rendors-toi, dans ce cas. Je vais manger.

Il défit le lacet en cuir d'une botte qu'il chassa d'un coup de pied vers le mur.

— Tu veux un morceau d'élan ?

— Vas-y. Je n'ai pas faim. Ça ne me dit rien.

— Il n'y a pas grand-chose qui te dise ces temps derniers, Zeno.

— Et je suis censé en faire quoi, de ce que tu viens de m'envoyer dans la figure, Buddy ?

— Rien du tout, bon Dieu.

— Tu veux bien le dire, c'est tout ? Ce que tu as dans la tête, ce qui t'empoisonne l'esprit ?

— J'ai rien à dire. Je n'avais pas l'intention de te foutre en rogne parce que je t'ai réveillé. Ou peut-être que tu fais la gueule de manière générale à propos de quelque chose qui a rien à voir avec toi et moi.

Je m'assis sur ma couchette et allumai une cigarette. Au- dehors, la neige tourbillonnait en petits flocons dans les branches des pins jouxtant le chalet. Les nuages étaient descendus bas sur les montagnes jusqu'à masquer la limite supérieure de la forêt. Je voulais forcer Buddy à s'engager plus avant dans la discussion, que nous reconnaissions finalement en paroles l'un et l'autre ce que je faisais avec Beth et ce que je lui faisais à lui, mon ami, afin que je n'aie plus à me battre sans répit contre ce sombre sentiment de tromperie et de trahison qui venait se ficher comme un clou dans ma gorge chaque fois que je le regardais. Mais je ne pouvais pas forcer les choses, et lui ne l'accepterait pas non plus. Je plissai les yeux sous la fumée de ma cigarette dont je tirai une autre profonde bouffée, comme s'il y avait quelque chose de philosophique dans le fait de fumer.

— J'ai pas mal picolé hier soir, et le fait de me bourrer à moitié ce matin n'a rien arrangé, dis-je.

Je crois que je devrais mettre mon numéro de poivrot au placard pour un moment.

— Le jour où tu feras ça, Zeno, l'Armée du Salut va distribuer la gnôle gratis sur Bourbon Street.

— Je pense que ce serait une manière très louable de célébrer ma sobriété.

— Mec, t'es futé comme salopard. À t'entendre, on dirait que tu as fréquenté une de ces universités d'économie et de management pour gens de couleur. Tu te souviens, à Angola, de ce prédicateur psychotique dans le bloc A qui se mettait toujours à beugler quand le capitaine faisait sonner la cloche pour le décompte du soir ? Il avait toujours les yeux qui lui sortaient de la tête quand il avait passé sa journée à boire du julep dans les champs de canne, et il hurlait comme quoi on allait devoir se présenter devant Jésus, tous ces trucs qu'il avait mémorisés dans une brochure baptiste, mais il n'était jamais capable de s'en souvenir correctement. Et il se plantait là, en plein soleil, hurlant, jusqu'à ce que le capitaine le prenne par le bras pour le conduire au dortoir.

Il avait suffi d'un instant pour que Buddy revienne à notre expérience commune de prisonniers, une expérience que je n'avais, moi, aucun désir de revivre, et je me rendis compte soudain que c'était peut-être la seule chose que nous avions en partage : une période anormale de nos existences, dans la mesure où nous n'étions ni l'un ni l'autre criminels par nature, qui n'offrait au souvenir que dégradation, désespoir, cruauté stupide (des chatons nouveau-nés jetés dans les toilettes par les matons et évacués après un coup de chasse), suicides depuis la passerelle supérieure, coup de surin improvisé dans le foie pendant le trajet vers le réfectoire, ou l'insupportable tension sexuelle qui faisait de votre vie un calvaire. C'est juste que je ne voyais plus dans tout cela le moindre humour alors que le visage de Buddy s'était empourpré de rire, dans l'attente que je me joigne à lui. Mais je tirai sur ma cigarette et soufflai ma fumée sans le regarder.

— C'est quoi tout ce boucan là-dehors ? dis-je.

— Quel boucan ? dit-il, son visage reprenant une expression sérieuse.

— On dirait qu'un renard s'est faufilé dans le poulailler.

Il se leva de sa chaise de cuisine et regarda par la fenêtre en façade. Il tint le rideau écarté un moment avant de le laisser retomber, fouettant presque la vitre d'un geste rageur.

— Qu'est-ce que fabrique le vieux ? dit-il. Il a dû perdre la tête.

Il se rassit sur la chaise et enfila ses brodequins mouillés sans les lacer.

Je regardai par la fenêtre et vis M. Riordan qui avançait d'un pas chancelant entre les rangées de cages de la volière, entouré par un halo de flocons de neige tourbillonnant doucement. Il avait un sac à grain passé à l'épaule et enlevait les bâches qui recouvraient les cages, ouvrait les portes en grillage et jetait des graines sur le sol.

— Je viens avec toi.

— Je m'en occupe.

— C'est moi qui l'ai saoulé.

— Personne ne saoule le vieux, Zeno.

Nous traversâmes d'un pas pressé le champ froid et humide jusqu'à l'habitation principale. Mme Riordan et la sœur de Buddy étaient sorties sur le perron, immobiles et silencieuses contre la rambarde, le visage au vent. J'aperçus une bouteille de whisky posée sur une des cages.

Les volatiles étaient partout, pareils à des poulets effrayés lorsqu'un chien amateur d'œufs entre dans un poulailler : colins huppés, oies du Canada, colverts, chouettes des terriers, mouettes, colins de Virginie, faisans, un aigle, aigrettes, canards pilets, hérons bleus et deux vautours des Andes. La plupart donnaient l'impression de ne savoir que faire, lorsqu'un colvert femelle prit son envol, tourna une fois au-dessus de nous et piqua vers la rivière. Buddy commença à remettre les loquets, enfermant les oiseaux qui n'étaient pas encore sortis picorer le grain.

— Frank, nom de Dieu, qu'est-ce que tu fais ? dit Buddy.

M. Riordan nous tournait le dos, épaules voûtées, tout en balançant son grain de gauche à droite avec le geste d'un semeur sur son champ.

— N'en laisse plus sortir de leur cage, dit Buddy. Il nous faudra une semaine pour les récupérer.

M. Riordan se retourna et nous vit pour la première fois. La visière de sa casquette en fourrure était rabattue sur les yeux.

— Salut, les gars. Qu'est-ce que vous faites ici ? dit-il.

— Rentrons, dit Buddy, en ôtant le lourd sac de grain de l'épaule de son père.

Les pupilles de M. Riordan s'étaient contractées jusqu'à ne plus rien laisser paraître qu'une grisaille glacée qui semblait nous transpercer.

Il avança avec nous sur le perron, puis, comme après coup, se saisit de la bouteille de whisky par le goulot. Je crus qu'il allait boire une gorgée, mais je me leurrais. Ce n'était pas le genre d'homme à se donner en spectacle en buvant à la bouteille, en particulier s'il était ivre, devant sa famille.

— Range ça pour aujourd'hui, Frank, dit Buddy.

— Va nous chercher trois tasses et la cafetière qui est sur le poêle, dit-il.

— Je ne pense pas que ce soit une bonne idée.

M. Riordan regarda Buddy par-dessous la visière de sa casquette. Son expression était vidée de toute force ou pouvoir, il ne restait plus trace de son autorité de patriarche, rien que le gris figé et neutre de ses yeux et peut-être, caché derrière eux, un point d'interrogation.

— Très bien, dit Buddy. Mais les oiseaux vont se retrouver éparpillés à travers tout le Bitterroot avant la nuit.

Il entra dans la maison avec sa mère et sa sœur et, un instant plus tard, ressortit avec trois tasses crochetées aux doigts et une cafetière métallique à la poignée enveloppée d'une serviette.

Nous nous assîmes sur les marches, appuyés contre la rambarde en bois, avec la neige qui nous soufflait au visage sous l'avant-toit de la véranda, et nous bûmes café et whisky pendant une demi-heure. De temps à autre, je percevais des mouvements à l'intérieur de la maison et lorsque je me retournais, je surprenais les visages de Mme Riordan ou de Pearl à la fenêtre. La neige tombait maintenant plus dru, le vent soufflait de l'Idaho dans notre dos, et je vis disparaître petit à petit l'extrémité de la vallée sous la brume blanche, puis les peupliers dénudés le long de la rivière et finalement notre chalet à l'autre bout du champ.

M. Riordan parlait de son grand-père qui avait été propriétaire d'une mine et du campement qui l'accompagnait à Confederate Gulch vers 1870.

— Il était prédicateur à mi-temps, et il n'autorisait pas de saloon ni de courses de chevaux dans sa ville sauf s'ils contribuaient à son église, dit-il. Il disait toujours qu'il n'y avait rien que le diable haïssait plus que de voir son propre argent utilisé contre lui. Un jour, deux membres de l'ancienne bande de Henry Plummer avaient essayé de s'offrir une cavalcade dans la grand-rue alors qu'ils étaient saouls. Il les a bouclés pendant deux jours dans une poudrière en pierre en refusant de leur donner à boire autre chose que de l'huile de ricin et du whisky indien frelaté. Ensuite il les a obligés à se laver dans le torrent, les a ramenés chez lui, leur a donné à manger et, finalement, il leur a trouvé un boulot à la mine.

— Ça commence à tomber dru, Frank, dit Buddy. On ferait bien de remettre les oiseaux en cage et de placer les bâches.

M. Riordan versa le café au whisky brûlant dans sa sous-tasse pour le refroidir.

— Tu devrais faire visiter à Iry quelques petits coins dans la région, dit-il. Il existe une ville entière du nom de Granite à deux mille quatre cents mètres d'altitude dans la montagne à l'extérieur de Philipsburg. Les mineurs gagnaient douze dollars par jour, sept jours par semaine, dans les années 1880. Ils avaient une salle de concert, une salle de réunions syndicales, un hôpital à un étage, une rue entière pleine de saloons et de boxons, et du jour où la veine s'est tarie, on a eu du mal à rassembler dix personnes dans toute cette ville. Certains ont laissé leur nourriture dans leur assiette posée sur la table.

Il appréciait le récit qu'il me faisait de l'histoire du Montana, moins pour ses qualités d'étrangeté et de fascination aux oreilles d'un étranger au pays, que parce qu'il faisait partie intégrante de la vaste séquence d'événements que le temps représentait pour lui.

— Je vous ai parlé de l'endroit où Whiskey Bill

Graves avait été pendu, dit-il en se roulant une cigarette, mais avant qu'ils lui mettent la main dessus, ils ont fait danser Frank Parrish et quatre autres à une poutre à Virginia City. On voit encore aujourd'hui les marques de brûlure que la corde a laissées sur le chevron. Quand ils ont eu hissé Parrish sur l'échelle, le nœud coulant autour du cou, et qu'ils lui ont demandé ce qu'il avait à dire, il a gueulé : « Hourrah pour Jefferson Davis ! Larguez les voiles, les gars ! » et il a sauté, pour l'éternité.

— Je vais chercher les gants, dit Buddy.

— Quoi ? demanda M. Riordan.

— Ces foutus oiseaux.

Buddy entra dans la maison, repoussant violemment la lourde porte en bois pour la refermer après une première tentative infructueuse. M. Riordan fuma sa cigarette jusqu'à n'en laisser qu'un mince mégot entre ses doigts, les coudes en appui sur les genoux, le regard perdu dans la neige qui recouvrait tout le ranch. La poche de poitrine de sa salopette s'était déboutonnée et pendait sur son estomac comme un tablier incongru et minuscule. Je me sentais désolé pour lui, sans savoir pourquoi.

— Je crois qu'on ferait bien de rentrer, dis-je.

— Oui, vous avez probablement raison, répondit-il.

Buddy était réapparu sur le perron avec les épais gants de toile montant jusqu'aux coudes utilisés pour manipuler les oiseaux. M. Riordan commença à se lever, mais il fut obligé de s'agripper à la rampe. Je mis une main sous son bras, aussi discrètement que possible, et l'aidai à se retourner vers la porte. Sang et whisky se retirèrent de son visage tant il était épuisé. Il partit de côté comme pour échapper à ma prise, prêt à basculer. Il respira profondément, la gorge serrée par un nœud de mucosités.

— Je crois que je vais vous laisser prendre les choses en main, les gars, dit-il.

Buddy et moi lui fîmes gravir les marches pour l'accompagner jusqu'à son lit avant de ressortir et de nous attaquer à la tâche qui consistait à replacer trois douzaines d'oiseaux égarés dans leurs cages. Après une heure passée à les pourchasser dans la cacophonie et les battements d'ailes, il en restait encore une moitié en liberté.

— Et merde pour eux, dit Buddy, une joue marbrée de deux meurtrissures mouchetées de sang. Les canards n'iront pas plus loin que la mare, et le reste de ces connards rentreront d'eux-mêmes quand ça leur chantera.

J'entrai dans la maison avec lui pour rendre les gants. Sa sœur était assise près de l'âtre qui flambait, une revue repliée à la main. Une fois que Buddy eut regagné l'arrière de la maison en nous laissant seuls, je perçus le ressentiment de Pearl, comme une aura dans le silence de la maison. J'étais debout au milieu de la pièce, une cigarette non allumée aux lèvres, la neige fondante dégoulinant de mes cheveux.

— Il est incontestable que vous laissez votre marque quand vous restez chez quelqu'un, n'est-ce pas ? dit-elle sans lever les yeux.

— Comment ça ? dis-je.

Je n'avais pas vraiment envie de discuter avec elle, mais la chose paraissait inévitable et que je sois pendu si j'allais ravaler ma salive sans mot dire devant la banalité oisive d'une insulte.

— Oh, je crois que nous savons l'un et l'autre que vous savez vous y prendre pour faire savoir à tout le monde que vous êtes dans les parages.

— Ouais, je crois que c'est moi qui ai mis le nez de votre père dans une bouteille de whisky et c'est moi qui ai collé Buddy pour cinq ans au trou. Ils doivent être tous les deux plutôt sensibles à ce qu'un gratteur de guitare à temps partiel est capable de leur faire.

Sa tête bouclée se releva, la lumière du foyer illuminant les pointes de ses cheveux brûlés par le soleil.

— Vous êtes un salopard, pas vrai ?

— Une authentique tête de cochon sudiste.

— Ça doit être bien agréable d'avoir une conscience de soi aussi lucide, dit-elle.

Arrête de biaiser, cocotte, parce que tu es novice à ce jeu-là, me dis-je. J'avais percé sa carapace, mais j'aurais dû savoir en cet instant qu'elle allait arracher cette pointe de flèche par la suite pour me la renvoyer, sous une forme que je ne reconnaîtrais que trop tard.

Je retournai au chalet avec Buddy sous la lumière grise. L'après-midi tirait presque à sa fin, et il ne restait pas assez de temps pour que je fasse un somme avant d'aller travailler le soir. Je ne m'étais pas rendu compte à quel point j'étais fatigué. Le manque de sommeil de la nuit dernière, le déchargement des ragondins en compagnie de M. Riordan, une heure passée à batailler avec des oiseaux qui donnaient des coups de bec et vous déféquaient dessus, plus deux excursions côté boisson en une journée, le tout me dégringola sur le râble comme un coup de matraque en bois sur la nuque.

J'entrai dans la cabine de douche en tôle et ouvris l'eau chaude, et juste comme je réfléchissais à la manière de passer la soirée sans trop me fatiguer (pas de gnôle sur l'estrade, de longues pauses entre chaque série de chansons, laisser la steel guitar mener la musique et le batteur interpréter la plupart des textes) jusqu'à ce que je puisse retrouver Beth après la fermeture, Buddy décida que tout le monde devait m'accompagner à Milltown. L'eau tambourinait contre les parois de la douche, mais je savais que c'était Beth que Buddy avait en tête, et je ne pouvais rien dire qui ne ressemble à une porte que je lui aurais claquée à la figure d'un grand coup de pied.

Et donc, tandis que je m'habillais, il retourna au ranch et parla à Melvin, toujours prêt pour n'importe quelle aventure, et une demi-heure plus tard ils étaient assis dans la pièce en façade du chalet avec une bouteille de vodka que Melvin avait bichonnée tout l'après-midi. Il était visible que Pearl ne s'était pas laissé convaincre sans une âpre discussion, car son mari et Buddy continuaient à lui adresser des remarques rassurantes, comme des gens ivres ou stupides face à un enfant. En fait, j'avais bien du mal à y croire. Aucun des deux hommes ne voyait à quel point elle était en colère ou combien elle se détestait de se trouver en un lieu où j'étais présent.

Avant que Buddy ne pousse le bouchon un cran plus loin. Tandis que j'enveloppais la guitare dans une couverture, il sortit un buvard imprégné d'acide du frigo et parvint à convaincre Melvin d'en avaler un morceau avec lui. Pearl regarda par la fenêtre, le visage comme une pierre furieuse.

— Goûte, Iry, dit Melvin.

— J'ai déjà assez de serpents dans la tête comme ça.

— Zeno doit faire ses gammes ce soir, dit Buddy.

— Pourquoi refusez-vous de vous joindre à

eux ? dit Pearl, le visage toujours tourné vers la fenêtre.

— Je crains de ne pas être en mesure de le supporter.

— C'est tous ces grands glissandos qu'il faut faire sur le manche, dit Buddy. Il y a bien trois accords dans chacun de ces morceaux de péquenot, et Zeno doit avoir la tête affûtée.

La voix de Buddy avait des inflexions méchantes et mordantes, et je savais que, quoi que je fasse, ce qui se préparait n'allait pas être joli.

Je conduisis la Plymouth vers Missoula, Buddy assis à côté de moi, gloussant et repassant la bouteille de vodka à Melvin sur la banquette arrière. Le vent soufflait avec violence depuis la rivière, et la neige fondue sur l'autoroute s'était figée en longs miroirs luisants et mouillés. Les pneus de la Plymouth étaient lisses, et chaque fois que j'arrivais sur une plaque de glace je devais repasser en seconde et ralentir progressivement en retenant mon souffle, car un coup de frein nous aurait fait partir en dérapage latéral et quitter la route.

Nous nous arrêtâmes chez Beth, et Buddy cogna à la porte comme s'il y avait le feu à la maison. La lumière du perron s'alluma, et j'aperçus la silhouette de Beth, ses enfants derrière elle. Je me sentis horriblement mal. J'aurais voulu pouvoir lui dire que ce n'était pas mon idée, qu'elle n'était pas née de mon cerveau embrumé par une journée de boisson pour être déposée sur son paillasson afin qu'elle s'en débrouille. Mais je savais que je n'aurais pas l'occasion de lui parler seul à seul de toute la soirée et qu'il n'y aurait pas de visite chez elle après la fermeture du bar : elle allait se retrouver piégée quatre ou cinq heures durant à une table souillée par la boisson pendant que Buddy et

Melvin plongeraient de plus en plus profondément au cœur d'un délire d'acide imbibé d'alcool.

Nous longeâmes la Clark à travers Hellgate Canyon en direction du bar. La lueur des phares éclairait la neige qui soufflait des pins sombres. Il n'existait pas de moyen facile pour attendre que la soirée se passe. La salle était déjà bondée à notre arrivée, le type qui jouait de la steel guitar s'était sectionné un doigt à la tronçonneuse dans l'après-midi, et le batteur, dont je pensais qu'il allait pouvoir chanter, avait aligné quatre bières ouvertes devant lui à côté de ses caisses.

Je montai sur l'estrade, glissai la sangle de la guitare autour de mon cou et, du pied, allumai les projecteurs mauve et orange. Dans l'éclat brutal de la lumière que j'avais dans les yeux, je vis Buddy avancer jusqu'à une table en bordure de la piste de danse, le bras passé autour des épaules de Beth. Je mis mon onglet au pouce, raccourcis le manche sur un accord de ré, et démarrai plein pot avec *Poison Love*. Je n'avais pas de mandoline en soutien rythmique, et j'avais les doigts raides tant il faisait froid dehors, mais Johnny and Jack ou Bill and Charlie Monroe n'avaient jamais fait mieux. Je passai ensuite au morceau de Moon Mulligan, *Ragged but Right*, et interprétai quatre chansons à la file sans m'arrêter sauf pour les accords de passage dans la tonalité suivante. Les projecteurs recouverts de cellophane me chauffaient le visage, et j'avais les yeux embués de larmes à cause des nuages de fumée de cigarette. La piste de danse et les tables étaient perdues dans le vague au-delà de la rambarde de l'estrade, des éclats de lumière vive et du bruit des bouteilles et des verres. Je sentais la sueur dégouliner de mon visage à grosses gouttes sur ma main, et lorsque j'attaquai ma dernière chanson, j'entendis le batteur rater une mesure et claquer une baguette contre le rebord métallique d'une caisse.

— Hé, mec, gardes-en un peu pour plus tard, dis-je.

À la fin du set, j'allai à la table, humide de toute la bière renversée et brûlée par les cigarettes que Buddy avait écrasées à même la nappe. Beth avait le visage presque blanc.

— Donne-moi les clés, dit Buddy.

— Pour quoi faire ? dis-je.

— Parce que ce sont mes clés. Et parce qu'il s'agit de ma foutue bagnole à moi, et ça, c'est ma femme à moi, nom de Dieu. Tu comprends bien qu'elle est ma femme, non ?

Tous les regards se tournèrent un instant vers le centre de la table.

— Ne va pas conduire maintenant, mec, dis-je.

— Je vais conduire nulle part. Et t'as pas répondu à ma question.

— Prends les clés. Et lance-toi dans la compète de stock-car si le cœur t'en dit.

— Contente-toi de me répondre. Sans tout ton baratin sudiste habituel.

— Il faut que je remonte sur scène.

— Non, mec. Réponds clairement pour la première fois de ta putain d'existence insignifiante.

— Il veut juste les clés pour ouvrir le coffre, dit Melvin. Il a acheté deux carrés de buvard à des étudiants.

— Les voilà, dis-je.

Je me levai de ma chaise et retournai vers l'estrade. Du coin de l'œil, j'aperçus Beth qui se penchait en avant et appuyait son front sur le bout de ses doigts.

Je ne réussis pas à passer entre deux tables parce qu'un homme obèse avait basculé en arrière sur sa chaise comme une barrique de bière. Sur la scène, le batteur séchait le reste de mousse de sa bouteille, et notre bassiste remettait son gant de velours. Je sentis le bras de Melvin sur mon épaule et son haleine de gnôle âcre contre ma joue.

— Viens avec moi dans les toilettes, dit-il.

Je le suivis dans la lumière jaune et crue des toilettes pour hommes et m'appuyai contre la porte du box à côté de lui.

— Écoute, c'est juste qu'il s'est mangé un peu trop d'acide. On ferait peut-être bien de quitter les lieux de bonne heure ce soir, dit-il.

Je le regardai, lui et son costume sur mesure, tentative romantique pour correspondre à quelque éthique western, et je me demandai si sa rébellion avait pour objet une mère ou un père propriétaires d'une fabrique de confiserie dans le Connecticut.

— Je travaille ici, répondis-je. Si je pars, je ne serai pas payé. Et je me ferai probablement virer. Que s'est-il passé à la table avec Beth ?

— Qu'est-ce que tu veux dire ?

Il regarda la couleur criarde du mur qui lui faisait face, comme s'il le voyait pour la première fois.

— Elle n'avait pas l'air dans son assiette.

— Buddy essayait de la peloter sous la table.

— Mec, je n'y crois pas, dis-je.

— C'est ce que j'ai dit. Il faudrait qu'on parte tôt ce soir.

Je le laissai penché au-dessus du lavabo et retournai sur scène où le guitariste rythmique attaquait *Folsom Prison Blues* au flan en cognant le microphone et en beuglant avec une amplification suffisante pour faire exploser les vitres de la façade jusque dans le parking.

Je mis un terme à la soirée à une heure trente du matin et, en temps normal, le public aurait protesté. Mais la température dégringolait régulièrement, et la petite radio en plastique derrière le comptoir disait qu'une tempête qui avait déjà mis à mal Calgary et le sud de l'Alberta allait toucher Missoula le lendemain.

Le bar se vida pendant que nous rangions nos instruments, et lorsque j'eus éteint les projecteurs mauve et orange, je vis Buddy à la table, la tête posée sur ses bras croisés. Melvin s'appuyait contre sa chaise, la cravate dénouée, une cigarette dans sa bouche ouverte en un large sourire, les bras crochetés sur le dossier comme quelqu'un qui aurait été crucifié par erreur comme un personnage de comédie.

Les clés de la Plymouth étaient introuvables. Personne n'était certain de savoir ce qu'elles étaient devenues. Buddy en avait peut-être cassé une dans la serrure du coffre et perdu l'autre tandis qu'il errait dans la neige à la recherche du joint que le vent lui avait ôté de la bouche. Je dis bonne nuit à Harold, le propriétaire, emportai un verre de Jim Beam avec moi, et tandis que Melvin, Buddy et Pearl dormaient, entassés les uns contre les autres sur la banquette arrière, Beth tenait la torche pour éclairer le dessous du tableau de bord, et je me servis d'un morceau de papier aluminium enveloppant du tabac à chiquer pour maintenir les fils d'allumage ensemble derrière le contact.

Beth s'assit tout contre moi pendant le trajet de retour à Missoula, la main sous mon manteau, et chaque fois qu'un courant d'air remontait à travers le plancher, elle pressait sa cuisse contre la mienne et me serrait d'un peu plus près. J'oubliai Buddy sur le siège arrière et ce qu'il allait en penser plus tard. Je voulais juste me retrouver une nouvelle fois avec elle au premier étage de sa maison, avec l'arbre devant la fenêtre raclant les vitres de ses branches. Elle le savait, qui plus est, lorsque nous franchîmes Hellgate pour entrer dans Missoula, alors que l'eau commençait à geler en plaques blanches le long des berges de la Clark. Elle pressa ses seins contre mon bras et m'embrassa dans le cou avec sa langue, et je compris que tout irait pour le mieux, lorsque je sortis du dernier virage pour entrer dans Missoula.

La voiture du shérif quitta le bas-côté gravillonné alors même que la Plymouth s'était engagée sur la chaussée, son gyrophare-bulle tournant paresseusement et projetant un arc de lumière bleue et orange. Il poussa son moteur V-8 gonflé pour nous dépasser sur une plaque de glace glissante. Il freina sur le côté de la route et sortit, une torche à la main, le col de sa veste à carreaux fourrée remonté jusqu'au bord de son Stetson pour protéger ses oreilles. Il marcha jusqu'à la Plymouth, le vent dans la figure, comme si son propre poids était plus qu'il ne pouvait supporter, et il ouvrit la portière, sa torche braquée en plein sur mon visage.

— N'allez pas renverser ce verre en essayant de le cacher avec votre pied, fils, dit-il. Pas la peine de répandre tout ce whisky dans la voiture. C'est quoi, là, les fils qui pendouillent sous le tableau de bord, attachés par du papier alu ?

Je sortis une cigarette du paquet qui se trouvait dans ma veste et essayai de craquer une allumette humide sur l'ongle de mon pouce, mais elle se cassa. Le shérif éteignit sa torche et ouvrit la portière un peu plus grand pour me faire sortir.

— Parfois c'est par les poils de couilles qu'on se fait choper, Paret. Vous devriez faire attention à ça, dit-il.

Chapitre 11

Quinze jours. Je pensais m'en tirer avec une amende en me présentant devant la cour pour plaider coupable le lendemain, mais le shérif m'avait recommandé aux bons soins du juge pour que ce ne fût pas le cas. (Il avait signalé, à titre de simple information, que j'étais en liberté conditionnelle et que cela ne relevait pas de l'État.)

Ils me mirent dans une cellule pour huit, blanchie à la chaux, au premier étage, avec la collection habituelle de prisonniers du comté : ivrognes récidivistes, auteurs de chèques sans provision minables, bagarreurs de bars, et âmes infortunées sous les verrous pour non-paiement de pension. La cellule ne disposait pas de fenêtre, les murs blancs étaient une insulte au regard, et nous n'avions droit qu'à une heure par jour pour la douche. Ces quinze jours allaient me paraître très longs.

Buddy passa me voir pendant les heures de visite cet après-midi-là. Je ne voulais pas lui parler après la scène du bar, et en fait je n'étais pas d'humeur à bavarder avec quiconque. Les hommes de cette cellule surpeuplée étaient de pauvres perdants pathétiques, mais malgré tout le moindre de leurs mouvements (flexions et pompes), la moindre de leurs tentatives pour engager la conversation et se soulager ainsi de leur ennui étaient agaçants, comme autant de rappels qui me donnaient le vertige de toutes les nuits et les journées gâchées et de tous ces individus perdus, diminués, que j'avais connus à Angola.

Le maton déverrouilla la porte de la cellule et me fit descendre au parloir en me tenant par le bras.

— Tu veux des cigarettes au distributeur pendant qu'on est au rez-de-chaussée ? demanda-t-il.

Je lui donnai un peu de monnaie prise dans ma poche et m'assis d'un côté de la longue table en planches en face de Buddy. Sa grosse veste à carreaux accrochée au dossier de sa chaise portait encore des fragments de glace. Son visage était blanc à cause de sa gueule de bois et la main qui tenait sa cigarette tremblotait sur ses bras croisés.

— T'as le tonnerre dans le regard, Zeno, dit-il.

— Le service des chambres n'a pas été bon aujourd'hui.

— Je suis désolé, mec. C'est un sale coup qu'on t'a fait. Moi, je croyais juste qu'on allait t'alléger le portefeuille.

— Ç'aurait pu être pire. Ils auraient pu tenter de m'avoir pour conduite en état d'ivresse.

Il ne dit rien et détourna la tête.

— Tu veux une clope ? dit-il.

— Le maton va m'en apporter un paquet.

— Hé, mec, je n'avais pas l'intention de dépasser les bornes hier soir.

Son regard revint croiser le mien.

— Tout le monde était saoul. De toute façon, tout ça, c'est une vraie pièce comique.

— Tu veux ta guitare ? Le gardien a dit que tu pouvais la garder ici.

— Vaut mieux pas. Y a un ou deux de ces gus qui pourraient essayer de la bousiller, dis-je.

— Écoute, je me sens comme une vraie merde, pour tout ce qui s'est passé.

— Oublie ça. Je vais me mettre au yoga.

— Non, je parle d'essayer de sauter Beth.

Le gardien posa le paquet de Lucky Strike devant moi, et j'en arrachai l'enveloppe de cellophane.

— Je n'aurais jamais fait une chose pareille, c'est parce que j'avais la tête trempée à l'acide et à la gnôle. Merde, je le sais bien que je ne peux pas revenir en arrière avec elle. Ce que tu fais, ça ne regarde que toi et elle, Zeno.

Je sentis mon visage s'empourprer et je ne voulais pas le voir se fustiger ainsi.

— Je ne pensais pas du tout à ça, dis-je.

— Mec, je peux te lire à livre ouvert. Je sais ce que tu vas penser avant même qu'une étincelle se mette à briller au beau milieu de ton cerveau rongé par la culpabilité. Tu vas te casser d'ici en douceur après tes quinze jours, déménager du chalet et commencer à jouer au mari et au père de famille à Missoula avec ta connerie de culpabilité à propos d'une vieille amitié accrochée à ta chemise comme un *Purple Heart*.

— T'as imaginé ça tout seul, bien mieux que je ne l'ai fait moi-même, dis-je.

— Parce que je te connais.

— Parce que tu connais que dalle, Buddy. La seule chose que j'aie en tête, c'est de vivre deux semaines ici au premier en m'interrogeant sur ce que mon responsable de conditionnelle va faire de tout ça. Après le petit numéro à la papeterie, ça pourrait bien être la goutte d'eau qui fera déborder le vase et me réexpédiera à Angola.

— Ouais, dit-il en marmonnant doucement, le dos des doigts contre la bouche. Je n'avais pas pensé à ça. Et ce taré en serait parfaitement capable, en plus. Je ne t'avais pas dit que j'étais allé au lycée avec lui. Il a le QI d'un papillon de nuit, un vrai branleur qui se tripote l'entre-deux. Il irait probablement jusqu'à te coller dans le trou à merde rien que pour classer ton dossier.

Buddy avait vraiment une manière raffinée de vous faire entrevoir l'avenir.

— Peut-être qu'on pourrait lui mettre un peu la pression, dit-il, les yeux toujours tournés sur lui-même. Ma sœur dit qu'il traîne ses guêtres avec une bande de pédés à Missoula Est.

— J'aimerais bien que tu te dispenses de faire ça pour moi.

Je voyais la couleur revenir au visage de Buddy à mesure que son idée farfelue gagnait en intensité et que le souvenir de la soirée précédente, son malaise face à moi, commençaient à s'atténuer pour se fondre dans une journée qui lui paraîtrait vivable.

— Nous avons toujours le choix, Zeno, dit-il. Tu ne peux pas passer tout ton temps assis sur une couchette à te tracasser pour la Louisiane en te disant qu'il faut que t'emménages ailleurs et toutes ces conneries de vie matrimoniale.

J'entendis le maton allumer un cigare derrière moi en raclant les pieds de sa chaise. Buddy regarda par-dessus mon épaule avant de poser son paquet de cigarettes sur la table avec quatre pochettes d'allumettes.

— Faut que je me casse, coco, dit-il. Je t'apporterai des friandises et des revues demain.

— Tu n'es pas obligé.

— Tu deviendras populaire auprès de tes compagnons de cellule, dit-il. Mais écoute, mec. Le chalet est à toi quand tu sortiras. Arrête de te dire que tu dois déménager en ville parce que tu penses qu'il faut absolument que tu fasses quelque chose. Et puis le vieux veut que tu restes là-bas.

— Quand est-ce qu'il a dit ça ?

— Ce matin.

Il répondit d'un ton banal avant de me regarder avec une attention nouvelle.

— Pourquoi ?

— Je me posais juste la question. Je me disais que je m'étais peut-être bien grillé auprès de lui.

Mais ça ne marcha pas.

Ses yeux étudièrent les miens, essayant d'y trouver ne fût-ce qu'un soupçon d'indice de quelque relation privée qui aurait existé entre son père et moi, et je n'étais probablement pas très doué pour masquer la chose.

— Garde les clopes et les allumettes, dit-il. Tu n'as jamais appris la manière de les partager en deux, pas vrai ?

Il enfila sa grosse veste à carreaux et s'éloigna dans le couloir vers la porte d'entrée du tribunal, ce carré de lumière naturelle éclatante derrière lequel la neige soufflait ; les arbres le long de la rue, avec leurs stalactites de glace, claquaient et cliquetaient sous les bourrasques, les gens en manteaux et écharpes, leurs chaussures couinant sur les trottoirs, s'en retournaient chez eux, vers leurs cheminées douillettes et leurs familles. Je mis les cigarettes de Buddy avec les miennes et les allumettes dans ma poche de chemise en toile bleue, et j'attendis que le maton me prenne par le bras pour me conduire au premier.

En cellule, les journées passaient lentement en parties de cartes interminables et conversations insipides accompagnées par le sifflement permanent du radiateur. Beth me rendait visite tous les après-midi, et je faillis lui demander de ne plus venir, tant j'avais envie d'elle après chaque départ. La nuit, je m'allongeais sur ma couchette et essayais de chasser de mon esprit son image au lit avec moi, mais lorsque je sombrais dans le sommeil la tension sexuelle qui m'agitait faisait naître des rêves érotiques qui me laissaient inassouvi et les reins douloureux. Je me réveillais alors, le matelas trempé de sueur, relevais les genoux devant moi comme un jeune adolescent confronté à la puberté, et débattais de la morale de la masturbation.

Je ne pensais pas que j'allais trouver ces deux semaines de prison aussi difficiles à tirer. Au bout de neuf jours, je me serais porté volontaire pour en passer trente à travailler en équipe sur les routes, rien que pour m'éloigner de mes sept codétenus, avec leurs explosions bruyantes dans les toilettes, leur homosexualité latente (qu'ils déguisaient en se pelotant les fesses au passage) et finalement pour échapper à un petit bourdonnement bien défini qui naissait au centre de mon cerveau.

Je le remarquai à la fin de la première semaine alors que j'étais assis sur ma couchette, le dos appuyé au mur, fixant le vide. J'aperçus alors un inhalateur de Benzedrex en plastique sur le sol en béton, et le bourdonnement commença comme un diapason qui se mettrait à vibrer, comme ces rêves que l'on fait quand on est enfant, lorsqu'on ramasse par terre quelque chose de petit et d'insignifiant qui soudain se met à grandir dans la main jusqu'à recouvrir la terre entière, et on sait alors qu'on se trouve en plein cauchemar apparemment sans origine.

Un des occupants de la cellule était parvenu à se procurer quelques inhalateurs et il mâchonnait les rondelles de coton imbibé qui se trouvaient à l'intérieur, de quoi vous faire plonger dans un trip qui décollerait la tête des épaules de King-Kong. Mais pour quelque raison inconnue, mon regard sur ce tube en plastique éventré me remit en mémoire toutes les heures amorphes passées dans ma cellule à Angola et toutes les visions que j'y avais eues sur ma propre folie et la folie qui courait dans le monde. Ma mère s'était tuée, et avait tué Fran avec elle, dans l'incendie de la maison, même si mon père prétendait qu'il s'agissait d'un accident, et à mesure que je grandissais je m'étais toujours demandé si elle n'avait pas laissé en moi quelque graine abominable. Mais c'est en Corée que, pour la première fois, j'avais été réellement convaincu que j'avais toute ma tête, parce que j'avais pris conscience que la folie furieuse n'était pas une question de maladie individuelle ; elle était présente chez tous les hommes, et sa définition était une chose très relative. J'éprouvai même une fierté perverse parce que je *savais* que le lieutenant mentait en disant que nous ne pouvions pas ramener vers les lignes arrière six bridés prisonniers et que nous avions été obligés de les réduire en miettes au fond d'un fossé. Quatre membres de la patrouille exécutèrent le travail en y prenant plaisir, mais jamais ils n'admirent par la suite que ç'avait été rien moins que nécessaire.

Même mon père affichait la même et étrange dualité de pensée à propos de la guerre, des gens au pire de leur comportement, plongés au milieu d'un enfer, et de leur incapacité à reconnaître par la suite ce qu'il en avait été vraiment. Il était allé jusqu'en France lors de la Grande Guerre, ainsi qu'il l'appelait, marine de dix-sept ans, blessé à deux reprises et gazé une fois avant son dix-huitième anniversaire. Mais il refusait d'en parler même en termes vagues ou de manière générale. Je m'étais souvent interrogé sur l'abomination qu'il avait ramenée de France avec lui, quelque chose qui avait dû se nicher au fond de lui comme un brin de fil de fer barbelé tout rouillé.

Mais il travaillait sur les chantiers de pétrole à Texas City lorsque s'était produite l'explosion de 1947 qui avait tué plus de cinq cents personnes, dont beaucoup de manœuvres qu'il connaissait depuis des années. Un bateau chargé d'engrais brûlait dans le port et, sous l'œil des badauds qui contemplaient depuis les quais un remorqueur essayant de le tirer au large dans le Golfe, l'incendie avait gagné la cale et le bateau avait explosé en un champignon de flammes qui était retombé sur les raffineries et les usines chimiques disséminées le long du rivage. La ville avait explosé presque d'un seul coup — les réservoirs d'essence, les derricks, toute l'usine Monsanto — en faisant voler en éclats les devantures de magasins jusqu'à Houston. Les hommes pris dans le champ pétrolifère, où les têtes de puits soufflées crachaient des geysers de flammes dans le ciel à des milliers de tonnes de pression, furent calcinés, sous une chaleur tellement intense qu'il fut impossible de séparer leurs cendres ou même leurs ossements recuits du reste des débris.

Un an plus tard, je partis avec mon père pêcher la brème dans des trous d'eau au milieu de la prairie dénudée à une dizaine de kilomètres de Texas City, et nous contournâmes un énorme cratère aux bords festonnés dans le sol, là où une plaque d'acier de chaudière complètement tordue, de la taille d'une porte de garage, était tombée, jaillissant en tourbillons du ciel comme quelque monument hideux et égaré, à la mémoire de toutes les souffrances que les flammes avaient infligées. Le cratère était partiellement rempli d'eau, des têtards flottaient sous le bord du métal rouillé, et l'herbe de pré salé commençait à repousser sur les flancs érodés.

Mon père roula une cigarette de Virginia Extra et contempla un moulin à vent qui tournait sous la brise du Golfe.

— J'ai perdu quelques-uns parmi les meilleurs amis que j'aie jamais eus dans cette histoire, fils, dit-il. Et sans raison, en plus. Ils auraient pu sortir le bateau chargé d'engrais de là ou fermer les plates-formes en évacuant tout le monde. Ces gars n'avaient pas besoin de mourir.

Et donc la folie de la guerre était un espace sacro-saint, qu'il ne fallait même pas reconnaître, et il n'existait aucune corrélation entre cela et la mort de vos meilleurs amis à cause de la bêtise des industriels.

Mais j'ai perdu le fil, avec cette description du bourdonnement dans ma tête qui me ramenait à Angola, cet écho lointain d'un clairon qui remontait à plus loin encore au fond d'un trou en Corée. L'inhalateur de Benzedrex avait fait renaître mon ancienne cellule du Bloc, par un après-midi languissant d'été louisianais, l'humidité poisseuse sur les murs et les barreaux, et mon compagnon de cellule W.J. Posey face à moi en train d'essuyer la sueur sur son corps nu couvert de tatouages à l'aide d'un torchon. Nous étions l'un et l'autre défoncés au Benzedrex et à l'élixir parégorique qu'il avait volé à l'infirmerie.

— Ainsi donc tu l'as tué, ce fils de pute, dit W.J. Une fiotte comme ça n'a eu que ce qu'elle méritait. T'as bien refroidi des mecs en Corée qui t'avaient rien fait du tout.

— Il a cassé la lame en tombant au sol et il a saigné sur la scène comme un éléphant.

— Tu me pompes le dard. T'as eu deux ans. Reprends-toi une gorgée de ce bon vieux picrate maison.

Je sortis de prison le mardi. Buddy m'attendait au greffe, un rictus de givré sur la figure.

— Comment savais-tu à quelle heure j'allais sortir ? demandai-je.

— Les poivrots, ils les virent toujours vers dix heures du matin.

J'avais espéré que Beth serait là, et Buddy dut lire ma déception sur mon visage.

— Elle n'a pas pu quitter la maison, dit-il. Ses deux gamins sont tout enflés. Ils ont attrapé les oreillons hier.

— Tu me fais marcher, ou quoi ?

Je pris l'enveloppe marron contenant ma ceinture, mes lacets de chaussures et mon portefeuille.

— Je sais que tu n'as jamais eu les oreillons, Zeno. Je ne te ferais pas marcher comme ça.

Nom de Dieu, me dis-je.

— Vois ça comme ça, dit-il. Tu aurais pu y aller un jour avant et tu te serais retrouvé avec les balloches gonflées comme des ballons de basket.

La femme derrière le bureau releva la tête, bouche béante.

— Sortons d'ici, dis-je.

— On y va, coco. Et on va descendre la rue d'un pas léger, pasque ton pote est sur le point d'être à nouveau engagé comme musicos.

Nous sortîmes sous le froid, par une belle journée de soleil, et l'air vif me mordit les poumons. Les arbres verts sur les montagnes étaient alourdis par la neige, le ciel était si clair, d'un bleu si profond que je crus que j'allais m'y perdre.

— Allons jusque-là, dit Buddy. Mes pneus sont tellement lisses qu'on voit clair à travers. Ce n'est pas moi qui ai garé la voiture de travers comme ça. Elle a glissé en biais et franchi le carrefour toute seule.

— C'est quoi, cet engagement comme musicos ?

— Je me suis dit que je pourrais peut-être arrêter mes bêtises et me remettre au boulot. Un mec que je connais dirige un petit rade pour étudiants dans le bloc d'à côté, et il veut essayer d'engager un pianiste pour rameuter chez lui tous ces minets membres des fraternités étudiantes et leurs tendres petites copines. Quelqu'un ayant de la classe, comme moi, quoi. Quelqu'un qui les tienne sous le charme de ses sons magiques, pour qu'ils n'aillent pas lui bousiller son établissement et lui remplir ses chiottes de dégueulis.

— Ça me paraît super, mec.

— En fait, il n'est pas tellement rassuré en ce qui me concerne. Y pense que je suis givré. On ne peut pas me faire confiance. Je serais bien capable de débarquer avec une piquouze plantée en plein front. Toujours est-il qu'il m'a demandé de venir chez lui ce matin et de jouer quelques morceaux parce que sa femme sera là, et elle connaît bien la musique. Et maintenant, ouvre tes esgourdes, mec. Je l'ai connue, cette nana, au lycée quand elle faisait partie de l'orchestre, et elle était incapable de faire la différence entre un accord de do et une caisse claire. Elle était tellement mauvaise que le chef de l'orchestre avait mis les tubas devant elle pour lui bouffer son air et ses fausses notes. Elle portait à l'époque des chaussures orthopédiques et des lunettes avec des verres tellement épais qu'on aurait dit des fonds de bouteilles de Coke. En plus, elle lâchait des vents à tout va. Toutes les deux minutes, tu l'entendais roter dans son sax alto.

Je secouais la tête en rigolant.

— Zeno, tu ne crois rien de ce qu'on te raconte, dit-il.

— Parce que personne au monde n'a connu d'expériences ou de gens comme ça.

— Très bien, mais tu verras, collègue. Prépare-toi juste à rencontrer le pendant qu'a trouvé le genre humain au poisson rouge.

Je n'avais jamais bien compris la raison pour laquelle Buddy se saoulait ou se camait. Il était capable de se faire planer tout seul en l'espace de quelques minutes.

Le bar était un resto à bière et pizzas avec nappes à carreaux sur les tables et sur les étagères, des alignements de chopes aux armes de fraternités étudiantes. Le distributeur de préservatifs dans les toilettes pour hommes avait depuis longtemps été démoli, et de jeunes Américains virils avaient percé de grands trous aux bords déchiquetés dans les cloisons en isorel. Je m'assis au comptoir et pris un sandwich avec une bière pendant que Buddy jouait du piano pour le propriétaire et son épouse, laquelle avait exactement l'allure décrite par Buddy (raison pour laquelle je n'ai jamais été capable de savoir s'il mentait, délirait ou disait la vérité). La dame le fixa quelques instants au travers de ses énormes billes de couleur derrière ses culs de bouteille, avant de se mettre à laver des verres dans un évier en tôle galvanisée.

Je regardai Buddy jouer. J'avais oublié à quel point il pouvait être bon. Il attaqua par *I Found a New Baby*, et il joua le morceau à la manière de Mel Powell au Lighthouse en Californie : une introduction lente et délicate, presque conventionnelle, avant de construire son morceau, les basses de plus en plus marquées, tandis que sa main droite jouait en contrepoint raffiné, pour finalement plonger au plus profond de lui-même et de la tempête sonore qui l'environnait. Il n'avait même plus l'air d'être lui-même lorsqu'il jouait. S'opérait en lui une étrange transformation physique, de celles qui se voient chez ceux qui sont toujours plus ou moins en décalage avec les rythmes du reste du monde tant qu'ils ne font pas la seule chose pour laquelle ils sont doués. Tandis que je le regardais, ses épaules voûtées, ses bras à l'œuvre, ses yeux sans expression tournés sur eux-mêmes, je ne l'aurais jamais reconnu comme le Buddy que je connaissais le reste du temps.

Un peu plus tard, le propriétaire nous offrit une bière et dit à Buddy de venir travailler le lendemain soir. Buddy voulait le cacher, mais je savais qu'il était sincèrement heureux. Il n'avait pas travaillé comme musicien depuis son entrée au pénitencier, six ans auparavant.

— Allons-y, dis-je.

— Encore une bière. Il faut que je fasse passer la sensation de me retrouver travailleur comme tout le monde. C'est un truc à me bousiller mon image.

— Une seule, nom de Dieu, et c'est tout. Je ne veux pas me retrouver dans une de ces bringues dont tu as le secret.

— OO, oo, oo, oo, dit-il, une moue très féminine aux lèvres. Voyez qui me donne des conseils sur les bringues. L'incendiaire fou de Missoula.

— Hé, mec, dis-je d'une voix rauque.

— Toujours est-il que je voulais te raconter une histoire. Elle m'est revenue pendant que je m'étais rebranché sur ce numéro au Lighthouse en 1950.

Je ne t'ai jamais parlé de la Légende du Pet monstre, pas vrai ?

— Mets la bière dans un sac en papier. Allez, on se taille et on prend la route.

— Non, mec, cette histoire est devenue une légende et elle continue à se raconter dans les lycées du pays. Tu vois, ça se passait à la fête de fin d'année du lycée, un super tralala avec robes à crinoline, et tout le monde buvait du gin à la prunelle et du R.C. Cola dehors dans les voitures. Faut te dire que c'est le truc super classe quand tu vis dans un bled de bouseux. En tout cas, on avait passé l'après-midi à descendre de la bière en mangeant de la salade de fayots et du poisson frit bien graillonneux, avant d'aller au bal. Ça s'est passé après le troisième numéro du spectacle. J'avais emmené Betty Hoggenbach sur la piste et je me démenais comme un chef, je te la faisais basculer en arrière comme Fred Astaire avec Ginger Rogers. C'est alors que j'ai senti monter en moi un pet mouillé. On aurait dit un rat marron qui essayait de sortir. J'ai essayé de le faire glisser en douceur, un petit coup à la fois, tout en dansant pour m'en éloigner, mais je devais laisser derrière moi un vrai nuage qui t'aurait déverni la piste de danse. Un mec a dit alors : « Mec, j'arrive pas à y croire ! » Les gens quittaient la piste en se bouchant le nez et en disant : « Ouah ! qui est-ce qui a lâché cette perle ? » Et sur la scène, le joueur de saxophone a vomi dans le piano. Plus tard dans la soirée, des gars sont venus me serrer la main et me payer à boire, et un mec de l'équipe première est arrivé et a dit que c'était le plus grand pet qu'il ait jamais vu. Ç'a bousillé toute la fête. Le joueur de sax avait gerbé sur son smoking d'été et ils ont dû se servir du chalumeau pour effacer l'odeur qui restait collée à ce piano.

Buddy riait si fort à son propre récit qu'il en avait des larmes sur les joues. Il reprit son souffle, but une gorgée de bière et se remit à rire. La femme derrière le comptoir le regardait comme si un taré venait de faire irruption dans la normalité de son existence.

Nous rentrâmes au ranch et plus tard, dans l'après-midi, je partis à pied par le chemin gravillonné jusqu'au bazar sur la route goudronnée d'où j'appelai Beth dans une cabine. Je lui dis que je n'avais jamais eu les oreillons et que je ne pouvais pas passer chez elle car je n'avais pas envie de devenir stérile ; et j'attendis, la main serrée sur le combiné, un long temps de silence, le cœur battant la chamade. Elle dit qu'elle n'avait personne pour garder les garçons et qu'elle ne pouvait pas les laisser seuls, ne serait-ce qu'un moment, point final. Ce qui signifiait donc deux autres semaines de placard, me dis-je en redescendant le chemin dans l'air froid entre les rangées de pins.

Pendant la semaine qui suivit, j'aidai M. Riordan à nourrir les oiseaux dans la volière et commençai à travailler à la construction d'une nouvelle grange, mais le soir je ne parvenais pas à dormir, malgré mon épuisement physique, sans avoir passé deux heures en solitaire, assis à la table de la cuisine, en compagnie d'une bouteille de Jim Beam. Le week-end, je rejouai avec mon groupe et un soir je me rendis en ville avec Buddy jusqu'au resto à pizzas et je rappelai Beth, dans un brouillard de bière, en espérant qu'elle dirait : « Oui oui oui. Prends une chambre au Florence. Je t'y rejoins dans quelques minutes. » Néanmoins, comme la plupart des vœux pieux d'ivrogne, celui-ci n'avait pas grand-chose à voir avec la réalité. J'aimais bien écouter Buddy jouer, mais j'étais incapable de rester assis très longtemps au milieu de cette foule d'étudiants.

Je ne sais pour quelle raison je me sentais si mal à l'aise avec eux. Ce n'était pas leurs manières bruyantes et brutales après trois bières, ni même leur curiosité devant l'étranger que j'étais, pareil à un dinosaure au milieu d'eux. Ils touchaient au plus profond de moi quelque chose que j'étais incapable d'exprimer. Peut-être s'agissait-il tout bonnement de leur jeunesse, de leurs espérances à marquer le but avant leur voisin. Pour eux, il n'existait pas d'horloge dans l'univers, ils savaient tous qu'ils ne mourraient jamais. Je descendis la rue jusqu'à l'Oxford sous une neige légère et m'assis sur l'une des hautes chaises en bois dans la pièce attenante, et contemplai l'étrange rassemblement de noctambules qui y jouaient aux cartes jusqu'à la fin du numéro de Buddy.

Le lundi après-midi, nous eûmes droit à un reste de tempête soufflant sur les montagnes en provenance de l'Idaho, et j'avais tellement froid aux mains à force de planter des clous dans le mur du pignon de la grange que je sentis à peine la douleur lorsque je ratai un coup de marteau qui vint s'écraser sur mon pouce. Mes oreilles me faisaient l'effet d'être en métal sous la capuche de ma veste, et lorsque le jour commença à faiblir, j'attendis que M. Riordan glisse son marteau dans la boucle de sa salopette, au lieu de quoi il rassembla à coups de pied un tas de vieilles planches, y versa de l'essence, s'arrêta assez longtemps pour rallumer sa cigarette dans ses mains en coupe et jeta l'allumette sur le tas de bois. Nous terminâmes le mur du pignon à la lumière des flammes, qui montaient en cône brûlant avant de s'aplatir en cercle blanc et chaud chaque fois que le vent s'insinuait sous les planches.

À notre retour au chalet, Buddy ôta ses vêtements, les laissa tomber au sol et ouvrit le robinet d'eau chaude de la douche juste assez longtemps pour que son corps retrouve ses sensations. Il se plaça tout nu près du poêle et se sécha à l'aide d'une serviette. Ses côtes se dessinaient sur ses flancs à chaque inspiration. Sur l'intérieur d'une cuisse, deux dés étaient tatoués.

— Ouf, je suis crevé, dit-il en se frottant visage et cheveux de sa serviette. Je suis en retard, j'ai les doigts comme des ballons, je n'ai pas repassé de chemise ce matin, et je n'ai aucune envie d'aller jouer, Zeno.

— Vas-y, dis-je.

Je m'assis à la table, mes vêtements mouillés dégoulinant sur le sol, une cigarette humide entre les doigts. Je m'étais versé un verre de whisky pur, mais je n'avais pas encore trouvé la force de le prendre.

— Ça te va bien. Pendant que moi je distrais ces petits minets d'étudiants, monsieur va rester à la maison au coin du feu, en plein dans son rêve de whisky, à s'exciter la tête sur les trains de marchandises du Sud. Et donc j'ai une suggestion à te faire. Pourquoi tu n'enfilerais pas le beau costard de Tonton Zeno pour essayer de me remplacer ? Si tu crois que jouer pour une troupe de bagarreurs relève plus du zoo que de la scène, prends un verre avec les diplômés de première année qui te demandent de jouer *Joyeux Anniversaire* pour une nana qu'ils vont agresser le même soir sur la banquette arrière de la voiture.

— Va travailler, Buddy.

Il entra dans sa chambre et revint avec son costume sur son cintre, ses sous-vêtements et la chemise sale qu'il avait déjà mise la veille. Il s'habilla près du poêle, le corps mince et jaune à la lumière de l'ampoule du plafond. Je bus une gorgée de whisky, et je sentis les premières ondes de chaleur revenir dans mes poumons.

— Où est-ce que tu as eu ce tatouage ? demandai-je.

— Avant de me faire épingler, je vivais avec une mulâtresse qui jouait de temps à autre chez Pat O'Brien. Un jour, je m'étais assis au piano avec elle, et elle s'est mis dans la tête que j'étais son Mister Cool, ce qui se faisait de mieux depuis Brubeck, Monk, Mel Powell ou n'importe qui d'autre. Sauf que cette nana aimait lancer les dés encore plus que de jouer du jazz. Elle m'a demandé de l'accompagner à des parties de craps qui se jouaient sur Rampart, et elle couvrait tous les paris sur la table. Quand on se faisait nettoyer jusqu'à l'os, elle démolissait tout dans l'appartement et appelait un prêcheur baptiste du Mississippi auquel elle promettait de ne plus jamais traîner ses guêtres avec des musiciens blancs.

— Où est-ce que tu as eu ce tatouage ?

— Je viens de te le dire.

— Buddy, t'es vraiment fou, t'as plus ta tête. Je crois que les matons avaient raison. La colle a dû te monter au cerveau il y a bien longtemps de ça.

— Ça, c'est parce que ton câblage est branché sur un autre poste de radio, dit-il. Et puisqu'on parle de radio, pendant que ton pote super classe s'apprête à prendre la route pour aller faire son numéro pour les minettes en chandail et leurs petits copains frime, permets-moi de l'allumer pour qu'on puisse écouter cette superbe station de jazz à Spokane et se mettre plein les oreilles du flûtiau de Shorty.

Buddy alluma la radio posée contre la fenêtre de cuisine, braguette ouverte, une moitié de chemise pendouillant dans le dos. Les lampes se mirent à chauffer dans la vieille caisse en plastique, accompagnées de crépitements d'électricité statique, et lorsque le son se fit plus clair au sortir du haut-parleur, c'était bien Shorty Rogers et Shelly Mann qui jouaient.

Buddy enfila la seconde manche, comme s'il avait été suspendu à des fils, avant de se mettre à s'agiter des pieds à la tête en rythme au son de la musique, pieds nus, tandis qu'il boutonnait sa chemise.

— Dis-moi, sans tricher, dit-il. Est-ce qu'il t'est arrivé d'être tenté quand tu étais derrière les barreaux ? Je veux dire, arrêter de te battre contre tes envies et laisser parler la fille que tu as en toi ?

Sans me lever de la chaise, je tendis le bras et montai la radio au volume maximum avant de finir le whisky dans mon verre. Quelques minutes plus tard, j'entendais Buddy qui s'escrimait sur le démarreur de la Plymouth au-dehors.

Après avoir pris une douche et enfilé une chemise en laine moelleuse et un pantalon en toile propre, je vis le camion s'arrêter devant le perron. J'ouvris la porte et regardai par la moustiquaire Pearl sous les bourrasques de neige. Elle portait une veste d'homme à gros carreaux, la tête serrée par une écharpe, le visage rougi par le froid.

— Dites à Buddy que…

— Entrez avant de vous transformer en bonne femme de neige, dis-je.

— Dites-lui simplement que Frank…

Je lui ouvris la porte moustiquaire.

— Entrez si vous voulez me parler. Ça ne vous gêne peut-être pas de geler debout. Moi, si.

Elle entra et je refermai la lourde porte en bois derrière elle.

— Frank passera le prendre à six heures trente du matin pour aller chercher du bois à Hamilton, dit-elle.

— Oh, il va beaucoup apprécier.

— Vous pouvez le faire à sa place.

— Très bien. Pas de problème.

Je vis qu'elle ne portait qu'une chemise légère sous sa grosse veste à carreaux, et elle tremblait dans la chaleur soudaine de la pièce.

— Vous voulez une tasse de café ?

— Il faut que j'aille chercher du pain au magasin avant la fermeture.

Je sortis une miche non entamée de la boîte à pain dans le placard et la posai sur la table.

— Asseyez-vous. Un café n'ira pas jusqu'à changer l'opinion que vous avez de moi.

Je lavai une tasse sous le robinet de la pompe et la remplis à la cafetière tenue au chaud sur le poêle.

Elle dénoua son écharpe et secoua sa chevelure aux pointes mouillées par la neige. Elle prit la tasse des deux mains et aspira le liquide chaud par petites gorgées.

— Donnez-lui un peu de mordant, à votre café, dis-je en y versant un bouchon de whisky. Où est Mel ce soir ?

— À une réunion d'enseignants.

— Est-ce qu'il est sérieux, avec ses histoires de révolution ?

— À sa manière, oui, je crois.

— Qu'entendez-vous par « à sa manière » ?

— Vous ne comprendriez pas, dit-elle.

— J'ai une certaine expérience des gens qui

sont toujours occupés à essayer de remettre le monde dans le droit chemin en en éliminant des parties entières. Ils ont tous la même idée sur les sacrifices, mais c'est toujours quelqu'un d'autre qui se fait brûler les miches.

— Mel est un homme bien, dit-elle en me jetant un regard neutre.

— Je n'ai pas dit le contraire. Je n'ai rien dit le concernant. J'ai juste posé une question.

— C'est un idéaliste convaincu. Il n'a pas fait la guerre comme vous, et il n'a pas votre vision cynique des choses.

Je m'offris une bonne rasade à la bouteille en entendant ses paroles.

— Vous savez, je crois que vous êtes cinglée et que votre place est à l'asile, dis-je. À ma prochaine incorporation dans une des petites virées-fusillades de l'Oncle Sam, j'écrirai au bureau de recrutement et je leur dirai que je préfère laisser ma place parce que je ne veux pas rentrer dans mes foyers le cœur chargé de cynisme.

— Permettez-moi de vous poser une question. Est-ce que cela vous fait quelque chose de tout prendre autour de vous sans vous préoccuper de ce qu'il en coûte aux autres, qui n'ont rien à voir avec vous et votre manière de vivre ?

J'allai en chaussettes jusqu'au poêle, la resservis en café additionné de whisky et retournai me rasseoir. Elle avait rejeté sa grosse veste sur ses épaules et ses seins durs tendaient sa chemise à chaque inspiration. Assise sur le coin de sa chaise, elle écartait avec indifférence ses cuisses pleines, moulées par le jean serré. J'étais forcé de contenir la colère qui m'agitait la poitrine et, dans le même temps, cette femme me troublait sexuellement.

— Permettez-moi de vous offrir ma petite opinion. Vous en ferez ce que vous voudrez, dis-je. Je n'ai rien pris à personne, et les problèmes que les gens peuvent avoir ne sont pas de mon fait. Ils existaient déjà avant mon arrivée.

Elle changea légèrement de position sur sa chaise, juste assez pour que ses cuisses s'écartent de quelques centimètres supplémentaires et que ses fesses s'aplatissent.

— Ça doit être bien pratique de penser en ces termes, dit-elle.

— C'est mieux que cela. C'est la vérité. Et je n'apprécie pas qu'on essaie de me faire porter le chapeau à la place d'un autre.

— Encore un discours de taulard.

— Autant vous en convaincre. J'ai payé mes dettes, et un taulard ne se laisse pas arnaquer par un cave.

— Peut-être que tous les gens ne fondent pas leur comportement avec les autres sur des règles apprises en prison.

— Eh bien, la prochaine fois que vous voudrez discuter des problèmes d'autrui, repassez donc par ici, et je vous aiderai à résoudre quelques-uns des vôtres.

Elle ne répondit rien. Elle se contenta de boutonner sa veste jusqu'au col, noua son écharpe sur ses cheveux humides avec les gestes distants d'une dame désireuse de se sortir d'une situation détestable, et franchit le seuil pour se diriger vers le camion. Elle laissa la porte ouverte, et le vent chassa la neige dans la pièce.

Pendant une dizaine de minutes, je ne pris même pas la peine de la refermer. Je me sentais plein d'une furie brûlante contre moi-même pour mon manque de maîtrise, au point de trembler de tous mes membres. Ça te va bien de parler des taulards qui ne se font pas arnaquer, me disais-je. T'es qu'une bleusaille qui vient de se faire avoir parce qu'on a réussi à te convaincre que t'étais un taulard qui ne pouvait pas se faire avoir. Et pour quelqu'un qui croyait avoir touché tous les buts du terrain au cours de toutes ces années, ce n'était pas une idée bien agréable.

*
* *

Les deux semaines s'écoulèrent, finalement, et c'est par une journée froide illuminée de soleil, les pelouses de Missoula chargées d'une épaisse couche de neige, que je frappai à la porte de Beth. Les garçons étaient à l'école, et nous fîmes l'amour sur le canapé, dans son lit et au bout du compte, dans une dernière étreinte enfiévrée, sur le plancher. Son ventre doux et ses gros seins blancs semblaient brûler du sang qui courait en elle, et lorsqu'elle pressa les mains au creux de mes reins, je sentis les quinze jours de cellule et les deux semaines de réveils douloureux s'évanouir comme dans un rêve.

Tous les matins, j'aidais M. Riordan à poser les cloisons des stalles dans la grange et à nourrir les oiseaux dans la volière ; puis, après le déjeuner, je partais pour Missoula en stop ou en bus. Je pêchais avec Beth truites et saumons au milieu de la glace brisée le long des rives de la Clark, une cafetière posée sur les braises du feu alimenté par des débris de bois de flottage et attisé par le vent. Nous mangions des steaks saignants près de l'âtre en pierre du restaurant allemand avant d'aller explorer les villes fantômes et les campements de mineurs dont le seul accès était des chemins forestiers bordés de fossés de drainage, où les arbres cliquetaient de tous les glaçons accrochés aux ramures. J'avais oublié à quel point il était agréable d'être simplement en compagnie de quelqu'un qu'on aime.

Nous remontâmes en voiture un chemin forestier non loin de Rock Creek, qui serpentait haut à flanc de montagne, jusqu'à un campement de mineurs abandonné dans les années 1870. Les cabanes étaient toujours là, en bordure du torrent gelé, là où les orpailleurs cherchaient le minerai du filon mère lavé par les eaux ; les anciennes conduites à vannes et les caisses à tamiser étaient envahies par la végétation, les clous de forgeron et les morceaux de chaîne rouillés enchâssés dans la glace. Mais il suffisait de plisser les yeux l'espace d'une minute en laissant libre cours à son imagination pour voir presque ces vieux de la vieille du siècle précédent, tout en sueur et pliés en deux sur leur ouvrage, plongés dans leur rêve futile d'un nouveau Comstock, Alder Gulch ou Tombstone. Ils savaient que la richesse et l'accomplissement de la promesse de l'Amérique se trouvaient toujours dans la prochaine pelletée de terre.

— À quoi penses-tu avec une telle intensité ? dit Beth, le visage brillant sous le vent froid qui s'engouffrait dans les fossés de drainage.

— Les anciens qui sont venus là devaient vraiment y croire. Peux-tu imaginer ce que ça pouvait être de passer l'hiver à cette altitude dans les années soixante-dix, quand ils étaient obligés de tout monter à flanc de montagne et à dos de mule ? Avant même de se mettre au boulot, ils devaient s'occuper de détails mineurs comme de bâtir ces cabanes. Je te parierais qu'ils ne se sont même pas posé la question. Ils l'ont fait, c'est tout. Et je te parie aussi qu'on ne pourrait pas séparer ces rondins à l'aide d'une barre à mine.

Elle mit les mains à l'intérieur d'une de mes manches et se pressa tout contre moi.

— Il y a en toi plusieurs hommes. Ça fait un mélange bien étrange.

— Arrête avec ces conneries d'analyse psy. Tu vois cette maison là-bas, avec les déjections d'élan près de la porte ? Essaie de t'imaginer un vétéran de Cold Harbor, ivre de whisky tous les soirs, rien que pour ne pas mourir de froid jusqu'au lendemain, se demandant si un Indien n'allait pas incendier sa cabane une fois qu'il aurait sombré dans l'inconscience. Ça devait être des mecs plutôt impressionnants.

Elle tira la visière de ma toque en fourrure en riant avant de se serrer contre mon bras.

— Je croyais que pour toi, tous les gens du Montana étaient des barbares, dit-elle.

— Uniquement ceux qui mettent le feu à des camions et des guitares qui m'appartiennent.

— Et donc, détruire des véhicules sur le parking d'une usine compte pour du beurre, dit-elle avant de rire à nouveau.

Je fis un feu dans la neige et réchauffai une boîte de conserve sur un morceau de fer-blanc récupéré dans l'une des cabanes, et tandis que la neige fondait en un cercle qui allait s'élargissant sous l'effet de la chaleur, je tournai la tête vers elle et la désirai à nouveau. Nous montâmes dans sa voiture pour faire l'amour sur la banquette arrière, portières ouvertes, accompagnés par le bruit du vent qui soufflait la neige sous le soleil et d'un tracteur de forestier au loin qui remontait péniblement la colline voisine.

Nous partîmes chasser la grouse bleue et le colin huppé en amont de Rattlesnake Creek avec un vieux fusil calibre vingt que j'avais emprunté au jeune frère de Buddy. Nous tuâmes six oiseaux dans un bouquet de pins au bord d'un immense canyon avant de les faire cuire au domicile de Beth dans une sauce au vin avec des oignons et des champignons sauvages. Le lendemain, j'acquis un permis de chasse aux cervidés pour résidents et nous partîmes pour la Swan Valley, d'un blanc si aveuglant sous le soleil qu'il fallait fixer le regard sur le vert de la cime des arbres pour ne pas perdre l'horizon. Nous traversâmes deux collines de pins recouvertes d'une épaisse couche de neige, tractant le traîneau des deux gamins de Beth qui laissait derrière nous ses marques bleues jumelles, les poumons douloureux dans l'air raréfié ; le fusil de Beth, une carabine Enfield, était accroché par sa bandoulière en cuir à mon épaule.

Nous trouvâmes un emplacement en bordure des arbres qui surplombaient une longue vallée que notre gibier traversait probablement au coucher du soleil. Je pris la bâche pliée posée sur le traîneau, l'étalai dans la neige entre les troncs des pins et y posai la grande thermos de café et des sandwiches jambon-dinde. L'air était vif et propre, chargé du parfum sucré des pins, et l'extrémité de la vallée semblait grandir puis disparaître tour à tour dans le soleil qui brillait sur la montagne. Je dévissai le capuchon de la thermos, et le vent nous enveloppa de vapeur et d'arôme de café.

Je n'avais pas chassé le cerf, ni aucun autre animal, depuis ma libération de l'armée. Après la guerre, au pays, j'avais tiré des canards et incontestablement beaucoup pêché, mais j'avais refusé dorénavant d'accompagner mon père à la chasse au raton laveur ou au cerf dans l'est du Texas. Un jour, il m'avait demandé la raison pour laquelle j'acceptais de prendre la vie des poissons et d'abattre des oiseaux avec un fusil à deux canons. Je fus incapable de lui répondre, parce que je pensais, jusqu'à ce qu'il pose sa question, que ce n'était qu'un refus global de tuer, et il avait dit : « Tu ne veux pas descendre quelque chose qui vit sur la terre parce que cette chose est comme toi. Tu sais qu'elle a mal exactement comme un homme. »

Sans même prendre en compte l'explication de mon père quant à l'absence de différence sur le plan éthique dans le fait de prendre la vie des animaux sauvages, je n'étais pas prêt à descendre le cerf ou l'élan susceptible de traverser ce champ de neige sous les derniers rayons rouges du couchant au-dessus des montagnes. En outre, j'avais suffisamment chassé le cerf au pays pour savoir que ce qui sortirait de ce bouquet de pins au loin, à l'extrémité de la vallée, serait une biche ou un élan femelle, parce que les mâles les repoussaient toujours en terrain découvert avant de traverser à leur tour.

Beth, en revanche, n'avait pas ce genre de réserve. C'était une vraie fille du Montana. Je tenais une cigarette non allumée et une tasse de café dans mes mains et je songeais à gratter une allumette (mon ami de l'armée aujourd'hui décédé, Vern Benbow, originaire du Texas, avait coutume de dire qu'un cerf était capable de voir un pet à dix kilomètres), lorsque Beth glissa la bandoulière de son Enfield sur le bras gauche avant de doucement en resserrer la boucle, fit monter une cartouche dans la chambre et s'allongea à plat ventre sur la bâche. Le soleil avait commencé à tomber derrière la ligne des arbres sur la crête voisine, et la lumière s'étalait en longues bandes écarlates au fond de la vallée.

— Tu sais prendre ta visée sur une mire à une telle distance ? demandai-je.

— Tais-toi. Ils descendent dans une minute, dit-elle.

Elle avait rejeté sa capuche sur les épaules, et sa chevelure noire était couverte de cristaux de neige.

— Tu me fais peur, femme.

Mais elle n'écoutait pas. Elle était tout entière de l'autre côté de la vallée, ses mains blanches engourdies par le froid, et ses seins merveilleux durs comme la glace contre le sol.

Je m'appuyai contre un tronc de pin, bus mon café et mangeai un sandwich jambon-dinde. Avant les dernières guerres des années 1860 et 1870, les Blackfoot et les Salish empruntaient toujours cette vallée sur le chemin de la Clark lors de leurs migrations immémoriales sur leur terre sacrée. Je posai mon café dans la neige et, sentant le pain du sandwich durcir contre ma joue, je tournai mon regard dans le crépuscule qui se mourait sur ce champ de neige et songeai à ces gens en nombre incalculable qui étaient là depuis des milliers d'années, et qui avaient été décimés, effacés de la surface de la terre sans plus laisser de trace en l'espace d'une génération. Je me demandai si, au printemps, lorsque la neige fondrait et que les fleurs des montagnes exploseraient du sol humide, il ne subsisterait pas quelques-uns de leurs vestiges à cet endroit — une pointe de flèche en quartz, un mortier cassé jadis propriété d'une femme, une sculpture d'enfant incongrue sur une pierre.

Ma rêverie fut interrompue par la détonation de l'Enfield. Deux biches avaient commencé à descendre et sortaient des pins sur le flanc opposé de la vallée, en laissant derrière elles des traces profondes et bien marquées, mais Beth avait tiré trop haut : sa balle fit voler un nuage de neige sur une petite pente lustrée par le vent. Elle éjecta la douille en laiton, fit monter une autre balle dans la chambre d'un geste sec, et tira à nouveau. Elle modifia son angle de visée latéralement avant de presser la détente. Les deux cervidés pivotèrent pour s'éloigner en courant vers l'autre extrémité de la vallée.

— Tiens ta carabine droite et baisse ta ligne de mire, dis-je doucement. Nous sommes en surplomb par rapport au gibier et la trajectoire de ta balle ne risque pas de tomber.

Elle manœuvra le levier de la culasse, plaça son arme fermement contre son épaule, la bandoulière serrée, et fit feu à nouveau. La biche qui se trouvait en seconde position tomba en avant sur les genoux comme si quelque marteau invisible venait de la frapper. Elle se débattit dans la neige, ses sabots creusant de longs sillons et arrachant des mottes de terre sur la pente tandis qu'elle essayait de se remettre debout. Puis elle s'effondra en avant, laissant derrière elle une trace unique de gouttelettes écarlates.

— Nom de Dieu, tu l'as touchée au ventre, dis-je. Envoie-lui une nouvelle balle.

Les mains de Beth tremblaient, et lorsqu'elle tira le levier de la culasse, celui-ci se bloqua à mi-course, coinçant la douille dans la chambre. La biche bataillait avec énergie pour regagner le couvert des arbres, le sang giclant d'entre ses flancs sous les bourrasques. Je libérai la sangle de l'Enfield des bras de Beth, cognai le chargeur du bas de la paume pour dégager la douille en laiton, fis monter une nouvelle balle dans la chambre et verrouillai la culasse. Je n'avais pas le temps de replacer la sangle autour de mon bras ni de m'allonger à plat ventre. J'immobilisai l'Enfield contre un tronc de pin, alignai mire et guidon un peu en avant de la biche, relâchai lentement ma respiration et pressai la détente. L'écorce de pin s'écailla sous la force du recul et mon oreille droite résonna un instant, assourdie par le bruit de la détonation. Je touchai la biche juste derrière le cou, et je sus, vu l'angle de tir depuis ma position surélevée, que la balle à tête molle avait dû lui déchiqueter le cœur et les poumons comme une balle de tennis en plomb.

Beth se releva et s'assit sur la bâche en brossant de ses mains la neige dans ses cheveux. Elle essaya de trouver une cigarette dans une poche intérieure de sa veste, mais ce fut comme si toutes ses poches avaient été cousues. Je posai le fusil et lui tendis mon paquet.

— Superbe, ton tir, dit-elle dans le silence, d'une voix inégale, d'un ton haut perché qui n'était pas le sien.

— Où as-tu appris à chasser le cerf ? demandai-je.

Ses mains tremblaient encore lorsqu'elle alluma sa cigarette.

— Pourquoi ?

— Parce qu'on ne tire jamais à cette distance sans lunette de visée.

— Est-ce que je dois présenter mes excuses ?

— Ne sois pas aussi agressive. Bon Dieu, tu sais bien que tu as fait une erreur.

Elle prit ma tasse de café posée dans la neige et but avant de tirer une longue bouffée de sa cigarette.

— Buddy m'avait dit que tu pouvais être très moralisateur parfois, dit-elle.

— Merde, alors ! Tu tires sur une cible que tu

ne pourras toucher que sur un coup de chance, et la pauvre bête se traîne deux jours durant avant de mourir.

Nous n'échangeâmes plus une parole pendant un moment, et j'éjectai la douille de l'Enfield avant de vider le chargeur des balles qui n'avaient pas été tirées. Beth se tourna vers la vallée, où les dernières lueurs du jour commençaient à rougeoyer en festonnant de feu la crête de la montagne.

— Tu ne voulais pas tirer et pourtant tu y as été obligé, dit-elle. Tu veux que je rentre fâchée à la maison, à pied, par mes propres moyens ?

Je lui remontai sa capuche sur la tête et en attachai le cordon sous son menton. Elle avait les joues rouges, et un reste de neige poudrait encore la frange de cheveux noirs qui lui tombaient sur les yeux. Je repoussai ses cheveux de la main et lui enfonçai un doigt tendu dans les côtes.

— Il faudrait peut-être la mettre sur le traîneau avant qu'on envoie une équipe de secours à notre recherche, dis-je.

Elle détourna les yeux, toujours furieuse, sans le moindre désir de céder, avant de me donner un léger coup de pied dans le mollet et de tourner vers moi son beau visage de femme.

La neige commençait déjà à geler tandis que nous tractions le traîneau sur le fond de la vallée. Nos bottes en faisaient craquer la surface avant de s'enfoncer dans la couche molle, de sorte qu'en arrivant à côté de la biche nous étions en nage sous nos vêtements. La lune était montée dans le ciel clair en jetant sur la vallée et ses alignements d'arbres une lumière d'un blanc bleuté, pour en faire un lieu sur le toit du monde qui faisait naître en vous la peur du temps qui passe et la crainte de notre condition de mortels. J'étripai la biche et balançai ses entrailles fumantes sur le sol, puis nous attachâmes la dépouille gelée sur le traîneau avant de remonter lentement la pente vers la limite sombre des pins. Les manches de ma veste étaient éclaboussées de sang, sous l'effort la tête me tournait dans l'air raréfié, tandis que je tirais derrière moi le traîneau à flanc de colline, mais j'éprouvais dans le même temps un sentiment d'allégresse paisible maintenant que cette longue journée tirait à sa fin. La biche fut attachée par des cordes sur une aile de la voiture et nous quittâmes la Swan Valley et ses montagnes noyées de lune en direction de Missoula. Tout en roulant sur l'asphalte encadré par de hautes formes noires, je compris pourquoi des hommes comme Jim Bridger, Jediah Johnson et Jim Beckworth étaient venus ici. Il n'existait tout bonnement pas de meilleur endroit, nulle part.

*
* *

La semaine qui suivit, Frank Riordan parvint à ses fins contre l'État du Montana, la Compagnie Anaconda et, en fait, toute l'industrie du bois et tous ceux qui avaient quelque chose à voir avec la pollution de l'air. Lui et un groupe écologiste obtinrent une injonction temporaire auprès du tribunal de Helena, exigeant la fermeture de toutes les papeteries et usines à bois avec leurs tas de sciure fumante dans l'ouest du Montana. C'était là une chose que personne ne croyait possible. Une cour de justice avait pris une décision sur une abstraction qui n'avait rien à voir avec l'économie, l'emploi ou un air et une eau purs. C'était juste un argument juridique, une question de loi. La signature d'un juge s'apposa au bas de l'injonction et, soudainement, le panache de fumée qui soufflait sur la Clark s'amenuisa pour finir par disparaître, et les tipis sous lesquels la sciure se consumait à petit feu s'effondrèrent doucement pour se changer en tas de cendres que la neige vint recouvrir.

Mais il y eut d'autres conséquences. Les ouvriers de la fabrique de contreplaqué reçurent leur lettre de licenciement avec leur chèque de paie, les hommes qui rabotaient les planches et débitaient le bois vert dans les scieries apprirent qu'ils ne devaient revenir que dans un mois, la Compagnie Anaconda fut fermée à Bonner, et les bûcherons indépendants (propriétaires de leur propre tracteur) furent obligés de transporter leurs billes de pins jusqu'en Idaho ou Washington pour les vendre, ou de mettre la clé sous la porte.

Beth m'avait dit un jour à quoi pouvait ressembler une ville forestière lorsque les scieries fermaient, que les chèques de paie arrêtaient de tomber et que les familles étaient obligées de faire la queue devant le centre fédéral de surplus alimentaires. Sauf que cette fois il n'y avait aucune grève d'ouvriers dans l'affaire, aucune colère collective contre la direction ou les syndicats, aucune dépression économique à mettre sur le dos des bureaucrates fédéraux ou des escrocs de New York. Tous les hommes au chômage dans le comté de Missoula et la Bitterroot Valley savaient qu'il n'y avait qu'une seule et unique raison à leur incapacité à nourrir leur famille, leur humiliation de devoir accepter l'assistance sociale et les aides alimentaires, et leurs visites quotidiennes à l'agence d'État pour l'emploi dans l'éventualité d'y trouver un travail de manœuvre auprès du Service des Forêts : Frank Riordan.

Ils étaient d'humeur méchante et massacrante.

Celle-ci prenait des formes diverses qui allaient de l'insulte directe en pleine figure au refus d'un voisin de le saluer au volant de son camion, mais elles en revenaient toutes à la même chose. Je ne peux pas dire qu'ils haïssaient Frank, parce que ce n'était pas vrai : il s'agissait plus d'un sentiment d'incrédulité, scandalisés qu'ils étaient qu'un des leurs fût allé jusqu'à les trahir en s'alliant avec des étudiants et des hommes de loi retors pour rendre leur existence aussi difficile.

Je cessai d'aller à l'Oxford de Missoula manger un steak pour le dîner lorsque, assis au coin du comptoir, j'entendis les remarques acides lancées à haute voix depuis la table de poker derrière moi ; quant au Eddie's Club, de l'autre côté de la rue, ce n'était pas vraiment l'endroit où boire une bière dans l'après-midi à cause des trois ou quatre hommes ivres appuyés au comptoir qui vous auraient joyeusement éclaté la tête avec une queue de billard. Un jour, j'allai à pied jusqu'à l'épicerie sur la grand-route pour une miche de pain et un litre de lait, et la femme qui servait me transperça du regard, comme si j'étais une vitre fumée, en comptant chaque pièce de monnaie brûlante dans ma paume.

L'ironie de la situation fut que mon propre boulot se trouva affecté par la fermeture des usines. Notre orchestre fut congédié au bar de Milltown. Le samedi soir, la première semaine après l'injonction, seules cinq personnes étaient présentes, et toutes avaient une ardoise et buvaient à crédit. Nous jouâmes pour eux, loyalement, jusqu'à une heure du matin, avec l'impression de chanter dans une caverne éclairée au néon. Le propriétaire nous régla, nous offrit gratis des bols de chili et une pinte de Cutty Sark, et nous dit de revenir une fois que les usines auraient rouvert.

Financièrement, je pouvais me passer de ce boulot, parce que j'avais de l'argent à la banque, mais notre joueur de steel et notre bassiste se saoulèrent avec le whisky offert dans leur camion avant de rentrer chez eux. Ils s'étaient fait licencier l'un et l'autre de la scierie de Seeley Lake, et ils nettoyaient les fours trois ou quatre jours par semaine pour se faire un peu d'argent en plus de leurs trois soirées au bar, et ne pas vivre de l'assistance sociale jusqu'à la réouverture des usines.

Je n'avais donc plus de boulot, hormis le travail que j'effectuais au ranch, et nulle part où aller, littéralement. J'habitais avec un homme que j'avais fait cocu. Je couchais avec sa femme chaque fois que je pouvais me rendre à Missoula pour la soirée, et sans gêne aucune lui et moi pêchions tous les après-midi dans les trous de glace de la Bitterroot. Les soirs où je ne pouvais pas voir Beth (à cause de ses garçons ou à cause de son emploi temporaire de serveuse à la gare routière) et lorsque Buddy partait jouer dans son resto pour étudiants, je restais seul au chalet en buvant mon whisky sec, à regarder par la fenêtre les champs de neige au clair de lune et les flancs brillants du canyon derrière la maison des Riordan.

Je travaillai à ma chanson, celle que je n'avais jamais terminée pendant mon séjour au pénitencier. Il était étrange que je fusse capable d'être soliste sur pratiquement tous les morceaux de country que j'avais entendus, et je savais imiter Hank Williams, Jimmie Rodgers et Woody Guthrie jusqu'à mettre le public, Sudistes ou originaires de l'Oklahoma, dans ma poche, au point qu'ils martelaient les tables de leurs bouteilles de bière à la fin de mes morceaux. Mais écrire une chanson, je n'y arrivais pas. J'étais assis là, un onglet en écaille de tortue à trois de mes doigts, la Gibson sur les cuisses, et je me souvins d'un vieux prêcheur nègre qui faisait des petits boulots pour mon père. Son fils avait été condamné à cinq ans de prison à Sugarland Farm, au Texas, et lorsque le vieil homme avait entendu la sentence, il avait dit : « J'ai bien essayé de l'empêcher de fréquenter le rade à musique. Mais y est pareil au moqueur. Y connaît toutes les chansons, sauf la sienne. »

La plus grosse partie de ma chanson était prête, mais ce qui restait refusait de venir. Peut-être parce que si l'on cherche à tout saisir d'une chose, en particulier une chose très agréable, il faut toujours qu'elle vous échappe en partie afin de garder intacts son mystère et sa magie originels. Je me souvenais du jour où, en compagnie de mon cousin Andre, nous avions trouvé un canoë indien noyé sous un bon mètre d'eau dans le marais. Le canoë était construit en bois de cyprès et il était resté intact pendant plus d'un siècle. La proue et les flancs se dessinaient sur le fond vaseux, ombrés de mousse verte, et nous nous étions glissés dans l'eau avec précaution pour ne pas faire remonter la boue en nuage, le cœur battant la chamade sous nos chemises mouillées. Nous avions saisi le canoë, chacun à son extrémité, pour tenter de le soulever doucement, mais l'embarcation avait refusé de bouger, et nous avions tiré plus fort. Nos mains avaient glissé sur la mousse, et la vase s'était levée du fond en un gros ballon noir. J'avais à nouveau plongé les bras sous l'eau et j'avais tiré sur la proue de toutes mes forces. Mes mains avaient glissé une nouvelle fois comme un papier de verre mouillé. J'avais mal au cœur, et à chacun de nos efforts empressés, avec l'ardeur de notre jeunesse à sauver ce qui restait, nous avions déchiqueté le canoë en une dizaine de fragments jusqu'à ne plus avoir au bout du compte à ramener à la maison, dans le fond de notre pirogue, qu'un tas de bois de cyprès pourri, comme bien d'autres dans le marais.

J'entendis la détonation d'un fusil de chasse dans le pâturage, et avant même que j'aie pu poser la guitare pour aller à la fenêtre, trois nouveaux coups retentirent, puis une rafale de cinq tirs rapprochés, certainement sortis d'un fusil automatique sans cran limitant la capacité du chargeur. J'ouvris la porte et je reçus une bourrasque de neige en pleine figure, mais j'aperçus des éclairs d'armes à feu dans la volière, une langue de feu et d'étincelles qui venait trancher sur l'obscurité de la montagne en arrière-plan. S'ensuivit un temps de silence pendant lequel ils devaient recharger, avant une nouvelle explosion de bruit entrecoupée d'éclairs de feu, pareille à une scène nocturne au loin pendant la guerre.

Seigneur Jésus, me dis-je.

J'entendais les oiseaux qui piaillaient dans leurs cages et l'impact des cartouches contre le grillage et les flancs de bois. La seule arme du chalet avait été le Springfield que Buddy avait enterré, et j'étais là, debout, la veste à moitié enfilée, impuissant à agir pour mettre un terme à la terreur qui régnait dans la volière. Mais j'y allai malgré tout, au pas de course sur l'herbe sèche qui ressortait de la neige, la poitrine battant d'une frayeur que je n'avais pas connue depuis Heartbreak Ridge. L'air froid tranchait comme un rasoir ma gorge et ma bouche sèches, et je me sentis si nu et démuni dans ce champ désert sous la lune, que je priai avec désespoir qu'il se produisît quelque chose avant que j'arrive jusque là-bas.

Toutes les lumières s'étaient allumées dans la maison ; il y eut un bref temps de silence tandis que l'écho des coups de feu disparaissait au creux du canyon, puis j'entendis une nouvelle détonation, une unique balle, cette fois, avant de voir les silhouettes de trois hommes armés de fusils courant comme des marionnettes en bois vers leur camion qu'ils avaient garé de l'autre côté de la maison. Ils démarrèrent dans un grondement de moteur, les portières de la cabine encore ouvertes, les pneus à chaînes arrachant neige et boue gelée pour les projeter dans leur sillage.

Je vis Pearl sous la lampe du perron, vêtue de son seul soutien-gorge et d'un jean, une Winchester à levier dans les mains.

— Espèces de nom de Dieu de salauds ! hurla-t-elle, en lâchant dans le même temps la balle dans la chambre.

Puis elle arma le levier et continua à tirer, balle après balle, vers la silhouette sombre du camion qui disparaissait petit à petit. Mais elle toucha sa cible au moins une fois, parce qu'après l'explosion j'entendis la balle cogner le métal comme un coup de marteau.

Lorsque j'atteignis le perron, elle essayait de libérer une douille restée coincée dans la glissière. À l'instant où elle parvenait à l'éjecter avant de faire monter une nouvelle balle, une paire de phares descendait le chemin gravillonné et franchissait la grille à bestiaux, illuminant le camion qui fuyait à plus de quatre-vingts kilomètres heure.

Pearl appuya la Winchester contre le pilier en bois du perron, un nuage de vapeur devant la bouche, la peau blanche de son épaule déjà rougie par le recul de l'arme. Je frappai le canon de la main en le dirigeant vers le sol, et le visage de Pearl, plein d'une conviction meurtrière, se vida soudain de toute expression pour se tourner vers moi, comme l'aurait fait une petite fille surprise.

— Ça, c'est la Plymouth de Buddy, dis-je.

Chapitre 12

Les trois hommes n'avaient pas bâclé leur besogne au cours des quelques minutes pendant lesquelles ils avaient vidé leurs armes sur la volière. Les empreintes gelées de leurs bottes étaient visibles dans la neige, là où ils s'étaient avancés, jusqu'à la clôture, avant de se mettre à tirer, tout comme les cartouches vides qui avaient fondu sous leur propre chaleur. Ils avaient chargé leurs armes avec soin, afin d'éliminer tous les animaux vivant dans la cour : les douilles montraient que leurs munitions allaient des balles à cervidés et des chevrotines aux petits plombs. Leurs traces disaient clairement leur désir de tuer, d'estropier ou d'aveugler le moindre oiseau ou animal dans un rayon de trente mètres. Les balles à cervidés et les chevrotines avaient fait voler le bois des cages en éclats, et le sang tombait au travers du sol en grillage en grosses gouttes qui se figeaient aussitôt. Les oiseaux qui avaient seulement été blessés se tordaient, les ailes brisées, ou ils tremblaient comme des boules de plumes dans la neige. L'aigle chauve avait été abattu d'une balle dans le bec, et il gisait, ses vastes ailes déployées enchevêtrées au milieu des graines dans les débris de grillage.

Les ragondins se trouvaient à l'extrémité opposée de la cour. Les petits plombs n'avaient pas traversé les autres cages jusqu'à eux, mais des balles à cervidés, calibre douze, grosses comme un pouce d'homme, s'étaient aplaties contre les flancs en bois de leur enclos pour les balayer comme une volée de mitraille. Les têtes étaient arrachées des corps, leurs entrailles bleuâtres pendouillaient comme des cordages sortis de leur ventre, et leurs grosses dents jaunes étaient enfoncées dans leur langue.

M. Riordan n'avait enfilé que sa salopette sur un maillot de corps à longues manches, la poche de poitrine pendant sur le devant, les bretelles lâches sur les côtés. Il avait mis ses brodequins en cuir sans chaussettes et sans lacets, et la neige mêlée d'eau enserrait ses pieds jusqu'aux chevilles à chacun de ses pas, tandis qu'il arpentait la volière. Une fureur terrible se lisait sur son visage.

— Je ne peux pas y croire, dit Buddy.

M. Riordan se frappait méthodiquement la cuisse d'un poing serré, et je suis certain qu'à cet instant il leur aurait arraché le cœur à mains nues, à ces trois hommes. Son visage était livide, sa gorge tissée de veines, ses yeux gris brûlant d'une colère telle que je ne voulus pas croiser son regard. Il se baissa et ramassa un des ragondins blessés dont le sang noir dégoulina sur ses avant-bras avant qu'il repose l'animal dans sa cage démolie.

— Rentre à la maison, Papa, dit Pearl.

Mais il ne l'entendit pas. La furie qui lui brûlait le cerveau devait faire rugir le sang à ses oreilles. Sa poitrine commença à s'agiter comme un soufflet de forge, comme si son cœur avait des ratés, et j'entendis un déclic rauque dans les profondeurs de sa gorge.

— Ça te fait que du mal de rester ici maintenant, Frank, dit Buddy.

— Tu n'as pas à dire à ton père ce qu'il doit faire, répondit M. Riordan.

Nous étions là, plantés dans le silence, à le regarder au milieu des dépouilles éparpillées des oiseaux et des plumes mouillées soulevées par le vent qui venaient se coller à sa salopette. Sa chevelure grise ressemblait à une meringue à la lueur de la lune qui illuminait le canyon.

Il toussa avec violence et se plia en deux pour se racler le palais et cracher dans la neige, à croire que sa gorge était obstruée par quelque obstacle terrible. La veine sur sa tempe gonfla comme un morceau de cordage bleuté. Puis il toussa à nouveau, jusqu'à devoir s'appuyer contre l'une des cages restantes pour ne pas tomber.

— Vous feriez bien de le faire rentrer, dis-je.

Mais Buddy, sa sœur et les autres personnes présentes sur le perron ne bougèrent pas.

— Vous feriez bien de m'écouter si vous ne voulez pas le voir finir dans une caisse en sapin, dis-je.

— Laisse-le tranquille, dit Buddy.

— Vous êtes cinglés. Tous autant que vous êtes, dis-je avant de m'avancer auprès de M. Riordan et de mettre la main sous son aisselle.

Son maillot à longues manches était trempé par la transpiration. Il fit demi-tour avec moi, en direction de la maison, le dos de la main sur sa bouche et le filet de salive qu'il ne pouvait plus maîtriser. J'entendis derrière nous le pas pressé de Buddy qui lui prit l'autre bras.

Nous l'aidâmes à monter les marches et à entrer dans la maison avant de l'allonger sur le canapé. Lorsque Mme Riordan lui ôta ses brodequins, il avait les pieds bleus couverts de cristaux de glace. Le bouton supérieur de son maillot s'était défait et je vis la cicatrice plate et blanche, là où la corne du taureau l'avait poignardé dans le poumon. Il tourna la tête de côté sur l'oreiller pour laisser salive et mucosités se vider de sa bouche, et sa femme pressa une serviette au creux de sa main, qu'elle remonta pour qu'il puisse la tenir contre son visage. J'entendis Pearl au téléphone dans la cuisine : elle appelait un médecin à Hamilton.

Buddy essuya de la main les cheveux mouillés de son père avant de les frotter avec un châle posé sur le dossier du canapé. Mais ses doigts tremblaient, son visage avait pâli, la peau tendue sur les pommettes. Il prit les couvertures que tenait sa mère et les étendit maladroitement sur M. Riordan avant de sortir la bouteille de whisky du placard.

— Ne lui donne pas ça, dis-je.

— Il a froid, répondit Buddy.

Je pris doucement la bouteille, et il relâcha sa prise en me fixant droit dans les yeux avec l'air de ne plus rien comprendre à rien.

— Et pourquoi pas ? demanda-t-il.

— C'est juste que ce n'est pas bon pour lui, dis-je.

Je contemplai le visage de M. Riordan, ses lèvres violacées comme une bouche de vieille femme, et ses énormes phalanges crispées sur le dessus des couvertures, et je me demandai comment il était possible que le temps, l'âge, les choses de la vie rattrapent un homme aussi soudainement.

Vingt minutes plus tard, nous vîmes les gyrophares rouges de l'ambulance tournoyer dans les champs et se diriger vers nous, les arbres de glace et les congères reprenant vie momentanément sous les lueurs écarlates jusqu'à ce qu'ils disparaissent, noyés par l'éclat brutal des phares. Le médecin, en fait un interne à l'hôpital St. Patrick de Missoula, et le pompier volontaire qui conduisait l'ambulance sanglèrent M. Riordan sur un brancard et ressortirent d'un pas pressé. Buddy ouvrit la porte arrière de l'ambulance et ils glissèrent délicatement le brancard sur le lit sans en détacher les sangles. Le docteur ouvrit la bouteille d'oxygène et glissa la lanière élastique du masque derrière la tête de M. Riordan.

— Qu'est-ce qui lui arrive, bon Dieu, toubib ? dit Buddy. Une corne lui a transpercé la poitrine un jour et...

— Je ne sais pas ce qu'il a. Fermez la porte.

Buddy referma le hayon et l'ambulance décrivit un large cercle dans la cour, défonçant au passage les poteaux en bois qui délimitaient le potager de Mme Riordan, avant de se diriger à bonne vitesse vers la grille à bestiaux, en jetant sur la neige les lueurs rouges de ses gyrophares tournoyants.

— Et pourquoi pas de whisky ? dit Buddy.

— Il y a des moments où on ne donne pas d'alcool. Ce n'est pas une bonne chose.

— Ne me raconte pas tes bobards de minet. Y a personne d'autre que nous deux ici.

— Il a probablement eu une attaque.

— Nom de Dieu, je savais que tu allais répondre ça, dit-il en ramenant vers l'arrière ses cheveux pleins de neige.

— Calme-toi, Buddy.

La tenue de ville un peu sport que portait Buddy pour son numéro à la pizzéria était trempée. Son pantalon était couvert de plumes d'oiseaux et ses chaussettes en laine blanche tirebouchonnaient sur ses chevilles. Le grand manteau des surplus de l'armée qui protégeait sa veste était dévoré par les mites et pendait stupidement à l'oblique sur ses minces épaules. Ses yeux continuaient à me regarder, mais son esprit était bien loin, fixé sur quelque idée très intense.

— Allons, Zeno. Remets-toi, dis-je.

— Cette fois, ils ont poussé le bouchon aussi loin qu'ils ont pu.

— Ouais mais, tu comprends, mec, faut que tu…

Il tourna les talons et rentra, avant de réapparaître avec une poignée de cartouches qu'il jeta en vrac dans la poche de son grand manteau. Il ramassa la Winchester à levier que Pearl avait posée debout contre la porte, et se dirigea vers la camionnette de son père. Ses chaussures couinèrent sur la neige dans le silence. Je le saisis par le bras et l'obligeai à me faire face.

— Ne fais pas ça, dis-je.

— Je sais qui sont ces hommes. J'ai vu le visage du conducteur à la lueur de mes phares. La question ne se posera plus quand j'aurai retrouvé son camion, parce que Pearl lui en a collé une dans la portière.

— Alors, appelle le shérif.

— Ce salopard ne fera rien du tout. Pas plus que le jour où la grange a brûlé. Les mecs diront simplement que le camion a reçu une balle alors qu'ils chassaient.

— Ça, tu n'en sais rien. Tente le coup. Au moins jusqu'à demain.

— Lâche-moi, Iry.

— Très bien, dis-je. Accepte de discuter une minute. Une minute ne fera aucune différence.

— Dis à ma mère que je suis parti à l'hôpital.

Il s'apprêtait à rejoindre son camion lorsque je lui barrai le chemin.

— Écoute, je suis peut-être la dernière personne à pouvoir dire à quiconque de se conduire raisonnablement et de ne pas se lancer en kamikaze pour aller descendre quelqu'un, dis-je. Mais, nom de Dieu, *réfléchis*.

— C'est exact. Tu es bien la dernière personne à pouvoir faire ça. Ce bon vieux Zeno, artiste du surin louisianais et incendiaire de scieries. Le sauveur qui arrache les chevaux aux flammes. Mais c'est de mon vieux qu'il s'agit, et peut-être bien qu'ils lui ont poinçonné son ticket pour de bon, cette fois.

Il essaya de me contourner pour rejoindre son camion, la bouche pincée en une ligne mince, et une nouvelle fois je lui barrai le chemin.

— Je vais plus jouer ce jeu-là avec toi, Iry.

Ses mains serraient le canon et la crosse du fusil, le bras droit et l'épaule déjà fléchis, prêts à l'action.

— Qu'est-ce que tu vas faire, m'exploser les dents d'un coup de crosse ? Tu devrais économiser ton énergie de tueur pour ces gus que tu vas faire gicler sur les murs d'un bar.

Mais ce fut en pure perte. Il me regarda en face, de la furie plein les yeux, soufflant brusquement par le nez, ses cheveux mouillés retombant sur son front.

— O.K., va mettre les pieds dans ta propre merde, dis-je.

Il passa devant moi, monta dans le camion et posa la Winchester dans le râtelier contre la lunette arrière avant de démarrer. Il fit demi-tour et s'éloigna lentement, la vitre toujours baissée. Je me mis à marcher d'un pas pressé à côté du camion, en grandes enjambées presque comiques pour essayer de rester à sa hauteur avant qu'il accélère sur le chemin.

— Seigneur Jésus, ne fais pas ça ! dis-je. J'irai avec toi demain matin. On les retrouvera et on leur collera les miches à Deer Lodge pour dix ans…

Il remonta sa vitre, et son visage disparut pour se changer en une forme ovale vidée de toute expression derrière le verre couvert de givre ; puis il passa en seconde et les chaînes mal tendues sur les pneus se mirent à claquer et à fouetter la terre gelée.

Je m'apprêtai à retourner dans la maison, mais je n'y avais pas de vraie place et il n'y avait rien de sincère que je pusse dire à ceux qui s'y trouvaient. Je retraversai le champ en direction du chalet, me versai un verre de whisky sec et essayai de réfléchir. J'imaginais bien que Mme Riordan, ou Pearl, ou Melvin, avaient déjà appelé le bureau du shérif, mais cela ne servirait Buddy en rien, dans la mesure où personne parmi eux ne savait pourquoi il était parti dans le camion, à moins que quelqu'un eût remarqué la disparition de la Winchester, ce qui était peu probable. Ce qui ne laissait guère de solutions de rechange, songeai-je en sirotant mon whisky, les yeux fixés sur les cendres qui tombaient de la grille du poêle. Je pouvais apprendre la nouvelle à la famille en leur laissant le choix de la décision, ou bien prendre un des adjoints du shérif à part devant la maison (et je le voyais déjà, portière ouverte, une jambe sortie, le pied dans la neige, le micro de la radio à la main, en train de demander à tous les flics du comté de Ravalli de mettre la main sur Buddy Riordan, ex-taulard et fumeur de joints, armé, en chemin sur la route de la Bitterroot pour abattre quelqu'un). Ensuite, ils pouvaient rappeler l'interne à la maison pour qu'il vienne faire à Mme Riordan une piqûre de tranquillisant, et entre-temps des bouseux de flicards tout excités, le fusil à la main derrière leur barrage de police, urineraient de plaisir dans leur uniforme kaki à l'idée que Buddy essaie de passer outre sans s'arrêter.

En conséquence, tu ne peux rien dire à la famille, et tu ne manges pas le morceau sur un ami, me dis-je. Je bus mon reste de whisky et allai remplir le verre d'eau à la pompe. Et ça nous mène où, tout ça, après ce processus logique de déduction digne de Sam Spade ? Nulle part. Buddy est tout simplement quelque part sur l'autoroute, roulant trop vite sur les plaques de verglas, le cœur battant la chamade, la Winchester vibrant dans le râtelier derrière lui, la tête pareille à un haut-fourneau.

Et je me dis alors : voilà exactement ce qu'il est en train de faire. Il inspecte tous les rades à bière sur la route de Missoula, il entre sur les parkings au sol gravillonné et passe lentement en revue la rangée de camions et de voitures garés. Parce qu'il est un ancien taulard au fait du comportement criminel, il sait qu'à l'exception d'un professionnel, celui qui vient de commettre un acte de violence ne rentre pas tout de suite à la maison pour retrouver la normalité ; il s'arrête devant ce qu'il croit être le premier bar sans risque sur son chemin pour célébrer sa victoire aberrante et apaiser le sang qui bouillonne dans sa tête.

Je renouai deux fils sous le tableau de bord de la Plymouth pour mettre le contact et pris doucement la route de Missoula. J'essayai de deviner la direction que Buddy devait avoir prise, ainsi que les trois hommes dans leur camionnette, mais je doutais que le massacre des oiseaux ait pu être accompli par quiconque habitant le sud de la Bitterroot, dans la mesure où seule la scierie de Darby, presque déjà en Idaho, avait été affectée par l'injonction. Je passai sans stopper devant le bar de Florence, trop proche pour qu'ils s'y soient arrêtés, et cherchai le camion de Buddy dans les parkings des deux bars de Lolo. La neige tombait maintenant dru, à gros flocons mouillés qui tourbillonnaient devant mes phares avant de s'accumuler en couche épaisse sur les essuie-glaces qui tremblotaient en raclant le pare-brise. Je franchis la colline et piquai sur les faubourgs de Missoula pour y retrouver la rivière miroitant au clair de lune, bordée par les sombres formes dénudées des peupliers, et le vent se mit à souffler depuis le bas de la vallée, lustrant la glace sur les bas-côtés, secouant latéralement la Plymouth à chaque rafale.

Je m'engageai dans tous les parkings de tous les bars le long de la route jusqu'à ce que j'arrive au centre de la ville. Pas de Buddy, pas d'ambulances, pas de gyrophares-bulles en train de tournoyer sur les toits des voitures de police. Qu'est-ce qu'il te reste, coco ? me dis-je. Et je me rendis alors chez Beth, avec les fils de contact qui pendouillaient en crachant leurs étincelles sous le tableau de bord, la neige de plus en plus épaisse à la jonction du capot et du pare-brise.

Des gouttes glacées pendaient aux branches des ormes et des érables de son jardin, et la lumière jaune du perron dessinait des ombres sur l'allée givrée comme un miroir. Beth entrouvrit la porte, vêtue de sa seule chemise de nuit dans le courant d'air froid, la bouche arrondie en un début de sourire lorsque son regard accrocha mon visage. Elle referma la porte derrière moi et me toucha la poitrine de la main.

— Qu'est-ce qui est arrivé ?

Je lui racontai, le plus doucement possible, reprenant exactement la succession des événements tels qu'ils s'étaient produits, baissant encore d'un ton chaque fois que je voyais son regard briller et se charger de confusion.

— Oh, Seigneur, dit-elle.

— Il va probablement se contenter de rouler jusqu'à ce que l'orage qui explose dans sa tête se soit calmé.

— Tu ne le connais pas. Surtout quand il s'agit de son père. Sans compter qu'il se sent coupable à un point complètement dingue parce qu'il n'a pas été à la hauteur des espoirs de papa.

— Buddy ?

Je la regardai, avec le curieux sentiment de l'étranger qui ne connaîtrait jamais les moments intimes d'aveux très privés entre elle et lui dans l'obscurité paisible de leur lit conjugal.

— Ce n'est pas quelqu'un de violent, dis-je. Même à Angola, les grosses rayures lui fichaient la paix. Il n'était une menace pour personne. Il était juste Buddy, un mec à la tête pleine de vapeurs de colle et aux doigts pleins de musique.

Mais c'est à moi-même que je m'adressais. Les yeux de Beth étaient perdus dans l'obscurité de la fenêtre, et elle tenait une cigarette non allumée sur ses cuisses comme si elle avait oublié qu'elle l'avait entre les doigts.

— Je ne sais plus quoi faire, Beth.

— Appelle le bureau du shérif.

— Tu n'y penses pas.

— Il t'a dit qu'il savait qui étaient ces mecs. Il va tuer quelqu'un.

— Tu n'écoutais pas pendant que je te parlais, dis-je.

— Il faut qu'on utilise le téléphone du voisin ou qu'on aille dans une station-service.

— Écoute une minute. Ce gros lard de fils de pute que tu appelles le shérif adorerait réduire

Buddy en purée à l'intérieur de son camion ou l'expédier à Deer Lodge, refermer la porte sur lui et la souder à jamais.

Beth clignait des paupières devant le noir de la fenêtre.

— C'est moi qui parlerai, dit-elle. Je lui dirai qu'il est ivre et qu'il m'a démoli la maison et que je veux qu'on l'arrête.

— Ça ne servira à rien, petite.

— Pourquoi ? Qu'est-ce que tu as comme solution à proposer, pour l'amour du ciel ?

— Il n'acceptera jamais de plier devant des flics, et après ça, ça ira très mal.

Elle se rassit dans le fauteuil et se frotta le front avec la paume. Je lui pris sa cigarette d'entre les doigts et l'allumai.

— Je ne peux pas rester assise ici, dit-elle.

Je regrettais d'être venu. C'était égoïste de ma part, et je l'avais maintenant incluse dans mon impuissance à agir face à une situation impossible.

— Tu as quelque chose à boire ? demandai-je.

— Je crois que c'est dans le placard.

Je trouvai la demi-bouteille d'Old Crow et rapportai deux verres. Je lui remplis le sien et le lui mis dans la main. Elle le porta à ses lèvres comme si elle allait boire avant de le reposer sur la table.

— Pendant cinq ans j'ai menti à mes enfants à propos de leur père, dit-elle. Ils sont trop grands maintenant pour que je continue. Ils ne vont pas souffrir une nouvelle fois à cause de Frank Riordan, de Buddy, et de leurs obsessions de givrés.

— M. Riordan n'a pas choisi ce qui arrive.

— Vingt années durant, il a fait ce qu'il a pu pour laisser sa marque sur tous ceux qui l'entouraient. Il ne s'est jamais satisfait du simple fait de vivre. Il a toujours fallu que ses enfants sachent bien qu'il n'avait rien d'un homme ordinaire.

— Il n'aimerait pas savoir que Buddy se promène dans la nature armé d'un fusil. Tu le sais.

— Je suis désolée, mais tu n'as pas appris grand-chose en vivant chez lui.

Le petit filet métallique qu'elle avait dans la voix se mit à trembler.

— Il n'a jamais réfléchi aux conséquences possibles de ses actes. S'il élevait ses enfants comme s'ils devaient vivre au dix-neuvième siècle, et s'ils finissaient complètement névrosés ou derrière les barreaux, c'était la faute du monde qui n'avait pas reconnu que les Riordan n'étaient pas simplement différents, mais qu'ils avaient raison.

— Tu te trompes sur lui, dis-je. Il a fini de jouer sa partie, peut-être pour toujours, et je pense qu'il le sait et il ne veut pas qu'un malheur comme celui qui se prépare arrive à Buddy. Ni à personne d'autre.

Beth porta les doigts à ses yeux, et je vis ses larmes briller sur ses joues.

— Ne te laisse pas démonter comme ça, dis-je. Il se peut qu'il soit tout simplement à l'hôpital.

Je me levai pour me placer derrière elle et mettre les mains sur ses épaules, des épaules agitées de tremblements, et elle garda la tête tournée pour que je ne voie pas son visage.

C'était un de ces moments où il ne sert plus à rien de parler. Je lui massai la nuque jusqu'à ce qu'elle commence à retrouver son calme et que ses épaules se redressent. Je repris mon verre de whisky et regardai par la fenêtre pendant que Beth allait sous la douche. Derrière moi, j'entendis l'eau couler.

La neige avait gelé en étoiles brisées sur le pourtour de la vitre, et les ombres des arbres se balançaient d'avant en arrière sur la pelouse enneigée. Sur les hauteurs de la montagne, derrière l'université, j'entrevoyais les lueurs rouges de la balise de guidage aérien qui palpitait dans la douceur infinie du ciel.

— Je suis désolée, dit Beth derrière moi, le visage recomposé.

— Tu veux boire quelque chose ?

— Je préférerais aller à l'hôpital. Ça ne te dérange pas ?

— Non.

— Je m'habille. J'en ai pour une minute.

Quelques instants plus tard, elle descendait l'escalier, vêtue d'un pantalon en velours et d'une chemise en lainage, une grosse veste à carreaux sous le bras. Elle avait noué son foulard bleu sous le menton, et ses joues empourprées, comme les mèches de cheveux noirs sur ses joues, lui donnaient l'allure d'une jeune fille qui va à la patinoire pour une fête entre amis.

Je refermai la portière de son côté de la Plymouth et remis les fils en contact pour démarrer le moteur. La respiration de Beth embuait les vitres et je voyais ses seins qui se soulevaient sous sa veste.

— Si Buddy n'est pas dans la chambre, ça ne veut pas dire qu'il n'est pas passé avant de rentrer à la maison, dis-je en remontant lentement la rue.

— L'infirmière en chef saura s'il est venu.

— Il faut aussi penser à autre chose. Il se peut qu'il ait parlé au médecin avant d'aller dormir dans son camion garé dans la rue.

— Conduis-nous là-bas, Iry, c'est tout ce que je demande.

Nous n'allâmes pas plus loin que la réception. Frank Riordan était en soins intensifs, sans autorisation de visite pour quiconque, et les seuls membres de la famille à être passés à l'hôpital étaient Melvin et Pearl. Ils étaient allés s'installer de l'autre côté de la rue, dans un café ouvert la nuit.

— Comment va-t-il ? demandai-je.

— Il faudra demander au médecin quand il descendra, répondit la réceptionniste.

— Et quand redescend-il ?

— Je ne sais pas. Êtes-vous un membre de la famille ?

— Où se trouve la petite religieuse irlandaise qui travaillait ici ?

— Pardon ?

— Il y avait une religieuse irlandaise qui travaillait ici, au premier.

— Je ne vois pas de qui vous parlez.

Je ressortis avec Beth en direction de la voiture. Les bourrasques de neige avaient cessé, et on voyait un petit soupçon de bleu à l'est au-delà des montagnes. La mince couche de glace sur le gravier du parking craquait sous nos pas.

— Tu veux rentrer ? demandai-je.

— Non. Appeler Mme Riordan.

— Je ne pense pas que ce soit la chose à faire.

— Elle ne dort pas. De toute façon, c'est un des garçons qui répondra.

— Beth, laisse couler pour cette nuit.

— C'est demander tant que ça que de passer un coup de fil ?

Je la fis monter dans la Plymouth, démarrai, mis le chauffage et traversai la rue jusqu'à la cabine devant le café. J'avais les doigts raidis par le froid, et j'eus du mal à composer le numéro et glisser les pièces pour un appel en PCV. Par la vitrine éclairée du café, je voyais Melvin et Pearl qui buvaient du café devant leurs assiettes vides.

Le petit frère de Buddy, Joe, décrocha et dit que Buddy n'était pas encore rentré de l'hôpital, et que non, la lumière n'était pas allumée dans son chalet, et que non, monsieur, il aurait vu les phares si la camionnette était passée sur le chemin.

Je retraversai la rue jusqu'à la voiture et m'affalai lourdement derrière le volant.

— Où veux-tu aller maintenant, petite ? dis-je.

Elle secoua doucement la tête et regarda droit devant elle la ligne sombre des montagnes. Son visage s'était vidé de toute émotion, et ses mains étaient posées à plat sur ses cuisses. Je la pris un bref instant par les épaules, et nous repartîmes chez elle en silence.

Elle voulut boire son whisky, mais je lui pris le verre de la main et la fis monter au premier pour la mettre au lit. Il faisait sombre dans sa chambre, et elle tourna la tête sur l'oreiller vers le mur opposé, mais je vis qu'elle avait toujours les yeux ouverts lorsque je la recouvris.

— Je serai en bas quand tu te réveilleras, dis-je en refermant doucement la porte derrière moi.

Je me préparai un café dans la cuisine alors que le bleu de la nuit commençait à s'éclaircir au-dehors. Les premières lueurs de la fausse aurore festonnaient la crête des montagnes. Je versai une rasade de whisky dans le café et fumai jusqu'à en avoir les poumons à vif, les doigts et l'arrière des jambes pris de tremblements à cause de la fatigue et de la tension. Je m'allongeai sur le canapé et fermai les yeux, mais j'avais des éclairs rouges plein la tête et mon sang bourdonnait dans mes veines, les mêmes sensations que celles que j'avais connues en prison. Je me touchai le front, et mes doigts se couvrirent de sueur.

J'enfilai ma veste et ressortis dans la lumière froide du petit matin pour me rendre au bureau du shérif. Les rues étaient vides, et les journaux sous leur enveloppe en plastique reposaient sur les pelouses silencieuses. Quelques cuisines étaient éclairées, et de temps à autre j'entrevoyais la silhouette penchée d'un ouvrier qui prenait son petit déjeuner.

Je gravis les marches du tribunal en essayant d'allumer une cigarette en plein vent. Je suais dans mes vêtements, et lorsque j'entrai dans la pénombre du couloir et sentis l'odeur de crachoir et de cigare froid, le bourdonnement que j'avais dans la tête se mit à gronder. Trois adjoints du shérif étaient assis sur des chaises en bois devant la cage du répartiteur, occupés à lire un journal qu'ils s'étaient partagé en bâillant. Un ivrogne qui venait de sortir de cellule, sa caution payée, accusait le répartiteur de lui avoir pris de l'argent dans son portefeuille déposé au greffe.

— Tu l'as dépensé pour payer ta caution, dit le répartiteur.

Pas un instant les adjoints ne relevèrent les yeux de leur journal. Ils avaient le visage fatigué, la peau verdâtre des hommes qui ont travaillé toute la nuit.

— J'avais trente-cinq dollars dans ce portefeuille, nom de Dieu ! dit l'ivrogne.

— Fous-moi le camp d'ici avant que je remonte t'enfermer au premier, dit l'un des adjoints derrière son journal.

Le répartiteur releva les yeux depuis son pupitre radio.

— Oui, monsieur ? dit-il.

J'ouvris la bouche pour répondre mais je n'eus pas le temps de parler.

— Qu'est-ce que vous fichez ici ? dit la voix du shérif dans mon dos.

Il avait remonté ses manches kaki sur ses gros bras massifs, l'extrémité évasée de son cigare collée au beau milieu de ses lèvres. Il tapota de sa bague de franc-maçon le bloc à pince qu'il tenait à la main.

— Est-ce que Buddy est détenu ici ? dis-je.

— Devrait-il l'être ?

— Je ne sais pas.

— Dans quoi s'est-il embringué ?

— Il n'est pas rentré hier soir.

Il inclina légèrement la tête en plissant les yeux à mon adresse.

— De quoi s'agit-il, Paret ?

— Je veux savoir s'il est en prison. Ce n'est pas difficile à comprendre.

Il ôta le cigare de sa bouche et colla la langue au creux de sa joue.

— Avez-vous incarcéré Buddy Riordan ici hier soir ? demanda-t-il au répartiteur.

— Non, monsieur.

Le shérif se retourna vers moi.

— Est-ce que c'est tout ce que vous vouliez savoir ? dit-il.

— Shérif, il y a une chose qui pourrait peut-être vous intéresser, dit le répartiteur. Un des adjoints du bureau de Ravalli a appelé l'unité mobile en disant que trois mecs avaient réduit en purée les oiseaux de Frank Riordan à coups de fusil, hier soir.

Le shérif s'avança jusqu'au crachoir, la tête penchée comme s'il se trouvait au-dessus d'une cuvette de toilettes, et laissa couler un long filet de salive.

— Quelle voiture Buddy conduisait-il ? demanda-t-il.

Je voulais ressortir dans l'air froid, loin du sifflement des radiateurs et des expressions indolentes et vides des hommes qui me regardaient.

— Oubliez ça, dis-je. Il est probablement parti bringuer quelque part en Idaho.

— Ne jouez pas au plus fin avec moi, fils. Je suis pas d'humeur ce matin.

J'allumai ma cigarette et repoussai mes cheveux mouillés.

— Donnez-moi le rapport d'accident qu'on a reçu de Frenchtown, dit le shérif au répartiteur.

Il sortit ses lunettes de sa poche de chemise et plissa les yeux pour déchiffrer l'écriture en pattes de mouche sur le papier.

— Est-ce qu'il conduisait un pick-up Ford de 55 ? dit-il en ôtant ses lunettes.

— Oui.

Je me sentis sombrer.

— Venez avec moi. On prend la voiture.

Il emprunta le couloir vers la porte d'entrée, la taille épaisse comme une chambre à air sous sa chemise. Je restai immobile, la cigarette pendant à mes lèvres, à contempler son énorme silhouette qui avançait vers le carré de jour.

— Vous feriez bien de l'accompagner, m'sieur, dit le répartiteur.

Je rattrapai le shérif à l'extérieur sur le trottoir givré. Si je sentais mes chaussures glisser à chaque pas, lui paraissait s'ancrer dans le sol par sa masse imposante.

— Très bien, dis-je. À quoi joue-t-on ?

— Montez.

Il parla cette fois d'une voix plus basse et plus humaine.

Je montai côté passager et refermai la portière. Le fusil à pompe calibre douze à canons sciés maintenu verticalement par des agrafes contre le tableau de bord me cogna les genoux. Le shérif alluma son gyrophare bulle sans mettre la sirène et nous sortîmes de la ville vers l'ouest. Il respirait par saccades, encore essoufflé d'avoir rejoint sa voiture à pas pressés.

— Il y a environ une heure, un pick-up modèle 55 a quitté la chaussée sur la route 263 et il a dégringolé le talus jusqu'à la rivière, dit-il.

J'avais la tête qui tournait.

Il ouvrit la vitre et jeta son cigare. Il attendit un instant et je vis ses mains se crisper avant qu'il tourne vers moi son visage en soucoupe.

— Le chauffeur est toujours dans la voiture, Paret. Et la voiture a brûlé.

*
* *

Nous prîmes la route qui longeait la Clark, dont les eaux bleues coulaient avec un fort courant au milieu du lit entre les plaques de glace scellant les deux rives. Un soleil éclatant se leva dans le ciel limpide au-dessus des montagnes ; des pêcheurs taquinaient le poisson, à la mouche noyée et à l'asticot, sur les sommets des bancs de sable. À flanc de montagne, les pins épais vert sombre ployaient sous la charge de la neige humide, et le soleil se réfléchissait sur les gros blocs de rochers couverts de glace avec un éclat irisé qui vous mettait les larmes aux yeux.

Le camion était noir, complètement calciné, et toutes les vitres avaient explosé sous la chaleur. La neige avait fondu en large cercle autour de la carcasse et les pneus s'étaient consumés sur les jantes. Je vis l'énorme cicatrice dans la pente pierreuse, là où le camion avait roulé en basculant pour venir s'immobiliser contre un peuplier, à croire que le conducteur avait délibérément choisi de se garer là en compagnie d'une fille du lycée après une soirée dansante. Les hommes du coroner avaient déjà enveloppé la dépouille dans une bâche en caoutchouc avant de la recouvrir d'une toile, le tout sanglé sur un brancard de montagne qu'ils remontaient lentement le long de l'escarpement. Un adjoint du shérif s'avança jusqu'à la voiture, avec, à la main, le canon fondu et le chargeur déchiqueté d'un fusil. La crosse avait complètement brûlé, et le levier de chargement pendait comme un prolongement de la détente.

— Regardez-moi cette saleté, dit-il. Toutes les cartouches ont explosé. En plus de ça, il devait en avoir plein les poches parce qu'elles lui ont explosé sur le corps.

Nous étions à côté de la voiture, debout dans la neige, même si je ne me rappelais pas comment nous étions arrivés là. Sur la rive opposée de la rivière, la lumière du soleil se reflétait sur la montagne blanche comme à la surface d'un miroir.

Tu ne sais pas s'il s'agit de Buddy, me dis-je. *Il y a des tas de fermiers dans ce comté qui conduisent des pick-up, et ils ont tous un fusil à chargement par levier dans le râtelier à gibier. Ça arrive toutes les semaines qu'un camion quitte la route avec un cowboy ivre à son volant. Et celui-ci a brûlé, c'est tout.*

— Vous ne savez pas de qui il s'agit, dis-je d'une voix forte même à mes propres oreilles.

L'adjoint me lança un regard curieux.

— Avez-vous trouvé quelque chose qui permette de l'identifier ? demanda le shérif.

— Non, monsieur. La plaque a brûlé, comme tout ce qui se trouvait dans la boîte à gants. Mais comme a dit le coroner, le plus affreux c'est la manière dont ce mec a fini. Il a dû se coincer la tête à l'intérieur du volant quand il a fait le tonneau, et tout le haut du corps a brûlé, on dirait un morceau de liège. Mais il ne portait pas une trace sur les jambes, à l'exception d'un tatouage au creux de la cuisse.

Je m'extirpai de la voiture, le long du talus bordant la route, dans le miroitement de la neige qui fondait sur l'asphalte, sur l'herbe jaune qui ressortait des gravillons. J'entendais le claquement sec des peupliers qui frottaient l'un contre l'autre sous les bourrasques qui soufflaient de la rivière, et l'eau dégoulinait en épaisses gouttes plates d'un gros rocher pour former une flaque cristalline. J'entendis alors le puissant moteur de la voiture à mon côté, le ralenti emballé, et la voix du shérif qui essayait de le couvrir par la vitre passager à moitié ouverte.

Je me retournai et le regardai comme j'aurais pu le faire face à un extra-terrestre débarqué de l'autre côté de la lune. Il essayait de tenir le volant d'une main et de baisser la vitre complètement de l'autre. Son visage rond était empourpré et marqué par l'épuisement, et ses mots sortaient péniblement de sa poitrine avec un sifflement d'asthmatique.

Montez, Paret.

Ça va aller, shérif. J'ai juste besoin de me dégourdir un peu les jambes.

Montez, fils.

Il braqua sa voiture à l'oblique en m'empêchant de poursuivre mon chemin, et ouvrit la portière passager.

Buvez un coup.

La vapeur de l'autoroute fut aspirée par le bas de caisse et nous nous mîmes à doubler des voitures pleines de fermiers et de leurs familles dans leurs pick-up ainsi que quelques transporteurs de bois indépendants qui continuaient à opérer dans l'ouest du Montana. Ils avançaient tous, à leur juste place, bien en ordre, dans un beau soleil d'hiver jaune, avec l'assurance de savoir qu'ils n'auraient jamais à modifier le cours des choses de leur vie même lorsque le temps viendrait à manquer.

Encore une rasade.

Je sentais les vibrations régulières du moteur sous mes pieds, puis je vis les montagnes se reformer et revenir telles qu'en elles-mêmes à l'horizon, et la rivière apparut une fois encore comme un miroitement bigarré de lumière courant à travers les plaques de glace en contrebas.

Ça va mieux, pas vrai ?

Pour sûr.

Pour sûr qu'on se sent mieux, nom de Dieu.

Et il augmenta le volume de sa radio pour continuer sa route, plein d'une nouvelle conviction.

Épilogue

Frank Riordan resta à l'hôpital pendant quatre semaines, et lorsque finalement il en sortit, les avocats des scieries étaient parvenus à faire lever l'injonction. Et donc, quand on le ramena chez lui en ambulance, il put voir par la vitre la fumée de la papeterie dans la vallée et les panaches des feux de sciures qui s'élevaient en filets sales.

Mais il donnait maintenant l'impression que tout lui était égal. Il avait le côté droit paralysé à cause de son attaque, son bras figé à jamais faisait un angle tordu, collé à sa cage thoracique, et quand il parlait, sa bouche remuait comme si un point de suture tenait fermés les bords de ses lèvres. Les deux premiers mois qu'il passa à la maison, il resta dans un fauteuil roulant, avant de pouvoir se remettre à marcher en s'aidant d'une canne, mais il avait un air affligé, la peau grise, à croire qu'une lumière s'était à jamais éteinte en lui. Lorsque le temps commença à se faire plus clément, vers la fin du mois de mars, je l'emmenai pêcher sur la Bitterroot, et il parvint à tenir la canne droite en manœuvrant le moulinet de sa main atrophiée et en libérant le mou de la ligne de son autre main. Il ne pouvait pas marcher dans le courant ni lancer avec élan, mais lorsqu'il accrochait une arc-en-ciel, je voyais un sourire revenir dans ses yeux gris.

Beth et moi nous sommes mariés dans une église catholique de Missoula, et j'ai acheté une dizaine d'hectares à M. Riordan, en bordure du canyon bleu qui tranche la montagne et la forêt de pins recouvrant le versant opposé. Dix hectares, ce n'est pas grand-chose dans le Montana, mais ils sont à moi. Des pommiers y poussent, un petit ruisseau y coule, et la nuit des cervidés viennent paître dans l'herbe sous la lune d'ivoire. Deux des musiciens de l'orchestre m'ont aidé à y bâtir une maison en rondins, avec un énorme âtre en pierre et une cheminée et aussi une véranda qui fait face à la rivière, avec ses peupliers et les vallonnements infinis des montagnes au-delà des champs.

J'ai terminé ma chanson. Je ne suis pas parvenu à y mettre tout ce que je voulais; mais peut-être est-ce là chose impossible, exactement comme le jour où mon cousin Andre et moi avions, avec la vanité de notre jeunesse, essayé de sortir le canoë indien complètement mort des fonds vaseux du marais. Mais j'ai réussi à y mettre l'essentiel : les arbres-bouteilles avec leurs flacons bleus de magnésie accrochés aux branches pendant la Dépression, le vert fumé du Golfe au coucher du soleil, les trains de la Southern Pacific et leurs panaches de vapeur qui filaient sur la ligne vers Mobile. Mon responsable de conditionnelle m'a autorisé à voyager hors de l'État, et je suis remonté jusqu'à Vancouver avec Beth et notre bassiste, et j'ai enregistré mon disque. Le disque n'a pas eu un succès fracassant. Il n'a été distribué que sur la côte Ouest, mais on l'a entendu à la radio et sur les juke-boxes un mois durant. Je m'étais convaincu qu'on avait refondu ce qui restait du tirage, mais deux semaines plus tard un studio d'enregistrement de Nashville m'appelait en me demandant de lui envoyer un enregistrement de tout ce que j'avais écrit.

Nous sommes en mai, la fonte des neiges a rempli le lit du ruisseau derrière ma maison d'un torrent d'eaux blanches qui explosent sur les gros rochers en nuages irisés d'arcs-en-ciel, illuminant les pins et les sapins qui bordent la berge d'un miroitement de gouttelettes brillantes, avant de s'étaler au pied de la montagne et de suivre son cours brun à travers la prairie jusqu'à la rivière. L'herbe est haute et bourdonne d'insectes, là où les eaux ont débordé et recouvert le champ, et de temps à autre j'aperçois l'éclair lumineux du bec rouge d'une poule d'eau dans les roseaux. La rivière est haute et jaune, les bancs de sable et les îlots de gravier ont disparu sous les eaux qui barattent, et les pieds des peupliers tranchent le flot du courant en longs V tremblotants. Je sens le printemps qui gagne chaque jour un peu plus, et les champs irrigués de l'autre côté de la rivière luisent d'un vert mouillé sous le soleil, contrastant avec les montagnes dans le lointain et leurs plaques de neige qui continuent à fondre parmi les pins sur les crêtes.

En début de soirée, la température fraîchit soudain, on sent les fumées de bois dans l'air, et des ombres mauves tombent sur le fond de la vallée lorsque le soleil jette ses dernières étincelles derrière les sommets. Depuis mon perron, j'entrevois le chalet de Buddy dans le crépuscule qui gagne. Même après qu'il s'est fondu dans l'obscurité, derrière les arbres noirs, tandis que résonnent les rires de ses fils qui jouent dans la cour, je continue à le voir en mon for intérieur, baigné de lumière, les contours du poêle rougis par le feu, et c'est en cet instant qu'il m'arrive parfois de me sentir pris à jamais au piège des notes d'un piano de blues et des battements de mon propre cœur.

Achevé d'imprimer en janvier 2006
par Novoprint (Barcelone)

Dépôt légal : janvier 2006

Imprimé en Espagne